큰글
한국문학선집

김내성 장편소설

# 마인

## 일러두기

1. 『마인』은 조선일보(1939.02.14~10.14)에 총 171회 연재된 장편탐정 소설로, 조광사에서 1939년 출간되었다(조광사본). 또한 해왕사본은 1948년 '탐정편'과 1949년 '범죄편'으로 나뉘어 출간되었다.

2. 원전에는 '한자[한글]' 또는 '한글(한자)'의 형태로 혼재되어 있어 그대로 두었다. 다만 제목의 경우, 한자를 삭제하고 한글로 표기하고 이를 각주를 달아 한자를 알아볼 수 있도록 하였다.

3. 원전에서 알아볼 수 없는 글자는 '●'으로 표시하였다.

4. 이해를 돕기 위하여 편집자 주를 달았다.

5. 등장인물의 이름의 경우 성과 이름이 띄어쓰기와 붙여쓰기 혼재되어 있는 것을 모두 붙여쓰기로 통일시켰다.

# 목 차

# 가장무도회[1]

세계범죄사(世界犯罪史)는 일천구백삼십×년 삼월 십오일을 꿈에라도 잊어서는 안될 것이다. 실로 야수(野獸)와 같이 잔인하고도 한편 신기루(蜃氣樓)처럼 신비롭고 마도(魔都)의 일루미네-숀처럼 호화로운 이 죄악의 실마리는 그날밤 — 저 세계적 무용가 공작부인(孔雀夫人)의 생일날 밤부터 시작되었다.

공작부인이 세계적으로 진출하여 구미 각국에서 자기의 예술과 더불어 조선이라는 이름을 선양하고 다시 서울로 돌아온 것은 바로 작년 늦은 가을이었다.

세상 사람들은 그의 이름이 주은몽(朱恩夢)이라는 사실을 잊어버린 듯 그를 공작부인이라고 불렀고 그 역시 그렇게 불리우는 것을 그리 불명예스럽다고는 생각하지 않

---

1) 假裝舞蹈會

았다.

　사람들이 전하는바에 의하면 공작부인은 벌써 삼십 고개를 넘었다고도 하고 아직 이십 이삼 세밖에 안되었다고도 하여 가히 추측할 길이 없었으나 그의 파트너인 백영호(白英豪) 씨와 약혼한 채로 아직 결혼식을 거행하지 않았다는 사실로 미루어 보면 그가 아직 미혼의 처녀라는 것만은 명확한 사실이다. 그리고 공작부인이라는 명칭은 그의 출세작 『공작부인(孔雀夫人)』으로부터 불리워지는[2] 일종의 애칭이었다.

　그처럼 주은몽을 세계적 인물로 만들어 준 그의 출세작 『공작부인』이 상연된 것은 지금으로부터 사년 전 동경 『히비야 음악당』의 호화로운 스테 – 지에서였다.

　퍼붓는 듯한 찬양의 소리 — 앵콜에 앵콜을 거듭한 주은몽의 인기는 그야말로 하늘을 찌를 듯싶었다. 도하의 각 신문기사는 반도의 무희 주은몽을 세계적으로 선전하기를 아까워하지 않았다. 주은몽이란 이름은 어느덧 공작부인이란 애칭으로 변했던 것이다.

　그때 마침 미술연구자 '파리'에 가 있던 백만장자 백영호 씨가 요꼬하마 부두에 내리자마자 조선이 낳은 세계적

_____

2) 불리어지는

무희 주은몽의 인기에 놀라는 한편 그를 은연히 사모하는 정을 남달리 두텁게 품고 수차 주은몽과 만나는 사이에 두 사람 사이에는 어느덧 화려한 미래를 굳게굳게 맹세하는 속삭임이 오고 가고 하였다. 그리고 그해 가을로 주은몽은 약혼자 백영호 씨의 후원을 얻어 구미로 무용행각을 떠났던 것이라고 — 이것이 소위 믿을 만한 소식통이 전하는 '뉴우스'로 되어 있다.

그것은 하여든3) 필자는 이만한 예비지식을 독자제 군에게 던져주고 이제부터 세계범죄 사상에 잊을 수 없는 일천구백 삼십×년 삼월 십오일 명수대 주은몽의 저택에서 열린 가장무도회(假裝舞蹈會)로 인도하고자 한다.

주은몽 — 아니, 공작부인은 자기의 축복받은 탄생을 가장 흥미 있고 가장 호화롭게 기념하기 위하여 삼월 보름날 한강 건너편 명수대 자기 저택에서 조선서는 보기드문 가장 무도회를 열기로 하였던 것이다.

그날 밤 — 남국으로부터 화신(花信)을 싣고 찾아오는 바람 조차 훈훈한 밤, 손님들을 태운 자동차가 달빛에 무르녹은 한강을 황홀히 내려다보며 명수대를 향하여 마치 그림처럼 미끄러져 간다.

---

3) 하여튼

오늘밤 공작부인의 초대를 받은 손님들은 가장무도회에 적지 않은 흥분과 호기심을 느낄 뿐만 아니라 절세의 미인이요 세계적 무희인 공작부인과 손목을 마주잡고 춤출 수 있다는 것을 상상하고 그 황홀 찬란한 일순간을 전 생애의 금자탑처럼 고히 고히 가슴속 깊이 모시려는 것이었다.

그들은 공작부인의 초대장을 받은 그날부터 동경이나 혹은 해외에서 배워 가지고온 서투른 '스텝'을 '레코-드'에 맞추어 가면서 연습하기를 게을리하지 않았다.

초대를 받은 손님들 가운데는 유명한 실업가라든가 명성 높은 변호사도 섞여 있었으나 대체로 보아서 문학가, 미술가, 음악가, 연극인, 같은 예술가가 대부분이었다.

도하의 각 신문은 공작부인의 가장무도회를 대대적으로 보도하였다. 그 중에는 공작부인의 이 너무나 광적(狂的)인 이국적(異國的) 취미를 비웃는 기사도 없지 않았으나 하옇든 조선서는 처음 보는 거사인 만큼 '저-널리스트'들에게 있어서는 한 개의 좋은 미끼가 아닐 수 없었다. 그것은 하옇든 공작부인으로부터 영예스러운 초대를 받은 손님들은 지금 공작부인의 화려한 자태를 눈앞에 그려보면서 명수대를 향하여 달렸다.

더구나 그것이 힘만 있으면 누구든지 딸 수 있는 야생화(野生花)가 아니고 장래의 남편 백영호라는 을파주안에 찬연히 피어 있는 '다리야'인지라 사람들은 더 한층 흥분과 호기심을 안 느낄 수 없었다.

뿐만 아니라 제일미술전람회(第一美術展會) 조각부(彫刻部) 심사원인 백영호 씨는 제아무리 백만장자지만 벌써 오십 고개를 넘어선 중늙은이다.

하기는 비록 오십이 넘었다 할지라도 그의 단정한 용모와 교양 있는 예술가적 '타입'은 그로 하여금 적어도 십 년은 젊게 하였다. 더구나 미술연구차 다녀간 세련된 파리 생활을 겪어온 영향도 많은 편이다.

"그러나, 그러나……"

하고 중얼거리면서 공작부인과 백영호 씨의 약혼을 남달리 달갑게 여기지 않는 사람이 한 사람 있으니 그것은 지금 한강인도교를 호기 있게 달리고 있는 한 대의 '세단' 속의 인물이었다.

그 '세단' 속의 인물 —'씰크햇트'에 '택시 - 도오'를 입고 흰 장갑을 낀 손에 흑칠의 단장을 들고 귀밑에서부터 턱 아래까지 시커먼 수염을 곱게 기르고 게다가 검은 '모노클(외알안경)'까지 낀 양은 마치 파리나 런던의 사교계에서 흔히 보는 교양 있는 신사다.

아니 독자제 군이 만일 탐정소설의 팬이라면 이 세단 속의 인물이 저 '모리스·루불랑'의 탐정소설 주인공 —

파리 경시청을 마치 어린애처럼 농락하기를 즐겨하는 무서운 도적 '아르세느·루팡'으로 가장하였다는 것을 곧 간파할 것이다.

그리고 제군이 만일 가장술(假裝術)에 대한 지식이 풍부하다면 그의 수염이 결코 임시로 붙인 가짜 수염같이 보이지 않는 것만 보아도 그의 가장술이 얼마나 훌륭하다는 사실을 가히 짐작할 것이다.

그는 지금 자기의 변장을 자기 이외에는 한 사람도 간파할 수 없으리라는 자부심을 한아름 품고 눈앞에 닥쳐오는 공작부인의 저택을 물끄러미 바라보면서 중얼거렸다.

"공작부인이 진심으로 저 늙은 백영호 씨를 사랑할 수 있을 것인가? 아니다! 공작부인이 과연 백영호 씨와 결혼을 한다면 그는 자기의 청춘을 제물로 바치려는 정략결혼일 것이다. 가난한 예술가와 돈 많은 '파트너' 사이에 생기기 쉬운 의무결혼! 공작부인은 현재 저 쾌활한 청년화가 김수일(金秀一)을 사랑하고 있지 않은가……"

그때 자동차는 벌써 공작부인의 정문 앞까지 다달았다.[4] 그는 갑자기 얼굴을 가다듬고 배우가 마치 무대 위에서 하는 것처럼 상반신을 약간 숙이면서

---

4) 다다랐다.

"공작부인! 처음 뵙겠읍니다."

하고 이번에는 음성을 좀 높이어 중얼거려 보는 것이다.

독자제 군이여! 제군이 만일 의성학(擬聲學)에 대한 조예가 있다면 이 수상한 인물의 목소리가 어떻게 훌륭하게 변해 버렸는지 제군은 자못 경탄할 것이다.

운전수도 수상하다는 듯이 '백미러'를 통하여 등 뒤의 신사를 쳐다본다.

자동차는 마침내 유랑한 음악소리가 흘러나오는 현관 앞에서 조약돌을 깨물며 멎었다.

운전수는 뛰어내려 문을 열면서 또 한 번 이상한 눈으로 손님을 쳐다보았다.

신사는 '포켙'에서 거울을 꺼내어 자기 얼굴을 한 번 유심히 드려다 본 후에 자동차에서 내렸다.

자동차에서 내려 현관을 들어서니 거기 안내인 한 사람 서 있다가 이 훌륭한 신사의 늠름한 풍채를 아래위로 살피면서

"실례의 말씀을 여쭈겠읍니다. 가장을 어떻게나 살 하셨는지 도무지 누구이신지 알아 볼 수가 없어서 —"

하고 속히 명함을 꺼내라는 눈치를 보였다.

신사는 그 순간 득의만만한 얼굴로 이 충실한 젊은 안내인을 잠깐 흘겨보고 나서

"수상히 생각하는 것도 무리는 아니겠소. 나는 오늘밤 처음으로 공작부인의 현관을 들어서는 사람이니까 —"

그리고 한 장의 명함을 꺼내며 안내인의 손에다 쥐어 주면서 가장 엄숙한 목소리로 입을 열었다.

"나는 이러한 사람이요. 청년화가 김수일 군을 대신하여 찾아온 사람이라고 공작부인께 여쭈어 주면 잘 알겠지요."

명함에는 단지 '화가 이선배(李宣培)'라는 것 이외에는 아무것도 적혀 있지 않았다.

"아 그렇습니까. 잠깐 기다려 주십시요."

안내인은 명함을 들고 분주하게 안으로 들어갔다가 다시 나오더니

"기다리게 해서 미안하다고 아씨께서 여쭈시라는 분부가 있었읍니다. 자아, 이리로 들어오십시요."

머리를 곱게 가른 젊은 안내인은 넓고도 긴 복도를 한참 앞서서 걸어가다가 음악소리와 웃음소리가 터져 나오는 넓은 '홀'로 신사를 인도하였다.

"허어 훌륭한 '이국풍경(異國風景)'이로군!"

입으로는 감탄사를 던지면서도 그는 별로 놀란 기색도 없이 서슴치⁵⁾ 않고 '산데리아'가 찬연히 빛나는 넓은 '홀' 안을 한 번 휘 둘러보았다.

가장무도회는 지금이 한창이다. 저편 상단에는 그리 빈약하지 않은 '밴드'가 자리를 잡고 있고 백인백양 가지각색으로 가장을 한 신사 숙녀들이 열정적인 음악에 맞추어 가며 짝짝이 쌍을 지어 이리 밀리고 저리 밀리면서 춤추는 양은 마치 '파리'의 '캬바레'를 서울에 옮겨온 것과 같은 광경이다.

중세기의 '나이트'로 변장한 사람, '빅토리야' 왕조의 궁녀로 가장한 사람, 인도의 귀족을 흉내낸 사람, '집시'풍의 여자 ― 그들의 가장을 한사람 한사람씩 따져볼 때 가장술이 극히 유치하고 빈약함을 면치 못했으나 이렇게 멀찌기[6] 서서 바라보면 그리 추한 광경도 아니라고 신사는 생각했다.

그는 아니 화가 이선배는 ― '홀' 안을 이리저리 살펴보았으나 이 가장무도회의 주인공인 공작부인을 발견할 수 없는 것이 이상했다.

그는 한편 모퉁이 종려수(棕櫚樹) 그늘 밑에 놓여 있는 '소파'로 걸어갔다. 아까부터 파초나무 그늘 아래 외로히[7] 앉아서 차를 마시고 있는 한 사람의 청년을 발견한

---

5) 서슴지
6) 멀찍이
7) 외로이

때문이다.

청년은 별로 가장이라고는 하지 않았다. 다만 눈에다 시커먼 '마스크'를 썼을 뿐이다. 사람들의 춤추는 양을 물끄러미 바라보고 앉아있는 그의 입술과 눈동자에는 어딘가 어울리지 않는 이 가장무도회를 비웃는 듯한 표정이 노골적으로 나타나 있다.

"공작부인은 아직 홀에 나오지 않았읍니까?"

화가 이선배는 청년 앞으로 한 발자욱 다가서면서 은근히 물었다.

"청년은 그 어떤 명상에서 깨어나듯이 머리를 돌려 이선배의 차림차림을 유심히 살피더니 한 번 빙그레 웃으면서 묻는 말에는 대답하지 않고 '아르세—느·루팡'은 아랫턱에 수염이 없읍니다. 그리고 '아돌프·맨쥬'도 역시 아랫턱엔 수염이 없지요."
하고 의외의 말을 건넨다.

"그러나 때로는 '루팡'도 아랫턱에 수염을 기르지요. 필요를 느낄 때는— —"
하고 대답하는 이선배는 불문곡절하고 내쏘는 이 청년의 어투가 무척 마음에 든 모양이다.

청년은 역시 빙글빙글 웃으면서

"필요를 느낄 때는 그렇지요. '루팡'은 그 어떤 굉장한 범죄를 실행할 때는 백발노인으로도 변장할 테니까요.—
하하하…… 하옇든 훌륭한 가장술을 가지셨읍니다. 오늘밤
여기 모인 손님 중에서 당신의 가장 술이 가장 으뜸일 것입니
다. 자아 여기 앉으시지요. 저는 이러한 사람입니다."
하고 청년은 명함을 꺼냈다.

　이선배는 잠깐 명함을 들여다보더니

　"아 당신이 그 유명한 탐정소설가 백남수(白南樹) 씨?"

　이선배는 적지 않게 흥미를 느끼는 모양으로 상대방을
다시 한 번 쳐다보았다.

　"유명하다는 말씀을 빼놓으시지요."

　"글쎄, 나의 가장을 '루팡'으로 보시는 것을 보니……
저는 이선배 — 그림 그리는 사람입니다."

　이선배도 명함을 꺼냈다.

　"이선배 씨?"

　"네 이선배 —"

　"이선배……"

　그림에도 남달리 많은 취미를 가진 탐정소설가 백남수
는 여태껏 이선배라는 성명을 가진 화가를 모르는 모양
이다.

　그런 눈치를 알아차린 이선배는

　"아직 백남수 씨처럼 유명한 이름을 가지지 못하여 대단

히 미안합니다.”

하고 큰 소리로 웃었다.

　“천만에요. 그런데 그림 그리시는 지는 벌써 오래셨읍니까?”

　“한 이삼일 되었지요.”

　“이삼일?”

　탐정소설가 백남수는 ‘유모러스’한 대답에 말문이 막혔다기보다도 오히려 유쾌하였다.

　“잘 알겠읍니다. 그래 이삼 일 동안에 어떤 그림을 그리셨읍니까?”

　“고양일 그릴 셈으로 붓대를 들었었는데 그만 호랑이가 되고 말아서 ― 하하하……”

　“하하하하……”

　두 사람은 십 년 친구를 만난 듯이 유쾌하게 웃었다.

　그러나 백남수는 웃으면서도 마음으로는 머리를 기웃거렸다. 끝끝내 자기의 본명과 직업을 감추어 두는 자칭 화가 이선배의 정체가 무척 마음에 걸렸던 때문이다.

　“공작부인은 아직 ‘홀’에 나오지 않았읍니까?”

　이선배는 말머리를 돌렸다.

　“아까 잠깐 나와서 한차례 춤을 추고 도로 들어갔읍니다. 아직 그의 ‘피앙세’ 백영호 씨께서 등장을 안하셔서……"

"백영호 씨! 허어 자기 부친의 성명 삼자를 함부로 입에 담는 습관을 우리는 아직 갖지 못한 줄 알았더니……"

이선배는 약간 놀란 모양이다. 그러나 백남수는 여전히 빙글빙글 웃고만 있다.

빙글빙글 웃고만 있다가 그는 이런 말을 하였다.

"오늘밤 이 가장무도회에 출석한 손님들을 대개는 다 알아보겠는데 도무지 그의 정체를 알아볼 수 없는 손님이 꼭 두 사람 있읍니다."

하고 그는 손을 들어 저편 한 모퉁이를 가리켰다.

"아, 저기 서 있는 '써 - 커스'의 파리앗치(道化役者[도화역자]) 말씀입니까?"

"네, 얼굴을 저렇게 그림 그리듯이 그려 놓았으니 저게 대체 누군지……"

"하하, 가장도 저렇게 대담하게 하고 나서면 증오를 느낀다는 것보다도 도리어 애교가 있는 걸!"

저편 '밴드' 옆 한구석에 우두커니[8] 서서 사람들의 춤추는 양을 히죽히죽 웃으면서 바라보고 있는 이상한 인물 ― 저 곡마단의 웃음단지, 어릿광대의 복장을 한 인물이

---

8) 우두커니

바로 그 사람이다.

목에 커다란 깃이 달린 주홍색 도화복을 입고 역시 붉은 수건으로 머리를 질끈 동여맸을 뿐만 아니라 흰떡같이 분을 칠한 얼굴에다 붉은빛, 파랑빛, 노랑빛, 이렇게 여러 가지 빛으로 눈, 코 입술 같은 것을 간판처럼 그려놓았으니 탐정소설가 백남수의 호기심을 어지간히 끈 것도 사실 무리는 아니었다. 아니 백남수만 아니라 수많은 손님들 중에 그가 대체 누구인지 아는 사람은 하나도 없었다.

사람들의 시선은 모두 그 수상한 어릿광대에게 쏠리기 시작하였다. 그들은 춤을 추면서 속삭이는 것이다.

"하필 저런 어릿광대로 가장을 한담?"

"흥, 사람이란 다 저 잘난 맛에 사는 것이니까요."

"대체 누굴까, 저이가……"

"글쎄 누굴까?"

그때 어릿광대는 그 우수운 얼굴로 백남수와 이선배가 서 있는 이편 쪽을 힐끗힐끗 바라보았다. 그리고는 그 반월(半月)처럼 커다랗게 찢어진 입술에 이상한 웃음을 띠우면서 훌쩍 홀 밖으로 빠져나가고 말았다.

이선배는 어릿광대가 우쭐우쭐 하면서 걸어 나가는 뒷모양을 멍하니 바라보고 있다가 다시 백남수에게로 얼굴을 돌리며

"그런데 또 한 사람 도무지 정체를 알아보지 못할 사람은 누굽니까?"

백남수는 잠깐 이선배를 쳐다보면서

"또 한 사람은 고양이를 그리다가 그만 호랑이를 그린 화가 이선배 씨!"

"하하…… 화가 이선배의 정체가 암만해도 마음에 걸리시는 모양입니다그려. 하하하……"

이선배가 그렇게 호기 있는 웃음을 연발할 즈음에 박수 소리가 '홀' 안을 요란히 울리었다. 한 차례의 춤이 또 끝난 때문이다.

그때 번쩍거리는 금테안경을 쓰고 검은 모보단으로 만든 중국복을 입은 한 사람의 청년신사가 사람들을 헤치며 이편으로 걸어온다.

그는 '소파'에 앉은 백남수를 발견하고

"여어, 백군 아닌가!"

하고 소리를 치며 다가선다.

"어째 그리 쓸쓸히 앉아 있는 거야? 남들은 이처럼 흥이 나서 춤들을 추는데 응? 공작부인이 꾸며 놓은 이 가장무도회에 대한 군의 감상은 어때?"

중국복의 신사는 그 조각(彫刻)처럼 단정한 용모에 반만큼 미소를 띠우면서 은으로 만든 '시가렛케이스'를 '포켙'

에서 꺼내어 담배를 붙인다.

그러나 백남수는 한 번 빙그레 웃고 나서

"하옇든 군의 감상부터 먼저 들어나보세. 보건대 무척 유쾌한 모양인데, 요즈음 도무지 웃을 줄을 모르던 군이 그처럼 즐거워하는 것을 보니……"

하고 의미 있는 눈으로 상대방을 쳐다보며

"국제도시 상해에서 수입해 온 춤인 만큼 훌륭한 걸. 공작부인을 제법 리-드하는 걸 보니."

"하하 그걸 보았나? 그러나 백선생(백영호 씨)의 춤이야 말로 본격적일 걸. '홈바' 파리의 사교장에서 가져온 만큼…… 그런데 왜 백선생이 아직 안 보이지? 정란(남수의 누이동생) 씨도 아직 안보이고……"

이선배는 그 순간 이 중국복을 입은 청년신사의 얼굴에서 웃음이 살아지고 그 어떤 오뇌의 빛이 알알이 떠오르는 것을 보았다. 웃음이 살아진 청년의 얼굴 ― 그것은 마치 단아한 '그리샤' 조각처럼 어여쁜 얼굴이다. 이선배는 아직까지 그처럼 어여쁜 용모를 보지 못했다.

청년은 홀 안을 한 번 휘 둘러 보고나서 자기의 오뇌를 떨쳐 버리려는 듯이

"하하하…… 하옇든 백선생이야말로 조선의 행운아 ― 아니 세계의 행운아인 걸! 오십오 세의 늙으신 몸으로서

공작부인의 사랑을 독차지 했으니까…… 백군 그렇지 않은가?"

그는 억지로 작기가 유쾌하다는 것을 상대방에게 보이려는 듯이 웃어보이며 옆에 앉은 신사 '모노클'에다 '씰크 햇트'를 쓴 이선배의 차림차림을 흥미 있는 눈으로 내려다보았다.

백남수는 그때 얼른 '소파'에서 몸을 일으키며

"두 분을 소개하겠습니다. 이 분은 이선배 화백, 그리고 이 분은 저희 집의 고문변호사, 다년간 만주개발에 많은 힘을 쓰는 오상억(吳…相億) 군입니다."

아아 그런가! 청년변호사로서 가장 수완이 능란하다는 오상억 변호사였던가!

그때 이 가장무도회의 여주인공 공작부인이 '홀'에 나타났다.

'홀' 안이 터져 나갈 듯한 박수소리—

머리에다 꼬리를 활짝 펼친 공작의 관을 쓰고 흰바탕에 금실로 수놓은 화려한 야회복을 입은 공작부인은 손님들에게 가벼운 답례를 하며 돌아간다.

음악소리는 다시 '홀' 안을 울렸다. '왈츠'다. 사람들은 자리에서 일어나 시선으로 상대방을 고르면서 '홀' 중앙으로 몰려든다.

백남수는 이선배를 혼자 '소파'에 남겨놓고 군중을 해치면서 공작부인 앞으로 걸어가서

"오늘밤만은 저도 서양 사람이 된 셈이니— 공작부인, 부인과 함께 춤추는 영광을 가질 수 있겠읍니까?"

하고 그는 약간 허리를 굽히고 공작부인의 손등에 입을 대는 흉내를 낸다.

공작부인은 얼굴에 가벼운 웃음을 지으며 대답 대신 왼손을 백남수의 어깨에 올려놓았다.

이리하여 춤은 다시 시작되었다. 무르녹는 듯한 음악소리와 아울러 '홀' 안은 흐느적거리는 '왈츠'의 물결이다.

"그런데 백선생께서는 왜 아직 안보이셔? 같이 떠나오시지 않았어요?"

"저, 백영호 씨 말씀입니까?"

"아이 어쩌면!"

"공작부인의 바깥어른 — 아니 한 달 후면 바깥어른이 되실 양반! 허어, 백영호 씨야말로 세계에서 둘도 없는 행운아죠."

"그만 두세요. 누가 자기 아버지를 그렇게 부른담?"

"아니올시다. 그건 저 오상억 변호사가 아까 나에게 한 인사였죠. 세계에 둘도 없는 행운아라고 — 오군은 공작부인에게 많은 흥미를 가진 모양인데."

"흥."

공작부인은 입맛이 쓰다는 모양이다.

"그런데 은몽 씨! 은몽 씨는 나의 아버지의 무엇과 결혼하시렵니까? 백만원의 재산?"

"노오."

"그의 인격?"

"노오."

"그이에 대한 의리?"

"예스! 그리고 그의 성의!"

두 사람의 이야기는 거기서 잠깐 그쳤다가

"한 달 후에는 남수 씨의 젊은 어머니 —"

"젊은 어머니!"

감개무량하다는 남수의 어투였다.

"그런데 은몽 씨는 지금까지 참으로 사랑을 바쳐 본 사나이가 있읍니까?"

"한 사람 쯤이야 —"

"누구?"

"그것은 알아서 무엇하세요. 칼이라도 들고 덤벼들겠어요?"

"칼? 농담은 그만하고 —"

"참 농담은 그만합시다."

남수는 그만 말문이 막혔다.

"그런데 지금 저기 '소파'에 앉아 있는 '씰크햇트'에 '모노클'을 쓴 신사 ― 그가 대체 누굽니까?"
하고 말머리를 돌렸다.

"글쎄 누굴까? 아, 이선배라는 화가가 아니예요?"

"전부터 친분이 있었읍니까?"

"아뇨. 오늘밤이 처음 ― 아직 인사도 못했어요."

공작부인은 그리고 남수의 어깨 위로 묵묵히 앉아 있는 '씰크햇트'의 신사를 뚫어질 듯이 넘겨다본다.

남수는 다시 말을 이어

"그리고는 조금 전 곡마단의 어릿광대로 가장한 사람을 보았는데 그는 대체 누굽니까?"

"곡마단의 어릿광대"

"얼굴에다 흰떡 같은 분칠을 하고 우수워서[9] 죽겠다는 듯 초생달[10] 같은 입이 찢어지도록 웃는 사람, 머리에는 주홍빛 수건을 쓰고……"

공작부인은 이상하다는 듯이 '홀' 안을 이리저리 휘 둘러보았다.

"어디 있어요?"

---

9) 우스워서
10) 초승달

"없을 리가 있나? 조금 아까도 있었는데 —"

"누굴까?……"

남수와 공작부인이 '홀' 안을 아무리 살펴보았으나 주홍빛 도화복으로 전신을 감추고 히죽히죽 웃고 서 있던 수상한 그림자는 도무지 보이지 않는다.

# 도화역자[11]

춤은 또 한 차례 끝났다.

백남수와 헤어진 공작부인은 저편 '소파'에 우두커니 앉아 이선배 옆으로 걸어갔다. 그때 이선배는 얼른 '포켙'에서 커다란 '마스크'를 꺼내어 눈과 이마를 가리우면서 몸을 일으켰다.

"처음 뵙겠읍니다. 이선배 — 김수일(金秀一) 군을 대신하여 이 흥미 있는 가장무도회를 구경할 셈으로……"

독자제 군은 이선배가 오늘밤 이 공작부인의 저택에 발을 들여 놓으면서부터 자기의 본 음성은 감추고 가짜 목소리로 대화(對話)하고 있다는 사실을 기억해 두어야만 할 것이다.

공작부인은 약간 수심 띈 얼굴로

---

11) 道化役者

"오시느라고 수고가 많으셨읍니다. 수일 씨와는 전부터 친분이 있었어요?"

"저와 수일 군은 막역지우 — 수일 군의 일신상의 일이라면 무엇이든지 잘 알고 있읍니다."

"네, 그러세요?"

공작부인의 주옥같은 두 눈동자가 반짝하고 빛났다.

"공작부인, 이리로 좀 나오시지요."

이선배는 앞장을 서서 홀 밖 발코니로 나갔다. 명수대 일대에 고요히 흐르는 달빛 —

"그때 수일 씨는 어디 편찮으세요?"

그러나 그때 자칭 화가 이선배는 엄숙한 목소리로

"공작부인!"

하고 힘 있게 불렀다. 순간, 공작부인의 화려한 얼굴빛이 금새[12] 어두워졌다.

"네?"

"백영호 씨와의 결혼식을 끝끝네[13] 거행하실 작정입니까?"

이선배의 물음의 떨어지자마자 공작부인의 관을 쓴 머리가 창백한 달빛 속에서 힘없이 숙으러졌다.

---

12) 금세
13) 끝끝내

"대답을 하십시요! 당신의 대답 여하에 따라 수일 군의 일생이 좌우되는 것입니다."

"…………"

"그처럼 순진하고 쾌활한[14] 청년으로부터 당신은 영원한 행복을 빼앗으려는 겁니까?"

"…………"

"대답을 하십시요! 그에게 준 사랑의 말 — 자기 입으로 한 말에 책임을 못 느끼십니까?"

그러나 공작부인은 아무런 대답도 없이 숙으렸던 머리를 들어 달빛에 곱게 깔린 한강을 물끄러미 바라볼 뿐이었다.

꿈과 같은 백요(白妖)의 세계, 멀리 서울 시가의 울긋불긋한 네온이 호화롭게 흐른다.

"수일 씨!………… 수일 씨!"

약간 떨리는 공작부인의 가느다란 목소리가 긴 한숨과 함께 얽히어 나왔다.

"운명은 김수일 씨와 저와 서로 사모하는 마음을 허락했으나 결혼까지는 허락치 않았다고 — 돌아가시면 부디 부디 그렇게 전해 주세요."

---

14) 쾌활한

"그러면 당신은 백영호 씨의 백만 원과 결혼하시렵니까?"

"말씀을 삼가세요."

"그러면……"

"백 선생은 나의 예술 파트너 ― 나의 예술을 가장 깊이 이해하는 사람 ― 나의 세계적 진출을 위하여 노력한 사람이에요."

"사랑과 의리를 구별하시지요."

"저는 연애 지상주의자가 아니라는 말을 수일 씨에게 전해 주셨으면 고맙겠어요."

"잘 알아듣겠습니다. 다시는 수일 군의 자취를 찾으려고는 생각지 마시요."

"……?"

이선배가 던진 최후의 한 마디는 확실히 공작부인의 가슴을 바늘로 찌른 듯, 긴 눈썹 밑에 숨어 있던 두 눈동자가 쏘는 듯이 이선배를 쳐다보았다.

그때 젊은 안내인이 밖으로 나오면서

"아씨, 삼청동 댁에서 오셨읍니다."

하고 공손히 읍하였다.

"아, 그래?"

하고 공작부인은 잠깐 주저하는 모양을 보이더니

"그럼 잠깐 실례하겠읍니다."

한 마디를 남겨놓고 약혼자 백영호 씨를 맞이하러 '홀' 안으로 들어갔다.

이선배는 공작부인이 살아진 '홀' 문 쪽을 언제까지나 바라보면서 중얼거린다.

"아아! 절망이다! 암흑이로구나!"

'발코니'에서 이선배와 헤어진 공작부인은 지금 '홀' 안으로 들어서는 백영호 씨와 그이 딸 정란(貞蘭)을 향하여 걸어간다.

"늦었읍니다."

화려한 러시아 귀족의 복장을 입은 백영호 씨는 서양사람 모양으로 젊은 약혼자에게 정중히 인사를 하였다.

"아버지는 오늘 밤 자기를 네프류－도프 공작이라고 부르란답니다. 저 카츄－샤를 위하여 일생을 참회 생활로 보낸 도덕적 연애인!"

서반아의 집시 칼멘으로 분장한 정란이 냉큼 나서면서 공작부인의 손목을 잡았다.

"호호…… 네프류－도프 공작!"

공작부인은 반만큼 웃는 낯으로

"그럼 나도 저 천진난만한 카츄－샤로 분장했으면 좋았을 걸!"

그러면서 약혼자의 딸 정란의 부드러운 어깨를 정답게 껴안았다.

그 한 마디가 늙은 백영호를 어지간히 만족시킨 모양이다.

"카-츄샤가 공작의 면류관을 썼다고 생각하면 그만이지. 하하하……"

백영호 씨는 눈부신 듯이 젊은 약혼자의 아담한 눈동자를 쳐다보았다.

"그리고 아버지는 네프류-도프 공작이라는 공작(公爵)과 공작부인이라는 공작(孔雀)의 일치에 무척 흥미를 느끼시는 모양이야. 그렇지 않아요? — 네프류-도프 공작부인!"

"호호호……"

"호호호……"

"얘는 너무 입이 빨라서 —"

"그래 그렇지 않으셔요? 아버지."

"그래 그래, 네 말이 맞았다."

삼 년 전 어머니를 여읜 정란은 홀아버지의 사랑을 혼자 받아 가면서 자랐다. 작년 봄 P 여자 전문학교 음악과를 마치고 혼담이 비 오듯이 쏟아지는 금방석 위에 앉은 정란이었다.

그 수많은 혼담 가운데서도 가장 유력한 후보자로서 아까 잠깐 독자제 군에게 소개하여 둔 '그리샤' 조각형(型)의 미남자 오상억 변호사가 있었다.

청년변호사 오상억은 법조계에 마치 혜성처럼 나타난 존재일뿐더러 백영호 씨의 고문 변호사란 지위로 따져보더라도 백정란의 약혼 상대자로서 가장 유력한 후보자였다. 백영호 씨는 딸 정란에게 오상억을 택하기를 누구보다도 주장한 사람이다.

그러나 정란의 가슴속에는 아버지의 말을 거역하지 않으면 안 되게 된 한 가지 비밀이 있었으니 그것은 작년 봄 학위논문이 통과된 의학박사 문학수(文學洙)와의 사이에 얽히어진 '로맨스'였다. 정란은 마침내 아버지를 설복하여 문학수와 약혼하였던 것이다.

그것이 바로 작년 늦은 가을의 일이었다.

인물소개는 이만해두고 이제부터 필자는 그리도 호화롭던 가장 무도회가 돌연 공포의 마수가 꾸물거리는 암흑의 세계로 변하지 않으면 안 되게 된 사실을 기록하여야만 될 때가 왔다.

그것은 유량한 음악에 마추어[15] 약혼자 백영호 씨를 상

---

15) 맞추어

대로 한차례 춤을 추고 난 공작부인이 저 편 '소파'에 걸터 앉아서 자기를 묵묵히 바라보고 있는 '씰크햇트'의 신사 이선배와 시선이 부딪치면 그 청아한 눈동자가 구름 낀 하늘처럼 어두어졌을[16] 때부터 시작된 것 같았다.

"왜 그리 안색이 좋지 못하시오? 무슨 근심되는 일이라도?"

백영호 씨의 음성은 언제나 은근히 그리고 부드럽게 굴러나오는 것이다.

"아니예요. 아무렇지도 않아요 ― 저 잠깐 화장을 고치고 나오겠읍니다."

그리고 공작부인이 이선배 앞을 지나 복도로 나가버리지 약 오 분 후 돌연

"악"

하고 마치 장막을 찢는 듯한 날카로운 부르짖음이 들렸다.

"이게 무슨 소릴까?"

열광적으로 춤추며 돌아가던 여러 손님들은 마치 방바닥에 얼어붙은 듯이 우뚝 멎었다. 그때 또 한 번

"아, 아, 아─ㅅ!"

하고 외치는 공작부인의 공포에 찬 목소리가 사람들의 고

---

16) 어두워졌을

막을 찢는다.

"공작부인의 목소리가 아닌가?"

"이게 대체 어디서 나는가?"

방바닥에 얼어붙은 듯이 우뚝 멎었던 손님들은 다음 순간, 뭐라고 형용할 수 없는 무서운 예감을 전신에 느끼면서 떠들기 시작하였다.

그때였다. 쏜살같이 '홀' 밖으로 뛰어나가는 두 사람의 그림자가 있었다. 하나는 '택시 – 도오'에 '씰크햇트'를 쓴 이선배의 검은 그림자요, 하나는 '네프류 – 도프'로 분장한 백영호 씨의 흰 그림자다.

"공작부인은 어디 있읍니까?"

이선배의 고함소리다.

"화장실에 있을 겁니다."

백영호 씨의 목소리다.

이선배는 그 소리를 듣자마자 넓은 복도를 왼편쪽으로 달음박질해 간다.

그는 전부터 공작부인의 화장실을 잘 알고 있던 사람처럼 서슴치 않고 왼편 복도 맨 나중 방 '도어'를 힘차게 열어제쳤다.

"앗!"

하고 외치는 이선배의 놀란 목소리가 사람들의 가슴을 덜

킥하고 눌렀다.

사람들은 대체 거기서 무엇을 보았을까?

커다란 삼면경(三面鏡) 앞에 무참히 쓸어져 있는 공작부인의 몸뚱이! 공작부인의 왼편 어깨 위에 날카로운 비수가 박혀 있지 않은가! ─

"이게 어찌된 일이요?"

이선배와 백영호 씨는 이구동성으로 그렇게 부르짖으며 쓸어진 공작부인 옆으로 뛰어갔다.

"빨리 빨리…… 저 주홍빛 어릿광대를 …… 들창으로 …… 그 들창으로……"

공작부인의 숨찬 목소리와 함께 그의 백납(白蠟)처럼 흰 손가락이 활짝 열어젖힌 달빛 어린 창밖을 가리키며 오돌오돌 떨고 있었다.

사람들은 일순간 그 주책없이 히죽히죽 웃으며 돌아가던 곡마단의 웃음단지 도화역자의 간판 같은 얼굴이 번개같이 눈앞에 떠올랐다.

공작부인이 말한 '어릿광대'란 한 마디에 누구보다도 놀란 것은 백영호 씨의 아들 백남수였다. 그는 아까부터 수상한 도화역자의 정체를 누구보다

도 의혹의 눈으로 보고 있었던 것이다.

"여러분, 속히 정원을 뒤져 봅시다!"

백남수는 그렇게 고함을 치면서 들창을 넘어 달빛이 희미한 정원으로 뛰어나갔다.

　　그러나 손님들은 감히 그의 뒤를 따라나갈 용기가 없다는 듯이 돌부처처럼 우뚝 서서 자기네들도 조금 전에 목격한 도화역자의 무서운 환상을 머리에 그려볼 뿐이다.

　　한편 이선배는 시뻘건 피가 뚝뚝 흘러내리는 공작부인의 어깨로부터 그처럼 절박한 때임에도 불구하고 손수건으로 칼자루를 쥐고 뽑으면서

　　"경찰 당국이 올 때까지는 누구든지 이 칼에 손을 대지 마시요."

하고 사람들에게 주의를 시켰다.

　　얼른 보기에 상처는 그리 깊지 않았으나 정신을 잃어버린 공작부인의 납상(蠟像)처럼 해말쑥한 얼굴에는 그 어떤 무서운 광경을 아직도 눈앞에 보는 듯한 공포의 빛이 심각히 그려져 있었다.

　　"이게 대체 어찌된 일이요?"

　　까닭 모르는 이 무참한 봉변에 백영호 씨는 절반 정신을 잃은 모양이다.

　　"여러분 가운데 혹시 의술(醫術)의 경험을 가지신 분은 없읍니까?"

하고 이선배가 물었을 때, 백영호 씨의 딸 정란이 제 옆에

서 있는 투우사(鬪牛師)의 등을 살그머니 밀었다.

"변변치는 못하지만……"

투우사로 가장한 청년은 서슴치 않고 앞으로 나섰다.

"오, 문군, 빨리 손 좀 써 주게!"

하는 백영호 씨의 말에

"과히 염려하지 마십시요. 경상(輕傷)인 듯싶읍니다."

그가 바로 정란의 약혼자인 의학박사 문학수(文學洙) 그 사람이다. 오상억 변호사의 눈초리가 쏘는 듯이 문학수를 바라보고 있었다.

잠깐 동안 공작부인의 상처를 만져보고 난 문학수는 상처에다 붕대를 대면서

"극히 경상이니까 그리 염려 되는 일은 없읍니다. 다만 극도의 공포로 말미암아 잠시 정신을 잃었을 뿐이지요."

하고 설명하였다.

그때 이선배는

"하옇든 누구든지 빨리 경찰에 전화를 걸어 주시요. 전화는 이층 서재에 있읍니다."

하고 외치면서 정신없이 쓸어진 공작부인을 안고 옆 방 침실로 들어가서 하얀 시-트가 깔린 침대 위에 눕혔다.

오늘밤 처음으로 공작부인의 현관을 들어섰다는 수상한 화가 이선배는 대체 전화기가 이층 서재에 있다는 사실을

어떻게 알고 있을까? 그리고 한 달 후면 공작부인의 남편이 될 백영호 씨가 옆에 서 있는데도 불구하고 자기가 몸소 공작부인을 안고 침실로 옮긴 것은 또 무슨 까닭일까?

그러나 백영호 씨 이하 여러 손님들은 그가 오늘밤 처음으로 공작부인을 찾았다는 사실도 몰랐을뿐더러 공작부인을 칼로 찌르고 들창을 넘어 도망한 저 도화역자의 가장으로 정체를 감춘 무서운 악마의 환영이 그들로부터 정당한 사색의 힘을 모두 빼앗아버렸던 것이다.

그때 만일 탐정소설가 백남수가 그것을 보았던들 이 모순된 이선배의 행동을 의심하지 않을 수 없었을 것이다.

그때 밖으로 도화역자의 뒤를 따라나갔던 탐정소설가 백남수가 헐떡거리며 뛰어들어 왔다.

"어떻게 되었소?"

여러 사람들은 이구동성으로 그렇게 고함을 치면서 백남수의 얼굴을 쳐다보았다.

"아무리 뒤져도 보이질 않습니다. 한 길 반이나 되는 돌담을 넘어 나가지도 못했을 것이고 정원을 통해서 정문으로밖엔 도망할 길이 없는데…… 그래 그때 바로 정문 밖을 순회하던 경찰에게 물어 보았으나 그런 수상한 사람은 본 적이 없다구요."

"그럴 리가 있나? 그러면 그 놈은 아직 밖으로 빠져나가지 못하고 정원 어느 구석에 숨어 있을 것이다. 그래 그 경찰은 지금 어디 있소?"

"정문을 지키고 있읍니다."

그래 이번에는 백남수, 오상억 변호사, 의사 문학수 등 여러 사람이 한 번 더 정원을 이 잡듯이 뒤져보았으나 이상한 도화역자의 그림자는 연기처럼 자취를 감추고 말았다.

한편 정신을 잃어버렸던 공작부인이 눈을 반만큼 뜨고 악몽에서 깨어나는 사람처럼

"어릿광대, 어릿광대가 나를……"

하고 아직도 무서움에 떨리는 목소리로 외쳤다.

"정신을 차리시요 은몽 씨!"

백영호 씨는 공작부인의 핏기 없는 흰 손을 잡고 애처러운[17] 듯 서너 번 잡아 흔들었다.

"상처는 극히 가벼우니 염려마시고 속히 그 수상한 도화역자의 이야기를 하여 주시지요."

하고 묻는 이선배의 말에 공작부인은 이상스러운 표정으로 이선배의 얼굴을 물끄러미 쳐다보며

"저를 화장실에서 이 침실로 옮겨 주신 이는 어느 분이

---

17) 애처로운

예요?”

하고 의외의 말을 물었다.

　“저올시다. 긴급한 때라 실례를 무릅쓰고 제가 침대로 옮겼읍니다.”

　그 말을 들은 공작부인은 아무 말도 없이 이 두 눈을 스르르 감았다.

　공작부인은 실로 이상하기 짝이 없었다. 비록 정신은 잃었다 할지라도 아까 자기가 화장실로부터 침실로 안기워[18] 올 때 자기의 코를 찌른 이상한 체취(體臭) ─ 어디선가 맡아본 적이 있는 듯한 몸 냄새를 깨달았던 것이다.

　공작부인은 눈을 감은 채 가만히 생각하여 보았다. 그러나 그 독특한 몸 냄새를 어디서 맡아보았으며 누구의 것인가를 생각해 낼 수가 없었다. 그때

　“그런데 빨리 그 도화역자의 이야기를 하여 주십시요.”

하고 재촉하는 이선배의 말에 공작부인은 감았던 눈을 다시 뜨면서 입을 열었다.

　공작부인의 이야기를 종합해 보면 그가 ‘홀’에서 백영호 씨와 춤을 추고 나서 화장을 고칠 셈으로 ‘홀’ 밖으로 나와 화장실로 들어갔다.

---

18) 안기어

화장실에 들어가 삼면경 앞에 서서 얼굴을 고치고 있노라니까 언제 어디로 들어왔는지 주홍빛 도화복을 입은 어릿광대가 바람처럼 등 뒤로 쑥 나타나는 것이 거울에 비치었다.

공작부인은 그만 "악!" 하고 뒤로 돌아서려는 순간, 시퍼런 칼날이 왼편 어깨 위로 번쩍 들리었다고 한다.

공작부인은 그때 무서운 광경을 다시 한 번 회상하는 듯 몸을 부르르 떨면서

"그래 그만 악하고 사람 살리라고 고함을 쳤어요. 그러나 칼 쥔 손이 제 왼편 어깨위로 번쩍 들리는 것과 제가 고함을 치는 바람에 들창 밖으로 달아나던 것만은 기억하겠어요."

그때 옆에 있던 오상억 변호사가

"범인은 왼손잡이다!"

하고 중얼거리는 말에

"음 그렇다! 공작부인의 등 뒤에 섰던 범인이 만일 왼손잡이가 아니고 보통사람처럼 바른 손을 쓴다면 정녕코 공작부인의 바른편 어깨를 찔렀을 테니까 ——"

하고 오상억 변호사의 말을 지지한 것은 탐정소설가 백남수였다.

그러나 오늘밤 그 도화복으로 정체를 감춘 범인이 대체

누구라는 것을 아는 사람은 하나도 없다. 현관을 지키고 있던 안내인도 그런 수상한 사람을 들여보낸 기억은 전연 없다고 단언하였다.

그러는 사이에 관할경찰서로부터 사법주임 임경부가 십여 명의 부하를 인솔하고 도착하자 그 뒤를 이어 검사국으로부터 박 검사가 도착하였다.

그러나 그들도 그 이상 더 신통한 발견은 못하였으며 다만 흉기(凶器)인 단도 한 자루를 유일한 물적 증거품으로 압수하였을 뿐이었다.

그러나 여기 이상한 현상이 하나 일어났다. ― 경찰 일행이 손님들을 홀 안으로 몰아넣고 간단한 취조를 시행하려고 하였을 때, 조금 전까지도 보이던 저 수상한 화가 이선배의 그림자가 마치 요술사처럼 온데간데없이 사라지고 말았다는 사실이다.

"이선배라니요?"

무슨 영문인지 모르는 임경부와 박 검사는 남수를 쳐다보며 물었다.

"자칭화가 이선배라는 자가 오늘밤 이 무도회에 참석했었읍니다"

하고 백남수는 이선배에 대한 간단한 설명을 하였다.

그래서 곧 정문을 지키고 있던 경찰을 불러 들여다 물어

보았더니

"무슨 긴급한 일이 있다고 하여 밖으로 내보냈읍니다."

하고 적지 않은 책임감을 느끼면서 대답하였다.

"에이, 바보 같은 자식!"

임경부는 마악 터져나오려는 분노를 억지로 참는 얼굴이다.

"지금이라도 곧 뒤를 따라라. 그리 멀리 못 갔을 것이다."

하고 부하들에게 벼락같은 명령을 내리고 이번에는 백남수를 향하여

"그 도화역자가 홀에 나타난 것은 모두 몇 명이나 되는가요?"

"단 한 번입니다."

"그것은 어느 때요?"

"공작부인이 춤을 한 차례 추고 안으로 들어간 후입니다."

여러 손님들도 남수의 증언을 지지하였다. 경부는 다음 공작부인을 향하여

"당신은 그때 도화역자를 보았읍니까?"

"저는 못 보았어요. 제가 다시 홀로 나왔을 때는 벌써 그는 어디론가 자취를 감춘 뒤였어요. 지금 와서 생각하니

그때 그 어릿광대는 저와 엇바뀌어 화장실로 숨어들어 간 것 같아요."

"음 — 그것은 그런데 화가 이선배라는 사람은 어떤 사람입니까?"

"저도 그이와는 오늘밤이 처음입니다. 다른 손님의 대신으로……"

공작부인은 말을 끊었다.

"다른 손님의 대신으로?"

"………"

"숨김없이 똑똑히 말씀해 주시요."

그러나 공작부인은 말이 없다.

공작부인의 저윽이 주저하는 낯빛을 눈치 챈 임경부는 조금 엄숙한 목소리로

"어떤 사람의 대신으로 이선배란 작자가 이 가장무도회에 참석하였다는 말씀입니까?"

하고 물었을 때 공작부인은 그 망설이는 눈동자로 옆에 있는 백영호 씨를 한 번 쳐다본 후에

"김수일이라는, 역시 화가가 오늘밤 참석하지 못하게 되었다고, 그리고 그의 친구인 자기가 대신 무도회를 구경할 셈으로 왔었다고요."

"좀 더 자세한 이야기를 해주십시요."

"그 이상 자세한 이야기는 없었어요. 전부 말씀 드렸어요."

공작부인은 돌연 어깨에 받은 상처에 고통을 느끼는 듯이 양미간을 찌프리고[19] 귀찮다는 얼굴로 눈을 감았다.

"미안합니다만 자세한 심문은 후일로 미루어주시요. 무척 고통을 느끼는 모양이니까."

옆에 서 있던 백영호 씨가 애처러운 듯이 임경부에게 정중히 말했다.

"― 그러나 단 한 가지, 그 김수일이란 화가의 주소를 가르쳐 주십시요."

그러나 공작부인은 들은 체 만 체하고 눈을 뜨지 않는다.

"속히 말씀해 주시요. 일 분이라도 늦으면 늦을수록 ―"

그러나 아무런 대답도 없다.

"미안하지만 내일로 ―"

백영호 씨가 다시 한 번 간절히 부탁하였다. 임경부도 하는 수 없이 공작부인에 대한 심문을 그치지 않을 수 없었다.

그러나 공작부인은 무엇을 생각했는지 임경부가 발머리를 돌려 밖으로 나가려는 것을

---

19) 찌푸리고

"잠깐 ―"

하고 임경부를 불러 가지고 아까 이선배가 자기를 '발코니'로 끌고 나가서 한 이야기를 숨김없이 말한 후에

"김수일 씨의 주소는 서린정 중앙'아파―트' 칠 호실 ―"

하고 약간 떨리는 목소리로 대답하였다.

"중앙'아파―트' 칠 호실!"

사법주임 임경부의 양 눈이 번쩍 빛난다.

경부 임세훈(任世勳)은 근 이십년 동안이나 탐정이란 직무에 몸을 던진 노련한 경찰관이다.

그의 민활한 수완과 초인적인 정력은 사실 놀랄 만 하였으며 어떠한 범죄자라도 그가 한번 훑어보는 눈초리 아래 머리를 숙이지 않는 자가 없었다.

그러나 그가 지금까지 손에 댄 범죄사건은 태반이 무미 간조하고 지리하기 짝이 없는 사소한 사건뿐이었다. 그는 일생을 통하여 자기의 기념비가 될 만한 사건 ― 탐정소설처럼 흥미 있고 호화로운 범죄 ― 기상천외(奇想天外)의 재주를 가진 범인을 상대로 마음껏 한 번 싸워 보고 싶은 충동을 언제나 느끼던 바이다.

그러던 차 오늘밤 이 화려한 가장무도회라는 무대를 배경으로 돌발한 이 살인미수 사건을 눈앞에 볼 때 그의 가슴은 마치 예술가가 느끼는 창작욕 이상의 흥분을 느끼는

것이었다.

더구나 세계적 무희 공작부인에게 칼을 던진 범인이 화려한 애수(哀愁)를 '심볼'로 하는 도화 역자의 가면을 쓰고 나타났다는 사실로 미루어 볼 때 그는 거기서 실로 악마시(惡魔詩)와도 같은 공포를 전신에 깨달았던 것이다.

"이 사건만은 내손으로 해결하리라!"

이리하여 임경부는 부하 한명에게 손수건으로 싼 단도를 내주며 도경찰부 감정과로 가지고 가서 감정의 결과를 보고해 오라는 분부를 내린 후에 자기는 부하 두 명을 거느리고 명수대 공작부인의 저택을 나서서 바로 시내 서린정을 향하여 달빛이 낮같이 쏟아져 내리는 한강 인도교를 기운 있게 몰아댔다.

"늙은 백영호 씨와 젊은 공작부인의 약혼…… 백정란의 약혼자인 의학박사 문학수는? 그리고 정란을 따르는 오상억 변호사는? 화가 김수일과 공작부인의 연애사건은? 수상한 화가 이선배라는 작자는…… 도화역자의 정체는……"

이러한 의문이 임경부의 머리 속을 질서 없이 떠돌기 시작하였다.

그때 부하 한 사람이 임경부를 향하여

"그런데 저 수상한 화가 이선배를 따라간 경찰들이 아직 돌아오지 않는 것을 보니 무슨 소득이 있는 모양이지요?"

하고 물었으나 임경부는 묵묵히 '쿠숀'에 몸을 파묻고 양 눈을 지긋이 감은 채 도대체 대답이 없다.

그것도 그럴 법한 것이 임경부는 지금 저 악마의 가장인 주홍색 도화복을 이 사람에게도 입혀 보고 저 사람에게도 입혀 보곤 하면서 가장 속에 숨은 범인의 정체를 머리에 그려보고 있었던 것이다.

그는 누구보다도 먼저 이선배란 인물에다 도화복을 입혀 보았다. 그러나 다음 순간 임경부는 곧 그것을 벗기지 않을 수 없었던 것이다. 어째서? 이선배와 그 도화역자는 결코 동일한 인물이 아니었기 때문이다.

왜 그러냐 하면 도화역자가 벙글거리는 얼굴로 '홀' 안에 나타났을 때 이선배는 확실히 탐정소설가 백남수와 함께 '소파'에 걸터앉아서 멀리 그것을 바라보고 있지 않았던가.

뿐만 아니라 화장실에서 부르짖는 공작부인의 날카로운 비명을 듣고 백영호 씨와 함께 홀 밖으로 뛰어나간 것도 이선배였다.

"그렇다. 이선배는 결코 범인이 아니다. 그러면……"

그러면 대체 무슨 이유로 이선배는 경찰들의 눈을 피하여 도망을 했을까?

그리고 오늘밤 처음으로 공작부인의 현관을 들어섰다는

그가 이층 서재에 전화기가 놓여 있다는 사실을 또 어떻게 아는가?

"하옇든 이선배가 범인은 아닐지라도 중요한 관계 인물이라는 것만은 움직일 수 없는 사실이다."

그 다음에 임경부는 돌아가면서 전부 한 번씩 이 주홍색 도화복을 모두 입혀 보았다.

"탐정은 어떠한 인물이라도 의혹의 눈으로 볼 수 있는 권리와 의무를 가지고 있다."

는 탐정학(探偵學)제 일과의 교훈 그대로 탐정소설가 백남수를 의심하고 의학박사 문학수를 의심하고 변호사 오상억을 의심하고 나중에는 백영호 씨와 그의 딸 정란까지를 의혹의 눈으로 훑어본 다음에 눈을 번쩍 뜨면서

"화가 김수일! 공작부인의 애인 김수일!"

하고 중얼거렸다. 비록 자기를 해하려 하였으나 그것도 결국은 자기를 끝없이 사랑하고 있는 때문이 아니었던가? 김수일의 주소를 숨기려고 애를 쓰던 공작부인의 얼굴이 알알이 나타난다.

어디로 들어와서 어디로 자취를 감추었는지는 지금 갑자기 추측하기 어렵거니와 하옇든 그 김수일이라는 인물이 가장 농후한 혐의자임에는 틀림이 없었다.

그러는 동안에 그들을 실은 자동차는 벌써 남대문을 지

나 부민관 앞을 지나고 있었다. 김수일이란 화가가 살고 있다는 서린정 '중앙·아파ー트'는 바로 광화문 우체국 뒷골목을 조금 들어서면 보이는 이층 양옥이다.

황급히 자동차에서 내린 임경부 일행은 금자로 '중앙·아파ー트'라고 씌어 있는 유리문을 기운차게 열었다.

"수부(受付)"—라고 씌어 있는 조그마한 들창 안에 주인 마누라 비슷한 중년부인이 담배를 피우며 앉아 있다가 뚜벅뚜벅 들어서는 경찰관 나리를 쳐다보자 이편에서 묻기 전에 먼저 들창을 다르르 열고 인사 대신 반만큼 웃어 보였다.

"잠깐 조사할 일이 생겼는데…… 숙박부(宿泊簿)를 좀 보여 주시오."

하는 임경부를 조금 의아스러운 눈으로 바라보면서

"네, 이것입니다."

하고 옆에 놓인 테이블 위에서 숙박부를 가져다주었다.

"칠 호실에 김수일이란 사람이 들어 있을 텐데……"

"김수일 김수일?"

하고 두어 번 중얼거리다가

"아, 저 뭔가, 그림 그린다는 사람 말이죠? 아, 참 그의 이름이 김수일이라지. 난 참 잊어먹기도 잘해. 그가 무슨 못할 짓을 했어요?"

# 마술사[20]

임경부가 숙박부에서 발견한 사실을 대강 추려서 기록해 보면 다음과 같았다.

성명 —— 김수일.

연령 —— 삼십삼 세.

본적 —— 평안부 남문동 ××번지.

직업 —— 화가.

투숙일(投宿日) —— 소화 십×년 정월 팔일.

그리고 옆에다가 빨간 잉크로 '방세 사 개월분 선납(先納)'이라고 씌어 있었다.

그때 마누라가 생긋 웃으며

"참, 그 분과 같은 손님만 들어주신다면야 '아파ー트' 영업도 괜찮지요."

---

20) 魔術師

하고 묻지도 않는 말을 한다.

"어째서?"

"글쎄 그렇지 않아요. 방세는 사 개월분이나 먼저 내주겠다, 방은 기껏 해야 한 달에 두세 번밖에 사용하지 않겠다.——"

"한 달에 두세 번?"

귀 밑이 으쓱해지는 임경부였다.

"그럼요. 그것도 잠을 잔다든가 하는 게 아니고 두어 시간씩 어여쁜 아가씨와 같이 와서 조용히 이야기나 하시다가 가신답니다."

"그럼 그 어여쁜 아가씨란 어떤 사람이요? 이름이 뭔지 모르오?"

"그런 것은 알 수 없어요. 아마 그의 사랑하는 사람이겠지요. 호호…… 낯은 퍽 익은 듯 해두 도무지 누군지, 어디서 본 사람인지, 기억이 안 나겠지요."

"음, 신문이나 잡지 같은 데서 사진으로나 본 사람이 그리 쉽사리 생각날 리는 없지. 속눈썹이 길고 살결이 백옥 같이 맑고 얼굴이 갸름한 —— 다시 말하면 무척 총명스러운 아가씨 ——"

"네네, 맞았어요! 아이, 어쩌면 그렇게 눈앞에 보는 것 같이 맞추실까! 참 신통도 해라!"

주인마누라는 혀를 찬다.

"그래 김수일이가 지금 집에 있소?"

"없어요. 어제 저녁에 잠깐 들려서 그이에게 온 편지를 달래가지고 또 어딘가 나가 버렸어요. 아마 그 아가씨한테서 온 편지 같은데 여자글씨로 봉투엔 단지 '명수대에서'라고 씌어 있었답니다."

두말할 것도 없이 그 어여쁜 아가씨란 오늘밤 저 도화역자의 칼에 찔린 공작부인에 틀림없을 것이며 편지의 발신인도 공작부인이란 것쯤은 임경부도 미리부터 짐작하고 있었던 바다.

"그런데 김수일이란 사람은 대체 어떻게 생긴 사람이요?"

"얼굴이 기름하고 아주 호남자예요. 키가 늠름한 아주 훌륭한 신사 —— 퍽 점잖아요. 화가처럼 머리를 길게 기르고 ——"

"그의 친구 이선배란 사람이 찾아온 적은 없소? 역시 그림 그리는 사람인데 ——"

"그에게는 한 사람도 친구가 찾아온 적은 없었어요. 그 어여쁜 아가씨 외에는 ——"

임경부의 걷잡을 수 없던 공상의 실마리는 거기서 그만 딱 끊어져 버리고 말았다. 이선배는 한 번도 김수일을 찾아온 적이 없다지 않은가. 과연 이선배는 김수일의 친구였던가? 이선배는 대체 어떠한 인물일까?

임경부는 김수일의 방 칠 호실을 임검하였다. 방안에는 '테이블'과 의자, 그 외 간단한 화구(畵具)가 몇 개 놓여 있을 뿐이요. 임경부는 이렇다 할 물적 증거품 하나 발견하지 못하였다. 지문을 얻어 보았으나 전부가 다 분명하지를 못해서 하나 쓸 만한 것이 없었다.

그래 하는 수 없이 김수일이 다시 '아파-트'로 돌아오거든 곧 경찰서로 전화를 걸어 달라는 부탁을 톡톡히 다진 후에 임경부 일행은 '중앙·아파-트'를 나섰다.

"한 달에 두세 번 밖에 사용하지 않는 '중앙·아파-트' 칠 호실 손님 김수일이란 어떤 인물일까?"

임경부는 ××경찰서로 돌아오자마자 경성시민을 직업별(職業別)로 나눈 커다란 장부를 책장에서 꺼내놓고 분주스러이[21] 펴보았다.

그러나 이상한 일이다. 화가난(畵家欄)을 아무리 뒤져 보아도 김수일이란 이름도 보이지 않고 이선배란 이름도 발견할 수가 없었다.

"가짜 화가로구나!"

---

21) 분주하게

임경부는 장부를 접어놓으며 그렇게 중얼거렸다.

"이선배도 가짜 화가, 김수일도 가짜 화가! 공작부인은 결국 가짜 화가 김수일과 지금까지 교제를 해 왔다?"

거기에 무엇인가 헤아릴 수 없는 무서운 비밀이 숨어 있는 것 같아서 임경부의 걷잡을 수 없는 호기심은 ●없이 허공을 달리기 시작한다.

이야기는 바뀐다.

임경부의 벼락처럼 쏟아지는 명령을 받고 수상한 화가 ——'씰크햇트'에 '외알 안경'을 쓴 이선배를 따라 명수대 공작부인의 저택을 뛰어나온 경찰관 일행은 어떻게 되었는가?

그들은 가장 탐정으로서의 장래성이 많다고 동료 간의 촉망을 받는 순사부장 박태일(朴泰一)을 선봉으로 '오-토바이'를 한 대씩 잡어타고 질풍과 같이 한강 인도교를 향하여 달려갔다.

바로 그때였다.

"저놈이 아닌가! 저기 저 인도교 입구에서 지금 뒤를 힐끗 힐끗 돌아보면서 달아나는 '씰크햇트'에 '택시-도오'를 입은 ——"

하고 경찰 한 사람이 부르짖었다.

보니, 과연 저 이선배에 틀림이 없는 '씰크햇트'의 괴상한 신사가 한강 다릿목에서 희미하게 비치는 가로등을 등지고 지나가는 '택시 —'를 잡을 셈으로 이리왔다 저리갔다 하는 모양은 마치 함정에 빠진 짐승처럼 안타깝게 보이며 초조해 보였다.

"그렇다. 저 놈이 이선배다!"

"자동차가 없어서 애를 태우고 있구나!"

"앗! '택시 —'를 멈추었다…… 올라탄다…… 빨리 빨리!"

그러나 그때는 벌써 이선배를 실은 자동차가 높다란 엔진소리와 함께 달빛이 곱게 어린 한강다리를 비조와 같이 시내를 향하여 달아나기 시작하였다.

이리하여 경찰들과 이선배 사이에는 우리들이 영화에서 흔히 보는 일대 추격전(追擊戰)이 일어났던 것이다.

경찰들의 '오-토바이'와 이선배의 자동차와의 거리는 약 삼백 미터—— 그러나 처음에는 '오-토바이'의 속력이 무척 빨라서 이대로 가면 적어도 경성역 근방에서 저 수상한 화가 이선배를 완전히 체포하리라 박부장은 믿었던 것이다.

그러나 그들의 사이가 백 미터까지 좁아졌을 때 운전수는 과분의 보수를 받은 듯 이선배의 자동차는 마치 총소리에 놀란 참새처럼 후닥딱하고 한 번 커다란 엉덩이를 들썩

하더니 저릿저릿한 속력을 내어 점점 깊어가는 밤공기를 칼로 베이듯이 날아간다.

그러는 동안에 어느새 경성역을 지나고 남대문을 거쳐서 이번에는 왼편으로 급'커-브'를 하여 쏜살같이 부청을 향하고 달아나던 자동차는 마침내 태평동 조선일보사 앞에서 "욱!" 소리와 함께 황급히 멎어 버리지 않는가.

"앗! 저 놈이 그만 자동차에서 내렸다! 빨리 빨리!"

"앗! 왼편 골목으로 빠져 들어갔다!"

그렇게 부르짖으면서 경찰들이 따라왔을 때는 벌써 저 이선배를 싣고 온 자동차는 광화문 저쪽 어둠속으로 자취를 감추어버린 후였다.

"빨리 이선배를 따라라!"

박부장이 선봉에서 어둑어둑한 골목으로 밀려들어 갔을 때

"저기 간다! 저기 저기!"

하고 경찰 한 사람이 소리를 쳤다.

보니, 약 백 미터 앞을 나는 듯이 달음박질치는 이선배 ―― '씰크햇트'를 제껴쓰고 단장을 꺼꾸로[22] 잡은 이선배의 그 늘씬한 뒷모양이 조는 듯한 전등 밑을 힛득힛득

_____

22) 거꾸로

—— 마치 재봉침으로 늡이는 듯이 번쩍거린다.

"저 놈을 놓쳐서는 안된다!"

"어떠한 위험이 있더라도 저 놈을 잡아야 한다!"

고적한 밤공기를 울리는 경찰들의 패검 소리가 채칵 채칵 채칵 —— 그때 이선배가 힐끗힐끗 돌아다보면서 왼편 골목으로 뛰어들어가는 것을 본 박부장은

"오냐! 이젠 네가 포대에 들은 쥐로다!"

하고 외쳤다.

어째 그러냐 하면 지금 이선배가 허덕거리면서 뛰어들어간 골목이란 높다란 '콩크리-트' 담장을 디근(ㄷ)자로 둘러쌓고는 그만 꽉 막혀버린 소위 막다른 골목이란 것을 박부장은 누구보다도 잘 알고 있었던 때문이다.

그러나 그때 실로 이상한 일이 하나 일어났다.

필자는 여기서 수상한 화가 이선배가 허덕거리면서 쫓겨 들어간 그 막다른 골목이란 것을 좀 세세히 기록해둘 필요가 있다고 생각한다.

왜 그러냐하면 이 막다른 골목에서 실로 사람의 힘으로는 수행할 수 없는 —— 그리고 사람의 두뇌로는 가히 상상할 수 없는 이상한 사건이 생긴 때문이다.

그것은 박태일 부장 이하 여러 경찰들의 맹렬한 추격을 받고 있던 이선배가 돌연 마술사(魔術使)와도 같이 ——

그리고 연기와 같이 온데간데없이 자취를 감추고 말았다는 실로 이상야릇하고도 초인간(超人間)적 사건이 돌발하였다는 것이다.

그러면 이 막다른 골목의 지리(地理)는 대체 어떻게 되었는가?

필자는 독자의 편의를 도모코저[23) 다음과 같은 간단한 그림을 가지고 설명하고자 한다.

그림에서 보는 바와 같이 '갑' '을' '병' '정'은 각기 주인이 다른 외채집이다. '가' '나' '다' '라'는 양옥을 둘러싼 두 길이나 되는 '콩그리ー트' 담장이다. 그리고 '마' '바' '사'는 고등여학교의 역시 두 길 이상의 돌담이다.

그러면 그때 경찰들에게 쫓기던 이선배는 어떤 길로 들어갔는가 하면 그림의 화살표(↑)를 따라서 왼편으로 꺾어져 양옥을 둘러싼 디귿(ㄷ) 모양으로 생긴 골목으로 뛰어들어갔던 것이다.

이 골목은 약 한 칸 반 쯤 되는 넓이를 가졌는데 '라'에서 꽉 막혀 버리고 말았다.

경찰 일행이 쫓기는 이선배의 뒷모양을 최후로 본 것은 정문을 지나 '콩크리ー트'담 '나' 모퉁이[24)를 돌아서는 데

---

23) 도모하고자
24) 모퉁이

까지였다.

그때 경찰들은 바로 '가'모퉁이를 돌아섰던 것이다.

이상야릇한 실로 믿어지지 않는 기적이 일어난 것은 바로 그때였다.

용감한 박태일 부장은 동료들을 격려해 가면서 정문을 지나 '나' 모퉁이를 오른편쪽으로 돌아섰을 때 보니, 골목에는 희미한 달빛만이 비칠 뿐, '씰크햇트'의 이선배 그림자는 하늘로 올라갔는지 땅 속으로 빠져들어 갔는지 연기처럼 사라지고 말지를 않았는가!

"야얏?"

"어디로 갔니?"

그러나 그 순간까지도 박부장은 실망을 안 하였다. 자기네들의 '가'에서 '나'까지 따라오는 사이에 이선배는 벌써 '다' 모퉁이를 돌아섰나 보구나 하는 하나의 희망을 품고 있었던 때문이었다.

그러나 다음 순간 ——'다' 모퉁이를 이편 쪽으로 돌아서서 휘파람을 불면서 한가히 걸어오고 있는 한 사람의 산보객을 눈앞에서 보았을 순간, 박부장은 가슴이 덜컥하고 내려앉음을 깨달았다.

모자도 안 쓰고 '칼라'도 없이 흰 '와이샤츠' 바람으로 양손을 '바지' '포켙'에다 쓰러넣고 이리로 걸어오는 한 산보객이 도중에서 만일 허덕거리면서 달아나고 있는 '씰크햇트'의 예복을 입은 수상한 신사를 만났다고 하면 그는 필연적으로 눈이 둥그래져서 무슨 일이 생겼나 하고 저렇게 한가스러이 휘파람을 불며 유유히 걸어올리는 만무하리라 —— 이것이 박부장의 번개 같은 추리(推理)였다.

그때야 그 산보객도 우두커니 서서 무슨 일인가 하고 바람과 같이 옆을 지나가는 경찰들을 멍하니 쳐다본다.

과연 박부장의 상상대로 '다' 모퉁이를 돌아서서 막다른 데까지 따라가보았으나 이선배는 마술사처럼 없어지고 말았다.

"이상한 일이다!"

"어디로 도망갔을까? 두 길이나 되는 이 양편 돌담을 넘어 갔을 리는 없는데……"

"하옇든 이제 그 산보객더러 물어보자."

이리하여 박부장은 아직 우두커니 서서 경찰들이 떠들고 있는 모양을 멍하니 바라보고 서있는 산보객을

"여보!"

하고 불렀다.

"왜 그러시우?"

산보객은 한 발자욱 경찰 앞으로 다가서면서 대답하였다.

"이제 방금 이리로 '씰크햇트'를 쓰고 예복을 입고 단장

을 든 수상한 신사가 뛰어들어가는 것을 못보았소?"

하고 묻는 말에

"'씰크햇트'를 쓰고 예복을 입은 신사?"

하고 산보객은 또 한 걸음 다가선다.

"그리고 외알안경을 쓴 ——"

그때 그 산보객은 달빛에 어렴풋이 비치는 박부장의 창황한 얼굴을 유심히 드려다보면서

"자네 박태일 군이 아닌가?"

하고 의외의 말을 건넸다.

이 뜻하지 않은 장소에서 이 뜻하지 않은 인물과 만난 박태일은 이 천재일우(千載一遇)의 기회를 어떻게 축복하여야 할지 헤아릴 수가 없었다.

그것은 지금 서울 장안뿐만 아니라 전 조선의 범죄자들을 전률시키며 따라서 그들의 미움을 자기 혼자 차지하고 있는 명탐정 유불란(劉不亂) 씨 그 사람이었던 때문이다.

경찰서에도 소위 저라고 하는 자칭 명탐정이 수두룩한 가운데 박태일은 오직 자기의 스승이 될 만한 사람은 유불란 씨 이외는 없다고 믿고 그를 지금까지 사숙해 왔던 터이다.

그러한 유불란 씨를 이러한 곳에서 우연히 만난 박태일이었다.

"무슨 공명을 이룰 만한 사건이 생겼나 보구만 응"
하고 묻는 유불란 씨의 말에

"'씰크햇트'를 쓰고 예복을 입고 아래 턱에 수염을 덥수룩하게 기른 수상한 신사를 못보셨읍니까? 이제 방금 이리로 쫓겨 들어갔는데 ──."

"이제 방금?"

"네! 그이가 유령이 아닌 이상, 그리고 세상에 과학(學科)이란 것이 있는 이상 선생과 그이와는 이 좁은 골목에서 필연적으로 만났을 것입니다."

"하아, 군의 말을 듣고 보니 군은 나를 몽유병자(夢遊病者)로 생각하는 모양이네 그려. 그렇지 않겠나? 내가 졸면서 산보하는 습관을 가지지 않은 이상 사실 그런 사람이 이 골목으로 뛰어들어왔다면 내가 못 볼 리가 없을 텐데 ──"

"이상한 일입니다. 이선배란 인물이 겨드랑이에 날개를 붙이지 않은 이상 이 수수께끼를 풀 사람은 우리 조선 안에 단 한 사람 ── 선생님뿐이겠지요."

"무슨 영문인지는 모르나 군의 말을 들으니 대단히 재미있는 사건 같은데, 어디 처음부터 한 번 이야기를 해보지. 그리고 웬만하면 내 집으로 들어가서 차라도 한 잔씩 ──"

그때야 박태일 부장도 오른편 양옥이 유불란 씨의 댁인 줄 비로소 깨닫고

"고맙습니다. 그러나 곧 서로 돌아가서 보고를 해야겠읍니다."

"하아, 사법주임 임경부가 또 활약할 모양이로구먼."

"그렇습니다. 오늘밤도 임경부께서 현장을 임검했읍니다."

그래서 박태일은 행길에 서서 오늘밤 명수대 공작부인의 저택에서 가장무도회가 열리었고 도화역자가 나타나서 공작부인을 칼로 찌르고 한편 이상한 화가 이선배를 따라오던 도중이란 것을 간단히 말하였다.

"하아, 그랬던가! 글쎄 우리 서울 안에는 아직 '씰크햇트'에 '모노클'을 쓴 '댄디(풍류신사)'는 없을 텐데 하고 이상스러히 생각했더니만 ——"

"그런데 선생님! 선생님은 과학을 믿습니까?"

"나는 무엇보다도 과학을 사랑하지."

"그러면 이선배가 —— 아니 사람의 힘으로 이와 같은 두 길이나 되는 돌담을 눈 깜박할 사이에 넘을 수가 있을까요?"

"못 넘는다. 절대로 불가능한 일이지."

"그러면 이선배라는 인물은 사람이 아니고 귀신……?"

"귀신이 걸어다니는 것을 군은 보았는가?"

"그러면 이 이상야릇한 사건을 어떻게 해석해야만 되겠읍니까?"

"그것이 즉 우리들 탐정으로서의 연구 대상이다. 음 괴상한 일이로군!"

"그러면 이 좁은 골목에서 유령처럼 사라진 이선배를 어떻게 생각하십니까?"

"하아, 박군도 어리석은 질문을 하는구만, 그것을 곧 이 자리에서 대답할 자격을 가진 이는 탐정이 아니고 신인(神人)이거든. 샬록·홈즈가 어떤 곤난[25]한 사건에 당면했을 때, 그는 어떻게 했는가 쯤은 군도 잘 알 것이 아닌가?"

"하루 밤에 담배를 스무 갑이나 피우고 커피를 설흔[26] 잔이나 마시고 고슴도치처럼 의자에 쪼그리고 앉아서……"

"그렇다. 군도 오늘밤에 집에 돌아가서 담배 열 갑만 피워 보게. 그러면 유령 이선배에 대한 수수께끼가 풀릴지도 모를 테니까…… 하옇든 이 공작부인 살해 미수 사건은 대단히 재미있는 사건이다. 대체 동서고금을 통하여 무척 무섭고 무척 흥미 있는 사건은 거의 전부가 처음에는 신비

---

25) 곤란
26) 서른

(神祕)의 가면을 쓰고 나타나는 법이건든. 도저히 사람의 힘으로는 —— 다시 말하면 과학으로는 넘겨다 볼 수 없는 유령의 탈을 쓰고 나타나는 것이다. 이 공작부인 살해 미수 사건만 해도 두 가지의 신비로운 점이 있다.—— 한 가지는 도하역자의 신비요, 또 한 가지는 이선배의 신비다. 하옇든 돌아가서 임경부에게 보고를 해 보게. 그가 과연 어떠한 의견을 가지는가."

"그럼 후일 또 다시 뵙겠읍니다."

이러하여 근방 일대를 이리 저리 수색하고 있던 동료를 불러 가지고 유불란 씨의 정문 앞에서 헤어졌다.

××서에 도착하니 서린정 '중앙·아파—트'로 김수일을 찾아 갔던 임경부 일행이 좋지 못한 안색으로 박태일 부장을 맞이하였다.

"박군, 어떻게 되었는가?"

임경부는 박태일을 보자마자 성급히 물었다. 임경부는

"실로 상상하지 못할 이상한 일이 하나 생겼읍니다."

하고 이선배 추격전의 전말을 세세히 보고 하였다.

"음, 이 세상에 그런 일도 있을까?"

임경부는 한층 더 이 사건의 신비성과 정체모를 악마의 촉수(觸手)를 전신에 느끼고 부르르 떨었다.

"그래 유불란 군의 의견은?"

"하룻밤에 담배 열 갑만 태우면 이선배에 대한 신비의 껍질이 벗어지리라고 말합니다."

"그게 대체 무슨 뜻이냐?"

"샬록·홈즈는 하룻밤에 담배 스무 갑을 피우고 어려운 사건을 해결했답니다."

유불란이 어느새 이 사건에 등장하였다는 말을 들은 그 순간부터 임경부는 벌써 기분이 상했던 터이라, 화를 벌컥 내며 고함을 쳤다.

"이 바보야! 샬록·홈즈는 소설 속의 인물이다! 공작부인 살해 미수 사건은 현실 문제가 아닌가!"

"네, 저는 다만 유불란 씨의 말을 전했을 뿐입니다."

박태일 부장은 일상 임경부가 민가 탐정 유불란 씨에게 질투와 시기와 마음을 품고 잘 잘못은 하옇든 그를 항상 힐란하고자 하는 임경부를 누구보다도 잘 알고 있는 터이라, 속으로는 픽하고 웃으면서도 태도만은 공손하였다.

그때 한 사람의 경찰이 또 경찰부 감정과(鑑定課)에 보냈던 단도 —— 공작부인을 찌른 흉기가 감정되었다는 보고를 가지고 왔다.

그러나 그 보고서에 의하면 단도에는 아무런 지문도 보이지 않는다는 것이었다. 지문을 인멸(湮滅)시킬 셈으로 범인은 처음부터 무슨 헝겊 같은 것으로 단도를 싸 쥐었다고  한다.

　임경부는 보고서를 구겨쥔 채 한참 동안 지긋이 눈을 감고 잠자코 앉았더니 돌연 의자에게 벌떡 몸을 일으키면서

　"하옇든 이상한 일이다. 이선배와 김수일이 둘 다 가짜 화가다! 그리고 이선배가 자취를 감춘 태평동 골목과 김수일이 유숙하고 있는 서린정 '중앙·아파-트'는 말하자면 엎드리면 코가 닿으리만큼 가까운 거리에 있다. 이것이 과연 우연한 일치일까?"

하고 부르짖었다.

# 마인의 명분서[27)

　공작부인이 가장 화려하게 꾸며 놓았던 우리나라 최초의 가장무도회는 저 벙글벙글 웃으면서 돌아가는 무기미한 도화역자가 던진 한 자루의 비수로 말미암아 공포의 수라장으로 변하였으나 다행히도 공작부인이 받은 어깨의 상처는 예상 외로 극히 가벼워서 오월 초 열흘에 거행될 결혼식에는 추호도 지장이 없으리만치 회복되었다.

　물론 거기에는 늙은 신랑 백영호 씨의 남다른 두터운 간호의 보람도 많았다.

　그는 거의 매일 젊은 약혼자 옆을 떠날 줄 몰랐다.

　"은몽 씨!"

　그는 어떤 날 오후, 공작부인과 어깨를 나란히 하고 춘색이 파랗게 어린 한강 일대를 물끄러미 내려다보면서

---

27) 魔人의 命分書

불렀다.

"왜 그러세요?"

긴 속눈섭[28] 밑에 숨었던 공작부인의 까만 눈동자가 반만큼 웃으면서 흑요석(黑耀石)처럼 백영호 씨를 쳐다보았다.

"한 주일 후면 은몽 씨는 나의 아내!"

감개무량한 듯 그는 다시 찾아온 자기의 청춘을 혀끝으로 대굴대굴 굴리면서 맛보는 것이다. 그러나 공작부인의 얼굴에서 그순간 부처처럼 표정이 사라졌다.

"은몽 씨는 이 늙은이의 아내란 말에 아무런 불쾌도 느끼지 않으십니까?"

"그런 말은…… 그런 말씀은 이후 다시는 저에게 들려주시지 마시고 물어주시지도 마세요."

거의 애원하듯이 굴러나오는 공작부인의 목소리였다.

"아름답지 못한 질투라고 생각하시지 마시오 —— 저번 달 은몽 씨가 경찰관에게 한 증언 —— 김수일이란 화가와 연애관계가 있었다는 말을 이 늙은이는 어떻게 생각해야만 될런지……"

공작부인은 잠시 동안에 대답이 없다가 간신히 입을

---

28) 속눈썹

연다.

"김수일 씨는 나의 감정의 연인, 그리고 백영호 씨는 나의 이성의 연인……"

그 순간 백영호 씨는 한편 젊은이처럼 모욕을 느끼었으나 다음 순간, 그것이 당연한 일이라고 그의 핏기 없는 피부와 그의 힛득힛득 흰 머리털이 그의 귀밑에서 조용히 타이르는 것이다.

"잘 알아들었읍니다. 나는 은몽 씨의 말에 대하여 분노를 못 느끼는 나 자신을 잘 알고 있읍니다."

"격정 마세요. 연정의 대상도 가지각색…… 나는 벌써 꿈을 사랑하는 어린 소녀는 아니예요."

"은몽 씨!"

하고 그때 백영호 씨는 힘 있게 불렀다.

"…………?"

"만일 내가 가진 백만원이란 재산이 이 자리에서 다른 사람의 소유로 변하는 한이 있다 할지라도…… 은몽 씨는 역시 이 늙은 백영호와 결혼해 주시겠읍니까?"

"왜 그런 말씀을 하세요."

공작부인의 어조는 약간 높았다.

"은몽 씨! 고맙소! 이 늙은이가 만일 시인이었던들 이 고귀한 순간을 이대로 보내리까 ——"

백영호 씨는 불현듯 공작부인의 어깨를 껴안았다.

"이와 같은 의사를 언제가 한 번은 은몽 씨에게 조용히 표시해 보리라고 기회만 있으면 입을 열었으나 도무지 말문이 꽉 막혀서…… 사실은 지금 경비 난으로 폐교의 운명에 임한 혜성전문학교(惠星專門學校)을 위하여 칠십만원을 제공할 셈으로 교장 황세민(黃世民) 씨와 누차 교섭을……"

감격에 찬 백영호 씨의 목소리를 공작부인은 들은 체 만 체하고 머엉 하니 서 있더니 어깨에 얹은 백영호 씨의 손을 슬그머니 내려놓으면서

"저기 남수 씨가 오십니다."
하고 정문을 가리키었다.

"응, 그러면 나는 이 길로 황교장을 찾아봐야 되겠소."

백영호 씨의 가슴을 누르고 있던 우울 —— 황금의 힘이 공작부인을 황홀케 하지나 않았을까? 하고 의심하던 우울을 일시에 떨쳐버린 듯 그는 발걸음도 가볍게 공작부인의 저택을 나섰다.

백영호 씨가 나간 뒤로 공작부인의 방을 들어서는 탐정소설가 백남수는

"무슨 소식을 전했기로 아버지가 저렇게 희색이 만면해서……"

하고 의아의 눈썹을 모으면서 표정 없는 공작부인의 백옥 같은 얼굴을 쳐다보았다.

"사회사업을 하신답니다. 칠십만원의 제공을 ……"

"칠십만 원?"

태연스럽게 말하는 공작부인의 청천벽력과도 같은 한 마디에 백남수는 순간 얼굴이 핼쓱하게[29] 핏기를 잃어버렸다.

"뭘 그리 놀라세요? 아버지께서 훌륭한 사회사업을 하신다는데……"

"그러나 그게 사실입니까? 칠십만원을…… 그래 무슨 사업을 하신답디까?"

"해성전문학교를 살리신다고요."

"해성전문학교를? 아버지가? 아니, 저 백영호 씨가……"

남수가 이처럼 놀라는 것은 결코 이유 없는 일은 아니었다.

팔년 전 어디론가 행방불명이 된 형 —— 백남철(白南鐵)이 작년 가을 실종선고(失踪宣告)를 받은 이상, 당연히 상속권은 남수에게 있을 것이다. 그리고 상속재산의 십분지 칠이 눈깜짝할 사이에 연기처럼 사라진다는 사실도 사실

---

29) 핼쑥하게

이려니와 그보다도 한층 더 남수를 놀라게 한 것은 아버지 백영호 씨의 사람된 품이었다.

"아버지 같은 위인이 사회사업을 하다니? 칠십만원을……"

"왜 아버지는 사회사업을 하면 안돼요?"

공작부인은 의미 있는 웃음을 빙그레 웃으면서 물었다.

"안되죠."

"어째서?"

"음 ——"

남수는 터져 나오려는 말을 목구멍에서 꽉 막으려는 듯 혀를 깨물었다.

"백영호 씨가 공작부인의 미모에 눈이 어두어져서[30] 공작부인을 위하여 적지 않게 산재(散財)한 것은 말하자면 예외의 일이지요."

"예외의 일이라니오?"

"난생 처음으로 그렇게 많은 돈을 써 보았다는 말입니다. 현재 은몽 씨가 쓰고 있는 이 집값만 해도 오만원 —— 백영호 씨가 오만원을 허어! 게다가 이제 와서 칠십만원을 교육사업에 던진다. 옛적부터 하는 말이 구두쇠가 돈 쓰는

---

30) 어두워져서

법을 알게 되면 황천에서 호출장이 온 것이라고 하더니만 행복스러운 결혼식을 한 주일 앞두고 염라대왕이 백영호 씨를 황천으로 모셔갈 모양이 아닌가……"

"호호호! 남수 씨도 재미있는 말을 제법 잘 하셔."

공작부인은 유쾌한 듯이 웃었다.

그러나 이 남수의 농담 섞인 말이 한 개의 무서운 현실로서 독자제 씨의 눈앞에 나타날 것도 멀지 않은 일이다.

"그것은 그렇고, 경찰당국에서는 아직 저 김수일 씨를 범인이라고 인정하는가요?"

하고 공작부인은 말머리를 돌린다.

남수는 잠시 동안 묵묵히 앉아 있다가

"당국뿐만 아니라 나 역시 김수일이란 인물을 의심하고 있어요. 첫째로 그가 무슨 이유로 돌연 '중앙·아파―트'에서 자취를 감추었을까요?"

"그건 지난번에도 말한바와 같이 그는 영원히 나의 눈앞으로부터 떠날 셈이겠지요."

김수일을 변명하고자하는 공작부인의 태도는 어느 듯 백남수의 탐정욕을 자극하는 것이다.

"그러면 김수일이란 인물은 어째서 은몽 씨와 만날 때만 '중앙·아파―트'를 사용했을까요 ── 그의 본 주소는 어디에요? ──"

“뭐요? 저와 만날 때만 ‘중앙·아파-트’를 사용했어요?”

공작부인은 ‘소파’에서 벌떡 일어나면서 외쳤다.

“그럴 리가 있어요?”

“그뿐만 아니라 당국이 조사한 결과 김수일이란 이름을 가진 화가는 서울에는 없답니다.”

“본적이 평양부 남문정이라는 것도 거짓말이랍니다.”

공작부인의 입술이 바르르 떨리었다.

“그러니 은몽 씨는 김수일이란 가짜 화가 —— 가짜 신사와 교제를 하여온 것이지요.”

“그럴 리가 있어요?”

“그런 걸 어떡거우. 대체 그이와는 언제부터 교제를 하였소?”

공작부인은 잠깐 주저하는 모양이더니 이미 경찰에도 말한 바라 숨길 것 없다는 듯이 작년 가을 ×××개인전람회에서 알게 되어 단 한 번 본 그이에게 자기도 모르는 사이에 정이 쏠려 그 후 몇 번 그가 거주하는 ‘중앙·아파-트’를 찾아갔다는 것이다.

“흥!”

하고 남수는 한 번 코웃음을 치고 나서

“그래 무도회날 밤, 이선배란 작자가 무슨 말을 가지고 왔읍디까?"

"김수일 씨를 생각해서 이 결혼을 그만두라고요. 그래 그건 할 수 없는 일이라고 거절을 했더니만 그럼 이후에 다시 수일 씨를 찾지 말라고 ——"

"그래 은몽 씨는 그날 밤 은몽 씨를 해치려고 한 그 도화역자가 결코 그 김수일이란 사람은 아니란 말씀이지요?"

"그이가 그렇게 악한 사람이라고는 생각지 않아요."

공작부인은 머리를 숙으렸다가 다시 들면서 '테이블' 설합에서 한 장의 종이를 꺼내어 '펜'을 들었다.


김수일 씨! 지금 경찰당국의 무서운 혐의는 오직 수일 씨에게로 쏠리어가고 있읍니다. 나는 수일 씨를 어디까지나 믿고 있읍니다. 수일 씨가 저를 해한 저 도화역자의 정체라고는 꿈에도 믿지 않습니다. 그런데 수일 씨는 무슨 이유로 자취를 감추었읍니까? 어째서 저와 만날 때만 '중앙·아파-트'를 사용했읍니까? 한시바삐 나타나서 이러한 의문을 풀고, 받고 있는 무서운 혐의에서 벗어나십시요.

주 은 몽


"남수 씨 수고스럽지만 이 글을 신문에다 광고해 주세요. 무슨 소식이 있을지 모르니까."

남수는 그것을 받아들고 읽더니

"생각 잘 하셨읍니다. 그러면 지금 곧 돌아가는 길에 ××일보사에 들르겠읍니다."

하고 황급히 명수대 저택을 나섰다.

그때 공작부인과 헤어진 백영호 씨는 효자동 해성전문학교 교장실에서 황세민 교장과 커다란 '테이블'을 사이에 두고 마주앉아 있었다.

필자는 여기서 황세민 씨에 관한 세평을 간단히 소개할 필요를 느낀다. 그것은 이 한 편의 이야기에 있어서 표면에는 그리 흔히 나타나지 않지만 맨 나중에 이르러 그는 실로 중요한 역할을 하고 있기 때문이다.

오십이 넘은 황세민 교장은 십년 전, 삼백만원이란 거액의 돈을 품고 아메리카로부터 표현히 귀국한 독신자(獨身者)다. 그 후 그는 고아원, ×××중학교, ××도서관, 혜성전문학교 —— 이와 같이 사재를 모두 교육사업에 바친 독실한 사회사업가였다.

그러나 이와 같은 금액이 어디서 들어왔으며 그가 어떠한 과거를 밟았는지를 아는 사람은 한 사람도 없었다. 그는 특히 영어와 중국말에 능통하였으나 남달리 높은 교육을 받은 사람 같지도 않았다.

그것은 하여간 지금 황교장 앞에 머리를 숙이고 있는

백영호 씨의 모양은, 마치 고양이 앞에 쥐와도 같았다.

"혜성을 위하여 칠십만원을 제공할 결심을 했읍니다. 그러나 공식 발표와 모든 수속은 결혼식 후로 밀어주시는 것이 어떻겠읍니까?"

"자네의 의향만 그렇다면 그렇게 해도 무방하지."

"고맙습니다. 그러면 후일 다시……"

걸상에서 일어서는 백영호 씨의 얼굴에는 기쁨과 감격이 넘쳐흘렀다.

"고맙기야 이 편이 더 한층 고맙지 하옇든 우리들은 손과 손을 마주잡고 미미하나마 사회를 위하여……"

황교장은 백영호 씨의 손을 붙잡고 힘 있게 서너 번 흔들었다.

교문을 나서는 백영호 씨의 가벼운 발걸음을 황교장은 커-텐을 열어젖히고 머엉 하니 바라보았다.

이리하여 한 주일 후면 공작부인과 백영호 씨의 결혼식을 부민관에서 거행하게까지 결정되고 무려 수천 장의 결혼 청첩장이 각계 명사들에게 발송된 어떤 날이다. 실로 뜻하지 않았던 악마의 무서운 명령이 청천벽력처럼 떨어졌던 것이다.

여기는 다방 백구 —— 자욱한 연기 속에서 손님들은 차를 마시며 달콤한 레-코드 음악에 귀를 기우리고 있었다.

저편 파초 나무 그늘 밑 —— 전등불이 어슴프레[31] 흐르는 구석 복스에는 아까부터 누구를 기다리는지, 연방 팔뚝시계를 들여다보는 한 사람의 청년 신사가 있었으니 그가 바로 저 백영호 씨의 딸 정란의 약혼자인 의학박사 문학수 그 사람이다.

양미간을 약간 찌프린 그의 얼굴에는 무엇인가 헤아릴 수 없는 수심과 초조의 빛이 뭉게뭉게 떠돌고 있었다.

"무슨 이야길가?"

그는 주머니에서 아까 정란으로부터 온 한 장의 속달 엽서를 꺼내어 또 다시 읽어 보는 것이다.


학수 씨 —

오늘밤 여덟 시에 다방 '백구'로 꼭 와 주세요. 저는 지금 까닭 모를 어떤 무서운 처지에 빠져 있읍니다. 자세한 이야기는 만나서 ——

백　정　란


문학수는 속달을 받던 그 순간부터 정란의 소위 '까닭

---

31) 어슴푸레

모를 무서운 처지——'라는 것을 가지각색으로 상상해 보
았으나 도무지 알 길이 없었다.

그 때문에 휙 하니 안으로 열리면서 정란의 낮익은 회색
투피스가 문학수의 시선을 붙들었다.

햇쓱 하니 핏기를 잃은 정란의 얼굴을 바라보는 순간
문학수도 이유 모를 공포에 몸을 부르르 떨었다.

정란의 몸뚱이는 자욱한 연기를 칼로 베이듯이 헤치고
복스와 복스 사이를 허덕거리면서 학수의 곁으로 다가와
마주앉는다.

"이일을 어떻게 해요."

정란은 복스에 몸을 던지면서 방안을 두루두루 돌아다
보는 것이다.

"대체 무슨 일이 생겼기로 —— 왜 그리 얼굴빛이 나빠
요?"

학수는 상반신을 내밀며 종이장처럼 창백한 정란의 갸
름한 얼굴을 걱정하였다.

"이유가 있어요! 이유가 ——"

정란의 목소리는 떨린다.

"이유라니 —— 무슨 이유가?"

"무서운, 무서운 이유가 있어요!"

"무서운 이유라니 —— 속히 말해 봐요! 뭘 그리 두려워

하는 게요?"

"두려워할 까닭이 있어요. 그러나 ——"

정란은 말을 채 잇지 못하고 공포에 쫓기는 눈동자로 또 한 번 방안을 둘러본 후에

"그러나 그것을 저는 차마 입 밖에 낼 수 없어요. 그것을 말하면 안됩니다. 저의, 저의 목숨이, 생명이 위태하다고 요!"

"목숨이? 생명이?"

그처럼 침착한 문학수는 저도 모르게 그만 목소리를 높였다.

"안됩니다! 음성이 너무 높아요. 조용히 말씀해 주세요."

정란의 가느다란 목소리가 애원하듯이 학수의 말을 막았다.

정란의 표정은 무엇인가를 혼자서 망설이는 것이다. 터져나오려는 그 어떤 호소를 입술을 꼭 깨물고 참는 것이다.

그러나 다음 순간, 정란은 무엇을 결심한 듯이 손가락으로 핸드·백을 열고 한 장의 붉은 봉투를 꺼냈다.

"저는 지금까지 이 무시무시한 협박장을 누구에게도 보이지 않았어요. 다른 사람에게 보이면 제 목숨이……"

"협박장?"

"네 이것을 다른 사람에게 보이면 나를…… 나를 죽이겠다고 ——"

정란의 눈에는 순간 눈물이 핑하고 돌았다.

"그러나 당신께만은 ——"

정란이 핸드·백 속에서 꺼낸 한 장의 봉투는 새빨간 봉투 —— 타오르는 듯한 주홍빛 봉투였다. '백정란 앞'이라고 쓰인 이 붉은 봉투에는 발신인의 주소와 성명은 하나도 적혀 있지 않았다. 광화문국의 일부인이 박혀 있을 뿐이다.

"빨간 봉투?"

문학수는 부리나케 봉투를 뜯었다. 편지지도 역시 핏빛 같은 주홍빛이다.

정란, 너는 어떠한 일이 있을지라도 나의 명령을 거역해서는 안된다. 나는 까닭이 있어 다음과 같은 명령을 너에게 내리노라.

오는 초열흘 오후 두시부터 공작부인과 백영호 씨의 결혼식이 부민관에서 거행된다. 그리고 그때 행복스러운 '웨딩·마—치'를 칠 사람이 백정란 너라는 것을 나는 잘 알고 있다. 그러면 정란, 나의 명령을 잘 알아두어야만 한다. 처음 신랑 신부가 입장할 때는 물론 너는 '웨딩·마—치'를 쳐야 할 것이다. 그러나 예물을 교환하고 식이 끝난 후 신랑신부가 퇴장할 때 너는 절대로 '웨딩·마─치'를 쳐서는 아니될 것이다. 너는 그때 그 행복스러운 '웨딩·마─치'를 치는 대신, '쇼팡'의 '퓨─네랄·마─치(**葬送行進曲**[장송행진곡])'를 쳐야 한다. 인생의 최후를 애도하는 장송행진곡을 쳐야 한다!

백정란, 이는 나의 절대적인 명령이다! 네가 만일 이 명령에 거역한다면 그것은 그대로 네 손으로 너의 하나밖에 없는 아름다운 목숨을 끊는 것과 같은 결과를 맺으리라. 내가 너를 위하여 장송행진곡을 칠 것이다.

다시 말하노니 정란! 나의 명령은 절대다! 쇼팡의 '퓨─네랄·마─치'를 완전히 치고 나는 순간까지 너는 이 비밀을 절대로 입 밖에 내서는 아니 된다.

그리고는 다른 피아니스트를 대신 세워도 아니 된다. 너는 어떠한 일이 있을지라도 그날 꼭 '쇼팡'의 장송곡을 쳐야 할 운명에 사로잡힌 자다.

공부작인에게 칼을 던진
'도화역자'로부터

"퓨─네랄·마치!"

괴상한 명령서를 읽고 난 문학수는 얼마 동안 묵묵히 앉아서 정란의 얼굴을 뚫어질듯이 들여다보다가 마침내 굵다란 신음 소리로 중얼거렸다.

"결혼 행진곡 대신에 장송행진곡! 장난이라고 할진댄 너무나 악착스런 장난이다!"

무서움에 벌벌 떨고 있는 정란을 보아서는 자기는 하하 하고 쾌활하게 웃어 보이고도 싶었으나 어쩐지 문학수는 웃을 줄을 몰랐다.

"어떻게 하면 좋아요?"

정란의 입술이 바르르 떨린다.

"하옇든 심상치 않은 일이다. 한시 바삐 이 일을 경찰에 알릴 수밖에 없소."

"안대요. 안돼요! 다른 사람들에게 알려서는 안돼요!"

의자에서 몸을 일으키려는 문학수의 손을 잡고 정란은 애걸하듯 끌어 앉히었다.

"정란 씨!"

"――?"

"아무 염려 마시요. 말하자면 이것은 한 개의 장난에 지나지 못하는 것이니까 ―― 그러나 장난치고는 좀 지나친 장난이기 때문에 만일을 염려해서 경찰의 보호를 받도록 하는 것이 제일 무방하지 않아요? 입 밖에 내면 죽인다고 하는 것도 결국 위협에 지나지 못하니까. 하옇든 나하고 같이 이 길로 경찰서에 가서 자세한 것을 이야기하고 만일 위험하다면 경찰의 적당한 보호를 받아야 합니다. 공연히 무서워만 해도 안되니까 ——"

　이리하여 문학수와 백정란은 그 길로 ××경찰서 임경부를 찾아가서 자세한 사연을 이야기하였으나 그들에게도 별다른 도리가 없었다. 편지에 묻은 지문을 감정해 보았으나 물론 그런 것을 남겨둘 리는 만무한 일이다. 결국 정란이 대신 다른 '피아니스트'를 세우기로 하였을 뿐이었다.

# 장송행진곡<sup>32)</sup>

그런 일이 있은 지 한 주일 후, 마침내 백영호 씨와 공작부인의 결혼식날인 오월 초열흘은 다가왔다.

그날 부민관 앞뜰에는 —— 마치 가마귀떼처럼 몰려드는 자동차, 자동차, 자동차의 행렬이다.

만반의 준비를 갖추어 놓고 정각 새로 두 시를 기다리는 이층 중강당 넓은 '홀'에는 화려한 화환의 행렬과 함께 사람의 물결이 넘칠 듯이 흐느적거렸다.

축복하는 사람, 선망하는 사람, 시기하는 사람 —— 사실, 젊은 공작부인과 늙은 백영호 씨와의 이 결혼식은 무지개와도 같이 가지각색의 색채를 띠고 그들의 눈에 비쳤으리라.

정각까지는 아직 이십 분 ——

---

32) 葬送行進曲

문학수는 맨 앞줄 가족석에 앉아있는 정란의, 어쩐지 창백해 보이는 얼굴을 멀리서 바라보고 남모를 불안에 가슴을 두근거리었다.

그리고 정란은 지금 '피아노' 앞에 묵묵히 앉아있는 그의 동무 마리야의 얼굴을 뚫어질 듯이 바라다보는 것이다.

마리야는 지금 두 손을 가만이[33] 건반에 얹고 그럴 상싶어서[34] 그런지 이상하게도 긴장된 눈동자로 악보를 드려다보고[35] 있다.

그 마리야의 옆모양을 멀리 내빈석에서 유심히 바라보고 있는 사람에 저 사법주임 임경부가 또 한 사람 있다.

그는 지금 '포켙'에 쓸어 넣은 오른편 손으로 정란에게 온 주홍빛 협박장을 어루만져 보면서 물결처럼 흐느적거리는 이 수 많은 손님들 가운데 그 정체모를 마인 —— 백영호 씨와 공작부인의 결혼식을 장송곡으로 축하하고저 하는 무서운 악마의 눈동자를 자기 얼굴 위에 감각하는 것 같았다.

그는 만일을 염려하여 '홀' 앞문과 뒷문에 사복한 경찰들을 파수시켜 놓고 뜻하지 않은 재화가 돌발하는 순간

---

33) 가만히
34) 성싶어서
35) 들여다보고

'홀' 문을 앞뒤에서 꼭 잠가버릴 작정이다.

그러나 그것은 기우였다고 임경부는 자신에게 타이르는 것이다. 왜 그러냐 하면 그는 조금 아까 '피아니스트' 김마리야 양을 불러다가 혹시 이상한 편지를 받은 적이 없느냐고 물었을 때 김마리야는 그런 적은 없다고 머리를 설레설레 흔들었던 때문이었다.

정각이 가까웠다.

팔십이 넘은 듯한 늙은 주례자가 기침소리와 함께 등단하여 이제부터 백영호와 주은몽의 결혼식을 거행하겠다는 말이 끝나자마자 신랑 백영호 씨가 둘러리36)들을 곁에 세우고 천천히 입장하였다.

뒤를 이어 신부 주은몽이 공작의 꼬리처럼 활짝 펴진 면사포를 끌며 '웨딩·마-치'와 함께 행복의 문을 열고 들어서는 것이다.

사람들은 웅성웅성 떠들기 시작하였다. '웨딩·마-치'는 조금도 거침없이 두 사람의 원앙처럼 다행다복한 앞길을 축하하며 장엄한 '톤' '리듬'을 가지고 계속된다. 이윽고 주례자의 기나긴 상투적 교훈과 축하의 말이 끝나자

"이제부터 신랑은 신부에게 예물을 주는 것으로서 선량

---

36) 들러리

한 남편되기를 서약하고 신부는 신랑으로부터 예물을 받음으로서 정숙한 아내가 되기를 선언하겠읍니다."

이리하여 예물을 주고받은 다음 각계명사의 축사가 있고 축전축문의 낭독이 있은 후 신랑신부가 팔을 끼고 퇴장하려는 바로 그 순간이었다.

정란은 지금 '피아노' 앞에서 백납처럼 낯빛이 변한 김 마리야의 얼굴을 발견하고 전신이 오싹함을 깨달았다.

"마리야!"

정란이 놀란 상반신을 의자에서 일으키며 그렇게 불렀을 때, 그러나 다시 '홀' 안을 울린 것은 행복에 찬 '웨딩·마－치' 그것이었다.

그러나 다음 순간, 어찌된 셈인지 마리야의 양손이 흰 건반 위에서 죽은 듯이 움직일 줄을 몰랐다. 사람들의 시선이 일시에 '피아니스트'에게로 쏠렸을 때, 마리아의 손가락은 다시 '키 －'를 '콰앙'하고 눌렀다.

순간, 사람들은 자기들의 귀를 의심하지 않을 수 없었으니 그것은 독자제 군도 이미 예상하고 있는바 저 재(灰[회])빛에 쌓인 음침하고도 애도를 품은 '쇼팡'의 장송행진곡 그것이 아닌가.

마침내 불안과 공포와 초조에 떨고 있던 정란의 예감은 명중하였다.

행복의 길을 열어야 할 결혼행진곡이 죽엄의 길을 찾고 있는 장송행진곡으로 변하였다는 이 무서운 사실, 이 불길한 사실을 눈앞에 보는 군중은

　"이게 무슨 곡조냐?"

　"장송곡이 아닌가?"

　"빨리 피아노를 멈춰라!"

하고 저마다 떠들기를 마지않았으나 마치 납인형(蠟人形)처럼 핏기를 잃은 '피아니스트' 김마리야의 손가락은 아직도 미친 듯이 건반을 두드리고 있었다.

　"마리야! 고만둬! 피아노를 고만둬!"

하고 부르짖는 정란의 날카로운 목소리에 비로소 마리야는 악몽에서 깨어난 것처럼 구슬땀이 비 오듯 흐르는 얼굴을 한 번 번쩍 들었다가 그만

　"와악! ——"

하는 울음소리와 함께 정란의 품 안에 쓸어지고 말았다.

　바로 그때 그렇지 —— 않아도 수라장처럼 어지러워진 화려하던 홀 안을 시꺼먼 공포의 장막으로 둘러싸 버린 무서운 사건이 또 한 가지 일어났다.

　그것은 바로 저 신랑 신부가 실로 이 뜻하지 않은 불길한 음악 소리에 행복의 발걸음을 우뚝 멈추고 숙였던 머리를 번쩍 들어 어지러워진 식장 안을 휘돌아보던 그 순

간이었다.

　신부 주은몽의 눈동자가 불현듯 군중의 일각(一角)을 바라보자 그만

　"악!"

하고 고함을 치며 신랑 백영호 씨의 팔목에 새파랗게 변해 버린 얼굴을 묻으면서

　"악마! 악마!"

하고 부르짖었던 때문이다.

　백영호 씨는 깜짝 놀라 신부의 몸을 껴안으며

　"뭐, 악마? 누가, 누가, 악마란 말이요?"

하고 부리나케 물었으나 극도의 공포를 느낀 듯한 신부는 얼굴을 파묻은 채 군중이 어물거리는 오른편 쪽 한 모퉁이를 손가락질하며

　"저기, 저기 이제 방금……"

하고 간신이 입을 떼는 신부 공작부인의 목소리는 마치 십 리 밖에서 들려오는 모기 소리처럼 가늘다.

　그때 임경부의 벼락같은 목소리가 식장 안을 흔들었다.

　"여러분 조용히들 하시요! 그리고 대단히 미안합니다마는 아무리 바쁘신 분이 있더라도 식장 밖으로 나가서는 안됩니다. 그러니 떠들지들 말고 약 한 시간만 기다려 주십시요. 한 시간 후에는 경찰관이 여러분을 무사히 집으로

돌아가게 하여 드릴 것입니다."

그때는 벌써 사복한 경찰들이 '홀' 문을 물샐 틈 없이 잠가버렸다. 뚜껑을 덮은 커다란 모말 안에서 지금 수백 명 군중은 벌떼처럼 떠들고 있을 뿐——

"이처럼 경사스러운 날 이렇게 상스럽지 못한 취조를 감행하지 않으면 안될 경찰관의 고충을 헤아려 주십시오."

임경부는 먼저 신랑 백영호 씨의 허락을 은근이 구한 후에 아직도 사지를 바들바들 떨고 있는 신부 주은몽을 향하였다.

"오늘 이런 심문을 하는 것을 널리 용서해 주시요. 그리고 신부께서 이제 보신 그 악마란 자를 이 가운데서 골라내 주지 않으면 안되겠읍니다."

그러나 공작부인은 백영호 씨의 팔목에 매어달린 채 무서움에 찬 눈동자로 수많은 군중을 노려볼 뿐이다.

"대체 무슨 일이 생겼소?"

백영호 씨도 영문을 모르겠다는 듯이 신부의 얼굴을 들여다보았다.

그러나 한참 동안이나 식장 안을 휘 둘러보고 있던 신부는

"보이질 않아요. ——"

하면서도 시선으로는 이 구석 저 구석 군중을 헤치며 그 어떤 무서운 그림자를 쉴새없이 찾고 있었다.

하는 수 없이 임경부는 신부를 출입구 옆에 놓인 교의에
다 앉히우고 한 사람씩 그 앞을 지나서야 홀 밖으로 빠져
나가는 손님들 가운데서 악마의 정체를 골라내기를 신부
에게 청하였다.

　　손님들은 하는 수 없이 자기의 필적과 주소 성명을 남기
어 놓고 한사람 한사람씩 마치 시험관 앞을 지나는 수험생
처럼 공작부인 앞을 지나서야 밖으로 빠져나갔다.

　　한명 두명 열명 수무명 —— 이리하여 식장 안에는 가족
몇 사람을 남겨놓고 손님들은 모두 무사히 시험관 앞을
통과하였으나, 아아 이 어떻게 된 노릇인가……

　　"없어졌어요! 보이질 않아요."

하는 신부의 목소리와 얼굴빛은 한층 더 떨리었으며 한층
더 창백해진다.

　　"그럴 리가 있나?"

　　"그럴 리가 있겠소?"

바람같이 나타났다 바람과 같이 자취를 감춘 악마였다.

　　"이상한 일입니다."

　　"없을 리가 있나?"

누구보다도 혀를 차며 놀란 것은 임경부와 백남수다.

　　"이상해요. 이제 방금 보았는데 흰 두루마기를 입고……"

　　신부는 또 한 번 텅 비인 식장 안을 돌아다보는 것이다.

"음 ——"

하고 임경부는 한 번 신음한 후에

"실로 믿을래야 믿을 수 없는 신비로운 사건이다. 인력으로는 도저히 엿볼 수 없는 요술사의 재주다!"

하고 한 번 더 혀를 찼다.

"그가 귀신이 아니고 사람인 이상 앞뒷문을 꼭 닫아버린 식장 안 어느 구석에서 필연적으로 신부의 눈에 안띨 리가 없을 터인데 ——"

하는 백남수의 말에 임경부는

"하옇든 이상한 사건입니다. 저번 날밤 이선배라는 화가가 막다른 골목에서 연기처럼 없어지고, 이제 와서 또……"

"사실 우리들은 이번 사건에서 과학(科學)과 이성(理性)을 완전히 잃어버리고야 말았읍니다."

사실 백남수는 허황한 백일몽(白日夢) 속에서 헤메고 있는 자신을 깨닫지 않을 수 없었다.

"그러면 대체 이제 신부께서 보신 그 악마라는 사람은 누굽니까? 조금도 숨김없이 세세히 말씀해 주시요. 저번 날밤 부인을 해하고저 단도를 던진 그 도화역자와 동일한 인물에 틀림이 없겠는데 ——"

그때 정란이가 '피아니스트' 마리아의 손으로부터 석 장의 붉은 봉투를 받아 임경부에게 내주면서

"이것을 보다면 마리야가 왜 '웨딩·마-치'를 도중에서 끊고 불길한 장송곡을 치지 않으면 아니 된 까닭을 잘 아실 겁니다."

"빨간 봉투?"

임경부는 그렇게 외치며 신부에 대한 질문을 잠시 정지하고 먼저 마리야의 자백에 귀를 기우리었다.

임경부가 받아 쥔 세 개의 빨간 봉투 —— 발신인의 주소 성명이 써 있지 않은 이 석 장의 편지는 저번 정란이가 받은 그것과 대동소이한 내용을 가진 무시무시한 협박장이다.

역시 주홍빛 편지였다. 그 중 한 귀절을 여기에 소개해 보자.

마리야! 이번이 세 번째의 명령이다. 네가 만일 백정란이 한 달 후 피뭉치로 변해버릴 운명에 있다는 사실을 미리 짐작한다면 너는 결코 떠들지 말고 조용히 나의 명령에 복종함이 좋으리라. 한 달 안에 나는 정란의 사령(死靈)을 위하여 장송곡을 칠 터이다. 마리야! 너도 만일 목숨이 아깝다고 생각하거든 꿈에라도 나의 경고를 헛된 협박이라고 믿어서는 안되리라. 그리고 너는 경찰의 힘을 빌 생각을 하여서는 안된다. 무슨 연고로…… 경찰의 위력도 나의 이 철석과 같은 의지를 추호도 움직이지 못할 것이며 온전치 못하리라. 나의 이 위대한 힘, 자연을 초월한 마술사의 재주를 너는 저 백영호 씨와 공작부인의 결혼식장에서 목격할 것이다. 과연 이 대담하고도 무시무시한 마인의 선언은 지금 수백 명 군중 앞에서 훌륭히 실행되지 않았는가!

임경부는 이 어리석은 마리아의 행동을 픽 하고 코웃음을 치려는 자기 입술을 꽉 깨물고 신부를 향하였다.
"그러면 아까 보신 그 악마에 관한 이야기를 자세히 들려주시요."
공작부인의 입으로부터 간신히 흘러나온 이야기는 다음과 같았다.

그것은 주은몽이 열여섯 살 되던 여름이었다.
어렸을 때 양친을 잃은 은몽은 그 해 여름방학이 되자마자 할머니와 함께 금강산 백도사(百道寺)에서 더위를 피하고 있던 그때부터 이야기는 시작된다고 ──
수많은 절간이 산재해 있는 금강산에서도 이 백도사라는 절은 가장 초라하였으며 손님이라고는 은몽이네 둘 밖에는 사람의 그림자조차 볼 수가 없었다.
하루 종일 매미소리와 해를 보내는 적적한 절간 생활 ──

육십 고개를 넘은 늙은 주지 한 사람과 열여덟 살 먹은 소년 승려(少年僧侶) 해월(海月)이 이 백도사의 주인공이었다.

은몽의 할머니는 늙은 주지와 옛말하기를 즐겨하였으며 어린 은몽은 홍안 미소년 해월이와 매일 산골짜기로 싸돌아다니기를 무엇보다도 좋아한 것도 당연한 일이다.

더구나 은몽과 애기승 해월이가 어렸을 때 부모를 여위었다는 공통적인 쓸쓸한 신세는 그렇지 않아도 타기 쉬운 소년 소녀의 연약한 가슴속에 기름을 부었다.

"해월아!"

"은몽아!"

그들은 이렇게 부르며 불리우기를 좋아하였다. 하나가 쫓기는 척 하면 하나는 반드시 따랐다. 하나가 따르는 척 하면 하나는 반드시 쫓기었다.

이리하여 그들 앞에는 '아담'과 '이브'의 그림이 그림 그려졌던 것이다.

그러나 해월은 '아담'이 아니었고 은몽은 '이브'가 아니었다.

저녁노을을 머리에 이고 해월이와 은몽이 바위 위에서 나란히 앉은 어떤 날——

"내년 여름에도 꼭 와야 해!"

"꼭 오고말고! 내가 뭐 거짓말 할라고?"

"일 년이 몇 일[37]인지 너 아니?"

"아이 참. 삼백예순다섯 날이지."

"삼백예순다섯 날? 아이구!"

"뭐가 아이구야?"

"꼭 와야 한다! 안 오면……"

"안 오면?"

"너를 찾아 가서……"

"나를 찾아 와서?"

"너 정말 꼭 와야 한다!"

"꼭 온 대도 그래?"

"안 오면 난 찾아 가서 너를 죽일 테야!"

"왜 죽여?"

그러나 해월의 입에서는 아무런 대답도 흘러나오지 않았다.

여름이 지나고 가을이 오고 —— 할머니의 뒤를 따라 백도사를 떠나는 은몽의 등 뒤에서 애기중 해월은 울었다.

그러나 은몽은 화려한 서울에 한 걸음 들여 놓자마자 해월의 존재는 영원히 망각했던 것이다.

그해 가을, 할머니는 세상을 떠나고 천해 고아가 된 주 은몽은 몇 푼 되지 않은 학비를 가지고 오랫동안 그리워하던

---

37) 며칠

동경으로 무용 연구 차 건너갔다.

그 후 은몽은 해월의 소식을 알려고도 하지 않아서 전연 모르고 있었다.

그러나 은몽이 공작부인이란 이름으로 세상에 데-뷰한 지 얼마 안 되어 그는 돌연 해월이란 이름이 씌어 있는 주소 불명의 주홍빛 봉투를 받고 놀랐다.

—— 팔 년 동안 너를 찾아 십삼 도를 편답한 해월이다. 그리고 나는 드디어 너를 발견했다. 일 년이 며칠인지를 네가 안다면 팔 년이 며칠인지도 가히 짐작할 것이다. 그러나 너는 세상이 귀여워하는 공작부인, 나는 노방의 거지 같은 초라한 도승 —— 그러나 나는 너의 육체의 비밀을 알고 있다.

애기중 해월의 아내였던 사실을 나는 알고 있다.

그리고 나중에 모일 모시 모처에서 만나자는 말이 씌어 있었다고 했다.

"그러나 나는 가지 않았어요."

공작부인은 얼굴을 붉혔다.

"그 후 또 한 번 붉은 협박장이 온 적이 있었어요. 나를 죽이겠다고 —— 그리고 붉은 봉투와 편지는 피(血)를 의미한다구요."

"음 —— 복수를 의미하는 붉은 봉투 —— 도승 해월이, 해월이!"

임경부는 그렇게 중얼거리면서 백도사의 중 해월이가
역시 주홍 빛 도화복을 뒤집어쓰고 공작부인에게 비수를
던지는 것을 머리 속에 그려 보았다.

# 무서운 연애사[38]

　이리하여 가장 호화롭던 백영호 씨와 공작부인의 결혼식장은 암흑과 캄캄하고 죽엄과 같이 음침한 장송행진곡으로 말미암아 공포와 신비를 남겨놓고 일대 혼잡리에 시커먼 장막을 내렸다. 그리고 사흘 후, 백영호 씨의 고문변호사 오상억은 사무실 팔거리 의자에 깊이 파묻혀 한 손으로 턱을 고이고 들창 밖 행길을 멍하니 바라보고 있었다.

　오상억 변호사의 사무실이 오늘처럼 한가해 보기는 처음이었다. 사무원들도 모두 점심을 먹으로 나간 모양이다.

　오상억은 지금 멍하니 밖을 내다보면서 어떻게 하면 십만원이란 돈을 마련할 수 있을까를 궁리하고 있는 것이다. 작년 가을 목단강(牧丹江) 유역에 약 오십만 평이나 되는 광대한 토지를 사 놓은 것은 괜찮았으나 그것을 개간하고

---

38) 무서운 戀愛史

자 하니 적어도 십만원은 갖어야[39] 했다.

"십만원, 십만원!"

하고 그는 중얼거린다. 십만원만 지금 수중에 갖었다면[40] 몇 해 안되어 자그만치[41] 십 배 —— 백만원을 만들 만한 성산이 그의 명석한 두뇌와 그의 능난한 수완이 확보할 것은 틀림없는 사실이다.

그는 누구보다도 자기의 치밀한 머리와 튼튼한 심장을 믿었다. 그것은 그가 성대(城大) 법학부를 나온 지 아직 오 년이 못된 오늘날 적어도 민사소송이라면 구십 '퍼ー센트'까지 승소에 승소를 거듭해 온 그의 명성과 따라서 벌써 오십만 평이란 광대한 토지의 소유자라는 사실만으로 미루어 봐도 그가 결코 범인이 아닌 것만은 확실히 증명될 것이다.

그것도 그럴 법한 것이 그의 삼십오 년 간의 생애란 실로 참담한 역사의 연쇄였다.

그의 고향은 평안북도 S읍이다. 그가 어머니의 뱃속으로 부터 생명의 충동을 이기지 못하여 발버둥치며 이 사파에 떨어져 나왔을 때 사람들은 뭐라고 수근거렸던가.

---

39) 가져야
40) 가졌다면
41) 자그마치

"저것이 뭘 하러 나왔노! 차라리 죽어서나 나오지!"

그러나 오상억은 자기 아버지와 달랐다. 비록 아버지는 대대손손이 물려준 생업 —— 백정(白丁)이라는 생업으로써 아들을 길렀으나 그의 아들 오상억만은 그와 같은 낙인(恪印)을 자기 자손에게 물려줄 존재는 아니었다.

그는 세상 사람들의 가진 확대를 그의 독특한 수단 —— 침묵이란 수단으로서 물리치며 자랐다.

"얘이, 백당(백정)의 새끼!"

그러나 그의 조각처럼 차디찬 얼굴에는 이렇다 할 반응의 빛도 보이지 않았다. 표정 없는 얼굴과 말없는 입 —— 이것이 그가 타고난 유일한 무기였다.

"권력! 권력!"

권력이 그에게는 절대로 필요하다.

"배워야 한다! 돈을 모아라! 그러면 너에게는 자연이 권력이 오느리라!"

그의 침묵은 항상 이렇게 부르짖었다. 그는 아버지가 도수(屠獸)하여 남긴 몇 푼 안되는 돈을 훔쳐가지고 고향을 등졌다. 평양서 어느 사립중학교를 피땀을 흘려가면서 고학으로 졸업한 오상억은 곧 서울로 올라와 성대 선과(選科)에 학적을 두고 학부 이학년 때에 고문을 '파스'하였던 것이다.

"배웠다! 그러면 인제부터는 돈이다!"

이것은 졸업장을 쥐고 교문을 등질 때에 한 그의 침묵의 외침이었다.

그러나 이러한 오상억의 혈관에도 청춘은 섞여 있었다. 영문학과를 졸업한 동기생 배남수의 누이동생인 정란을 흠모하였던 것이다.

그러나 그가 백정의 자식인 줄을 아는지 모르는지, 하여든 그의 불타는 연정을 무시하고 작년 봄 박사논문이 통과된 문학수의 품으로 돌아가 버린 백정란이다.

그때 '테이블' 위에 놓인 전화기가 요란하게 사무실을 울리었다. 오상억은 명상에서 깨어나 수화기를 잡았다.

"오상억이올시다. 아, 선생이십니까?"

뜻하지 않은 백영호 씨의 목소리다.

"……백선생 그 동안 재미 많이 보시지요? 신혼의 단꿈 ── 하'하'하……"

오상억의 목소리는 수화기 앞에서 아주 쾌활하게 웃어 보이었으나 그의 얼굴에는 아무런 표정도 보이지 않는다. 인형이 입을 벌린 것 같았다.

"그런데 신부께서 몸이 좀 불편하시다는 말을 들었는데 지금은 좀 어떠시오? 괜찮으셔요? 암, 그렇구 말구요. 누구든지, 더구나 부인네들이야 오죽 놀랐겠읍니까! 결혼식장에서 그런 봉변을 당했으니…… 네, 네, 뭐? 의논할 일이 있읍니까? 아니올시다. 너무 한가해서…… 그럼 곧 가 뵙겠읍니다. 네, 네 ——"

오상억은 수화기를 놓으면서

"무슨 일이 생겼노?"

하고 잠시 주저하다가 마침내 관철동 사무소를 나섰다.

백영호 씨의 저택은 삼청공원 바로 입구에 자리 잡고 있는 삼층 양옥이다.

높은 '콩크리트' 담장과 드높은 정원과 그리고 꽃화분이 가득 놓인 '베렌다'는 이 집 주인의 호화로운 생활의 일면을 말하는 듯이 오고가는 사람들의 시선을 한 번씩 **빼았는**[42] 것이다.

오상억은 잠깐 발걸음을 멈추고 중얼거렸다.

"백만원!"

선망과 질투와 그리고 자기를 덮어 누르는 그 어떤 압박에 저항하려는 듯이 그의 손끝은 성난 사람처럼 푸르럭거리면서 초인종을 억세게 눌렀다.

찌르릉 하고 초인종을 울리는 소리가 안으로부터 어렴풋이 들린다. 그때 계단 저 편에서

---

42) 빼앗는

"어멈 누가 오셨어요."

하는 정란의 목소리가 굴러나왔다. 오상억의 얼굴에는 일순 긴장의 빛이 핑 떠돌았다.

이윽고 현관문이 열리었다. 어멈은 어디로 갔는지 '핑크'색 '원·피스'를 입은 정란의 얼굴이 기웃한다.

"아, 오선생 ——"

가벼운 놀라움이 정란의 빨간 입술 위에 올라앉았다 사라진다.

"백군, 집에 있읍니까?"

표정 없는 오상억의 물음이다.

"오빠는 지금 외출하고 없읍니다. 들어오시지요."

"백선생은……"

"이층 서재에 계셔요."

오상억은 서슴치 않고 구두를 벗은 후 정란보다 앞서서 이층으로 올라갔다. 서재까지 안내하려던 정란은 그만 우뚝 발걸음을 멈추고 층계를 묵묵히 올라가는 오상억의 뒷모양을 조금 세침한[43] 낯으로 바라본다.

그러나 다음 순간, 뜻하지 않았던 가벼운 동정이 그의 발과는 정반대로 오상억의 뒤를 따라 이층으로 기어올라

---

43) 새침한

가는 것이다.

"어여쁜 부처님!"

정란은 마음속으로 그렇게 중얼거리며 오상억을 따라 이층으로 올라가려는 자기의 야릇한 감정을 억지로 끌어 내리곤 하면서 아무 일도 없었던 듯이 공작부인의 침실로 들어갔다.

공작부인 —— 아니, 지금은 정란의 젊은 어머니 주은몽은 사흘 전 부민관 결혼식장에서 그 쩌릿쩌릿한 악마의 얼굴을 본 후부터 밤이나 낮이나 자기의 신변을 헤매이고 있는 듯한 악마의 환영을 머리에 그려보고 부르르 몸을 떨곤하였다.

신혼의 단꿈도 꿀 새 없이 주은몽이 지나간 날의 행월이와 자기 사이에 벌어졌던 악몽으로 말미암아 오뇌와 뉘우침으로 날을 보냈다.

지금도 주은몽은 침대에 누워서 그 파리한 얼굴로 천정을 멍하니 바라보며 정란과 더불어 그 백도사의 애기중 해월이에 관한 이야기를 하고 있던 참이었다.

"자아, 어서 이야기를 계속하세요. 그래 그 악마가 어머니를 죽이겠다고까지 결심한 동기를 자세히 이야기해 보세요."

정란은 침대 옆으로 다가와 앉는다. 그러나 독자 제군이여! 우리는 주은몽의 입에서 흘러나오는 무서운 연애사를 듣기 전에 이층 서재에서 백영호 씨와 그의 고문변호사 오상억 사이에 무슨 이야기가 벌어졌는가를 살펴보기로 하자.

오상억이 이층 서재로 들어가자 백영호 씨는 그를 기다리고 있던 듯이

"이거참 오시느라고 수고가 많았소."

하고 반가이 맞아 드렸다.

"안녕하셔요."

오상억은 '테이블'을 사이에 두고 백영호 씨와 마주 앉으며

"요즈음 재미가 어떻습니까? 아주 얼굴에 화기가 도시고…… 십 년 쯤은 젊어진 것 같습니다. 하, 하, 하."

그러나 백영호 씨는 다만 빙그레하고 한번 웃어 보일 뿐이고 아무런 대답도 없다. 백영호 씨의 그 빙그레하고 웃는 웃음에는 다음과 같은 이유가 숨어 있었다는 것을 오상억은 모르리라.

결혼한 지 벌써 사흘이나 되었으나 그는 아직 신부와 잠자리를 같이 해보지 못했다는 쓸쓸한 심정과 그 쓸쓸한 심정을 이리 뒤척 저리 뒤척 해보는 초조한 마음을 스스로 웃어보는 웃음이었다.

신혼의 행복을 즐기기보다도 먼저 그 해월이라는 도승
—— 바람과 같이 나타났다 바람과 같이 자취를 감춘 악마
의 칼날로부터 자기의 목숨을 건지려는 마음이 한층 더
바빴던 젊은 아내의 심정을 백영호 씨는 누구보다도 잘
이해하고 있었던 때문이었다.

그래서 그는 아내의 흥분된 마음이 진정되기를 기다리
며 침실로 바로 옆방인 '아뜨리에'서 오는 유월 상순에
열릴 미술전람회에 출품할 〈여인군상(女人群像)〉이라는
석고상을 만드는 것으로 자기의 쓸쓸한 마음을 달래며 오
늘날까지 지내왔던 것이다.

백영호 씨는 그때 안색을 가다듬으며

"오늘 일부러 오군을 청한 것은 ——"

하고 오상억을 바라보았다.

"네, 무슨 말씀입니까?"

하고 오상억은 '테이블'에 상반신을 내밀었다.

"다른 것이 아니라, 이번 여러 가지로 생각한 바가 있어
서 ——"

"네 말씀을 하십시요."

"오군도 아시다싶이[44] 지금 우리 사학계(私學界)는 적

---

44) 아시다시피

지 않은 역경의 길을 밟고 있거던."

"네 그렇습니다."

"아시다싶이 조선사학계의 은인이라고 말할 수 있는 장로교에서 모두 손을 떼고 저처럼 은퇴하는 이상, 오직 남아 있는 길은 우리의 손으로 우리의 사학을 유지할 수밖에는 없단말이지 ——"

"그렇습니다"

"그런데 그 중에서도 순전히 우리의 손으로 경영하던 혜성전문학교 —— 내일이라도 교문을 닫아버리지 않으면 안될 혜성전문학교를 위하여 사재 칠십만원을 내놓을 의사를 가지고 교장 황세민(黃世民) 씨와도 여러 번 교섭을 하였는데 —— 여기에 대해서 오군의 의견도 들을 겸 법적 수속이라던가 기타 여러 가지로 군의 수고를 좀 빌셈으로 오라고 한 것이네. ——"

"그렇습니까? 그것 참 장쾌한 일입니다!"

하고 오상억은 먼저 고문변호사로의 찬의를 표하는 한편

"그래 부인께서도 물론 그것을 승락하셨겠지요?"

하고 묻지 않을 수 없었다.

"물론, 승락이 있었지!"

하는 '물론'에 백영호 씨는 유달리 힘을 주었으며 그 힘있게 말하는 백영호 씨의 어투로 미루어보아 백만원의 재산과 결혼한 것이라고 세평을 받는 공작부인에 대한 인식을 새로히 하지 않을 수 없었던 오상억이었다.

"그럼 남수(南樹) 군도 물론 찬성이겠지요?"

"아 정란도 좋다고 하는데 애만이……"

하고 잠깐 주저한 후에

"그러나 이미 나의 의사는 결정된 바라 남수가 불찬성해도 하는 수 없는 일이지. 그래 거기에 대한 모든 수속을 오군께 위임할 셈으로 이렇게 일부러 오시라고 한 것이네."

이리하여 오 변호사가 백영호 씨와 이층 서재에서 칠십만원 제공 문제를 토의하고 있을 즈음 아랫층 침실에서는 정란과 은몽이 저 보이지 않는 악마 도승 해월이의 이야기를 하고 있었다. 젊은 어머니의 기구한 연애사(戀愛史)는 어떠했는가.

행복해야 할 결혼이며 희망에 빛나야할 신혼생활이지만 공작부인 주은몽의 아름다운 공상은 그것이야말로 일장춘몽의 꿈조차 꿀 새도 없이 그림자처럼 자기의 뒤를 따라다니는 악마 —— 저 백도사의 애기중이던 해월로 말미암아 여지없이 짓밟히고야 말았다.

어린 시절에 철없이 저질러 놓은 조그만 실수는 주은몽의 화려한 생활도(生活圖)로 하여금 원망과 저주와 복수의 칼날이 번득거리는 암흑의 빛으로 물들이게 하고야 말았던 것이다.

더구나 해가 지면 삼천동공원 일대의 우거진 숲과 드넓은 정원의 캄캄한 장막은 쥐죽은 듯 고요하다. 그 캄캄한 장막을 슬그머니 헤치고 복수의 악귀로 변해 버린 도승 해월이가 어느 때 어디서 주은몽을 해치려고 달려들런지 알 수 없는 일이었다.

은몽은 숲을 스치는 바람 소리만 들어도 무서워하였다. 개만 짖어도 온몸은 부들부들 떨렸다.

"어째 그런지 저는 그 해월이가 우리집 근방을 헤메이고 있는 것 같아서 못 견디겠어요."

어떤 날 밤 은몽은 무서움에 찬 눈동자로 남편 백영호 씨를 똑바로 쳐다보면서

"옛적부터 하는 말이 중은 심심산골에 들어앉아서 오랫동안 도를 닦으면 신선이 되어서 하늘로 올라갈 수 있다는데 아마 그 놈은 오랫동안 도를 닦아서 요술을 배웠는가 봐요."

그런 것을 어린애처럼 새삼스럽게 묻는 아내가 백영호 씨는 무척 애처러웠다.[45]

---

45) 애처로웠다.

"은몽, 무엇을 그리 두려워하는 게요? 아무 걱정 말고 마음을 편하게 가져야 합니다. 내가 이처럼 옆에서 지키고 있질 않소? 이층에는 남수와 정란이가 있고……"

그러나 은몽은 위로하는 남편의 말에는 귀도 기울이지 않는 듯이

"그래도, 그래도……"

하면서 좀처럼 마음을 놓지 못하는 모양이었다.

사실은 백영호 씨도 입으로는 아내를 위로하면서도 뭔가 도무지 헤아릴 수 없는 공포에 자기 자신도 사로잡혔던 것이다.

첫째로 저번 날밤, 가장무도회에서 은몽을 해치려하던 어릿광대가 온데간데없이 사라진 일이라던가 이선배란 화가가 태평동 막다른 골목에서 땅으로 숨은 듯이 없어진 일이라던가 결혼식장에 나타났던 해월이가 눈깜짝할사이에 자취를 감춘 것들을 다시금 연상해 볼 때 이 모든 사건은 실로 커다란 신비인 동시에 커다란 무서움이 아닐 수 없었다.

연기처럼 틈만 있으면 어디서든지 기어드는 해월이! 그는 과연 사람인가 귀신인가?

백영호 씨가 이층 응접실에서 오상억 변호사와 이야기할 때 아랫층에서는 은몽과 정란이가 도승 해월이의 이야

기를 하고 있었다.

"그럼 어머니가 바로 열여섯 살 나던 여름이로군요?"

"그렇지. 열여섯 살에 무슨 철이 있어?"

"그래도 어머니 열여섯 살이면 뭐……"

정란은 제입으로 내 뱉은 이 '어머니'란 말이 처음에는 무척 어색하기 짝이 없었으나 뭐 그럴 것 없다고 자기감정을 어루만져가며 한번 두번 부르는 사이에 지금은 도리어 '어머니'라는 말투에 새 감정을 느끼는 정란이다.

침대 위에 누은 은몽의 해말쑥한 얼굴에는 차츰차츰 어두운 빛이 떠돌기 시작한다.

"열여섯 살이라도, 뭐 난 정말 아무 것도 몰랐어."

"그래 그 해월이란 애기중과 무슨 언약이 있었우?"

"있긴 뭐가 있어. 내년 여름에 또 오라기에 오겠다고 그랬을 뿐이지. 그럴 걸 그이가 무슨 큰 약속이나 한 것 같이 믿고…… 아이 참, 사람이라니 어디서 어떤 실수를 저지를런지 알 수 없어. 아이 무서워! 그 지긋지긋한 중놈이 언제 또 나를 죽이려고 달려들런지……"

은몽은 몸을 부르르 떨며 들창 밖을 내다보았다.

정란은 그 애기중과 이 젊은 어머니 사이에 얽혀져 있으리라고 생각하는 그 어떤 기구한 '로맨스'의 실마리를 끄집어낼 셈으로 의자를 바싹 침대 옆으로 당겨 놓으면서

"그래도 어머니, 그이가 언젠가 어머니께 한 편지에, 그러나 나는 너의 육체의 비밀을 알고 있다. 애기중 해월이의 아내였던 사실을 알고 있다 —— 이런 말이 씌어 있었다면서 뭐?"

정란은 약간 귀밑을 붉히며 은몽을 바라보았다.

"…………"

은몽은 아무 대답이 없다. 천정을 물끄러미 쳐다보는 그의 눈에는 지나간 시절의 회상과 그 회상에서 벌어져 나오는 후회, 어두움, 절망, 공포 —— 그런 것들이 알알이 떠오르는 것 같이 보이었다.

은몽은 길게 한 번 "후" 하고 한숨을 지으며 마치 한탄하듯이 입을 열었다.

"아아 어여쁜 악마! 정란이 그것이 만일 '로맨스'라면 그것은 너무도 무서운 '로맨스'야. 공포에 찬 아름다운 '로맨스', 애기중 해월은 그때 벌써 한 개의 소악마(小惡魔)였었어. 뱀 앞에 개구리 모양으로 나는 그 악마에게 나의 철없는 정열을 전부 바쳐버렸단 말이야…… 어여쁜 소악마!"

그리고 은몽은 무엇을 생각했는지 갑자기 침대 위에 일어나 앉으며

"정란이, 내 전부 이야기할께 응? 나는 정란이를 누구보

다 믿어. 나를 누구보다도 잘 이해해 줄 수 있는 정란인 줄 알아!”

홍분에 찬 은몽의 목소리와 함께 그의 싸늘한 손가락이 무심 중 정란의 손목을 부여잡았다.

“자아, 내 이야기를 좀 들어 봐!”

“어머니!”

정란은 그때 불길처럼 타오르는 어머니의 양 볼과 무섭게 충혈된 두 눈을 발견하고 그렇게 불렀다.

“어머니! 뭘 그리 홍분하세요?”

그러나 그 너무나 열정적으로 돌변한 은몽의 태도와는 정반대로 정란의 손목을 잡은 그의 두 손은 어름덩이 같이 싸늘하다.

“그 놈의 칼에…… 그 놈의 칼에 나는 죽을 것 같애! 아아, 그 구렁이처럼 추근추근한 돌중놈의 칼에 나는 언젠가는 죽을 거야! 아아, 그 지긋지긋한 구렁이! 구렁이!”

“어머니 어머니! 마음을 진정하세요. 의사도 그러지 않았어요! 될 수 있는 대로 마음을 편안히 가져야 한다고 —— 그리고 홍분하면 안된다고…”

“글쎄 내 말을 들어봐. 나도 참 철이 없지 —— 백도사(百道寺)의 적적한 생활, 하루 종일 가야 누구하고 말 한 마디를 해볼까…… 매미 소리, 벌레 소리, 개울을 흐르는 물소리 —— 그처럼 쓸쓸한 내 앞에 미소년 해월이가 나타났어. 나는 그를 처음보는 순간 ——"

은몽은 애기중 해월을 처음 보는 순간, 계집애처럼 아리따운 그의 용모가 어린 은몽의 가슴속에 아름다운 공상의 날개를 불어 넣었다.

이 공상의 날개는 해월이의 가슴에도 돋기 시작하였다. 그러나 해월을 바라보는 은몽의 눈동자가 천진하고 난만한 것과는 정반대로 은몽을 쳐다보는 이 애기중의 얼굴은 어느 때나 흐리고 침침하고 어두웠다.

그러나 그 침침하고 어둠속에 독사처럼 불타고 있는 정열이 숨어 있을 줄이야 어찌 알았으랴.

"어떤 날 오후, 나는 참 이상한 사실을 발견했어.——"

은몽은 어떤 날 오후, 해월이와 산골짜기를 싸돌아다니다 돌아와서 땀에 젖은 '샤츠'와 양말을 맞은편 담 밑 양지쪽에 피어 있는 봉선화 잎에다 널어놓고 방으로 들어와 있노라니까 거기에 해월이가 슬그머니 나타나서 은몽의 양말을 한 짝 걷어가지고 뒤뜰로 돌아갔다.

"그때 하도 이상해서 뒤를 따라가 보질 않았겠어? 그랬더니 그이가 그 땀에 젖은 양말을 개처럼 쭐쭐 핥고 있겠지! 아이 참 더러워!"

"양말을 핥아요?"

"그러게 말이지! 처음에는 양 볼에 대고 부벼보더니 그
담에는 입에다 넣고 쫄쫄 빨아보는 거야."

"아이 더러워! 짐승처럼 빨긴 왜 또 빠는 거예요? 그게
정말이유 어머니!"

정란은 손으로 입을 가리우며 눈쌀을 찌프렸다.

"그럼 내가 거짓말을 할까."

"아이 참 별일도 다 있어! 그래 어떻게 했어요?"

"그래 나는 그것을 본 순간 왜 그런지 보아선 안될 걸
본 것 같아서 얼굴이 화끈하겠지. 지금 같으면 못 본척하
고 방으로 뛰어들어왔을 테지만 그래도 그땐 아직 어리지
않아? 그래 나는 에이 더러워 너 남의 양말은 왜 핥는
거야? 하고 소리를 쳤더니 후다닥 놀라서 이편을 힐끗힐
끗 돌아다보며 멋적은⁴⁶⁾ 얼굴로 빙글빙글 웃는 거야."

"그래서……?"

"그래 그 빙글빙글 웃는 낯짝⁴⁷⁾에다 침을 탁 뱉고 싶은
생각이 나질 않겠어? 어째 그런지 그런 충동을 받았어.
그래 에이 더럽다! 하고 아직도 손에 들고 우물거리는 양
말짝을 잡아 당겼을 때는 땀내가 나고 발고린내가 나는
내 양말짝보다도 그 양말에 번질번질 발라 놓은 그 자식의

---

46) 멋쩍은
47) 낯짝

119

침이 몇 곱절 더러워보이는 거야. 화가 바짝 치밀겠지. 개한테 얼굴을 할키운[48) 것 같아서 못 견디겠는 걸 어떻게!"

"그래 어떻게 했어요?"

"그래 양말을 도로 그의 낯작에다 던지면서 깨끗이 빨아 오라고 그랬더니 그만 머리를 푹 숙이고 양말을 든 채 개울로 내려가는 거야."

은몽의 두 눈이 양말을 들고 머리를 푹 숙이고 기운 없이 개울로 내려가는 애기중의 뒷모양을 바라보는 듯이 몽롱해지는 것을 정란은 보았다.

"가엾다고는 생각하지 않았어요?"

은몽은 시선을 정란에게로 돌리며

"응! 그렇게 생각한 나의 어린 감상이 도대체 잘못이었어. 내 몸을 망치게 된 동기가 그 부질없는 '센티멘탈리즘' 때문이었지. 그의 뒤를 따라 부리나케 개울로 뛰어내려갔을 때는 벌써 양말을 깨끗이 빨아서 양지쪽 바위 위에 널어놓고 그 옆에 주저앉아서 양손으로 턱을 고이고 소리 없이 흐르는 개울물을 물끄러미 드려다보고 있겠지. —— 너 화났니? 하고 등 뒤에서 그의 얼굴을 기웃하고 드려다

---

48) 할퀸

보았더니 그때야 바위에서 일어서면서 말없이 빙그레 웃었어. 발고린내 나는 양말짝보다 그 계집애처럼 빨간 입술을 가진 그의 침이 더 더러울 리는 만무하지. 양말짝을 핥고 있는 그를 발견한 순간, 나는 아까 얼굴이 화끈함을 깨달았다고 그랬었지. 그의 침이 한량없이 더럽다고 생각한 것은 그 다음 순간이었어 —— 그것은 결국 성(性)에 대한 자각(自覺)이 너무도 갑자기 나를 습격한 때문이 아닐까?"

정란은 얼굴이 간지러운 모양이다. 잠깐 머리를 숙였다가 다시 들면서 이야기를 재촉하였다.

"나는 그때 어린애와 입 맞추는 어머니들을 불현듯 연상하였어. 그리고 그에게 대한 미안한 생각도 나고 해서 ―― 침이 왜 더러워? 침이 왜 더러워…… 하고 마음속으로 외치면서, 아니 그렇게 외쳤을 때는 벌써 ――"

그렇게 외쳤을 때는 벌써 애기중 해월의 침이 결코 더럽지 않다는 증거를 은몽의 입술이 너무나 명백히 증명하였을 때였다.

해는 비로봉을 넘어 뉘엿뉘엿 넘어간다. 고요히 흐르는 냇물에 거꾸로 비치는 두 개의 그림자, 감격된 영혼과 애달픈 입술을 싣고 두 개의 그림자는 언제까지나 언제까지나 떨어질 줄을 모르는 듯 물결 위에서 넘실거렸다.

"굳센 듯하면서도 모래처럼 연약한 처녀성의 신비 ——
해가 지고 황혼을 헤치면서 다시 절간으로 올라올 때는
나는 한 번도 그의 얼굴을 못 쳐다봤어. 그러나 아아 저주
받은 그 일순간!……"

은몽의 입술이 바르르 떨렸다.

들창 밖에 서 있는 고향나무 그림자가 어느 듯 두자나
동쪽으로 길어졌으니 해는 벌써 북악산 봉우리를 넘으려
는 것이다.

정란은 "후!" 하고 가느다랗게 한숨을 지었다. 젊은 어
머니의 연애사는 아직도 계속된다.

"그런 일이 있은 후부터 그는 마치 나를 무슨 여왕으로
섬기겠지. 그리고 자기는 노예가 되어서 나를 위하는 거
야. 나는 어린마음에 정말 여왕이나 된 듯이 교만한 태도
로 그를 대하기 시작하였어. 그는 내 말이면 무엇이든 싫
다는 말 한 마디 해본 적이 없었어. 언제가는 내가 일부러
어떻게 하나 보려고 네 길이나 되는 위태로운 벼랑 아래
핀 도라지꽃을 뜯어오라고 명령을 했더니 말이지, 그는
아무 말도 없이 법당으로 올라가서 오랏줄을 가져다가 그
것을 붙잡고 내려가서 꽃을 따가지고 올라오는 거야. 보니
오랏줄을 잡고 미끄럼질을 하면서 내려간 그의 양손에서
새빨간 피가 뚝뚝 흐르겠지. 그래도 그는 아프다는 소리

한 마디 없이 잠자코 꽃을 내 손에다 쥐어줬어. 그러나 나는 그것을 별로 애처롭다고도 생각하지 않고 ── 아니 사실은 애처로웠지만 그 순간 잔인한 마음이 나의 가슴에 떠오르겠지. 오냐 네가 얼마나 나를 위하나 보자? 그렇게 생각하면서 도라지꽃을 다시 벼랑 밑으로 던지질 않았겠어. 그리고 다시 가져오라고 명령했더니 그는 잠깐 나의 얼굴을 들여다본 후에 또 다시 묵묵히 오랏줄을 잡고 미끄러져 내려갔다 꽃을 쥐고 기어올라오겠지.……"

"어머니도! 어쩌면 그리!"

그 순간 정란은 어머니가 끝없이 미웠다. 그러나 은몽은 빙그레 웃으면서

"그래 그것은 물론 나의 잘못이었어. 그러나 나를 그렇게 교만하게 만들고 잔인하게 만들어 준 죄는 모두 그 악마에게 있었다고 나는 생각해. 그 계집애처럼 어여쁜 얼굴, 기쁨도 모르고 슬픔도 모르는 것 같은 마치 인형처럼 생긴 얼굴 밑에 무엇이 숨어 있었는 줄 알아? 아 생각하만 해도 온몸이 저릿저릿하게 무서운 계획이 그 표정 없는 얼굴 밑에 있었던 거야! 그는 나를 나를 죽이려고……"

"옛? 죽이려고?"

정란은 몸을 부르르 떨면서 그렇게 부르짖었다.

"죽이긴 왜 죽여요? 어머니를 그렇게도 사랑하고 있었

다면서……"

"사랑하기 때문에 죽인다는 것이 그 무서운 계획의 동기였어. 어떤 소설에 이런 이야기가 있지 않아? —— 어떤 과학자가 어떤 여자를 무척 사랑한 끝에 여자를 영원히 자기 것으로 만들기 위해 커다란 수통(水桶)에다 여자를 집어넣고 거기다가 냉각장치(冷却裝置)를 해서 수통의 물을 냉각시킨 후에 수통을 벗겨 놓았다고 얼음기둥(氷柱) 속에 꽃처럼 잠자고 있는 구원의 애상(愛像)!"

어느새 옅은 어둠이 방안을 점령한다. 정란과 은몽은 숨길만 높다. 말없이 쳐다보는 시선과 시선 ——

"애기중 해월이도 나를 영원히 놓치지 않을 생각으로 내년 여름에 또 다시 온다는 나의 말이 좀처럼 믿어지지 않는 모양이었어 —— 내가 백도사를 떠나는 바로 전날 밤, 달빛이 희미하게 비치는 밤이었어. 나와 해월이 저번 날 도라지꽃을 따던 벼랑 위에 걸터앉아서, 그는 내년에도 꼭 오라거니 나는 꼭 온다거니, 그런 이야기를 주고받던 때야. 내가 문득 달빛에 어린 그의 얼굴이 무섭게 변한 것을 보고 마음이 섬뜩해서<sup>49)</sup> 바위 위에서 벌떡 일어서는 순간, 아아, 무서워! 그의 두 손이 나의 목을……"

---

49) 섬뜩해서

은몽은 다음 말을 못 잇는다. 지나간 날의 공포가 다시금 그를 습격하는 모양이다.

"그래 어떻게 했어요?"

"그래 나는 힘껏 그를 떠밀고 미친 사람 모양 절로 뛰어 올라왔어 ——"

　이리하여 주은몽의 무서운 연애사가 바로 끝났을 때, 정란의 오빠 백남수가 한 장의 편지를 들고 흥분한 얼굴로 뛰어들어왔다.

# 암야의 야수[50]

필자는 여기서 탐정소설가 백남수가 가지고 들어온 한 장의 편지가 저 공작부인의 애인 김수일(金秀一)이란 화가로부터 공작부인에게 온 편지라는 사실만을 독자제 군에게 알려 두고 그 편지를 뜯어보기 전에 사법주임 임경부가 이 괴상하기 짝이 없는 살인미수 사건에 대하여 어느 정도까지 수사가 진행되었는지, 그것이 너무도 궁금해서 독자 제군을 ××서 사법주임실로 인도하고자 한다.

명수대 공작부인의 저택에서 가장무도회를 배경으로 일어난 사건에 접하였을 그 순간부터 이 사건만은 어디까지나 자기의 힘으로 해결하리라고 자타에게 장담하였던 임경부였다.

그러나 사건은 임경부가 생각한 것처럼 결코 단순하지

---

50) 暗夜의 野獸

는 않았다. 사건이 한걸음 한걸음 전진해 나갈수록 예상외로 복잡다난[51]해서 어디서부터 손을 대야 할지 알 수가 없었다.

그뿐만인가, 경찰 당국을 —— 아니 임경부 자신을 마치 어린애 같이 비웃으면서 안개처럼 나타났다 사라지는 유령과 같은 범인의 재주! 그 신비로운 재주와 실로 위대한 힘을 가진 범인을 가만히 생각해 볼 때 뭐가 뭔지 도무지 걷잡을 수 없는 초조뿐이 그의 가슴을 덮어 누르는 것이었다.

그렇다고 해서 유불란 탐정의 조력을 빌리기는 사실 죽기보다 더 싫었다.

"그 교만하기 짝이 없는 놈의 힘을 빌다니 ——?"

그는 언제든지 그렇게 외치면서 머리를 흔들었다.

그러나 사건에 관하여 임경부의 공로가 전혀 없다고는 할 수 없다.

무엇보다도 임경부는 부하 박태일 부장을 금강산 백도사로 파견하여 공작부인 주은몽의 증언이 참인가 거짓인가를 조사하도록 하였던 것이다.

그에 관한 제일보(第一報)가 작일 은정리로부터 들어왔

---

51) 복잡다단

다. ―― 십년 전까지 해월이라는 중이 백도사에 있었다는 것은 확실한 사실이다. 자세한 것은 후보로 ―― 제이보가 들어온 것은 오늘 아침이다.

　―― 주은몽이 백도사로 피서 갔던 사실은 이것을 증명할 재료가 전무 ―― 그리고 지금 제삼보를 가지고 박태일 부장 자신이 백도사로부터 돌아와서 '테이블'을 사이에 끼고 상세한 보고를 임경부에게 하고 있는 중이다.

　"백도사는 바로 비로봉 밑에 있는 극히 초라한 절인데 십년 전까지 해월이라는 애기중이 (당시 스물 안팎52)이었다고 한다.) 법능(法能)이라는 늙은 주지와 같이 살고 있었다는 사실이 현재 백도사로 주지로 있다는 중의 입으로 증명되었읍니다. 이 주지는 죽기 바로 삼 년 전에 백도사로 와서 그의 뒤를 이었는데 법능은 항상 해월의 말을 입에 담았다하며 칠 년 전에 그만 해월이 중노릇에 싫증이 났는지 어디론가 바랑을 메고 떠나 버렸다고 ――"

　"그래 주은몽의 말대로 해월이 홍안 미소년이었던 것도 사실이라던가?"

　"그 점을 캐 물어보니 과연 미소년이었다고 법능도 일상 말하더라고, 그리고 해월은 그때부터 폐병 제 삼기에 있었

----

52) 안팎

다고요 ——"

"그러면 주은몽이 할머니와 함께 피서 갔던 사실은 판명이 안되었는가?"

"그러니 말씀입니다. 현재 있는 주지는 그런 것을 알 도리가 없고 법능도 이미 죽어버린 지금에 이르러 그런 것을 알아 볼 재료가 전혀 없습니다."

임경부는 잠자코 박부장의 얼굴을 한참 동안 쳐다보다가

"하옇든 주은몽의 말과 늙은 주지 법능의 말이 일치하는 이상 주은몽이 백도사로 피서 갔던 사실은 확실하다 …… 그러면?"

임경부는 그때 의자에서 벌떡 몸을 일으키며 모자를 집어 쓰고 밖으로 나왔다. 그는 삼청동 주은몽을 방문하려는 것이다.

"도승 해월이? 화가 김수일? '씰크햇트'의 이선배? 이 세 사람이 모두 같은 인물이 아닐까?"

그렇게 공상하면서 임경부는 황혼의 거리를 걸어간다.

이리하여 임경부가 삼청동을 향하여 걷고 있을 그때 백영호 씨의 아랫층 침실에서는 은몽과 정란이가 한 장의 편지를 들고 뛰어들어온 백남수를 바라보면서 의아스러운 표정을 짓지 않을 수 없었다.

"왜 그리 흥분했어요?"

정란이가 오빠의 얼굴과 손에 든 흰 봉투를 번갈아 바라보며 물었을 때 남수는 침대 옆으로 가까이 다가오며

"김수일!"

하고 봉투를 은몽의 무릎 위에 놓았다.

"예? 김수일?"

은몽과 정란은 동시에 그렇게 외치고 머리를 모으며 봉투를 드려다보니 과연 그것은 주소는 적히지 않았으나 틀림없는 김수일의 서명이었다.

"하옇든 속히 뜯어 보셔요!"

잠깐 동안 어리벙벙해졌던 은몽은 남수의 말이 떨어지는 것과 함께 봉투를 떼었다.

그것은 틀림없는 김수일의 필적이었다.

은몽은 그 낯익은 필적이 김수일의 것이라는 사실을 누구보다도 잘 알고 있다.

은몽의 가느다란 목소리는 약간 떨리면서 편지를 읽기 시작하였다.

은몽 씨!

나는 무엇보다도 먼저 은몽 씨의 다복다행 하리라고 믿는 신혼생활을 축하하나이다.

은몽 씨!

나는 은몽 씨를 잊으려하였읍니다. 다시는 은몽 씨를

생각지 않고 다시는 은몽 씨 앞에 이 몸을 내놓지 않고 그리고 다시는 은몽 씨에게 나의 필적을 전하지 않으려고 결심하였읍니다. 그러나 은몽 씨, 나는 지금 와서 새삼스러이 지나간 일을 끄집어내어 은몽 씨의 가슴을 쓰라리게 하고 싶지는 않으나 그것은 나를 진심으로 버리고 간 은몽 씨가 아니라는 사실을 너무도 잘 알고 있기 때문입니다. 혹시 이처럼 생각하는 나자신의 추측이 그릇 되었을런지는 알 수 없아오나[53] 스스로 오식(誤植)의 인생을 걷고 있는 은몽 씨의 고달픈 심정과 외로운 영혼이 나로 하여금 붓대를 들게 한 것입니다.

은몽 씨! 나는 수일 전 ××일보를 우연히 손에 들었을 때 은몽 씨가 나에게 준 간곡한 부탁을 읽었읍니다. 그러나 나는 나 자신을 믿고 은몽 씨 그대를 믿고 있는데 내가 어찌 은몽 씨를 해하려는 그 도화역자 일리가 있겠오.

매일 보도되는 시내의 신문은 나를 일컬어 공작부인에게 칼을 던진 무서운 악마라고 부릅니다.

그러나 은몽 씨 나는 결코 은몽 씨가 믿고 있는 것과 같이 은몽 씨에게 비수를 던진 범인은 아니올시다. 그러면 나는 무슨 이유로 화가도 아니면서(은몽 씨, ××서 사법

---

53) 없사오나

주임 임경부의 조사로 말미암아 은몽 씨도 이미 아시다싶이[54] 나는 결코 화가가 아니올시다. 그리고 김수일이란 이름도 결코 나의 본명이 아니올시다.) 그럼 왜 화가로 자칭하고 은몽 씨와 교제를 하였는가? 무슨 이유로 그날 밤 나의 친구 이선배가 끝끝내 정체를 감추어 버리고 말았는가?

나와 이선배 사이에는 어떠한 관계가 있는 것이냐? 이 모든 의문을 지금 이 자리에서 풀어드리지 못하는 나 자신을 얼마나 원망하오리까!

그러나 은몽 씨 나를 믿어 주십시요. 나는 절대로 은몽 씨를 찌른 범인이 아니올시다. 언젠가 한 번은 은몽 씨 앞에서 거짓 없는 나를 은몽 씨에게 소개하리라는 것만을 여기서 굳게 은몽 씨와 더불어 약속하면서 하루바삐 백도사의 도승 해월이가 채포되기를 충심으로 비나이다.

은몽이 편지를 읽고 났을 때 현관에서 초인종 소리가 요란히 들려왔다.

이윽고 젊은 어멈이 한 장의 명함을 들고 들어온다.

"이런 분이 찾아 왔는데요."

임경부였다.

---

54) 아시다시피

남수는 몸소 현관까지 마중나가 임경부를 맞이하면서

"잘 오셨읍니다. 그렇지 않아도 지금 막 전화를 걸려고 생각하던 중인데——"

이 말에 임경부도 무슨 반가운 소식이 있는 것을 짐작하고

"무슨 기쁜 소식이라도 있읍니까?"

하고 물으니 남수는 임경부를 방으로 인도하면서

"있읍니다! 우리는 김수일이라는 화가 —— 아니 가짜 화가의 소식을 얻었읍니다."

"뭐? 김수일?"

"네, 김수일!"

남수와 임경부가 방으로 들어왔을 때 은몽은 아직 편지를 손에 든 채 들어오는 두 사람을 멍 —— 하니 바라볼 뿐이다. 그 멍 ——한 표정은 무엇인가를 심각히 생각하는 것처럼 보이었으나 또 한편으로는 사색을 잃어버린 인형 같이도 보였다.

그러나 임경부가 은몽과 정란에게 인사를 하며 침대 옆으로 다가올 때 은몽은 비로소 꿈에서 깬 사람처럼 표정을 가다듬고

"오시느라고 수고하셨읍니다."

하는 인사와 함께 손에 들었던 편지를 내어 주었다.

"허어! 이것이 그 편지……"

임경부는 편지를 받아 들고 무엇보다도 봉투에 박힌 일부인(日附印)을 들여다보면서

"광화문국(光化門局)"

하고 중얼거렸다.

임경부는 편지를 읽는다. 사람들은 잠자코 전등불에 번쩍이는 임경부의 얼굴을 들여다본다.

"경부께서는 그 편지를 어떻게 생각하시오?"

임경부가 편지를 읽고 났을 때 옆에 있던 남수가 그렇게 물었으나 경부는 무거운 표정을 그 넓은 이마에 그리면서 묵묵히 앉아 있다가

"이 필적은 틀림없이 김수일의 것입니까?"

하고 은몽을 향하여 얼굴을 들었다.

"네! 분명히 그이의 필적입니다."

"그러면 그이와 근 일 년 동안이나 교제해 오시면서 결국 부인께서는 그의 이름도 모르고 그의 직업도 모르셨다는 말씀이지요?"

"네 ──"

은몽은 무안한 듯이 머리를 숙였다.

"교제는 어떤 정도의 교제였읍니까?"

은몽은 잠시 동안 대답이 없다가

"어떤 정도라고…… 그것을 구체적으로 경부께 아뢰라는 말씀이라면 그것은 너무… 지나친 질문이 아닐까요?"

정색을 하고 자기를 쳐다보는 은몽의 쏘는 듯한 눈초리에 임경부는 당황히 그것을 막으며

"너무도 교양 없는 질문을 용서하시요. 다만 질문의 본의만을 양해해 주신다면 고맙겠읍니다."

"저희들이 서로 사랑하는 사이에 있었다고, 저번에는 여러 번 말씀드리지 않았어요?"

"그러면 그이가 자기를 배반하고 백영호 씨와 결혼하신 부인께 그 어떤 원한을 품고 있다고는 생각하지 않습니까? 혹시 부인을……"

"그는 선량한 사람입니다. 쾌활한 성격을 가진 사람이었어요. 이 편지에 표시된 것이 결코 거짓이라고는 믿어지지 않아요."

"혹시 그이의 사진 같은 것을 가졌으면……"

"한 장도 없읍니다."

그 순간 임경부의 머리에는 이 김수일이란 인물과 저 백도사의 중 해월이란 인물이 혹시 같은 사람이나 아닐까 하는 의혹이 또 다시 머리에 떠오르기 시작하였다.

"이것은 너무도 탐정소설적 공상일지 모르나 저 해월이가 김수일이란 이름으로 부인과 교제……"

하고 말끝을 채 잇기도 전에 공작부인 주은몽의 입에서는 돌연

"하하하하 하하하하 ……"

하는 웃음소리가 터져나왔다.

임경부는 퍼붓는 듯 쏟아지는 은몽의 웃음소리가 자기의 너무나 어리석은 공상을 조소하는 줄 문득 깨닫고 일순간 얼굴을 붉히지 않을 수 없었다.

은몽은 서너 번 연거퍼[55] 웃고 나서

"그것은 너무 지나친 공상이지요. 아무리 제가 눈이 멀었다고 ——"

사실 탐정소설 같은 데는 극도로 진보된 정형외과(整形外科)의 수술을 이용하여 사람의 용모를 변장한다는 이야기가 있으나 그것은 결국 소설 속의 이야기가 아닌가. 은몽이 백도사에 피서 갔던 것이 해월이 열여덟 살 때라 하니 그 후 십여 년의 긴 세월이 흘렀다 하더라도 그리고 제아무리 변장을 재주 있게 하였다 하더라도 더구나 잠깐 동안이면 모르거니와 근 일 년 동안이나 교제해 오는 동안 반드이[56] 비밀이 탄로될 것은 정한 이치가 아닌가. 은몽이 주책없이 큰 소리로 웃어 버린 것도 결코 무리는 아니

---

55) 연거푸
56) 반드시

었다.

그때 이층 응접실에서 백영호 씨와 혜성전문학교에 희사할 칠십만 원의 토의를 하고 있던 오상억 변호사는

"그럼 정식발표와 모든 수속은 좀 더 신중히 고려한 후로 하게하고 오늘은 이만 실례하겠읍니다."

하면서 의자에서 몸을 일으켰다.

"이거 너무 늦어서 미안하네."

백영호 씨가 오상억을 현관까지 전송하였을 때는 벌써 삼청동공원 일대에 짙은 암흑의 장막이 소리 없이 덮어누르고 있을 때였다.

이리하여 백영호 씨가 아랫층 침실로 들어가니 거기는 독자 제군도 이미 알고 있는 바와 같이 김수일의 편지를 둘러싸고 임경부 이하 여러 사람이 흥분한 얼굴로 백영호 씨를 쳐다본다.

임경부는 결국 이 한 장의 편지로 말미암아 아무런 것도 얻은 것이 없었다.

다만 부하 한명을 금강산 백도사에 파견시켰던 전말을 보고하고 백영호 씨의 현관을 나섰다.

임경부는 팔뚝시계를 드려다 보았다. 여덟시 사십 분이다. 밖은 침침하다. 소낙비가 쫘하고 금시라도 쏟아질 것 같은 하늘이다.

넓은 정원을 거쳐서 전등이 어슴프레[57] 비치는 정문을 나섰을 때 임경부는 문득 저편 '풀'에 접한 담장 밑에 검으스름한 사람의 그림자를 발견하고 발걸음을 우뚝 멈추었다.

그 순간 임경부의 머리를 번개같이 스치고 지나가는 한 개의 무서움 ——

"도승 해월이?"

하고 마음속에 외쳤을 때는 벌써 그 괴상한 그림자는 저편 솔밭 새로[58] 자취를 감추어 버렸을 때였다.

무서운 악마 —— 귀신과도 같은 저 백도사의 복수귀는 다시 그 커다란 마수를 펴기 시작하는 것이다.

"위험!"

주은몽의 신변에는 지금 몸서리치는 위험이 절박했다. 어느 때 어디서 저 뱀과 같은 해월이가 또 다시 시퍼런 비수를 던질 것이냐?

임경부는 발걸음을 도리켜[59] 다시 현관으로 뛰어들어 갔다. 요란한 초인종 소리에 뛰어나오는 남수를 붙잡고 이제방금 담 밑에서 본 수상한 그림자의 이야기를 한 후

---

57) 어슴푸레
58) 사이로
59) 돌이켜

안으로 들어가 ××서에 전화를 걸었다.

"박태일 군인가? 지금 곧 경찰 십여 명을 데리고 이리로 오게. 올 때에는 될 수 있는 대로 소리를 내지 말고 정문 앞까지 와서 나를 기다리게."

임경부의 이 흥분된 어조는 사실 사람들의 마음을 여지 없이 서늘하게 하였다.

종이장[60]처럼 핏기를 잃은 은몽의 하얀 얼굴, 그 옆에서 오들오들 떨고 있는 정란, 늙은 백영호 씨의 당황한 거동, 남수의 흥분된 얼굴……

"그러나 그리 염려할 것은 없습니다. 이제 곧 경찰대가 도착할 테니 ——"

임경부는 그리고 들창을 열고 밖을 내다보았다. 캄캄한 밤이다. 꽃밭을 스치고 지나가는 바람소리, 비가 부슬부슬 내리기 시작한다.

"아이 무서워!"

정란은 임경부가 열어젖힌 달창 밖을 힐끗힐끗 바라보며 어둠속에서 쏜살같이 날아 들어오는 한 자루의 칼날을 불현듯 머리에 그려보고 몸을 떨었다.

"어머니, 어머니는 무섭지 않아요?"

---

60) 종잇장

그러나 은몽은 대답대신 정란의 몸을 힘껏 껴안았다. 그리고 역시 컴컴한 창밖을 뚫어질듯이 바라볼 뿐이었다.

그러더니 은몽은 정란의 귀에다 입을 대고 가만이[61] 속삭이는 것이다.

"정란! 나는 멀지않아[62] 그 중놈의 손에 죽을 사람이야. 나는 모든 것을 각오하고 있어. 그놈이 나를 죽이려고 결심한 이상 나는…… 나는 도저히 그놈의 손에서 벗어날 수 없단 말이야."

"어머니 왜 그런 말씀을 하세요? 마음을 좀 더 굳게 가져야지!"

"아니야! 그것은 정란이가 아직도 그 놈을 모르니까 그런 말을 하는 거야. 뱀 앞에 개구리 고양이 앞에 쥐새끼 같은 나의 목숨!"

"어머니, 어머니!"

"아아, 저주 받은 인생! 저주 받은 나의 일생!"

은몽은 무섭다기보다도 슬퍼서 느끼는 것이다. 두 줄기 눈물이 주르르 흘러내린다.

이윽고 경찰대가 도착하였다. 임경부는 경찰대를 두 패로 나누어 한 패는 수상한 그림자가 자취를 감춘 숲 사이

---

61) 가만히
62) 머지않아

를 수색하게 하고 한 패는 담장을 빙 둘러쌌다. 제 아무리 날개를 가진 해월이라도 이 엄중한 경비망을 뚫고 들어올 수는 없으리라.

임경부는 그렇게 생각하면서

"자아, 아무 염려 마시고 마음을 푹 놓고 주무십시요."
하고 은몽과 정란을 침실에 남겨두고 바로 옆방인 '아뜨리에'로 들어가서 백영호 씨 부자와 밤이 깊도록 은몽의 신변을 지키기로 하였다.

밤은 점점 깊어간다. 아홉 시, 열 시, 열한 시, —— 열한 시가 조금 지나서부터 한 방울 두 방울 내리던 비가 갑자기 쏴 하고 쏟아지기 시작하였다.

억센 빗줄기는 바람과 함께 들창을 덜그렁 덜그렁 두드린다. 음침한 밤이다. 사람들은 무엇인가 걷잡을 수 없는 초조와 불안을 마음에 느끼며 저도 모르게 깊고 깊은 공포의 연못 속으로 잠겨드는 것이다.

남수는 '커-텐'을 젖히고 폭풍우가 쏟아져 내리는 창밖을 한 번 휘돌아보며

"경부께서는 아까 보신 그 수상한 그림자란 결국 착각 —— 잘못 보신 게 아닙니까?"
하고 묻는 말에 임경부는 적지 않게 불쾌한 얼굴빛으로
"잘못 볼 리가 있소? 확실히 이 두 눈으로 담장 밑에

엉거주춤히 쭈그리고 앉은 사람의 시컴은[63] 그림자를 보았는데 ──"

임경부가 변명하면 할수록 남수는 그의 경솔한 태도를 마음으로 힐란하는 것이다. 그것은 남수만이 아니라 백영호 씨도 그렇게 생각하였다.

그동안 숲속을 수색하던 경찰대로부터 두 번이나 보고를 전해 왔으나 아무런 수확도 없었다.

벽에 걸린 시계가 열두 시를 친다. 비는 아직도 쉴새없이 내리고 있다.

침실에서 들려오던 정란과 은몽의 이야기 소리도 이제 끊긴 것을 보니 아마 잠이 든 모양이다.

백영호 씨는 그때 의자에서 몸을 일으키면서

"이제는 잠이 들었겠지 어디 ──"

하고 혼잣말로 중얼거리며 침실로 통하는 '또어'를 열고 안으로 들어갔다. 끝끝내 자기 방으로 돌아가길 무서워하던 정란은 은몽의 침대위에서 함께 고요히 잠들고 있다.

그러나 다음 순간 백영호 씨는

"앗!"

하고 외치지 않을 수 없었으니 이 대체 어찌 된 일인가?

---

63) 새까만

한 자루의 비수가 붉은 봉투와 함께 바로 침대 옆 벽
위에 박혀 있지 않은가? 병싯하게 열린 들창문 ——

# 복수귀의 비가[64]

　"왜 그러시오?"

　"뭘 그리 놀라시오?"

　백영호 씨의 놀란 목소리에 임경부와 남수는 일시에 그렇게 부르짖으며 침실로 달려갔다.

　"아! 들창이 열리었구나!"

　기다리던 것이 종내 왔구나!…… 하고 마음속으로 외치면서 임경부는 뛰어가 들창 밖으로 몸을 내밀고

　"박군!"

하고 고함을 쳤다.

　"네?"

　박태일 부장의 굵다란 목소리가 어둠을 뚫고 날아온다.

　"정문에 무슨 이상 없는가?"

---

64) 復讐鬼의 悲歌

"없읍니다!"

"없다? 없을 리가 있나? 사람을 들인 적은 없는가?"

"없읍니다. 개새끼 한 마리 들이지 않았읍니다."

"그럴 리가 있나? 그러면 속히 정문을 잠그고 정원을 뒤져라! 각각 무장(武裝)을 하고 권총을 꺼내들어야 한다! 알겠나?"

"알겠읍니다."

"그러면 한시 바삐 뒤져라! 일분일초라도 늦어서는 아니 된다!"

"네!"

이리하여 임경부가 부하들에게 정원 수색 명령을 벽력같이 내리고 있는 사이에 잠들었던 은몽과 정란도 놀라 자리에서 벌떡 일어났다.

"왜들 그러세요?"

은몽과 정란은 무슨 영문인지 모르고 눈을 부비면서 방안을 두루 돌아다보다가

"아 칼?"

하고 남수가 벽에서 뽑아진 단도를 보고야 비로소 자기 몸에 절박한 위험을 전신에 느낀 듯

"아, 무서워"

하고 서로 껴안으면서 눈을 부릅떴다.

"걱정 말아! 걱정할 것 없어!"

백영호 씨는 은몽과 정란의 어깨를 번갈아 어루만지며 조용히 일렀으나 그러는 백영호 씨 자신도 억제할 수 없는 두려움이 목덜미를 내려누르는 것 같았다.

"대관절 어떻게 된 일이예요? 칼은 어디서 난 칼이예요?"

은몽은 한 손으로 남편의 팔목을 부여잡으면서 물었다. 백영호 씨는 애처로운 듯 젊은 아내의 손을 두 손으로 꼭 잡아쥐고 부드러운 목소리로 자세히 설명한 후

"지금 경찰들이 정원을 수색하는 중이니 무슨 소식이 있을 테지. 마음을 굳게 가져야 하오. 아무 염려 말고 마음을 편안히 가져야지 ——"

그때 임경부는 은몽과 정란을 향하여

"물론 주무실 때 들창을 닫으셨지요?"

"네, 닫았어요. 그러나 잠그긴 않았어요."

"몇시 쯤 잠들으셨는지 생각해 보십시요. 지금이 열두 시 삼십 분이니까——"

"글쎄요. 정란은 저보다 먼저 잠들고…… 정란이 잠든 것이 몇시었지?"

"나는 열한 시 치는 소리를 꿈결처럼 들었어요."

"그러니까 제가 잠든 것은 열한 시 반 쯤 되었을까요.

정란이가 잠든 후 조금 있다가 저도 잠들었으니까요."

임경부는 잠깐 동안 질문을 멈추고 생각한다. —— 그 놈이 창문을 열고 비수를 던진 것은 대략 열한 시 반에서부터 열두 시까지다. 그러면 그 놈은 대관절 어디를 어떻게 정원으로 숨어들었을까? 높은 담장도 담장이거니와 그 담장을 지키고 있던 여러 경찰들의 눈을 어떻게 속이었을까? 정문으로는 개 한 마리 드나들지 않았다고 박 부장은 단언하지 않는가? 이상한 일이다!

지금 전등 밑에서 칼에 꽂히었던 붉은 편지를 양손에 펴들고 한자한자 한줄한줄을 충혈된 눈동자로 더듬어 읽는 남수의 얼굴빛을 보라! 창백한 양볼, 경련하는 입술!

남수는 돌연 얼굴을 번쩍 들고 무서움에 어린 시선으로 천정을 뚫어질 듯이 쳐다보며 떠들지 말라는 듯 손을 흔들었다. 남수는 대체 편지에서 무엇을 보았는가?

남수는 무슨 이유로 미친 사람처럼 멍하니 천정만 쳐다보는가? 남수의 수상한 태도에 사람들도 이유 없이 천정을 쳐다보지 않을 수 없었다. 그러나 높다란 천정에는 아무것도 보이지 않았다.

"오빠 무엇을 그리 쳐다보는 거예요?"

종래 정란은 무서움을 참지 못하고 오빠를 불렀으나 남수는 여전히 떠들지 말라고 손을 휘저으면서 물끄러미 천정을 바라다 볼 뿐이다.

"대체 무슨 편지길래 ——"

임경부가 남수의 손에서 편지를 빼앗아 들고 읽으려 할 때 남수는 임경부의 귀에다 입을 대고 가만히 속삭이었다.

"이방 바로 윗층이 뭔지 아시요?"

임경부는 이상한 충동을 느끼며

"뭡니까?"

하고 다시 천정을 쳐다보았다. 하얀 천정에는 여기저시 회칠이 벗어져 어떤 곳은 싯누렇고 어떤 곳은 검으특특하게 변색한 널판자가 들어나 보일 뿐이요, 이렇다 할 무슨 변동은 보이지 않는다.

"뭐가 보입니까?"

임경부는 또 한 번 남수의 시선이 향하고 있는 곳을 바라보았다. 그러나 여전히 아무것도 보이지 않았다.

창밖은 아직도 폭풍우다. 요란한 우뢰소리와 함께 번개불이 번쩍하고 빛난다.

"아버지 무서워! 무서워서 못견디겠어요!"

정란은 아버지 품안으로 몸을 비비며 파고든다.

"오빠 오빠! 뭘 그렇게 쳐다보는 거예요? 편지에 무엇이 씌었어요?"

무서운 침묵을 일부러 깨뜨려 버리려는 듯 정란의 쇠소

리 같은 목소리가 발악을 하였다.

남수는 여전히 뭔가 발견하려는 것처럼 머리 위를 쳐다본다. 은몽도 쳐다본다. 아니 거기 있는 사람들은 전부 발바닥이 얼어붙은 것처럼 천정을 바라보고 움직일 줄을 잊은 것같이 보였다.

그때 임경부는 참다못해 손에 들었던 편지를 백영호 씨 곁으로 가지고 와서 읽기 시작하였다.

전등이 껌벅껌벅 꺼진다. 바람이 센 때문이리라.

은몽아! 하고 내가 네 이름을 정답게 부르면 너도 해월아! 하고 내 이름을 다정하게 불러주던 십 삼년 전 옛날을 그리면서 이 붓을 드노니 백영호 씨 부인이라고 새삼스러이 존칭을 부치지 않는 나를 그리 미워하지 말고 이 글을 끝까지 읽어주기 바란다.

은몽아! 아아 은몽아! 나는 마침내 너를 찾아내고야 말았다.

나의 눈앞에서 자취를 감추어버린 너를, 그리고 나로 말하면 영원히 잃어버린 줄로만 알았던 너를 종내 찾아내고야 말았다는 이 간단한 한 마디가 결국 이 기나긴 편지의 줄거리며 생명이라는 것을 미리부터 알려둔다.

은몽아! 나는 종내 너를 발견하고야 말았다! 아니 자세히 말하자면 내가 너를 발견한 것은 지금부터 오 년 전

네가 공작부인이란 이름으로 세상에 나타났을 때였다. 비로봉 밑 산골짜기에서 하늘만 쳐다보고 자라난 백도사의 애기중 해월이는 그야말로 아무것도 모르는 우물속의 개구리였다. 그 우물 속의 개구리가 짓밟힌 순정을 하소할 길이 없어 비가 오나 눈이 오나 밤낮을 가리지 않고, 아아 네가 나에게 준 그 빨갛게 젖은 입술을 기념하던 바위 위에서 저기가 서울이라고 네가 나에게 가리켜주던 그 머나먼 하늘을 멍 — 하니 바라보며 소리 없이 눈물짓기를 삼백예순 닷새하고 또 두 달 동안 —— 언제나 올까 언제나 올까? 하고 가다리는 마음은 백마를 타고 하늘을 달리는 듯, 그러나 은몽은 끝끝내 오지 않았다. 너와 나의 두 그림자를 꺼꾸로[65] 그리던 개울물은 오늘도 흐르건만…… 나는 울었다. 커다란 소리로 통곡을 하며 '은몽아!' 하고 주먹으로 바위를 두드리면서 울었단다. —— 그러나 울어서 올 너라면 울기 전에 왔으리라. 바랑 메고 목탁 들고 백도사를 떠나던 날 밤, 소년 중 해월의 가슴에는 조선 십삼도를 편답하여, 아니 전 세계를 답파하여서라도 은몽을 찾으리라, 남의 순정을 앗아가고 가져올 줄 모르는 요망스런 계집을 찾아내고야 말리라는 결심이 굳게굳게 못박혔

---

65) 거꾸로

던 것이다.

이리하여 산로수로 풍우를 겪어가면서 서울 다방골 너의 집을 찾았을 때는 벌써 너는 어디론가 가버리고 너희가 살고 있다던 그 집에는 낯설은 사람이 나를 수상스럽다는 듯 쳐다볼 뿐이었었다.

그러면 은몽은 자기 처소까지 나에게 거짓말을 하였을까 하고 생각하니 걷잡을 수 없는 분노가 복받쳐 올라오는 것이었다. 오냐, 한 장의 편지조차 없이 가버린 너를 잊어야만 당연한 나이어늘 잊자 해서 잊어버릴 나라면 어찌 팔 년 동안이나 방방곡곡을 편답했으랴.

은몽아! 팔 년 동안이라는 기나긴 세월은 나에게 무엇을 가르쳐 주었을까?

나는 벌써 철모르는 애기중이 아니었다. 너를 연모하면서 눈물짓기를 시(詩)로 알던 소년시대는 지나갔다 은몽아 하고 통곡하면서 주먹으로 바위를 두드리던 시절은 영원히 가버리고 말았던 것이다.

복수! 복수! 복수의 칼날 밑에서 사지를 바들바들 떨고 있는 너를 눈감고 상상할 때 나는 온 세상을 얻은 것처럼 기뻐할 줄 알았다. 사랑과 미움에 얽히고 얽힌 원한의 칼날이 너의 부드러운 젖가슴을 찌르고 들어가는 양을 머리에 그려볼 때 불타는 나의 가슴속은 시원하고 통쾌하다.

은몽아! 나는 마침내 너를 발견하였다. 그러나 아아, 이 어찌된 일인가 명성이 높은 무희 공작부인의 전신(前身)이 저 백도사에서 해월이라는 순진한 애기중을 희롱하기를 즐겨하던 요부 주은몽 그 사람이었을 줄이야 어찌 믿었으랴! 나는 참말 놀라지 않을 수 없었다. 그러나 나는 나의 복수심에 채찍질하면서 너에게 글월을 보내어 조용히 만나기를 청하였던 것이다. 그러나 약속 시간이 지나도 너는 끝끝내 오지 않았다. 오냐 두고 보아라!

　나는 그때부터 어떻게 복수하여 나의 괴로운 마음을 진정시킬 수가 있을까? 밤을 낮으로 알고 나는 복수의 방법을 강구하였다. 그러나 운이 좋은 너는 고의론지 우연인지 구미로 무용행각을 떠나버리고 말았다. 그러나 벌써 복수귀로 변해버린 해월은 낙심하지 않고 네가 다시 조선으로 돌아올 날을 기다렸던 것이다.

　그리고 너는 돌아왔다. 조선민중이 세계적 무희 공작부인에게 찬양과 갈채의 박수를 보낼 즈음 서울 한 구석에 맹수(盲獸)처럼 잠복하여 복수의 칼날을 갈고 있던 해월을 너는 꿈에도 상상하지 못하였으리라 —— 기회는 왔다!

　사월 초열흘 밤, 세상이 흠모하는 공작부인의 생일날 밤이다. 가장무도회 —— 그것은 나에게 다시없는 절호의 '찬스'였다. 그러나 너는 모르리라, 내가 어떻게 무도회장에 숨어 들어갔으며 어떻게 감쪽같이 자취를 감추어 버렸던가를 너는 모르리라. 나에게는 비상한 재주가 있다. 어리석은 인간으로서는 도저히 상상할 수 없는 초인적인 마력을 가지고 있다. 보라!

부민관 결혼식장에서 안개처럼 나타났다 사라진 나의 재주를 보라! 비록 가장무도회에서는 실패를 하였으나 멀지 않아 복수의 칼이 너의 젖가슴을 찌르리라!

은몽아! 너는 이것을 결코 헛된 위협이라고 생각하여서는 아니 된다. 나의 위대한 마시(魔視)는 네가 오늘 하루 동안 무엇을 하고 무엇을 말하였는지 전부 엿보고 있는 것이다. 어디서 어떻게…… 그것을 설명할 필요는 없다.

다만 네가 오늘 하루 동안 무엇을 하고 무엇을 말하였는지 그것을 정확히 적어서 나의 위대한 힘을 네게 증명하고자 하노라.

사람들은 그때 불현듯 편지에서 시선을 들어 서로 서로 얼굴을 쳐다보지 않을 수 없었다.

놀란 얼굴과 무서움에 찬 눈동자 —— 사람들은 감히 입을 열어 무어라고 말할 용기를 잃어버렸던 것이다. 자기가 입을 떼는 순간 무엇인가 알지 못할 하나의 커다란 힘이 목덜미를 꽉 누른 것 같았다. 숨소리뿐이었다.

창밖은 여전히 억센 폭풍우다. 빗소리, 바람소리, 우뢰

소리, 번갯불 —— 천지가 개벽하는 듯 최후의 심판이 다가온 듯 전 세계를 휩쓸어 버리려는 것이 아닌가.

남수는 아직도 발자욱 소리를 죽여가지고 천정을 이리 저리 뚫어질 듯 쳐다보며 방안을 돌아다닌다.

임경부의 극도로 흥분된 숨결, 어린애처럼 울상을 지은 정란, 늙은 백영호 씨의 경련을 일으키는 양볼, 그리고 송장과도 같이 얼굴에는 핏기라고는 한 점도 없는 은몽은 일순간 정신을 잃고 침상 위에 쓸어지려는[66] 자기 몸뚱이를 간신히 일으키며 중풍환자처럼 떨리는 손을 펴서 다시 편지를 읽기 시작하였다.

그러면 은몽아! 나는 지금부터 너의 일기(日記)를 내손으로 대신하여 기록해 보겠노라! 오늘 아침 너는 지금 정란이와 같이 누워 있는 그 침대에서 눈을 뜬 것이 일곱 시 사십삼 분이다. 그러나 너는 여덟 시 십오 분까지 자리에 누은 채 멍—하니 천정을 바라보며 무슨 생각을 했는가?…… 십삼 년 전 백도사에서 홍안 미소년 해월이와 놀던 생각을 하였다. 절간 뒤 바위 위에서 처녀와 동정을 바꾸던 광경을 천정에 그려보며 너는 미소하였다. 그렇다. 그것은 분명히 순정시대(純情時代)를 그리워하는 미소

---

66) 쓰러지려는

인 줄을 나는 잘 알고 있다. 그러나 그것은 일찰나 ──
너는 뒤를 이어 더럽다는 듯이 떠오르는 환영을 비웃어
버렸다. 그 비웃는 웃음 끝에 알지 못할 공포를 느끼고
자리에서 벌떡 일어났다. 그때 백영호 씨가 들어와서 칫솔
과 치약을 갖다 주며 빨리 이를 닦고 세수를 하고 조반을
먹자고 청하였다. 너는 그때 이 친절한 늙은 신랑에게 무
척 미안하다는 생각을 했다. 그것은 네가 아직 이 친절한
늙은 신랑과 잠자리를 같이 안하였다는 데서 생기는 일종
에 동정의 마음이었다. 결혼식장에서부터 공포와 우울에
잠겨있는 가엾은 아내를 괴롭히지 않겠다는 가장 이해 많
은 백영호 씨의 마음씨를 기화로 여기고 너는 아직까지
…… 것이다. 그것은 네가 김수일이란 화가를 사모하고
있는 때문이 아닌가?

조반을 먹고 너는 곧 변소로 들어가서 약 십 분 동안
뒤를 보았다. 나오면서 손 씻을 물이 없다고 어멈에게 일
렀다. 열한 시 십 분에 백영호 씨와 '아뜨리에'로 들어가서
석고상 '여인군상'을 감상하였다. 그때 너는 퍽 훌륭한 작
품이라고 칭찬하여 남편을 기쁘게 하여 주었다. 오후 한
시 반에 점심을 먹고 (너는 달걀 두 알과 '커피' 한 잔을
마셨을 뿐이다.) 너는 정란과 같이 삼층 정란의 방으로
올라가 정란이가 '피아노'로 '항가리안·라부쏘디'를 치는

데 맞추어 너는 약 이 분 동안 춤을 추었다. 오후 네 시에 오상억 변호사가 찾아와 이층 서재에서 백영호 씨와 칠십만원 제공문제를 토의할 때 너는 아랫층 침실에서 정란에게 나에 관한 이야기를 하였다.

너는 나를 악마라고 부르며 저주하였다. 다섯 시 반 남수가 김수일의 편지를 가지고 뛰어들어왔다. 여섯 시 오십 분에 임경부가 찾아왔다. 임경부는 네게 대하여 김수일에 관한 질문을 하였다. 그 중 김수일과 어떤 정도의 교제를 하였는가고 물은 임경부의 질문에 너는 발칵 화를 내어 정도 넘치는 질문이라고 톡 쏘았다. 해월이와 김수일이 같은 인물이 아닌가 하고 임경부가 물었을 때 너는 어리석은 질문이라고 소리를 높여 "하하하하……" 하고 비웃었다.

임경부는 부하 박태일인가 하는 순사부장을 금강산 백도사에 파견하여 나에 관한 조사를 명령했던 바 나하고 동거하던 늙은 주지 법능이 세상을 떠났으므로 내가 어디로 갔는지 알 길이 없다고 이야기하였다. 그때 오상억 변호사를 전송하고 백영호 씨가 들어왔다. 여덟 시 삼십오 분에 임경부가 돌아갔다. 빗방울이 내리기 시작했다. 임경부는 다시 뛰어들어오면서 컴컴한 담장 밑에서 이상한 그림자를 보았다고 보고한다. 경찰대가 왔다. 그러나 해월은 보이지 않는다. 폭풍우가 몰아친다. 임경부와 남수와 백영호 씨는 방 '아프리에'서 지키고 있다. 너는 정란과 같은 침대에서 잠이 들었다.

은몽아! 너는 무섭지 않은가? 이만했으면 너는 충분히 나의 귀신같은 힘을 짐작하리라. 이 편지는 칼에 꽂혀 일 분 후에는 네가 잠들고 있는 침대 옆 벽 위에 박힐 것이다.

은몽아! 그러면 나는 어디 있느냐? 어디서 지금 무엇을 하며 무엇을 생각하고 있느냐? 너는 그것을 무척 알고 싶어할 것이다. 나는 여기 있다! 나는 항상 너와 같이 있는 것이다.

복수귀 해월로부터

나에게 절망과 암흑을 던져준 계집에게 이리하여 복수귀 해월이가 주은몽을 저주하는 길고 긴 '엘레-지(悲歌[비가])'는 끝났다. 아아 이 얼마나 무서운 편지인가. 사람들은 눈을 들어 서로 얼굴을 쳐다볼 뿐, 묵묵히 말이 없다.

은몽의 하-얀 이마에는 구슬 같은 땀이 비 오듯이 흐른다. 쓸어지려는 상반신을 백영호 씨의 팔에 의지하고 무서운 눈동자로 천정을 쳐다본다.

다른 사람들도 불현듯 은몽의 시선을 따라 머리 위를 올려다보았다. 정체를 알아 볼 수 없는 무슨 커다란 힘이 그들의 시선을 끄는 것이다.

"그놈은 어디 있는냐?…… 은몽의 거동을 대관절 어디 숨어서 그처럼 정확히 엿보고 있을까?"

사람들은 다 같이 이 동일한 의문에 가슴이 섬짓했다.

"이방 윗층이 무슨 방입니까?"

임경부는 그때 용기를 내어 백영호 씨를 쳐다보았다.

"미술품 수집실(美術品蒐集室)입니다."

"미술품 수집실?"

그때까지 천정 어느 구석에서 뱀과 같은 악마의 눈초리를 발견하려는 듯 위를 쳐다보고 있던 남수는 임경부의 옆으로 다가서면서

"악마는 틀림없이 윗층에 숨어 있을 것입니다. 아니 지금까지도……"

하고 말끝을 잊지 못한 채 경부의 팔목을 슬그머니 흔들었다.

"아이 무서워! 아버지!"

정란은 오빠의 얼굴에서 돌연 걷잡을 수 없는 공포를 느끼며 부르짖는다.

"오빠! 오빠의 얼굴이 더 무서워!"

그 순간 전등불이 껌벅 꺼진 채 켜지지를 않는다. 암흑!

"악 ——"

무서움이 덮어누르는 정란과 은몽의 아우성소리 ——

"정전(傳電)인가?"

"빨리 불을 켜라!"

"어멈! 양초를 가져와요!"

사람들은 도승 해월의 그 저릿저릿한 손가락을 등 뒤에 감각하면서 어쩔 줄을 몰라 떠들어대기 시작하였다.

"빨리 불을 켜라!"

"빨리 빨리!"

"'스윗치'를 눌러 봐!"

암흑 속에 숨어 있는 복수귀의 두 눈동자! 그 무서운 눈동자가 노리고 있는 대상은 누굴까?

"여러분! 너무 떠들지 마시오!"

임경부의 목소리다.

밤은 깊어간다. 끊임없이 퍼붓는 빗줄기, 산뎨미를 뎌올 듯싶은 바람 — 꺼진 전등은 다시 켜질 줄을 모른다.

어물거리는 공포를 가득 싣고 온 방안을 빈틈없이 점령한 어둠의 세계, 지옥의 나라 ——

"어멈! 빨리 불을 가져와요!"

정란의 어지러운 부르짖음이 더 한층 처참하다.

그러나 어멈이 촛불을 가져오기 전에 꺼졌던 전등은 다시 방안을 환하게 밝히었다. 정전인가? 그렇지 않으면 누가 고의로 '스윗치'를 끊었다 이었는가? …… 사람들의 가슴속에는 그런 의문이 뭉게뭉게 떠올랐다.

그때 정원을 수색하던 박태일 부장이 뛰어들어오며

"정원은 아무리 뒤져보아도 수상한 점은 하나도 없습니다."

하고 보고를 하였다.

"그럴 리가 있나?"

사람들은 일시에 그렇게 반문하는 한편 무의식중에 시선을 또 다시 천정으로 돌리지 않을 수 없었다.

"박군!"

임경부는 긴장한 얼굴을 박부장에게 돌리면서 명령하는 것이다.

"네?"

"'피스톨'을 꺼내드리고 나를 따라오게! 떠들지 말고!"

"네!"

그리고 임경부는 백영호 씨를 향하여

"우리들은 이층 미술품 수집실을 조사할 테니 우리가 내려올 때까지 여기서 기다리시요. —— 자 남수 씨 이층으로 안내하여 주시요."

이리하여 선봉선 남수의 뒤를 따라 '피스톨'을 쥔 박태일 순경와 임경부가 이층으로 올라갔다.

임경부는 미술품 수집실을 임검하기 전에 서재로 들어

가서 전기회사에 전화를 걸어보니 약 이 분 동안 삼천공원 일대에 정전이 있었다고 한다.

"역시 정전이다!"

사람들은 약간 마음이 놓이었으나 미술품 수집실 앞까지 왔을 때는 시커먼 유령이 문을 박차고 밖으로 와락 뛰어나오는 듯한 환영을 느끼었다.

남수는 드디어 문을 열었다. 캄캄한 어둠 속, 방안은 죽은 듯이 조용하다.

써늘한 공기가 이마를 스치는 것이다.

박부장은 암흑을 향하여 '피스톨'을 겨누었다.

"움직이면 쏠 테다! 해월이! 움직이면 목숨이 달아난다!"

침착한 것 같으면서도 어딘가 약간 떨리는 임경부의 목소리였다.

그때 남수의 손가락이 '스윗치'를 눌렀다. 순간 임경부와 박부장은

"악!"

하고 숨을 삼키지 않을 수 없었다. 그것은 실로 무시무시하기 짝이 없는 광경이다.

다섯 개의 부처님과 십여 개나 되는 석고상이 일시에 이편을 바라보는 것처럼 묵묵히 서 있지 않는가. 그 외에 담벽을 반 둘러싼 진열장에도 대소무수의 입상(立像) 좌상

(坐像)이 무려 수백 개 ——

"허어!"

임경부는 감탄의 눈을 부릅뜨며 한걸음 한걸음 안으로 들어갔다. 해월은 보이지 않는다. 불상 앞을 지날 때마다 싯누런 구리손이 덥썩 머리를 누르는 것 같은 생각뿐이었다.

그때 꺼꺼부등하고 방바닥을 드려다보며 걷고 있던 남수가 돌연

"임경부"

하고 고함을 쳤다.

"왜 그러시우?"

"이것 좀 보시요!"

임경부가 부리나케 달려가보니 십전짜리만한 구멍이 뚫어진 방바닥으로 아랫층 침실이 환히 내려다보이는 것이었다.

"박혔던 매듭(節[절])이 빠진 자리로 구려!……가만 있자! 최근 이방에 드나든 사람이 누굽니까?"

타는 듯한 임경부의 두 눈이 번개처럼 빛나기 시작한다.

"글쎄올시다. 나는 근 두 달 동안이나 이 방에 발을 들여놓은 적이 없는데요. 혹시 집의 아버지께서……"

그래서 백영호 씨를 데려다 물어보니

"나도 이 방에 들어와 본 적이 벌써 한 달이나 되었읍니다. 결혼식 전이니까 ──"
하고 대답하였다.
"그러면 이 매듭구멍은 전부터 뚫어져 있었읍니까?"
"아닙니다! 전에는 이런 구멍이 전혀 없었읍니다. 대관절 이 매듭이 언제 빠졌을까?"
백영호 씨가 그렇게 중얼거리며 허리를 굽혔을 때 남수는 또 한 가지 무서운 사실을 발견하였다.
"임경부! 이것 좀 보시요!"
임경부는 남수 옆으로 뛰어갔다.
"뭡니까?"
"자아 이것을 자세히 들여다 보시요."
약 두 달 동안이나 청소를 안 하고 그대로 내버려둔 이 미술품 수집실에는 희끄무레한 먼지가 방바닥 일면에 자욱하니 깔려 있다. 그 자욱하니 먼지가 깔린 방바닥에는 구멍을 중심으로 하고 사람인지 짐승인지 알 수 없으나 하옇든 어떤 움직이는 물건이 이리저리로 해매이며 다닌 흔적이 명백히 나타나 있지 않은가!
"그 놈이다!"
"그 놈이로구나!"
사람들은 그 순간 흑하고 숨을 들이마시며 싯누런 부처

님과 하얀 석고상이 가득찬 방안을 휘 둘러보았으나 아무 것도 보이지 않는다.

"틀림없이 사람이 기어다닌 흔적입니다. 물론 그 놈이 ____"

그렇게 중얼거리면서 임경부는 그 놈의 발자욱 형태를 발견할 셈으로 방바닥을 유심히 드려다 보았으나 도무지 찾아볼 수가 없었다. 그 놈은 걸어다닌 것이 아니고 짐승처럼 벌벌 기어 다닌 듯싶었다.

"두말 할 것 없이 이 구멍으로 아랫층을 내려다보려면 엎드려야만 할 것이니까, 발자욱 형태는 모두 지워져 버렸을 것입니다. 그리고 문 밖으로 나갈 때도 조심해서 발자욱 형태를 전부 지워 버렸군요."

이리하여 사람들은 미술품 수집실의 이구석 저구석을 빈틈없이 조사해 보았건만 마수(魔獸)와 같은 해월의 그림자는 또 다시 연기처럼 사라지고 말았다.

해월은 대체 귀신인가 사람인가. 귀신 같기도 하고 사람 같기도 하고 또 한편 무슨 짐승 같기도 한, 마치 반인반수(半人半獸) 반신반인(半神半人)과도 같은 해월이었다.

"그 놈은 대체 어디로부터 들어왔다 어디로 사라졌는가?"

해월의 이 위대한 힘과 신비로운 재주는 현대의 문명, 현대의 과학을 여지없이 유린해 버린 것이 아니고 무엇이냐?

편지가 침실 벽 위에 박힌 것이 길게 잡아도 한 시간 이상은 지나지 못했을 것이다. 그리고 그때는 박부장 이하 여러 경찰들이 이집을 삥 둘러싸고 있지 않았는가. 어디로 나갔을까?

"아니다. 해월은 아직 이 집 어느 구석에 숨어 있을 것이다!"

"그렇다! 아직도 집안 한 구석에 숨어 있을 것이다!"

"그렇다! 온 집안을 뒤져라!"

임경부는 밖에 있는 경찰들을 모두 불러다가 아랫층에서 삼층 꼭대기까지 그야말로 이 잡듯이 샅샅이 뒤졌다. 그러나 허사였다.

시계는 새로 두 시, 비는 아직도 폭포처럼 쏟아진다.

은몽과 정란은 절반 정신을 잃어버리고 침대위에서 몸을 떨며 백영호 씨 이하 여러 경찰들의 보호 아래서 이 무서운 하루 밤을 뜬 눈으로 세웠다.

그러나 아아, 이 얼마나 사법주임 임경부의 치욕인가! 침착하고 대담한 임경부가 오늘밤만은 남달리 흥분하고 남달리 무서워하였다. 복수귀는 그에 눈 앞에서 하고 싶은 짓을 전부 하지 않았는가……

"유불란!"

그는 그 순간 명탐정 유불란의 조력을 빌지 않으면 안될 것을 생각하면서 분한 듯 주먹을 불끈 쥐었다.

# 유불란 탐정[67)]

  이 실로 귀신과 같은 복수귀 해월이와 세계적인 무희 공작부인과 명'콤비'는 흥분과 엽기(曄奇)에 궁금해 하던 '저 —— 널리스트'들에게 불타는 공명심과 아울러 커다란 자극을 던져 주었다.

  이처럼 신비하고 이처럼 무시무시한 복수사건이야말로 탐정소설에서는 흔히 볼 수 있는 일이었으나 이것이 탐정소설이 아니고 하계의 생생한 현실이란 사실을 다시 생각해 볼 때 그것은 실로 전대미문의 일대괴사(一大怪事)가 아닐 수 없었다.

  "보이지 않는 악마 해월…… 복수의 칼날 아래에서 떨고 있는 공작부인!"

  "조선의 자랑인 무희 공작부인을 한시 바삐 복수귀의

---

67) 劉不亂 探偵

손으로부터 구하라!"

"공작부인의 목숨은 남어지[68] 몇 시간? 자취 없이 다가
드는 마수의 그림자!"

이와 같이 도하의 각 신문지는 최상급의 '센세이셔날'한
글자로 독자의 흥미를 부쩍 돋우었다.

"경찰당국은 대체 무엇을 하고 있느냐?"

"공명심에 노예가 되어 버린 사법주임 임경부여! 귀하
는 한시 바삐 그 비열한 공명심을 걷어차 버리고 자타가
공인하는 명탐정 유불란 씨의 조력을 구하라! 이 중대사건
을 무사히 해결할 사람은 오직 한 사람 유불란 씨가 있을
뿐이다!"

점점 위험에 빠져 들어가는 가련한 공작부인의 생명을
구하고자 사회의 대표자인 신문이 명탐정 유불란 씨의 출
마를 부르짖기 시작한 것도 결코 무리는 아니었다.

그러나 사람의 마음이란 이상한 것으로 도하의 신문이
그와 같이 유불란 탐정의 출마를 부르짖지 않았다면 임경
부도 혹시 민간탐정 유불란 씨에게 조력을 구했을런지도
몰랐다.

허나 사회정세가 이처럼 자기의 무력을 노골적으로 힐

---

68) 나머지

난하고 유불란 씨의 출마를 갈망하게 되어 버린 지금에 이르러 마지못해 그에게 머리를 숙이고

"도와주십쇼."

하고 간청해야만 될 자기 자신을 생각할 때 임경부의 눈에서는 참으로 피눈물이 흐르는 것 같았다.

지금도 바로 그것이다.

순사부장 박태일이 이 삼 종의 신문을 임경부 앞에 펴놓으면서

"경부께서도 벌써 보시었겠지만 시민들의 부르짖음이 이처럼 노골적으로 변한 이때 당국으로서도 그들의 갈망에 응하는 의미로……"

유불란 씨에게 정식으로 조력을 구하는 것이 어떠냐고 임경부의 의향을 물으려 하였으나 박부장은 그만 말을 채 잇지 못하고 머리를 숙였다.

임경부의 분노에 찬 눈초리가 자기를 흘겨보는 때문이었다.

"내가 감당치 못하는 일을 그이면 감당할 수 있단 말인가?"

아직 자기만큼 경험은 없다손 치더라고 유불란의 비상한 상상력과 민첩한 관찰력을 인정하지 않는 바는 아니었으나 이처럼 자기 부하에게까지 멸시를 당하고 보니 임경

부의 양볼이 경련을 일으킨 것도 당연한 일이었다.

"천만에 말씀입니다. 저는 단지 민중의 의향을 상관께 전하였을 뿐이지……"

그때 서장(署長)이 '카이제르' 수염을 손끝으로 어루만지며 들어왔다. 나이는 사십이 될락 말락한 임경부와 동연배의 인물이다.

"요즈음 신문잡지가 대단히 떠드는 모양인데 ————"

서장은 '테이블' 위에 흩어진 신문지를 뒤적거리며

"임경부, 어떻소? 사건이 더 커지기 전에 유불란 군과 일을 같이 해볼 의향이 있다면 오늘이라도 ———— 아니 지금 이라도 그를 초빙하여서 ————"

임경부는 숨길만 높다.

"그렇게 되면 사건에 대한 책임도 반분이 될 것이며 더구나 소란한 인심을 일시적이나마 진정시키는 의미로 ————"

무거운 공기를 깨뜨려 버리려는 듯 서장은 "하하하 ——" 하고 쾌활하게 웃었으나 임경부는 묵묵히 대답이 없다.

영리한 서장은 상관으로서 명령한다는 것이 아니고 동료로서 상의한다는

얼굴로 다시 입을 열었다.

"사건이 중대하니 만큼 당국으로서도 만반의 준비와 노

력을 게을리 하지 않아야만 될 것이 아니요. 만일 이대로 내버려 두었다가 지금 인기의 촛점에 서 있는 공작주인이 살해를 당하는 날에는 사회의 비난은 오직 경찰당국, 더구나 유불란 씨와 타협하기를 싫어하던 임경부께로 쏠릴 겁니다. 물론 유불란 씬들 무슨 별다른 힘이야 있겠소 마는 하옇든 그이와 일을 함께 하였다는 명목만을 가지고라도 흥분된 사회의 인심을 일시나마 진정시킬 수가 있다면 다행이니까, 또 당국으로 치더라도 사회의 유용한 기관이라면 이를 잘 이용하는 것이 권리인 동시에 의무라고 볼 수가 있느니만큼……"

서장의 어투는 임경부가 만일 끝끝내 고집을 부린다면 독단으로라도 유불란 씨의 조력을 구하겠다는 것을 암암리에 표시하는 것이다. 그리고 그것을 못 알아 차린 임경부도 아니었다.

"그러시오!"

뱉듯이 한 마디를 던지고 임경부는 불쾌한 낯으로 밖으로 나가버렸다.

"뱃짱69)과 정력만은 남 못하지 않게 가졌건만…… 임경부도 자부심이 너무 많아서 걱정인 걸!"

___

69) 배짱

하고 박부장을 쳐다보며

"그런데 임경부가 유불란 군을 그처럼 달갑게 생각지 않는 동기는 대체 어디 있는가?……"

"서장께서도 아시다싶이[70] 작년 초가을에 일어난 '아파 —— 트 살인사건' —— 저 'M데아 —— 트'의 '쇼걸'살해사건 말씀입니다. 그 사건에서 유불란 씨에게 참패를 당한 이후부터지요."

"아, 그 '쇼걸'살해사건 ————"

"그런데 그때 유불란 씨가 좀 지나치다면 지나치다고도 생각할 수 있는 농담을 건넨 적이 있읍니다."

"누구에게? 임경부에게?"

"그렇습니다. 그보다 먼저 임경부는 유불란 씨를 가르켜 아직 입술이 샛노란 어린애라고 비웃은 적이 있읍니다."

"황구지작(黃口之雀)이라고 ————"

"그렇습니다. 그러나 그처럼 복잡하고 미궁에 빠졌던 사건이 결국 그 황구지작의 손으로 해결을 보지 않았겠읍니까. 임경부도 놀랐었지요. 그래 임경부께서도 어지간히 유불란 씨를 존경한다는 것보다도 장래성이 있는 유망한 청년이라고 생각하게 되었던 어느 날 유씨는 임경부 앞에서

---

70) 아시다시피

말하기를 ─── 탐정이란 결굴 발을 놀리는 게 아니라 머리를 놀리는 거라고 한 마디 톡 쏘았었읍니다."

"음, 황구지작에 대한 복수로구만!"

"네 그때부터 임경부는 유씨를 ───"

서장은 자못 흥미를 느끼는 듯이 박부장을 쳐다보며 빙그레 웃던 얼굴을 황급히 가다듬으며

"그런데 한 가지 이상한 것은 여늬때[71] 같으면 당국이 청하지 않더라도 유불란 군은 공명심을 만족시키겠다는 것보다도 범죄 그 자체에 흥미를 가지고 저 편에서 먼저 사건에 뛰어드는 것이 상예였건만 이번 사건에는 어찌된 셈인지 유군은 도무지 무대에서 나타나지를 않으니 ───"

하고 말머리를 돌린다.

"글쎄올시다. 언제가는[72] 지나가던 길에 유불란 씨를 한번 찾았더니 어딘가 여행을 떠났다고요."

"어디 전화를 걸어 보게."

박부장은 수화기를 들고 본국×××번을 불렀다.

"××서 박태일입니다. 유선생 댁에 계십니까?"

"어째서 찾으시오?"

---

71) 여느 때
72) 언젠가는

그것은 유불란 씨의 목소리가 아니고 그 집에 있는 젊은 서생의 음성임을 박부장은 잘 알고 있다.

　　"공작부인 사건에 대하여……"

하고 말을 채 잇기도 전에

　　"저 유선생님은 지금 집에 안계십니다. 신문기자들과 '인터 —— 뷰'하기가 귀찮으시다고 아침에 나가시어서 밤늦게야 돌아오신답니다."

하고 모정스럽게도 전화기를 딸깍하고 끊는다.

　　박태일 부장은 무정스럽게 끊겨버린 전화통을 잠깐 동안 원망스러운 얼굴로 들여다보고 나서

　　"유불란 씨는 지금 집에 안계시답니다. '인터 —— 뷰'하기가 싫어서 밤늦게야 돌아온다고요."

하고 서장께 전화의 내용을 보고 하였다. 바로 그때 —— ——

　　태평동 유불란 탐정의 서재에는 지금 한 사람의 중늙은 이가 커다란 경대 앞에 앉아서 싯누런 노안경을 쓰고 히뜩히뜩한 머리털과 덥수룩하니 자란 수염을 어루만지면서 자기의 얼굴과 풍채를 이모저모로 드려다보다가 드디어 만족한 듯이 우리가 항상 노인네들의 얼굴에서 발견할 수 있는 가장 온화한 웃음을 한 번 빙그레 웃어본다.

　　그리고는 경대로부터 멀직이[73] 떨어져서 자기의 앞모

양 뒤모양을 살피더니 이번에는 왼편 양복장 앞으로 걸어 가서 유리문을 열었다.

그것은 모양은 양복장 같았으나 실은 그렇지 않고 약 이십 개나 되는 단장이 가지런히 걸려있는 것이다. 그는 그중에서 한 개의 노인용 '스틱'을 집어들고 폈던 허리를 약간 굽히면서 주춤주춤하는 걸음으로 다시 경대 앞으로 걸어갔다. 그때 '도어' 밖에서 '노크'하는 소리가 들린다.

"들어와."

하고 그는 '노크'에 대답을 하였다. 문이 열리며 이십이삼 세 쯤 되어 보이는 서생이 들어오며

"선생님 지금 ××경찰서 박태일이란 분으로부터 전화 가 왔었읍니다. 공작부인에 관한 이야기가 있다기에 안계 시다는 대답을 하였읍니다."

하고는 자기의 직분은 다했다는 듯이 곧 밖으로 나가려 했다. 노인은

"잠깐……"

하고 불렀다.

"네?"

"난 줄 알겠는가?"

---

73) 멀찍이

하고 묻는 말에 서생은 그의 아래 위를 살피고서

"제눈엔 그럴 듯싶어서 그런지 어딘가 낯익은 듯한 데가 없지않읍니다만 대체로 몰라볼 것입니다. 모자를 쓰시면 더구나 알아 볼 수가 없을 것입니다."

하고 대답하는 말에 그는 어지간히 만족을 느끼는 모양이다.

"그러면 'H그릴' 지하실 식당에서 저녁을 먹고 올 테니까 만일 무슨 긴급한 사건이 생기거든 곧 전화로 알려주게."

"네 똑똑히 알아들었읍니다."

서생은 다시 밖으로 나가 버렸다.

유불란은 이처럼 가지각색으로 변장을 하고 거리로 나다니기를 무엇보다 즐겼다. 더구나 행길에서 만나는 친구들이 자기를 유불란인 줄 모르고 옆을 지날 때마다 그는 한량없이 기뻐하는 것이다. 그것은 실상 그의 일상생활에 있어서 빼지 못할 일과인 동시에 또한 무상의 취미였다.

지금도 바로 그것이다. 돈푼이나 있는 중류계급의 중늙이로 변장을 한 유불란은 자기 모양을 한 번 더 경대 앞에서 유심히 살핀 후에 주춤거리는 발걸음으로 집을 나섰다.

그는 골목을 나서서 광화문 네거리를 오른편으로 '커 ― 브'하여 종로로 걷기 시작하였다. 매연이 자욱한 거리

거리에는 우유빛 전등불이 꿈결같이 명멸하고 있다. 길거리에서 신문을 팔고 있는 소년 옆에는

'공작부인의 목숨은 나머지 몇 시간?'

이런 표제가 길가는 사람들의 발걸음을 멈추게 한다.

그것은 하옇든 지금 종로를 향하여 주춤주춤 걸어가는 유불란의 뒤를 조심스럽게 따르고 있는 한 사람의 수상한 그림자가 있다. 캡을 깊이 눌러쓰고 두 손을 양복 웃저고리에 쓰러 넣고 —— 그러나 유불란은 아무것도 모르고 무심히 걸어간다. 수상한 사나이는 어디까지든지 유불란의 그림자를 놓치지 않고 따르는 것이다.

유불란을 따르는 수상한 사나이와 그런 줄도 모르고 자기의 훌륭한 변장에 만족감을 느끼면서 걸어가는 명탐정 —— 두 사람의 거리는 좁아졌다 넓어졌다 하면서 마침내 종로 네거리까지 다다랐다.

그때 유불란은 오른편 쪽 'H그릴'의 '도어'를 단장으로 밀어젖히고 층층대를 걸어 지하실 식당으로 들어갔다.

수상한 사나이는 잠깐 동안 맞은편 쪽 공중전화통 뒤에 몸을 감추고 'H그릴'로 들어가는 유불란의 뒷모양을 뚫어질 듯이 바라보고 있다가 그도 발걸음을 옮겨 'H그릴' 지하실 식당으로 들어가는 것이다.

저녁때이건만 식당은 비교적 한산한 편이었다. 십여 명

의 손님이 이구석 저구석에 널려 앉아 있다.

유불란은 자기가 가장 좋아하는 '마카로니'와 '오므라이스'를 청하여 저녁을 먹기 시작한다. 수상한 사나이는 유불란의 바로 옆에 자리를 잡고 '커피'를 마시는 것이다.

이윽고 유불란은 식사를 마치고 홍차를 마시면서 급사에게 이 삼 종의 신문을 가져오라고 일렀다.

"할아버지 신문사 사장이신가 봐!"

급사 하나가 신문을 가져오면서 낯익은 얼굴로 빙그레 웃었다.

"어째서?"

"신문사 사장이시게 매일저녁 오시기만 하시면 이 신문 저 신문 연구하시지!"

"허어…… 그렇다. 내가 신문사 사장이다. 허허허……"

유불란은 그렇게 호기 있게 웃으면서 이 삼 종의 신문을 펴 놓고 공작부인에 관한 기사를 대조해가며 읽기 시작하였다.

그때 그의 동정을 유심히 살피고 있던 수상한 사나이는 슬그머니 의자에서 몸을 일으켜 유불란 곁으로 다가오면서 돌연

"유선생이 아니십니까?"

하고 '캡'을 벗어 손에 들었다.

"당신은?"

하고 신문에서 눈을 드는 유불란을 향하여 정중히 허리를 굽히며

"아 역시 유선생이었읍니까! 이제야 유선생을 붙들었읍니다. 딴은 오늘 아침부터 선생댁 정문 밖에서 선생이 나오시기를 기다렸지요. 그런데 아침부터 지금까지 문밖에서 지켰건만 안으로 들어간 적이 없는 노인네가 안에서 나오지 않겠읍니까. 옳지 이 노인이 유선생이로구나! 하고…… 뒤를 따랐던 것입니다. 아차 이거 실례 막십입니다. 저는 ××일보사 사회부에 있는 정대호(鄭大浩)올시다. 참 유선생 처음 뵙겠읍니다. 아 이처럼 유명하신 탐정을 이제 와서 뵙게 되니 정대호는 도무지 낯을 들 면목이 없읍니다그려. 그런데 저는 전부터 ××서 사법주임 임경부를 상당히 존경해 왔읍니다마는 이번 공작부인 살해미수사건에 관해서는 어찌된 셈인지 우둔하기 짝이없을 뿐만 아니라…… 아 참 이거 내가 이야기를 들으러 왔나 이야기를 하러왔나…… 하옇든 이 신비스럽기 짝이 없는 살인미수 사건에 대하여 유선생의 명석하신 식견을 한 번 피력하여주시면 ××일보사로써 다시없는 영광이겠읍니다. 뿐더러 경성 칠십만 시민이 이처럼 유선생의 출마를 고대하고 있는 요즈음, 유선생 개인의 흥미도 흥미일 뿐더

러 사회의 이처럼 지극한 갈망을 물리친다 해서야 어디 될 법한 이야기겠읍니까? 임경부와의 타협 비타협은 둘째 문제라 치고라도 유선생이 단독행위로서 얻은 견해를 사회에 발표하여 미욱한 백성들의 지향 없는 호기심을 바로잡아 준다는 것은 말하자면 식자로서의 권리인 동시에 또한 의무가 아닐 수 없읍니다. ……먼저……"

"잠깐……"

유불란은 그때 빙글하고 웃으면서 손을 들어 자기에게도 이야기할 기회를 달라는 듯 상대방을 막았다.

××일보사 민완기자 정대호라는 이름만은 들은 바 있으되 이처럼 도도히 흘러나오는 구변의 소유자인 줄은 아직까지 모르고 있던 유불란이다. 그는 어지간히 감동하여

"아침부터 저 같은 사람을 기다렸다 하시니 대단히 황송합니다. 지금 이 자리에서 길게 이야기할 틈은 없으나 하옇든 정형의 성의를 존경하여 한 가지 사건에 관한 견해를 말씀 드리지요."

그 말이 유불란의 입으로부터 떨어지자마자 정대호는

"선생의 의견을?"

하고 외치며 희색이 만면하여 분주스럽게 연필과 종이를 꺼냈다.

"무엇보다도 먼저 이 공작부인 살해미수 사건에 관하여

다섯 가지의 '미스테리 ― 神祕[신비]'가 있읍니다. 그 하나는 명수대 공작부인의 저택에서 열린 가장무도회에서 공작부인을 칼로 찌른, 그 도화역자가 대체 어디로 어떻게 자취를 감추었는가? 그 다음은 이선배란 화가가 태평동 막다른 골목에서 연기처럼 사라져 버렸다는 점…… 또 하나는 김수일이란 화가가 왜 가짜 이름과 가짜 직업을 가지고 공작부인과 교제를 해왔는가? 다음은 부민관 결혼식장에서 역시 질풍과 같이 나타났다 사라진 해월이의 비상한 재주요, 또 한 가지 괴상한 것은 해월이란 도승이 마치 귀신과 같이 공작부인의 일거 일동을 어디선가(임경부의 조사에 의하면 이층 미술품 수집실에 숨어 있었다고 합니다만은) 하나도 빼놓지 않고 보고 있었다는 것입니다."

유불란은 거기서 잠깐 말을 끊었다가 다시 계속하였다.

"실로 이처럼 신비로운 사건은 우리 조선에서뿐만 아니라 전 세계의 범죄사를 뒤져봐도 찾아 볼 수 없는 무서운 사건이 아닐 수 없읍니다. 이 범인의 가슴속에는 보통사람으로서는 추호도 엿볼 수 없는 무서운 계책이 숨어 있는 것 같습니다. 그는 사람이라기보다도 사람의 가면을 뒤집어 쓴 짐승이거나 그렇지 않으면 사람의 힘을 전연 무시해 버릴 수 있는 초인적 재주를 가진 귀신이거나……"

그때 정대호가 유불란의 말을 가로 막았다.

"유선생은 귀신의 존재를 인정하십니까?"

"나는 학자입니다. 다만 이 사건을 외관으로만 본다면 그와 같은 신비의 껍질을 쓰고 나타났다는 말이지요."

"그러면 유선생이 지금 말씀하신 그 다섯 가지의 신비에 대하여 제가 묻겠읍니다. 첫째로 공작부인을 해친 도화역자가 어디로 자취를 감추었다고 생각하십니까? ──"

"그 점이 이 사건에 있어서 제일 중요한 '포인트'지요. 그 점만 풀린다면 남은 모든 신비는 스스로 풀릴 것입니다. 그러나 나 역시 임경부와 마찬가지로 알 수 없는 일입니다."

"그러면 그 다음 임경부는 해월이와 김수일이란 가짜 화가가 같은 인물이라고 의심하고 있읍니다만 유선생께서는 어떻게 생각하십니까?"

"네 그 점만은 좀 임경부의 의견과 다르지요. 아니 나는 단언할 수 있읍니다. 김수일이와 해월이는 결코 동일한 인물이 아닙니다."

"거기 대한 이유를 말씀해 주십시요."

"그건 이 자리에서는 말할 수 없읍니다."

"그러면 이선배라는 화가는 또 어떻게 보십니까?"

유불란은 잠깐 동안 자기의 착잡한 사색을 가다듬는 듯 눈을 감았다 뜨면서

"그렇지 않아도 착잡다단한 이 사건에 김수일과 이선배라는 화가가 뛰어들었기 때문에 사건은 한층 더 복잡성을 띄게 되었지요. 그리고 이선배란 화가에 관해서도 단지 결론만을 말해드리지요.…… 이선배는 결코 범인이 아닙니다."

"그러면 어째서 그는 태평동 골목에서 연기처럼 사라졌읍니까?"

"글쎄올시다. 그 점에 대해서는 지금 말해 드릴 수가 없어서 대단히 섭섭하다고 생각합니다. 그리고 이 회견기가 신문지상에 발표된다면 나는 이 자리에서 단 한 마디 ××서 사법주임 임경부에게 충고할 말이 있읍니다."

"무슨 말씀입니까?"

"이 사건에 있어서 김수일이란 인물과 이선배란 인물을 전혀 염두에 넣지 말고 다만 저 해월이란 도승만을 목표로 하고 수사를 진행하라는 부탁입니다."

이리하여 'H그릴'지하실 식당에서 유불란과 정대호가 마주 앉아 있는 바로 그 시각에, 삼청동 백영호 씨의 저택에는 상상만 하여도 저릿저릿한 복수귀 해월의 시컴은 마수가 뻗기 시작하였다.

# 제1차의 참극[74]

    무대는 다시 삼청동 백영호 씨의 저택으로 옮아간다.

    때는 오후 여덟시 전후…… 삼청동공원 일대에는 짙은 어둠의 장막이 흐르고 멀리 내려다보이는 시가지에는 오색의 '일류미네—숀'이 굶주린 요부의 눈동자처럼 '윙크'를 한다.

    천태만상의 죄악을 한아름 품고 지금 마도(魔都) 대경성의 밤은 점점 깊어가고 있다.

    백영호 씨는 지금 자기 '아뜨리에'서 '여인군상(人群像女)'이란 등신대의 석고상을 이모저모로 바라보면서

    "이만 했으면!"

하고 가장 자신 있는 어조로 중얼거려 보았다.

    지금 거의 완성에 가까운 '여인군상'은 오는 유월 초순

---

74) 第一次의 慘劇

에 열릴 제일 미술전람회에 출품할 셈으로 작년 초가을부터 손을 댄 대작이다.

각각 '포-즈'를 달리한 세 사람의 벌거벗은 여인이 그 어떤 진리의 광망을 발견한 듯 멀-리 천공을 바라보면서 서 있는, 말하자면 백영호 씨의 많은 작품 중에서도 가장 정성을 들인 대작이었다.

백영호 씨는 지금 이만했으면 제일 미술전람회 심사원으로서의 면목을 충분히 유지할 수 있을 것이라고 생각하며 어지간히 만족한 얼굴로 '소파'에 걸터앉아 '담배·케이스'에서 담배를 한 대 꺼내 붙였다.

그때 옆방 침실로 통하는 중문이 슬그머니 열리며 분홍빛 '나이트·까운' 입은 주은몽이 들어오면서

"다들 어디 갔어요? 혼자 있을라니까 무서워서……"
하고 남편 백영호 옆으로 다가와 앉았다.

"무섭긴 뭐가 무섭소. 이처럼 내가 옆방에서 당신을 지키고 있는데 —— 남수는 조금 아까 산보를 나가고 정란은…… 아 정란은 삼층에 있지 않소? '피아노' 소리가 들리는군 ——"

백영호 씨와 은몽은 귀를 기우렸다. 멀리서 '피아노' 치는 소리가 들려온다.

"하옇든 집안이 너무 음침해서 못 쓰겠소. 이젠 몸도

어지간히 회복 되었으니 우리 신혼여행 겸 어디 산수 좋은 데로 여행이나 떠납시다. 무엇보다도 당신의 기분을 전환시켜야지. —— 우리 내일이라도 떠납시다. 금강산은 어때요?"

백영호 씨는 그리고 아내의 어깨에다 손을 올려놓으면서 꼭 껴안아 본다.

그런데 은몽은 머리를 살랑살랑 흔들면서

"안돼요. 금강산은 안돼요."

"왜요?"

"금강산은 그 놈의 고향 —— 그 놈이 소년시절을 보낸 백도사가 거기 있지 않아요? 그 놈은 필경 우리를 따라올 것입니다. ……아니 어디를 가든지 그 놈은 우리들의 신변을 헤매고 있을 거에요."

은몽은 그리고 남편 품안에 머리를 부비며 파고들었다. 백영호 씨는 애처러운 듯 아내의 머리를 쓰다듬을 뿐이었다.

그즈음 백남수는 컴컴한 삼청동 '풀' 옆을 걷고 있었다. 그는 저녁마다 한 번씩 꼭 자기집 주위를 휘 돌아다니는 것이었다. 그저께 밤, 임경부가 담장 밑에서 보았다고 하는 수상한 그림자의 정체를 붙잡을 의향이다.

그러나 가다가다 하나씩 서 있는 전등불을 통하여 아무

리 살펴보아도 수상한 그림자는 보이지 않았다. 삼층에서 치는 정란의 '피아노' 소리만이 한적한 공원일대의 적막을 고요히 깨뜨릴 뿐이었다.

거기는 투쟁도 없고 공포도 없었다. 죄악의 실마리라고는 바늘 끝만치도 보이지 않았다. 정란의 '피아노' 소리가 무한의 평화를 싣고 어둑어둑한 '풀' 위를 스치고 날아가는 것이다.

그러나 —— 아아 그것은 평화를 그리워하는 백남수의 순간적 감상에 지나지 못하였다.

그가 희미한 전등불이 내리는 정문을 향하여 걷고 있던 그 찰라,

"아 앗!"

하고 부르짖는 여자의 목소리가 안으로부터 터져 나왔다. 그것은 틀림없는 주은몽의 공포에 찬 목소리가 아닌가!

백남수는 그 순간, 우두커니 발걸음을 멈추고 귀를 기우렸다. 온몸이 으쓱함을 깨달았다.

"해월이다!"

"그렇게 외치면서 부리나케 정문 안으로 뛰어들어갔다."

그러나 한 발자욱 정문안으로 드려놓은 순간, 이번에는 남수가

"악!"

하고 고함을 치면서 우둑커니[75] 발걸음을 멈추지 않을 수 없었다. 아아, 그것은 너무나 무서운 광경이었다. 몸서리쳐지는 무시무시한 광경이 지금 백남수의 눈앞에 전개되고 있었던 것이다.

보라! 지금 '아뜨리에'의 '커텐'에 비친 두 개의 그림자를 보라!

하나는 전신에 치렁치렁한 기나긴 '만또' 같은 것을 두른 괴한(怪漢)······ 두 말도 할 것 없이 백도사의 도승 복수귀 해월이의 단도를 번쩍 든 손그림자요, 또 하나는 그 단도 밑에서 죽지 않으려고 발버둥치는 아버지의 그림자가 아닌가!

"해월이다! 해월이다! 이놈"

하고 고함치는 백영호 씨

"아 앗······ 사람 살려요!"

하고 부르짖는 은몽의 목소리.

그러나 백남수가 멈추었던 발자욱을 다시 떼어 넓은 정원을 나는 듯이 달음박질하여서 정원 한복판까지 다달았을 때는 벌써

"으 음······"

---

75) 우두커니

하고 신음하면서 마치 짚으로 만든 인형처럼 쓸어지는 아버지의 그림자를 보았다.

　그 순간 남수는 온몸의 피가 일시에 머리로 기어올라옴을 감각하면서 무아몽중으로

　"이놈 해월이 잡아라!"

하고 외쳤다. 만일 남수가 정문을 들어서자마자 그렇게 고함을 쳤던들 해월은 자기 아버지를 찌를 사이도 없이 도망했을런지도 몰랐을 것이다.

　과연 남수의 부르짖음이 터져나오자마자 해월의 그림자는 옆방 주은몽의 침실로 따라 들어가려던 발걸음을 돌리어 저편 낭하로 **빠져나가** 버렸다.

　"아, 앗……"

　은몽의 찢는 듯한 목소리가 복도로부터 들리어온다. 낭하로 쫓겨나갔던 은몽이 거기서 해월을 만난 모양이다.

　남수는 또 한 번 가슴이 덜컥하고 내려앉았다. 그 순간 온 집안이 돌연 캄캄한 암흑세계로 변하지 않는가! 해월이가 '스윗치'를 껏구나![76]

　"은몽 씨! 은몽 씨!"

　남수는 화살같이 현관으로 뛰어들어가며 그렇게 불렀다.

---

76) 껐구나

"아, 남수 씨! 빨리…… 빨리…… 아, 저 놈이 들창문으로……"

하고 부르짖는 은몽의 숨찬 목소리가 암흑을 뚫고 찢어져 나왔다.

"은몽 씨 빨리 전등을 켜요! '스윗치'를 눌러요!"

그것은 남수가 현관을 들어서서 '아뜨리에'와 침실로 통하는 복도를 오른 편으로 '커―브'하면서 고함친 소리였다.

"남수 씨! 빨리 빨리…… 아버지가, 아버지, 아버지께서……"

"'스윗치'를 눌러요! ―"

그때 번쩍하고 전등이 켜졌다. 거의 쓰러지듯이 '스윗치'에 매어달린 은몽의 몸뚱이를 남수는 달려가서 쓰러안으며

"아버지는, 아버지는?"

하고 외쳤다.

"아버지를, 그 놈이 아버지를……"

납인형처럼 창백한 은몽의 얼굴 ―― 그의 여윈 손가락이 '아뜨리에' 안을 가르쳤다.

글로 쓰면 이처럼 길어지지만 그것은 실로 찰라적 일이었다. 남수가 정문 밖에서 은몽의 고함소리를 듣고서부터 단 일 분 동안에 일어난 일이었다.

그때야 비로소 삼층에서 '피아노'를 치던 정란이가 새파랗게 얼굴을 변해가지고 뛰어 내려왔다.

"정란이! 아버지가……"

은몽은 힘없이 정란의 목을 껴안는다.

"어머니, 무슨 일이 생겼어요? 아버지가 어쨌어요?"

정란은 끌어안는 은몽의 팔목에 반항하면서 놀라 물었다.

"그 놈이 아버지를 ——"

은몽이 그렇게 외치며 정란과 더불어 '아뜨리에'로 뛰어 들어갔다.

"아, 앗! 아버지……"

자기 눈앞에 벌어진 참혹한 광경이 혹시 꿈이 아닌가를 마음 한 구석으로 의심하며 정란은 아버지의 옆으로 달려갔다.

석고상 '여인군상' 앞에 백영호 씨의 몸뚱이는 기다랗게 쓸어져 있었다.

예리한 비수로 심장 한복판을 찔린 백영호 씨의 가슴으로부터 저릿저릿하게 새빨간 피줄기가 샘솟듯이 쿨렁쿨렁 솟아나온다. 극도의 공포로 말미암아 눈과 입을 벌린 얼굴 —— 그러나 아직 절명까지 이르지 않은 것만은 다행이었다.

"아버지! 아버지! 정신 차리세요! 정신을……"

남수는 아버지의 상반신을 붙들고 뭉클뭉클 솟아나오는 선혈을 손으로 막으며

"정란, 빨리 서재로 올라가서 문군(정란의 약혼자 문학수)에게 전화를 걸어! 그리고 경찰에도!"

정란은 갈팡질팡 허덕거리는 발걸음에 채쭉질[77]을 하여 가며 이층으로 뛰어 올라간다.

그때 백영호 씨는 한 손으로 허공을 휘저으며 번쩍 떴던 눈을 힘없이 감았다. 눈이 감기자 그는 입술을 들썩거리며 무엇을 말하려는 듯이 최후의 노력을 다 하였으나 공기는 그만 입안에서 말을 이루지 못하고 푸시시하고 입 밖으로 새어나곤 하였다.

"아버지! 말씀이 있으시거든 빨리 하세요! 아버지, 무슨 말씀을 하고 싶으세요? 말씀을 하세요! 말씀을 해 보세요?"

그렇게 고함을 치면서 남수의 초조한 마음은 자기도 모르게 아버지의 상반신을 힘껏 흔들었다.

"여보세요, 말씀을 하세요! 접니다! 은몽이예요! 은몽을 몰라보세요?"

은몽이 그렇게 백영호 씨의 팔을 잡고 흔들었을 때 은몽

---

77) 채찍질

의 목소리가 낯익음인지 그는 감았던 눈을 번쩍 뜨면서 은몽의 눈물어린 얼굴을 물끄러미 쳐다보는 것이다. 물끄러미 쳐다보다가 그는 팔을 은몽에게 내밀며 돌연

"은몽, 은몽! 너, 너는……"

하고 최후의 기력을 다하여 외친다는 것이 겨우 알아들을 만한 가는 목소리었다.

"네? 저는, 저는, 아무런 상처도 받지 않았어요. 그 놈은 복도 들창문으로 도망했어요. 여보, 여보세요! 여보세요!"

하고 은몽은 미친 듯이 부르짖으며 자기를 그처럼 사랑하여 주던 늙은 신랑에게 최후의 선물을 바치려는 듯이 자기 입술을 백영호 씨의 입에 가져다대며 머리를 부비었다. 백영호 씨 그때 힘없는 팔에다 최후의 기력을 다하여 은몽을 꽉 부여잡고

"이 음 ……으 음 …… 은몽이 너는……"

하고 괴로운 듯이 신음하던 그 순간 은몽은 그만

"아얏! ——"

하고 소리치며 얼굴을 번쩍 들고 양손으로 자기 입술을 가리우면서

"고맙습니다! 당신이 당신이 저를 그처럼…… 사랑하여 주시는 줄은……"

하고 벌써 숨이 끊어져 버린 남편의 얼굴을 부여잡고 울기

시작하였다. —— 아아, 늙은 신랑 백영호 씨가 젊은 아내 주은몽의 입술에 남겨놓고 간 사랑의 선물 —— 은몽의 입술로부터 새빨간 핏줄기가 주르르하고 흘러내린다. 입술 위에 남은 남편의 입빨 자리!

그때 이층으로 전화를 걸러 올라갔던 정란이가 굴러질 듯이 뛰어들어왔으나 아버지는 벌써 이 세상 사람이 아니었다.

"아버지, 아버지!"

하고 정란은 시체를 쓰다듬으며 은몽과 함께 느껴 울기 시작하였다.

"그런데, 이게 대체 어찌된 일이요?"

하고 은몽을 바라보았다.

백영호 씨의 이 무참한 죽음에 관하여 은몽은 적지 않게 책임감을 느끼면서

"모두가 저 하나 때문에 일어난 봉변 —— 저는 남수 씨와 정란을 대할 면목이 없어요. 정란, 나를 용서해 줘요. 나를……"

하며 오늘밤 그 사갈 같은 악마가 '아뜨리에' 나타나기까지의 자세한 이야기를 시작하였다.

오후 여덟 시 전후였다.

어멈은 저녁을 치르고 나서 다방골 자기 아들네 집에

갔다온다고 나가버렸다. 그리고 남수는 그때 삼청동 '풀' 옆을 걷고 있었고 정란은 삼층에서 '피아노'를 치고 있었다.

그 다음에 백영호 씨와 은몽은 아랫층 '아뜨리에' '소파'에 걸터앉아 기분 전환책으로 그리고 신혼여행도 겸하여 금강산 같은 데로 여행을 떠났으면 어떠냐고 ── 그런 이야기를 주고받고 하던 바로 그때였다고 한다.

어디선가 이상한 소리가 들리였다.[78] 똑딱똑딱하는 소리다.

"여보 ──"

은몽은 가만히 남편의 팔소매를 잡아당겼다. 삼층에서 정란의 '피아노' 소리가 멀리 들려오고 그보다도 좀 더 가까운데서 똑 ─ 딱 ─ 똑 ─ 딱 ─ 하는 결코 금속성(金屬性)이 아닌, 목성(木性)의 소리가 고요한 방안을 녹이는 듯 들려왔다고 한다.

"가만 있자 ── 이게 목탁소리가 아닌가?"

백영호 씨는 문득 그렇게 중얼거리며 소파에서 몸을 이르켰다.[79]

"목탁치는 소리?"

그렇다! 그것은 틀림없는 목탁소리였다. 그 순간, 은몽

---

78) 들리었다.
79) 일으켰다.

은 몸이 으스스하니 오그라지는 것이었다. 자기 자신의 발자욱 소리가 으쓱하고 두려움을 싣고 기어올라옴을 깨달았다.

"목탁소리가 왜 날까? ——"

은몽은 백영호 씨의 귀에다 입을 가까이 대며 속삭이었다.

"글쎄 —— 대체 어디서 나는 거야?"

백영호 씨의 목소리도 극히 낮았다. 목탁소리는 처음엔 침실에서 나는 것 같았다. 침실로 가보았다. 그러나 침실에는 아무것도 보이지 않았다.

목탁소리는 한층 더 가까이 들려온다. 은몽과 백영호 씨는 그때 문득 침실 천정을 쳐다보았다.

"악!"

하고 두 사람은 낮으나마 놀라움에 찬 목소리로 외쳤던 것이다. 목탁소리는 틀림없이 천정으로부터 들려왔다. 아니, 자세히 말하면 침실 윗층 미술품 수집실로부터 들려오는 것이다.

그러나, 그때 들려오던 목탁소리가 돌연 끊기었다. 사방은 고요해졌다.

미술실에 숨어 있는 해월이도 은몽과 백영호 씨가 자기의 존재를 알아차린 것을 짐작했던 모양이다.

도승의 목탁 치는 소리! 복수귀 해월의 목탁소리는 과연 무엇을 의미하고 있었던가?…… '웨딩·마 — 치' 대신 장송곡을 친 해월이가 아니었던가!

불길의 징조 —— 죽음을 의미하는 목탁소리였다. 주위의 적막은 자즈러질 듯이 가슴을 파고든다. 누구냐!…… 고 고함이라도 쳐볼까 하였으나 고함을 치는 그 순간 시퍼런 비수가 자기네 심장을 향하여 날아올 것만 같았다.

그때 늙은 백영호 씨는 오들오들 떨고 있는 은몽의 손목을 잡고 옆방 '아뜨리에'로 와서 역시 숨소리도 낮추고 귀를 기우려 보았다. 그러나 아무 기척도 없었다.

"이상하다! 분명히 목탁소리가 들리었는데 ——"

백영호 씨와 은몽은 혹시 자기네의 환청(幻聽)이 아니었던가를 의심하여 보았다.

그러나 그 순간, 그들의 바로 등 뒤 —— 뒤통수에서 청천벽력처럼 떨어지는 목탁소리!

"에엣! ——"

하고 두 사람이 획하고 돌아서는 순간, 은몽은 그만 질겁을 하여

"아, 악!"

하고 고함을 치면서 침실로 딩굴듯이80) 뛰어갔다고 한다.

아아! 홍의(紅衣)의 악마여!

붉은 '만또'를 기다랗게 두르고 얼굴에는 울긋불긋한 도화역자의 틸을 쓴 복수귀가 한손에 목탁을 들고 한손에 비수를 들고 백영호 씨를 노려보는 전신 주홍색의 악마여!

"악!"

소리를 치며 침실로 쫓겨 들어간 은몽은 다시 복도로 뛰어나갔다. 남수가 정문 밖에서 은몽의 찢는 듯한 부르짖음을 듣고 놀란 것은 바로 그때였던 것이다.

은몽은 복도로 뛰어나가면서 뒤를 한 번 힐끗 돌아보았다. 전신 주홍색의 악마 해월이와 남편 백영호 씨가 서로 붙잡고 하나는 찌르려고 하나는 찔리지 않으려고 —— 두 개의 몸뚱이가 불이 나듯이 부딪치며 돌아가는 광경을 보았다고 한다.

"해월이, 해월이! 이놈!"

늙은 백영호 씨의 숨찬 고함이었고 남수가 정문 안으로 뛰어들어와서 '아뜨리에'의 '커 — 텐'에 비친 두 개의 격투하는 그림자를 본 것은 그때였다.

다음 순간, 은몽은 남편 백영호 씨의 가슴을 파고드는 시퍼런 칼날을 꿈결처럼 바라보며 역시 꿈속 사람처럼 감각을 잃어버린 부르짖음을 쳤던 것이다. 남수의 고함치는

---

80) 뒹굴듯이

목소리가 정원으로부터 들린 것은 그때였다고 한다.

석고상 앞에 쓸어진 남편 —— 복수귀 해월은 침실로 은몽을 따라 들어가려던 발머리를 돌려 그대로 낭하로 달아나면서 '도어' 옆에 달린 '스위치'를 눌렀던 것이다.

캄캄한 사방 —— 복도 들창을 넘어 밖으로 달아나는 해월이 —— 그때 남수가 현관으로 뛰어들었던 것이다.

"정란, 이 일을 어쩌면 좋아? 정란, 모두가 내 탓이야! 내탓! ——"

이야기를 마친 은몽은 정란을 끌어안고 흐느껴 울었다.

이윽고 정란의 약혼자 문학수가 달려왔다. 그러나 벌써 절명해 버린 백영호 씨를 어찌할 도리는 없었다. 그는 그저 가족들과 같이 미래의 장인의 영혼에 머리를 숙이고 함께 애도의 정을 표할 따름이었다.

뒤를 이어 경찰관 일행이 도착하였다. 임경부는 아까 정란으로부터 백영호 씨의 비보를 받은 순간, 무엇보다도 먼저 머리에 떠오른 관념은, 그는 종시 사람을 죽였구나! 하는 생각과 거기 대한 무거운 책임감이었다.

"유불란!"

그는 문득 그렇게 중얼거리며 이마를 찌프렸던 것이다.

경찰의(警察醫)는 아무런 감정도 없는 기계처럼 백영호 씨의 피 묻은 시체를 검시하였다. 그러나 그 역시 아무런 단서도 잡지 못하였다. 다만 예리한 비수가 심장을 깊이 찔렀다는 것 이외에는 —— 은몽은 임경부 앞에서 다시 한 번 사건의 전후 사정을 이야기하지 않을 수 없었다. 임경부는 우수의 얼굴을 들면서

"그러면 목탁소리는 분명히 침실 윗층 미술품 수집실로부터 들렸읍니까?"

"네, 분명히……"

이리하여 임경부는 박부장으로 하여금 정원과 삼청동 부근 일대를 수색케 하고 자기는 백남수와 문학수를 데리고 이층으로 올라갔다.

"미술품 수집실은 항상 자물쇠를 잠가 두십니까?"

임경부는 충계를 올라가면서 남수에게 물었다.

"네, 늘 잠가두지요. 저번에 그런 일이 일어난 후부터는 아버지는 자신이 꼭 열쇠를 가지고 다니십니다. —— 아, 참, 열쇠를 잊었군. 아버지 주머니에 있을 겁니다."

남수는 다시 아랫층으로 내려가서 아버지의 '포켙'에서 열쇠를 꺼내가지고 올라왔다.

"그러면 미술품 수집실 문은 지금 잠겨 있읍니까?"

"그렇지요. 잠겨 있어야지요."

"열쇠는 단 한 개입니까?"

"그렇습니다. 단 한 개입니다. 미술품 수집실에 출입하

는 사람은 우리집에선 아버지 혼자뿐이었으니까요 ——"

　그런 이야기를 주고받으면서 그들은 전등불이 희미하게 비치는 넓은 복도를 미술실로 향하고 걷고 있었던 그때
"아, —— 저 문이……"
하고 앞서서 걸어가던 문학수의 낮으막한[81] 외침! 미술품 수집실의 '도어'가 마굴의 돌문처럼 벙긋하니 열려 있다!

　시커먼 아가리를 벙싯하니 벌리고 그들을 기다리고 있는 듯한 미술품 수집실은 조금 아까까지도 주홍색의 복수귀 해월의 소굴이 아니었던가!

　방안은 캄캄하다. 죽은 듯이 고요하다. 그 순간 목탁을 든 주홍마(朱紅魔)의 히쭉거리는 얼굴이 문밖으로 쑥 기어 나올 듯싶었다.

　남수는 '도어'를 힘 있게 열어젖히고 '스윗치'를 눌렀다. 넓다란 방안에 무수히 놓여 있는 조각품 —— 하얀 석고상과 싯누런 불상 —— 그 순간
"앗! 붉은 봉투!"
하고 세 사람은 이구동성으로 외쳤던 것이다. 아아, 무서운 저 빨간 봉투!

　철석같은 악마의 명령서가 다섯 개의 불상 가운데서도

---

81) 나지막한

그 중 가장 큰 신라 중엽에 주조되었다는 좌상(坐像)관음
보살의 손바닥 위에 놓여 있지 않은가.

불길의 징조! 저 핏빛처럼 새빨간 봉투 속에는 또 어떠
한 공포가 들어 있을 것인가? 임경부는 달려가자마자 봉
투를 떼었다.

은몽! 나는 너의 남편 백영호 씨를 죽였노라. 그것은 물
론 나의 본의는 아니었으나 그는 나의 하고자 하는 일을
방해한 벌을 받은 것이다. 그렇다!

누구든지 나의 하고자하는 일을 막는 자는 내 칼에 죽으
리라. 누구든지 죽으리라. 그러나 나는 백영호 씨의 죽음
으로 말미암아 의외의 일을 하나 발견하였다. 그것은 무엇
인가? 남편의 죽음으로 말미암아, 은몽, 네가 느끼는 비탄
(悲歎), 너의 쓰라린 가슴이다. 그렇다! 나는 아직까지는
어리석은 복수자였었다. 너만을 죽임으로서 나의 복수가
완전히 성공하리라고 믿고 온 것이 얼마나 단순한 복수이
뇨. 나는 지금 가만히 생각해 보았다. 십삼 년 동안이나
원망과 저주와 눈물로 보내온 이 너무나 기나긴 역사를
가진 나의 복수심은 이제 정말 잔인할 대로 잔인해진 것
같다. 너의 목숨이 단 한 칼에 이슬처럼 살아지는 것으로
만은 만족을 느낄 수 없는 것 같은 나의 심경이다. 은몽!
나는 복수의 방법을 달리하려고 결심했다. 공포와 비애로

말미암아 각일각으로 시들어가는 너의 생명을 얼마 동안 혀끝으로 대굴대굴 굴리면서 맛보고 싶은 충동을 느낀다. 그렇다! 너를 귀여워하는 존재, 그리고 네가 믿고 사랑하는 존재를 지금부터 한사람 한사람씩 죽여 버림으로써 네게 재빛[82]과 같은 비탄과 공포를 던져 주리라 생각한다. 그리고 맨 나중에 시들다 남은 너의 목숨을 빼앗으므로서 나의 완전한 복수를 수행하려는 것이다.

그러면 너를 귀여워하고 네가 사랑하는 사람은 누구누구냐? 먼저 너의 가족들이다. 백남수, 백정란, 그리고 너의 애인 김수일…… 또 없는가? 또 없는가?…………

해 월

세 사람은 편지에서 눈을 들었다. 임경부와 문학수는 남수의 얼굴을 이상한 표정으로 묵묵히 쳐다보았다.

아아, 짐승 같은 악마! 귀신 같은 복수귀! 복도 들창을 넘어 달아났던 해월은 어느새 어떻게 미술품 수집실로 숨어들었던가?

세 사람은 이런 의문을 한 아름씩 안고 방안을 낱낱이 뒤져 보았으나 해월의 그림자는 역시 무슨 기체(氣體)처럼 보이지 않았다. 그러나 그때

---

82) 잿빛

"이것이 뭘까?"

하고 중얼거리면서 문학수가 저편 불상 뒤에서 호박(琥珀)으로 만든 조그만 '로켓트'를 하나 발견하였다.

　"'로켓트'가 아닌가?"

　남수는 '로켓트'를 받아 들고 뚜껑을 열었다. 사진이 들어 있었다.

　"여자의 사진"

　그러나 그것이 누구인지를 아는 사람은 하나도 없었다. 세 사람은 긴급히 아랫층 '아뜨리에'로 내려와 그것을 은몽과 정란에게 보였다.

　"글쎄 누굴까?"

　은몽과 정란은 머리를 갸웃거렸다. 스물이 될락말락한 갸름한 얼굴을 가진 처녀의 사진이었다. 물론 해월의 것일 께다. 머리를 길게 따아 늘인 처녀——

　아아, 사람의 죽음을 기원하면서도 한편 그것을 애도하는 듯싶은 저 저릿저릿한 목탁소리여! 전신을 치렁치렁한 주홍빛 '만또'로 몸을 감추고 조는 듯한 가는 눈과 귀밑까지 찢어진 가는 입을 가진 그 도화역자의 가면을 쓴 무시무시한 악마여!

　홍의(紅衣)의 악마는 마침내 사람의 피비린내를 맡았다. 복수와 질투에 불타오르는 그의 칼날은 드디어 늙은 신랑 백영호 씨의 행복에 찬 심장을 찌르지 않았던가!

거리거리에 휘날리는 호외조각! 서울 장안을 들볶는 각 신문사의 호외의 방울소리를 들으라!

—— 호외다 호외다! 홍의의 복수귀는 드디어 백영호 씨를 죽였다.

—— 복수귀의 눈초리! 난무(亂舞)하는 복수귀의 칼날!…… 귀신인가 짐승인가? 바람과 같이 나타났다 바람과 같이 사라진 도승 해월이!

—— 악마의 명령서, 붉은 봉투는 또 무엇을 말하는가?……

—— 미술품 수집실에서 얻은 이상한 '로켓트'! '로켓트' 속에 들은 미인 사진의 주인공은 대체 누구일까?……

장안의 인심은 그야말로 글자 그대로 흥분과 엽기와 공포에 몸부림쳤다.

그들은 한 곳에 모이기만 하면 복수귀의 이야기요 주홍마의 이야기로 날을 보냈다. 그들은 백영호 씨의 영혼을 애도하기보다 먼저 복수귀 해월의 기상천외한 재주를 찬양하였다. 콩알만한 가슴을 움켜쥐고 바들바들 떨고 있는 은몽의 신세를 가련하다고 생각하기보다 먼저 순정을 짓밟히운83) 소년 승려 해월의 애끓는 심정에 한숨짓기도 하였다.

이리하여 백영호 씨 살해사건은 공포와 기적과 신비를 남겨놓고 또 다시 미궁(迷宮)으로부터 미궁으로 빠져들기 시작하였다. 이처럼 사건이 다시 미궁으로 들어가는 것을 본 도하의 각 신문지는 명탐정 유불란 씨의 출마를 대서특필하여 부르짖게 된 것도 결코 무리는 아니었다.

　이제 ××일보사의 민완기자 정대호(鄭大浩)가 공작부인 은몽과 '인터 — 뷰'한 기사 중의 한 대목을 소개해볼 필요가 있다.

　……삼청동 '풀' 위에 거대한 암록색 도영(倒影)을 그리며 높다랗게 솟아 있는 이 삼층양옥은 마치 탐정소설에 나오는 중세기의 고성과도 같고 무슨 유령의 집과도 같았다. 그래도 백영호 씨의 장례식을 치르기 전까지는 사람들의 출입이 많아서 그렇지도 않았으나 사람들의 발자취가 끊어져버린 요즈음에는 마치 산송장과 같은 창백한 얼굴을 가진 공작부인이다.

　"밤이나 낮이나 그 놈은 항상 저를 감시하고 있을 것입니다. 변소 출입도 마음대로 못하지요. 어디서 불쑥 나타날런지…… 저를 구할 사람은 한 사람도 없어요. 저는 그저 뱀 앞에 개구리처럼 시들시들 말라빠져 죽을 것 같아요

---

83) 애끓는

_____"

"부인께서 유불란 씨에게 친히 한 번 청탁해 보시는 것이 어떻습니까?"

"유불란 씨가 유명한 탐정이란 말은 들었읍니다마는 그인들, 그인들 어쩔 수가 없을 겁니다. 그 놈의 재주와 유불란 씨의 재주와는 도저히 비교가 안 되지요. 유씨가 아직껏 이 사건에 출마하지 않는 것도 제 생각엔 그 놈을 두려워하는 게 아닐까요? 도저히 자기의 힘으로는 해결 짓지 못할 줄을 깨닫고……"

"그런 말씀을 유불란 씨가 들으면 적지 않게 분개할 겁니다."

"글쎄요, 그럴까요? 그렇다면 제 말을 취소하겠읍니다. 아직 뵙지도 못하신 분에게 그런 경솔한 말을 해서…… 그러나 유불란 씬들, 유불란 씬들……"

"덮어 누르는 듯한 공포에 오그라들 것 같은 부인의 애처러운[84] 자태를, 만일 유불란 씨가 눈앞에 본다면 그는 결코 이 외로운 공작부인을 그대로 내버려두지는 않을 것이라고 기자는 문득 생각했다…… 유불란 씨는 대체 무엇을 하고 있을까? 이것은 기자인 나 혼자만의 부르짖음이

84) 애처로운

아니고 서울장안 칠십만 시민의 외침일 것이다. 유불란 씨여, 한시바삐 저 악마의 손으로부터 부인을 구하라."

# 오변호사의 추리[85]

  ××일보 기자 정대호와 은몽과의 회견기를 읽고 과연 유불란 탐정이 분개를 느끼었는지 어쩐지는 알 바가 없으나 하옇든 그런 기사가 게재된 이튿날, 금강산 온정리에서 유불란으로부터 다음과 같은 간단한 글이 ××일보사 사회부에 도착되었다.

  홍의의 악마 —— 그는 세상에서 생각하는 것보다 몇 배나 더 무서운 존재다. 이 복수사건의 배후에는 실로 형용할 수 없는 커다란 두려움이 잠재해 있는 것 같다. 만일 나의 상상이 틀림이 없다면 지금까지 발생한 사건은 말하자면 조그마한 서곡(序曲)에 지나지 않는다.

  공작부인이 말한 바와 같이 나는 사실 그 놈을 두려워 마지않는다. 그 놈은 나보다 몇 갑절이나 더 비상한 힘과

---

85) 吳辯護士의 推理

재주를 가진 자다. 그러나 나는 내가 가진 바 모든 힘을 다하여 홍의 복수귀와 더불어 끝까지 싸우리라는 것을 칠십만 시민제군 앞에 맹세하노라! 시민제군은 나의 성공을 빌어주기를 바라는 바다. 유불란 유탐정의 이 성명서가 한번 지상에 발표되자 세상은 다시 새로운 흥미에 끌려들기 시작하였다.

유불란과 해월이! 그렇다! 이 호적수(好敵手)의 두 거인(巨人)사이에는 과연 어떠한 투쟁이 일어날 것인가?……용호상박(龍虎相搏)의 처참한 광경이 머지않아 독자제 군 앞에 벌어질 것이다.

그것은 하였든 필자는 여기서 잠깐 붓끝을 돌려, 독자제군의 머리를 어지럽게 한 이 복잡다단한 사건을 절반 이상이나 단순화시킨 한 개의 명논문(名論文)을 여러분께 소개하고자 한다.

그것은 바로 유탐정의 성명서가 ××일보 지상에 발표된 지 사흘 만의 일이었다. 전부터 ××일보와 대립상태에 있는 △△일보는 돌연

## 악마의 정체?

라는 제목으로 변호사 오상억 씨의 논문을 사흘 동안이나

계속하여 게재하였다.

백영호 씨의 고문변호사 오상억이라면 여러분도 아시다 싶이 정란에게 실연을 당한 청년신사로서 명석한 두뇌와 능란한 수완으로써 법조계에 명성이 높은 사람이며 '그리샤'형의 조각처럼 표정이 없는 단아한 얼굴은 아직까지 여러분의 기억에 남아 있을 줄로 믿는다.

이 오상억 변호사의 논문은 실로 경탄할 만한 두뇌의 소유자가 아니면 도저히 불가능한 사실을 여지없이 적발하였던 것이다. 사람들의 흥미는 또 다시 오상억으로 옮아가기 시작하였다.

그러면 오변호사가 그의 치밀한 두뇌를 구사하여 짜아낸 명논문이란 대체 어떤 것인가? 필자는 이제부터 그 논문을 소개하여 독자 제씨와 더불어 다시 한 번 놀라보고자 하노라.

△△일보사 편집국장!

소생이 이 귀중한 원고를 귀신문사에 보내는 이유는 이 원고의 게재로 말미암아 △△일보가 순식간에 적어도 삼만 부는 더 팔리리라는 그런 이해타산으로 나온 것은 결코 아니라는 사실을 미리 알려 두는 바입니다. 소생은 단지 ××일보가 유불란 탐정의 성명서를 싣고 떠들어댄다는 것이 약간 소생의 비위를 거슬렸을 따름이요, 그 외엔 아무런 이유도 없읍니다.

편집국장! 소생은 일개의 법률가, 감히 문필을 논하여 사람을 감동시킬 문제는 갖지 못했아오나[86] 다만 소생이 말하고자 하는 본의만을 이해하여 주신다면 감사하겠읍니다.

서울장안은, 아니 전조선은 지금 바야흐로 저 정체모를 무서운 복수귀의 잔인한 칼날아래서 몸서리치고 있읍니다. 광란의 칼날로부터 공작부인을 구할 자는 대체 누구인가? 사람들은 명탐정 유불란 씨의 출마를 고대하여 마지 않습니다. 그러나 유불란 탐정이 과연 저 홍의의 악마와 적수가 될는지……

나는 이제부터 사람들이 예상치도 못했던 실로 의외의 사실을 기록해 보고자 합니다.

소생은 이 사건에서 실로 의외의 사실을 하나 발견했읍니다. 이 한 가지 사실로 말미암아 사건 전체가 실로 어지러울만치 복잡성을 띄게 된 결과를 맺었다는 것을 먼저 이야기해 둡니다.

우리는 무엇보다도 먼저 사건 전체를 처음부터 재검토해 불 필요를 느끼는 바이며 따라서 간갈적(間渴的)으로

---

86) 못 했사오나

발생된 몇 가지 사건을 하나하나씩 음미해 보는 한편, 그 사건과 사건 사이에 어떠한 관련성이 숨어 있는가를 다시 한 번 냉정히 검토해 보지 않으면 안 되게 되었읍니다. 그러자면 소생은 편집국장 이하 수백만 독자의 기억을 새롭히기[87] 위하여 이 사건에 등장하는 중요인물을 먼저 열거해 보고자 합니다.

1, 주은몽(백영호 씨의 부인)

2, 백영호 씨(주은몽의 남편)

3, 백남수(백영호 씨의 아들)

4, 백정란(백영호 씨의 딸)

5. 김수일(주은몽의 애인)

6, 이선배(김수일의 동무)

7, 해월(홍의의 복수귀)

8, 문학수(백정란의 약혼자)

9, 오상억(백영호 씨의 고문변호사인 필자자신)

10, 유불란(탐정)

11, 황세민(폐교에 임한 혜전(惠專)교장 ──)

12, 임경부(××서 사법주임)

이상 열기한 바 열두 명이 직접으로나 간접으로나 이

---

87) 새롭게 하기

사건에 다소나마 관계를 가진 인물이라고 볼 수 있습니다.

그러나 이상 열두 명 가운데서 우리가 가장 주목해 보는 인물은 두말할 것 없이 해월이와 김수일과 이선배입니다. 이 세 사람의 정체가 판명된다면 이 사건은 결국 무사히 해결을 지을 것이라고 생각합니다. 그러면 김수일이란? 이선배란, 그리고 해월이란 대체 어떤 인물이며 그들 사이에는 과연 어떠한 관계가 잠재해 있는가?

편집국장!

소생이 지금 이처럼 붓대를 들고 거친 문장을 논하는 데는 이 수상한 세 사람 가운데서 김수일이란 인물과 이선배란 인물의 정체를 발견한 때문입니다. 귀하는 좋건 싫건 소생과 더불어 이 사건의 맨 첫 장면 —— 명수대 공작부인인 가장무도회로부터 탈출해 버린 자칭화가 이선배 —— '씰크햇트'를 쓰고 '택시 — 도우'를 입고 '모노클'을 쓰고 수염을 붙인 이선배와 경찰관들 사이에 벌어진 일대 추격전이 일어났던 광경을 다시 한 번 회고해 보지 않으면 안될 것입니다.

한강인도교 입구에서 지나가는 빈 자동차를 잡아 탄 이선배를 경찰들은 '오토 — 바이'로 경성역전을 거쳐 남대문을 지나 마침내 태평동까지 추적해 왔습니다. 그때 경찰들의 맹렬한 추격에 못 견디어 이선배는 하는 수없이 자동차를 버리고 왼편 막다른 골목으로 뛰어들었다는 것을 기억하실 줄 압니다. 그리고 그 길이 막다른 골목인 줄 안 순사부장 박태일 군은 포대 속에 든 쥐로만 알고 부하들을 격려해 가면서 수상한 신사 이선배를 따랐읍니다. 편집국장! 귀하도 기억하실 줄 알고 있읍니다만, 이 막다른 골목은 양편이 모두 두 길이나 되는 '세멘트' 담장, 제아무리 난다 긴다 하는 재주를 가졌다 할지라도 귀신이 아니고 사람인 이상 순식간에 그것을 넘었으리라고는 도저히 믿어지지 않읍니다.

그런데도 불구하고 이선배는 거기서 마치 땅으로 꺼진 듯이 자취를 감추어 버리지 않았읍니까. 그것은 불가능한 사실 —— 현대과학으로는 도저히 해결하지 못할 한 개의 커다란 수수께끼가 아닐 수 없읍니다. 더구나 때 마침 저편에서 '노오타이'에 '와이샤스' 바람으로 휘파람을 불면서 한가히 걸어오던 산보객도 그런 수상한 인물은 전혀 본 적이 없노라고 단언하였읍니다. 더구나 그 산보객이 오른편 양옥집 주인 유불란 씨인 줄을 안 박태일 부장은 이 마술사의 수수께끼를 어떻게 해결하여야만 되겠느냐고 유불란 씨에게 물었던 것입니다. 그때 유불란 씨는 다음과 같이 대답하였읍니다.

"유선생은 과학을 믿습니까?"

하고 묻는 박태일 부장의 물음에 유불란 씨는 뭐라고 대답하였읍니까.

"나는 무엇보다도 과학을 사랑한다."

"그러면 사람의 힘으로 두 길이나 되는 이 돌담을 눈 깜박할 사이에 넘을 수 있을까요?"

"못 넘는다. 절대로 불가능한 일이다."

"그러면 그는 유령입니까?"

"유령이 걸어다니는 것을 군은 보았는가?"

하고 '샬록·홈즈'처럼 하루아침에 담배를 열 갑이나 피우고 커피를 스무 잔이나 마시면서 생각하면 유령 이선배에 대한 수수께끼가 풀릴 것이라고 대답하였읍니다.

편집국장!

유령이 아닌 이선배는 유불란 씨의 말대로 물론 양쪽 돌담을 넘지도 못했을 것이며 땅으로 꺼지지도 못했을 것이며 하늘로 날지도 못했을 것이 분명하지 않읍니까.

그러면 이선배는 대체 어찌 되었느냐? 하는 귀하의 질문에 소생은 다음과 같이 대답합니다. 그는 한 개의 인간으로서의 행동을 취했을 따름이라고.

편집국장! 소생은 결코 탐정은 아닙니다. 그러나 어떤 탐정소설에서 유명"한 탐정이 모 ─ 든 불가능사를 제하고 남는 것이 즉 그 수수께끼의 해결이라" ── 는 말을 귀에 담은 적이 있읍니다.

(謎-不可能事=解答[미일불가능사 해답])

그러면 이선배는 어떻나 행동을 취하였던가?

경찰에게 쫓기어 막다른 골목으로 뛰어든 이선배는 담도 넘지 않고 땅으로 꺼지지도 않고 하늘로 올라가지도 않고 디근(ㄷ)자 모양으로 생긴 골목을 돌아 뛰어 들어갔읍니다. 그리고 그는 사람입니다. 사람인 이상 필연적으로 저 편으로부터 이리로 걸어오던 유불란 씨와 마주쳤읍니다. 유불란 씨 자신의 말과 같이 그가 잠자면서 길을 걷는 습관을 가지지 않은 이상 그는 필연적으로 이선배를 보았을 겁니다! 보았을 것입니다! 보았읍니다!

편집국장…… 아니 수백만 독자제 군이여! 이것이 현대 과학이 우리들에게 주는 유일한 대답입니다.

"유탐정은 그러면 거짓말을 하였던가?"

하는 의문이 독자 여러분을 붙들고 놓아줄 줄을 모를 겁니다. 그러나 아닙니다! 유탐정은 결코 거짓말을 하지는 않았읍니다.

"그는 이선배를 본 적이 없다."는 제일의 거짓말을 "나는 무엇보다도 과학을 사랑한다."는 제이의 참말로서 부정하였을 따름입니다.

그러면 유불란 씨는 대체 무슨 이유로 —— 이선배와

어떠한 밀접한 관계가 있기로 그를 옹호하지 않으면 안되었는가? 하는 의문이 또 다시 여러분을 붙들 것입니다.

그렇습니다. 유불란 씨와 이선배 사이에는 실로 뗄래야 뗄수 없는 밀접한 관계가 숨어 있었읍니다. 어째 그러냐? 유불란 씨와 이선배는 동일한 인물이었기 때문입니다.

태평동 큰거리에서 자동차를 버린 이선배는 —— 아니 유불란 씨는 조그만 여유가 있으면 자기 집으로 뛰어들어갈 셈으로 정문 앞까지 달음박질을 쳤읍니다만은 그러나 그때는 벌써 경찰관들의 시선이 자기 등골 위에 집중한 때라, 그대로 지나서 돌담을 돌아서면서 이 난관을 어떻게 피할까를 생각했읍니다. 임기응변(臨機應變)의 술이 능한 그라, 다음 모퉁이를 또 한 번 돌아서서 경찰들의 시선에서 벗어난 그는 비조처럼 빠른 솜씨로 '씰크햇트'와 단장과 장갑, 얼굴에서 붙였던 수염과 '모노클' 그리고 '칼라'와 '넥타이'와 '택시 ― 도우'를 하나씩 하나씩 자기집 담장 안으로 던져 버린 후에 이번에는 발길을 돌리어 휘파람을 불면서 산보하기를 시작하였던 것입니다.

이렇게 생각하므로서 마치 마술사처럼 보이던 이선배에 대한 신비의 껍질은 조금도 ●●연한 점이 없이 벗겨졌다고 볼 수 있읍니다.

독자제 씨여!

이리하여 이선배의 수상한 행동은 과학적으로 충분한 설명을 보았읍니다.

이선배와 유불란 씨가 동일한 인물이라는 놀라운 사실이 폭로되었읍니다.

이 점에서 관해서는 필자보다도 유불란 씨 댁에 있는 젊은 서생의 변명이 한층 더 정확하게 증명하였읍니다.

그것은 유불란 씨에 대해서는 매우 미안한 바이오나 요즘 유씨가 여행을 떠나고 집에 없는 것을 기화로 여기고 필자는 태평동 유씨댁을 방문하여 젊은 서생에게 지나간 사월 초열흘에 —— 다시 말하면 공작부인의 저택에서 가장무도회가 열린 날밤, 유씨가 집에 있었느냐 없었느냐를 물었더니만 그는 그때 확실히 자기 주인이 서재에서 독서를 하고 있었다고 극력으로 변명하였읍니다마는 그는 한편으로 자기 주인은 절대로 '와이샤츠' 바람으로 산보하는 버릇을 가지지 않았다고 역시 극력으로 역설을 하였읍니다.

이것을 보면 이 젊은 서생도 자기 주인을 본받아 제일의 거짓말을 제이의 참말로써 부정하는 논법을 배운 듯싶읍니다.

뿐만 아니라, 공작부인이 화장실 삼면경 앞에서 도화역자의 칼을 어깨에 받고 쓸어졌을 때 이선배는 어떠한 행동을 취했는가? 그는 그러한 급박한 순간임에도 불구하고 손수건을 쥐고 칼을 뽑았읍니다. 그것은 도저히 보통 인간으로서는 취하지 못할 행동이었으나 그가 명탐정 유불란 씨라고 생각할 때 그 부자연한 행동이 역시 자연스럽게 설명되는 것입니다.

그러면 대체 어떻게 되는가? 이선배란 화가가 곧 유불란 그 사람이라는 논법을 좀 더 진행시켜 볼 때 거기에는 또다시 여러 가지 의혹이 뭉게뭉게 떠오를 겁니다.

무엇보다도 먼저 이선배는 —— 아니 유불란 씨는 결코 그날 밤 공작부인의 저택을 처음 들어선 사람이 아니라는 결론을 짓게 되는 것입니다. 왜냐 하면, 그는 공작부인의 고함치는 소리를 듣고 누구보다도 먼저 화장실로 뛰어갔읍니다. 뿐만 아니라 그는 이층 서재에 전화가 있으니 속히 경찰을 불러달라는 명령을 하지 않았읍니까.

그렇읍니다! 그는 공작부인의 저택을 여러 번 드나든 사람입니다. 공작부인의 화장실에까지 드나든 적이 있는 그러한 친분을 공작부인과 더불어 가지고 있는 사람에 틀림이 없을 것입니다. 그러면 어떻게 되는가?…… 공작부인은 아직까지 유불란 씨와 한 번도 대면한 적이 없다고 단언하지 않는가!

이 모순된 논리의 방향은 대관절 어디다 구하여만 될

것입니까?…… 그러면 공작부인이 거짓말을 했는가? 무슨 이유로? 아닙니다! 부인에게는 그런 허위의 증언을 감히 할 아무런 조건도 없습니다.

편집국장 이하, 이 글을 읽어 주시는 수백 만 독자제씨여! 앞이 꽉 막힌 이 논리의 방향을 개척하고자 필자는 기상천외한 공상을 한 가지 하여 보았읍니다. 이런 공상의 몇 분지 일이 사실과 합치될는지, 그것은 후일 유불란 씨 자신의 입으로 증명될 것이라고 생각합니다만은 그것은 하옇든 필자의 대담스러운 공상은 다음과 같은 의혹에서부터 출발하였읍니다.

"—— 공작부인과 상당히 친밀한 관계 있는 유불란! 그러나 그 유불란을 공작부인은 모른다?"

그렇다! 이것은 확실히 한 개의 모순된 사실이다. 그러나 이 모순은 다음과 같이 설명하므로서[88] 충분히 해결될 것입니다. 유불란 씨는 화장실에 쓰러진 공작부인을 그의 남편인 백영호 씨가 그 옆에 서 있는데도 불구하고 몸소 부인을 안고 침실로 옮겨 뉘였읍니다. 그때의 유씨의 얼굴 —— 그것은 부인의 아픔[89](痛[통])을 자기 자신의 아픔과 같이 느끼는 그의 얼굴을 필자는 기억하고 있읍니다. 친우

---

88) 설명함으로써
89) 아픔

(김수일)의 애인에 대하는 태도라기보다도 자기 자신의 애인에 대하는 태도라고 보는 것이 한층 더 어울리는 얼굴이 아니었던가!

"김수일과 유불란을 역시 동일한 인물이라고 생각할 수는 없는가?"

"유불란과 김수일은 같은 인물! ――"

그렇습니다. 이렇게 생각하므로서[90] 쌓였던[91] 모든 의문을 논리적으로 풀어 나갈 수가 있읍니다. 다시 말하면 공작부인은 화가 김수일이란 가명을 가진 유불란 씨와 교제를 맺어왔다고 상상할 수가 있읍니다. 처음 이와 같은 상상이 나의 뇌리를 번개같이 스치고 지나갈 때, 나는 나의 이 너무나 탐정적인 공상을 픽하고 웃었읍니다. 그러나 시간이 가고 날이 갈수록 나의 공상은 점점 근거 있는 한 개의 사실로 변모(變貌)해감을 어찌할 수가 없었읍니다.

공작부인의 진술에 의하면 작년 가을 ××× 씨 개인전람회에서 비로소 김수일이란 화가를 알았다고 합니다. 그때 유불란 씨는 어떠한 사정이 있었는지 지금 갑자기 추측하기 어려우나 하여튼 그때 유씨는 자기 자신을 화가 김수일이란 가명으로써 공작부인께 소개하였읍니다. 공작부

---

90) 생각함으로써
91) 쌓였던

인은 단 한 번 본 김수일에게 남모를 연정을 품기 시작했읍니다. 그리고 역시 어떠한 이유에선지는 알 수 없으되 유씨는 태평동 자기집에서 그리 멀지 않은 서린정 '중앙·아파―트'를 숙소로 정하고 거기서 공작부인을 수차 만났읍니다.

이리하여 김수일이란 가명을 가진 유불란 씨와 공작부인 사이에는 제 삼자라도 가히 추측할 만한 정도의 애정이 오고 가고 하였읍니다. 그러나 임자 있는 몸이라 공작부인은 자기의 연연한 감정을 억제하여 예술의 '파트너'요 일생의 은인인 백영호 씨와의 약혼을 굳센 의지력으로서 실행하고자 하던 그즈음 —— 약혼자의 탄생을 호화롭게 축하하고자 하는 늙은 백영호 씨의 의향을 달갑게 받은 공작부인은 드디어 조선서는 보기 드문 가장무도회를 열게 되었던 것입니다.

필자는 지금 그때의 유불란 씨가 얼마나 오뇌하였으며 얼마나 번민 했는가를 마치 눈으로 보는 것 같읍니다.

'중앙·아파―트'로 무도회의 초대장이 날아왔을 때, 유씨는 대체 무엇을 생각했는가? 그는 최후의 수단으로서 공작부인의 마음을 돌려보려고 결심하였읍니다.

그러나 그가 한 가지 우려한 것은 자기의 얼굴을 그대로 무도회에 가지고 간다면 거기 출석한 손님 가운데는 반드시 자기를 유불란으로서 대할 사람이 있으리라, 김수일이 란 가면은 공작부인의 목전에서 벗겨질 것을 두려워하였 을 겁니다.

세상이 모두 아다싶이 유불란 씨의 가장술이 얼마나 능 하며 그의 성대모사(聲帶模寫)에 대한 조예가 얼마나 깊은 지는 여러분이 한 번 그의 서재를 방문하여 가장술과 의성 학(擬聲學)에 관한 산떼미[92] 같은 서적과 수백 종에 달하 는 가장품의 진렬[93]을 견학 하신다면 넉넉히 짐작하실 줄 믿읍니다.

이리하여 마치 '루팡'을 모방한, 이선배라는 가짜 화가 가 가장무도회에 나타났던 것입니다. 그는 공작부인을 '발 코니 —'로 데리고 나가서 그 공교로운 성대모사를 빌어 친우 김수일 군의 유린된 순정과 암흑 같은 장래를 호소하 였읍니다. 그러나 마침내 공작부인의 의향을 돌릴 수 없어 하는 수 없이 그는 "수일 군은 영원히 당신의 눈앞으로부 터 자취를 감추리라." —— 는 의미의 말을 전하였읍니다.

편집국장! 이상과 같이 생각해보면 유씨가 그날 밤 취한 수상한 행동에 관한 여러 가지 의문이 해결될 것이며 경찰 일행이 도착하기 바로 전에 무도회를 탈출한 이유도 설명

---

92) 산더미
93) 진열

될 것입니다. 전부터 안면이 있는 ××서 사법주임 임경부는 공작부인의 눈앞에서 이 수상한 신사의 가면을 벗겨 그것이 유불란 씨란 것을 발견하고 놀랄 것을 미리 짐작하였던 때문이 아니었던가요.

일인 삼역, 유불란 —— 김수일, 이선배에 대한 비밀은 이리하여 논리적으로 해결을 지었읍니다. 그러나 대체 무슨 이유로 김수일이란 가명을 가지고 공작부인과 교제를 하였던가? 그것은 언젠가 유씨 자신이 설명할 때를 기다릴 수밖에 없을 것입니다.

# 새로운 전망[94)]

　신문을 읽고 난 임경부는 극도로 흥분된 얼굴로 전화기를 힘 있게 잡았다.

　"—— 오상억 씨입니까? 임세훈이올시다. 지금 좀 만나 뵈러 가려는데…… 혹시 바쁘시지 않으시면 이리로 좀 와 주시든지…… 뭐 손님?…… 공작부인 —— 주은몽 씨가 오셨다고요? 아 그럼 제가 그리로 가겠습니다. 자세한 이야기는 만나서 ——"

　임경부는 △△일보를 구겨 쥐고 창황한 발걸음으로 ××서를 나섰다.

　오후 아홉 시 ——

　거리에는 짙은 밤안개가 흐를 듯이 내리고 오색의 '네온·라이트'가 마도(魔都)의 '님프'처럼 오고가는 사람에

---

94) 새로운 展望

게 '윙크'를 한다. 이리하여 흥분된 임경부를 태운 서용 자동차가 일로 밤안개를 뚫고 관철동을 향하여 질풍처럼 치닫고 있을 그 즈음 —— 아니 그보다 얼마 전부터 오상억과 주은몽이 마주 앉아 있는 관철동 오변호사의 응접실 들창 밖에 이상한 사나이의 그림자가 하나 유령처럼 쑥 나타났다.

안개의 담을 뚫고 쏜살같이 달리고 있는 임경부의 자동차 —— 오변호사의 응접실 들창 밖에서 '커 — 텐'을 슬쩍 헤치고 방안을 넘겨다보는 수상한 사나이의 그림자 —— 짙은 안개로 말미암아 똑똑이는 보이지 않으나 중절모를 눌러 쓰고 검은 안경을 쓴 키가 늠름한 사나이다.

그는 아까부터 무엇을 엿보고 있는지 응접실 안에서 벌어진 그 어떤 광경을 유심히 들여다보고 있다.

그때 응접실 안에는 주은몽과 오상억 변호사, 이 두 사람밖에 없었다.

"—— 저를 구할 사람은…… 저를 이 무서운 처지에서 구해 낼 사람은 오직 오선생뿐예요."

은몽은 절반 울음 섞인 목소리로 애원하는 것이다.

그러나 조그만 탁자를 사이에 두고 마주 앉은 오상억의 그 '그리샤'형의 조각처럼 단정한 어여쁜 얼굴에는 대리석처럼 싸늘한 공기 이외에는 이렇다 할 아무런 반응도 보이지 않는다.

'웃음'과 등진 오상억의 얼굴 —— 슬프나 기쁘나 아무런 표정도 지을 줄 모르는 그 너무나 차디찬 오변호사의 얼굴을 쳐다볼 때마다 희망의 절정에서 절망의 밑바닥으로 툭하고 떨어져내리는 것 같은 은몽의 눈동자였다.

"—— 제가 이처럼 오선생의 구호와 동정을 얻고자 하는 것은 미리부터 오선생과 친분을 가진 주은몽이 아니고 마인 해월의 칼날을 막아낼 아무런 방비수단도 갖지 못한 한 개의 불쌍한 여성으로 생각해 주세요. —— 그야 물론 오선생께서 저를 구해줄 이렇다 할 의무가 있다는 것이 아니에요. 서울 장안을 뒤집어 봐도, 아니 전 조선을 꺼구로95) 털어보아도 해월의 칼날을 막아낼 사람은 오직 오선생뿐이라고 믿었기 때문이지요. ……일인삼역 —— 이선배, 김수일, 유불란이 모두 같은 인물이라는 놀라운 사실을 여지없이 지적한 오선생이 아니십니까? 저를, 저를 하루바삐 악마 해월의 마수로부터 구해 주세요!——"

"글쎄올시다 ——"

부처처럼 표정 없이 앉아있던 오상억은 그때 비로소 흥미 없는 얼굴을 들었다.

---

95) 거꾸로

"—— 아까도 말씀드린 바와 같이 나는 원체 그런 무시무시한 범죄사건엔 아무런 흥미도 느끼지 않읍니다. 아니 흥미를 느끼지 않는다는 것보다도 나에게는 도저히 해월의 칼날을 막아낼 아무런 능력도 없을뿐더러 섣불리 손을 댔다가는 도리어 내 자신의 목숨이 위태하니까 나는 아직 은몽 씨의 목숨을 아끼기보다도 내 자신의 생명을 더 사랑하고 있지요. 해월은 도저히 나 같은 자에 패할 자는 아닙니다. 그는 실로 무서운……"

어름덩이와도 같이 차디찬 오상억의 대답 —— 단 한 마디 동정의 말조차 할 줄 모르는 오상억 —— 은몽은 그가 뱉는 한마디 한마디가 마치

"너는 죽어라! 너는 아무리 발버둥을 쳐도 해월의 칼날에 죽을 것이다!"

하는 무서운 사형선고와도 같이 들리었다.

은몽은 마침내 '테의블' 위에 엎디며

"아아!"

하고 한 번 긴 한숨을 쉬고는 그만 공포와 절망의 연못 속으로 끝없이 끝없이 빠져 들어가는 듯 흐느껴 울기 시작하였다.

"어쩌면 그리도 냉정하시담! 태산같이 믿고 자기를 찾아 온 사람에게 어쩌면 한 마디 위로의 말조차 없이……"

은몽은 그리고 눈물어린 두 눈을 반짝 쳐들며 쏘는 듯이 오상억의 표정 없는 얼굴을 바라보았다.

오상억도 은몽을 바라본다. 일 초, 오 초, 십 초, 이십 초 —— 두 사람은 말이 없다. 의지와 의지의 투쟁이다.

순간 시선과 시선이 부딪치는 그 첨단(尖端)에서 불꽃처럼 일어나는 정열과 정열! 여인(麗人)의 눈물은 마침내 오상억으로 하여금 공작부인 주은몽의 탄력 있는 손목을 잡게 하였다.

"은몽 씨! 나는 이제 방금 은몽 씨의 목숨이 나 자신의 목숨보다 더 중하다는 것을 깨달았읍니다!"

비 오듯이 흐르는 창밖의 밤 안개 ——

'커 — 텐' 사이로 쏘는 듯이 드려다 보는 수상한 사나의 눈초리 —— 먼 듯 하면서도 가까운 것은 젊은 남녀의 마음과 마음이라고, 이것은 연애소설독본(戀愛小說讀本) 제일과에 씌어 있는 말일 것이다.

그처럼 냉정한 오상억 변호사가 이처럼 열정가로 돌변할 줄 누가 가히 예측하였으랴.

은몽은 그 순간 도저히 가까이 할 수 없는 듯싶던 그 어떤 커다란 존재가 다정스러히 자기의 머리를 쓰다듬는 것 같았을 것이다.

"오 선생!"

감격에 넘치는 가늘픈 목소리와 함께 쥐면 오그라질 듯한 은몽의 연약한 몸뚱이가 오상억의 품안으로 파고드는 것이었다.

"고맙습니다!"

"은몽 씨!"

"고마워요! 고마워요!"

여자란 항상 은혜와 애정을 혼동하는 습관을 가진 동물이라고 —— 이것은 또 어느 대중소설가의 전매특허가 되어 있는 문구라던가.

은몽도 바로 그런가보다. 오상억 자신의 목숨보다도 은몽의 생명을 더 한층 아끼겠다는 마치 염시(炎詩)와도 같이 타오르는 오상억의 말을 듣는 순간, 공포와 절망의 바다 속으로 떨어졌던 은몽으로서는 기쁘고 고맙고 황송하다기보다도 그는 저도 모르게 이 어여쁜 부처님에게 끝없이 깊고 한없이 높은 애정의 느낌을 느꼈을 것이다.

"은몽 씨! 나는 앞으로 은몽 씨를 위해서는 어떠한 위험도 깨닫지 못하는 맹목자(盲目者)가 될 것 같습니다. 아아, 요 눈! 용 코! 요 입!……"

그러나 그처럼 열정적인 오상억의 말과는 정반대로 그의 싸늘한 얼굴에는 하등 이렇다 할 아무런 표정도 보이지 않는다.

은몽은 머리를 오상억의 가슴에 파묻으면서

"이젠 저도, 저도 아무런 두려움도 느끼지 않아요! 오선생이 저를 이처럼…… 저는 영원히 이 품안에서 저 저릿저릿한 해월의 칼날을 피할 테야요. 피난소(避難所), 피난소, 이 품안은 나의 피난소!"

어린애처럼 아양을 일수 잘 부리는 주은몽을 오상억은 비로소 발견했다는 얼굴로 절반은 비웃는 듯이

"은몽 씨의 애인 김수일 씨—— 아니 유불란 씨가 이 광경을 엿본다면 저윽이 걱정하리라, 분개하리라."

그러면서 은몽의 몽글몽글한 양어깨를 두 손으로 슬그머니 떠밀어 의자에 앉히었다.

은몽은 아무 대답도 없이 눈물 어린 얼굴에 원망의 빛을 띤 눈동자로 오상억의 어여쁜 얼굴을 뚫어질 듯이 쏘아보는 것이다.

김수일과 자기의 사이를 비웃는 것도 같고 질투하는 것도 같은 오상억의 어투를 은몽은 어떻게 해석하여야 할지 모르는 모양이다.

은몽은 그때 슬그머니 말머리를 돌리며

"그런데, 오선생의 견해대로 김수일 씨와 유불란 씨가 정말 같은 인물일까요?"

"글쎄올시다. 그것은 다만 나의 탐정소설적 공상이고 실

제에 있어서는 유불란 씨 자신에게 물어 볼 수밖에 없지요."

"저 역시 지금 와서 생각하면 그렇게 생각이 들어요."

"하옇든 은몽 씨가 나의 상상을 긍정하신다면 은몽 씨는 틀림없이 김수일 씨와 교재해 온 것이 아니고 유불란 씨와 교제를 해온 것입니다."

은몽은 오상억의 앞에서 한 번 더 자기 자신의 이상야릇한 과거를 뉘우쳐 보이는 것이다.

"하옇든 제 일신을 오선생께 맡겼으니까 저를 이 무서운 처지에서 구해주세요. 저를 구해줄 사람은 오직 오선생뿐이예요."

"그런 말씀을 유불란 씨가 또 들으면 분개하리라. 말씀을 삼가시는 게 좋을 듯합니다."

은몽은 다시 한 번 오상억을 빤히 쳐다보았다.

그때까지 응접실 들창 밖에서 방안의 광경을 하나도 빼놓지 않고 엿보고 서 있던 수상한 사나이가 슬그머니 몸을 일으켜 현관으로 발걸음을 옮긴다.

주은몽과 유불란의 사이를 질투하는 오상억 변호사 —— 그 오상억의 질투를 달갑게 받아 드리는 공작부인 주은몽 —— 뭇 남자는 여인(麗人)의 명모(明眸)를 적시는 이슬과 같은 한 방울의 눈물을 끝없이 사랑할 것이며 뭇 여자는 자기의 외로운 일신을 모든 위험으로부터 탐탁하게 간직해 줄 수 있는 굳센 남성의 품이 무엇보다도 그리울 것이다.

무척 이지적인 듯하면서도 화화(火花)처럼 타기 쉬운 오상억의, 그때까지 가슴속 깊이 고요히 간직해 두었던 숨은 열정을 눈앞에 발견한 주은몽이다.

상노아이가 한 장의 명함을 들고 '도어'를 '노크'한 것은 바로 그때였다.

"들어와."

오상억은 주은몽의 곁을 떠나 상노아이가 가지고 들어온 명함을 받아들었다.

"유불란!······"

오상억의 목소리가 저윽이 당황해 한다.

"유불란?"

주은몽의 입술이 바르르 경련한다.

두 사람의 네 줄기 시선이 불꽃처럼 허공에서 부딪친다.

두 사람은 말이 없다. ──

이윽고 오상억은 자기를 가다듬고 상노아이를 향하였다.

"모셔 드려라."

"네에 ──"

상노아이가 다시 밖으로 나갔다.

"유불란?"

주은몽의 낮으막하고도[96] 힘 있는 중얼거림이었다. 그리고

"김수일?"

하고 의아스런 눈으로 오상억을 쳐다보았으나 오상억은 아무런 대답도 없다.

"이선배?"

그래도 함구불언인 오상억이다.

그때였다.

'도어'가 슬그머니 열리면서 안으로 들어서는 사나이 ──

── 검은 안경을 쓴 늠름한 체격을 가진 신사 ──

"앗, 수일 씨!……"

총소리에 놀란 참새처럼 의자에서 발딱 일어나는 은몽이었다.

사나이는 입을 굳게 다문 채 은몽을 물끄러미 바라본다.

한손으로 '테이블' 귀를 잡고 간신히 몸을 의지하는 은몽이었다.

세 사람은 돌부처처럼 움직일 줄을 모른다. ── 그것은 마치 낡은 필림이 끊기기 바로 직전 그 순간까지 어

---

96) 나지막하고도

지럽게 움직이고 있던 '스크린' 위의 인물들이 일순간 발바닥이 얼어붙은 듯 모든 활동을 중지해 버리는 그와 같은 광경이다.

그러나 다음 순간 사나이는 한걸음 선뜻 은몽의 앞으로 다가 서면서

"은몽 씨, 무엇보다도 먼저 이번 부군께서 당하신 무참한 봉변에 대하여 뭐라고 조사조차 여쭐 말씀이 없읍니다. 은몽 씨의 비탄은 지상으로 여러 번 읽었읍니다. ——"

정중한 조사였다.

"수일 씨!——"

은몽은 자력에 끌리는 쇠부스러기와도 같이 앞으로 쓰러지려는 상반신을 간신히 뒤로 잡아당기며

"수일 씨는 왜……"

하고 다음 말을 잇지 못한 채 그 어떤 격정에 휩쓸려 버리려는 자신을 간신히 붙들면서

"저를 미워하세요…… 수일 씨는 저를 원망하시겠지요."

자기가 뱉은 이 한 마디는 새로운 감격을 가지고 자기의 고막을 흔드는 것 같았다.

눈물이 포윽 쏟아지는 것이었다.

그러나 신사는 아무 대답도 없다. 은몽은 숙였던 머리를 반짝 들며

"그리고 수일 씨가 저 유불란 씬 줄은…… 그리고 이선배 ―― 모든 것이 꿈같아요. ……수일 씨는 왜 저를 속이시고 ――"

은몽은 잠깐 말을 끊었다가

"모든 것이 꿈 ―― 악몽 같습니다! 깊고 깊은 의혹의 '래빈스(迷宮[미궁])'를 걷고 있는 것 같아요. 아아, 수일 씨!――"

은몽은 옆에 오상억이 서 있는 것도 잊어버린 듯 돌연

"아아!"

하고 울음 섞인 목소리로 외치면서 사나이의 몸뚱이에 매어 달렸다.

"저를 구해 주세요! 저를 이 무서움으로부터 구해 주세요!"

은몽은 사나이의 두 팔을 잡아 흔들면서 조금 아까 오상억에게 한말과 똑같은 말을 거듭하는 것이다.

그러나 사나이는 그때 은몽의 달싹거리는[97] 양어깨를 한번 다사롭게 쓰다듬었다 놓으면서 이 집 주인 오상억을 향하여 몸을 돌리며

"인사가 늦었읍니다. 유불란이 올시다."

___

97) 달싹거리는

"오상억입니다. 오시느라고 수고가 많았읍니다. ……앉으시지요."

권하는 대로 유불란은 의자에 걸터앉으며

"은몽 씨를 위하여 많은 힘을 써 주신다는 말씀, 외람스럽습니다마는 일개 우인으로서 경하하여 마지않습니다."

"황송한 말씀 듣기에 대단히 거북스럽습니다."

"—— 더구나 △△일보에 발표하신 글을 읽고 나서 오형을 존경하는 마음 은근히 깊어졌읍니다."

"황송스러운 말씀 거듭 듣기에 죄송스럽습니다."

두 사람의 대화는 지극히 겸손하였다. 그러나 서로서로 상대자의 가슴속을 꿰뚫어 보고저하는[98] 눈초리 —— 그 명석한 두뇌로 말미암아 일조일석에 민중의 영웅이 되어 버린 청년변호사 오상억과 명탐정이란 이름을 세상에 날려오는 노련한 유불란 —— 그들은 지금 무엇을 생각하고 있으며 무엇을 궁리하고 있을까?

더구나 천하의 미인 공작부인을 싸고도는 두 사람의 상극된 감정 —— 두 사람 사이에는 금시라도 불꽃과 같은 감정의 부딪침이 일어날 것만 같았다.

실상 오형의 그 놀라운 상상력에는 머리를 숙이지 않을

---

98) 보고자 하는

수 없읍니다. 따라서 지금 무서운 위험에 빠져 있는 은몽 씨를 구할 사람은 오직 오형밖에 없으리라고 ── 이것은 △△일보에 게재[99])된 오형의 글을 읽는 순간 느낀 거짓 없는 나의 질투심의 부르짖음이었다는 사실을 솔직히 고백하는 바입니다.

이것은 단지 나 혼자의 과찬이 아니라, 민중의 부르짖음입니다. 더구나 은몽 씨 자신까지 오형을 믿고 위험을 무릅 쓰고 이와 같은 심야에 단신 오형을 찾아온 그 외로운 심정을 저버리지 마시기 바랍니다. 오형의 굳센 품안은 은몽 씨에게 있어서 가장 탐탁한 피난소일 것입니다. ──

독자 제군이여. 제군은 아까 안개 내리는 들창 밖에서 이 응접실 안에서 오상억과 주은몽 사이에 벌어졌던 광경을 엿보고 섰던 사나이가 바로 이 유불란이란 것쯤은 필자의 설명 없이도 가이 짐작하리라고 믿는다.

그리고 제군은 아직도 기억하리라. 아까 공작부인이 오상억의 품안에 매어 달려서

"이 품안은 나의 피난소, 피난소!"

하고 부르짖던 말을 기억하리라.

유불란은 지금 은몽의 앞에서 그와 똑같은 말을 오상억

---

99) 게재

에게 던졌다.

　그러나 제군은 유불란을 야비한 사나이라고 단정하지는 말지어다. 어째 그러냐고? 독자여! 너무 조급하지 말라! 다만 이 소설을 끝까지 읽어 주기를 바랄 뿐이다.

　그것은 하옇든 유불란이 뱉은 이 한마디는 확실히 오상억과 주은몽을 극도로 당황하게 하였다.

　"유불란 씨를 지금까지 신사라고 믿었던 나 자신을 후회할 뿐입니다."

하고 오상억은 그때 어디선가 자기들을 엿보고 있었던 유 씨를 은근히 비난하였다.

　"그러나 그것은 나의 직업을 오형께서 아직 이해하지 못하는 데서부터 나온 불평이라고 생각합니다."

　"네 잘 알겠읍니다. 유불란 씨는 세상이 인정하는 명탐정이시니까. ──"

　점점 격해가는 두 사람의 감정이다. 사나이 둘에 계집 하나 ── 그것은 세계에서나 평화를 멀리하는 한 개의 비극의 요소일 것이다.

　그때 상노아이가 한 장의 명함을 들고 들어왔다. 임경부였다.

# 보이지 않는 손

　임경부는 방안에 들어서자마자 뜻하지 않은 진객을 눈 앞에 발견하고

　"허허 유불란 씨가…… 이게 웬일입니까?"

하고 오상억과 주은몽의 얼굴을 번갈아 쳐다보았다.

　"오래간만입니다 임경부 ──"

　정중한 태도로 임경부에게 앉기를 권하는 유불란의 말에

　"이거 참 뜻밖입니다…… 이처럼 훌륭하신 명탐정 두 분이 사이좋게 앉아 있을 줄은 참."

　"명탐정 한 분은 또 빼놓으셨군요."

　"하하, 나야 어디……"

　"임경부께서는 너무 겸손하셔서 ──"

　임경부는 잠깐 말을 끊었다가

　"그런데 유불란 씨는 이번 사건에 관해서 무슨 단서를 잡으셨읍니까?"

"임경부께서 잡지 못한 단서를 제가 어떻게……"

입맛이 쓰다는 임경부의 얼굴이었다.

"그러면 △△일보에 게재된 오상억 씨의 글을 읽었읍니까?"

긴장하는 일동 —— 더구나 은몽의 두 눈동자가 반짝하고 빛난다.

"읽었읍니다."

"오상억 씨의 풍부한 상상력과 치밀한 과학적 두뇌를 선망할 따름입니다."

"그러면 오상억 씨의 글 전체를 인정하신다는 말입니까?"

"네 —— 한 점도 사실과 어그러짐이 없었읍니다."

"그러면 유불란 씨는 대체 무슨 이유……"

그러면서 임경부는 상반신을 바짝 유불란에게로 내밀었다.

"대체 어떠한 이유로 일인 삼역이라는 —— 마치 탐정소설의 주인공과 같은 역할을 했는지?…… 직접 유불란 씨 자신의 입으로 설명해 보시요."

그러나 유불란은 묵묵히 앉아있을 뿐이다.

"변명을 하시요. 오상억 씨의 글이 지금 어떻게 유불란 씨를 불리한 입장에 세웠는가 쯤은 유불란 씨 자신이 잘 알 것이라고 믿는 바이요."

그래도 유씨는 은몽의 얼굴만을 물끄러미 쳐다볼 뿐이다.

"어째서 화가 김수일이란 가명으로 은몽 씨와 교제해왔으며 어째서 이선배는 끝끝내 자기의 정체를 감추지 않으면 안되었던가? 이 모든 의문에 대하여 유불란 씨는 어디까지든 변명할 의무가 있다고 생각하는데 ——"

"그렇습니다. 어디까지든지 나 자신을 변명하지 않으면 안될 지극히 불리한 입장에 서 있다는 것을 나는 누구보다도 통절히 느끼고 있는 것만은 사실입니다. —— 그러나 나의 변명이 얼마나 임경부를 만족시킬런지, 다만 그것만이 마음에 걸려서……. 오늘밤 임경부를 먼저 찾아뵙지 않고 오상억 씨를 찾아온 것도 실상은 나의 변명을 오상억 씨라면 혹시 이해해 줄지도 모르겠다는 생각으로였읍니다."

임경부는 입가에 가벼운 조소의 빛을 띄우며

"하옇든 이야길 하여 보시지요. 이해를 하던 못하던 ———"

불쾌하기 짝이 없다는 임경부의 표정이다.

"—— 무엇보다 먼저 내가 왜 김수일이란 가명으로 은몽 씨와 교제를 했는가? 이 점을 설명하려면 탐정 유불란이란 사람의 취미, 일상생활 기타 모든 점을 종합해서 생각하지 않으면 안될 문제입니다. 오상억 씨도 이미 그 글에서 언급한 바 있지만 나의 일상생활 —— 더구나 나의 탐정적 취미 —— 나는 나 자신이면서도 때때로 나 이외의 인물을 모방하는데 무한한 흥미를 가집니다. 그것은 다만 인물의 외관뿐만 아니라 그 인물의 내적 생활(內的生活) —— 성격이라든가, 취미라든가, 한 걸음 더 나아가서 뭐 사람이 지니고 있는 분위기까지도 모방하지요. '지킬' 박사와 '하이드' 씨가 자연 발생적 이중인격자라면 나는 인위적인 이중인격자입니다. —— 그렇습니다.

내가 미모의 무희, 공작부인과 ××개인전람회에서 서로 알게 된 것은 바로 내가 화가로서의 생활을 얼마 동안 계속하고서 결심한 그즈음이었읍니다.

누구한테도 그러하듯 나는 완전한 한 개의 화가 김수일로서 나 자신을 공작부인께 소개하였던 것입니다. ——"

유불란은 잠깐 말을 멈추고 어떻게 설명하면 상대방을 충분히 이해시킬 수 있는가를 생각하다가 다시 계속하였다.

"—— 물론 처음엔 그저 가벼운 의미에서 잠깐 만났다 곧 헤어지는 사람 가운데 하나로서 공작부인을 대하였읍니다마는 ——"

하고 얼굴을 주은몽에게로 돌리며 임경부야 듣건 말건, 은몽 씨 당신 좀 내 말을 똑똑히 들어주시오, 하는 투로

"──── 그러나 나는 얼마 지나 실로 의외의 사실을 발견하였던 것입니다. ──── 세상의 애인● 공작부인 주은몽 씨가 나를 따르고 나를 사모한다는 사실을 발견했읍니다. 은몽 씨!"

유불란은 한충 어조를 높여서

"당시의 나로서 이 얼마나 영광이었겠읍니까! 그러나 한 가지 슬픈 사실 ──── 그것은 그리 고상하지 못한 직업을 가진 탐정 유불란에게 바치는 애정이 아니고 화가 김수일 ──── 예술가적 아름다운 공상과 예술가적 사색과 정열과 분위기를 가진 순진하고도 쾌활한 청년화가 김수일이에게 바치는 애정인 줄을 깨달은 나의 슬픔과 낙망을 은몽 씨, 당신은 감히 짐작할 수 있겠읍니까? 바늘 끝처럼 예민한 은몽 씨의 예술가적 기질은 화가 김수일과 맞을지언정 탐정 유불란과는 결코 맞을 리 없으리라고 이것은 단지 나 자신의 추측이 아니라 어떤 날 우리들의 화제가 우연히도 탐정소설에 언급하였을 때 은몽 씨, 당신은 무엇이라 말씀했었는지 기억하십니까? ──── 나는 탐정소설을 즐겨 읽지마는 그것은 소설에 나오는 탐정을 사랑하는 것이 아니고 도리어 탐정에게 쫓겨다니는 범죄자의 말 못할 사정, 호소할 곳 없는 신세 ──── 온세상을 적으로 삼고 싸우는 그 저릿저릿한 공포와 쓸쓸한 심정을 생각할 때 치밀한 두뇌와 민활한 수완을 가진 소위 명탐정이란 존재를 은몽 씨는 그 예술가적 사색을 가지고 얼마나 경멸했으며 얼마나 비웃었읍니까? 나는 그때처럼 자기의 직업에 대해서 슬퍼해 본 적은 없었지요. 이것이 즉 나로 하여금 끝끝내 화가 김수일로서의 행동을 취하는 한 중대한 원인일 것입니다. ——"

사람들은 말이 없다.

"—— 그래서 나는 태평동 나의 집에서 가장 가까운 서린정 '중앙·아파 — 트'에다 김수일의 숙소를 정했던 것입니다. 은몽 씨가 나의 사진을 한 장도 가지지 않았다는 사실을 임경부께서는 적지 않게 수상히 생각하였겠읍니다마는 그것도 역시 어디까지든지 나 자신을 감추려는 데서 한 장의 사진도 은몽 씨께 드리지 않았습니다."

"그러면 ——"

하고 그때까지 묵묵히 귀를 기우리고 앉았던 임경부가 입을 열었다.

"어째서 유불란 씨는 또 이선배란 이름을 가지고 가장무도회에 나타났는지 그 점을 정확히 설명해 보시요."

"그것도 역시 같은 동기에서부터였지요. 그 점에 대해서는 나보다도 오상억 씨의 글이 더 정확히 설명했다고 생각합니다. 다시 말하면 '파트너' 백영호 씨에 대한 의리 때문에 모든 것을 저버리고 그리로 시집가려는 공작부인에게 최후의 의향을 물어볼 생각이었지요. 그러려면 필연적으로 김수일이란 얼굴을 그대로 가지고 갈 수 없는 것이 무도회에는 유불란과 김수일의 얼굴이 같다는 것을 공작부인 앞에서 증명할 사람이 있을 것을 두려워한 때문입니다. 그리고 또 한 가지 이유로는 예의 이중인격 취미 —— 더구나 그것이 한국에서는 처음 보는 가장 무도회라는데 자극을 받아 그런 장소에 어울릴 만한 가장을 시켜서 이번에는 놀라운 이선배란 인물을 내세웠던 것입니다. 그러나 나로서 한 가지 놀라운 사실은 다른 사람은 혹시 몰랐다하더라도 과언이 아니지만, 은몽 씨가 이선배의 가장을 몰라 보았다는 것입니다."

"그렇지 않습니다. 은몽 씨는 이선배를 유불란 씨인 줄은 몰랐을망정 그것이 김수일이라는 사실은 잘 알고 있었을 것이라고 나는 믿습니다. 은몽 씨 어떻습니까?"
하고 은몽의 얼굴을 쏘는 듯이 쳐다본 것은 오상억 변호사였다.

은몽은 잠자코 오상억을 바라보았다.

"어떻습니까 은몽 씨? 김수일과 이선배가 동일한 인물이란 것을 은몽 씨만은 벌써부터 알고 있었으리라고 믿는데……"

하고 재차 묻는 오상억의 말에 은몽은 또 다시 머리를 숙이며

"저도 처음엔 몰랐어요. 그러나 화장실에서 침실까지 그 이에게 안기워 올 때 저의 코를 찌른 이상한 몸냄새가 수일 씨의 것인 줄은 얼마 지나서야 생각이 났어요. 그러나 도저히 제 입으로 이선배와 김수일 씨가 같은 인물이란 말은 어떻게……"

"그러면 김수일 씨를 위해서 아직까지 잠자코 있었다는 말씀입니다그려?"

임경부의 불만이었다.

그러나 은몽이 아무 대답이 없는 것을 보고 임경부는 유불란을 향하여

"그러면 유불란 씨가—— 아니 이선배가 무도회장을 탈출하여 끝끝내 자취를 감추어 버린 것도 오상억 씨의 추측과 같이 유불란과 이선배, 그리고 한걸음 더 나아가서 유불란과 김수일 이가 같은 인물이라는 사실을 감추려고 한 때문입니까?"

"그렇습니다. 오상억 씨의 상상과 조금도 어그러짐이 없읍니다. 그러나 그것만이 이유의 전부가 아니라는 것을 말해 두겠읍니다. 내가 그처럼 경찰의 맹렬한 추격을 받아 가면서까지 끝끝내 자취를 감추었나는 것에는, 그리고 지

금까지 일인삼역이라는 사실을 숨겨두고 자한 이면에는 대단히 외람스러운 수작이지만, 지금 이 자리에서 설명해 드리지 못하는 무례[100]를 용서해 주십시요."

"음 ──"

하고 임경부는 한 번 신음한 후에

"그러면 거기에는 무슨 중대한 이유가 숨어 있다는 말씀이지요?"

"아니올시다. 숨어 있을 것 같아서 하는 말입니다."

"그럼 무슨 단서를 잡았다는 말입니까."

"아니올시다. 잡을 것 같아서 하는 말씀입니다."

"음 ── 하옇든 사건이 이만큼이라도 진전을 본 것은 오상억 변호사의 공로라는 사실과 사건을 이처럼 복잡하게 하고 경찰당국과 일반 민중을 이처럼 속여 온 책임은 유불란 씨에게 있다는 것만은 기억해 두셔야 겠읍니다."

"네 잘 알아들었읍니다. 거기 대한 책임은 이 사건을 하루바삐 해결하므로써[101] 당국과 아울러 전 한국 민중에게 사죄하고자 합니다. 그러나 ──"

유불란은 그때 오상억과 은몽을 한 번씩 쳐다본 후에

"그러나 오상억이라는 호적수(好敵手)가 본격적으로 사

---

100) 무례
101) 해결함으로써

건에 손을 댄다면…… 임경부, 정신을 똑똑히 차려야 합니다. 이러다가는 결국 사건의 공로자라는 지위는 임세훈 경부나 유불란 탐정을 무시하고 오변호사께로 옮아갈 것입니다. —— 더구나 공작부인 주은몽을 위해서는 전 생명을 바쳐서라도 발을 벗고 나서겠다는 것이 오상억 씨의 의향인 듯싶은 지금에……"

동서고금을 통하여 명작에 나오는 명탐정들은 거의 다 연애를 모르는 글자 그대로의 목석같고 기계 같은 초인적(超人的)인물이다.

그러나 유불란 탐정만은 그렇지 않았다. 그는 보통 사람과 같이 연애할 줄 알고 보통사람과 마찬가지로 질투할 줄 아는 말하자면 피가 도는 인간이다.

허나 이처럼 노골적으로 은몽과 오상억 사이에 관심을 두는 것은 처음이다.

"유불란 씨는 아까부터 나와 은몽 씨의 사이를 너무 과도히 신경을 쓰시는 모양같습니다만 그렇다고 하더라도 그것은 너무 교양 없는 사람들의 취할 태도가 아닌가 싶습니다. 말씀을 좀 삼가시는 게 어떻습니까?"

그러나 사람들은 유불란 씨의 답변만을 듣고 있을 여유를 갖지 못했다.

바로 들창을 등지고 앉았던 은몽이 무엇에 놀랐는지

'흑!' 하고 숨을 드려 마시며 갑자기 의자에서 벌떡 일어서서 휙 하고 뒤를 돌아다본 때문이다.

흐느적 흐느적 움직이는 '커 — 텐'!

치렁치렁하게 늘어진 '커 — 텐'이 물결처럼 흐느적거리지를 않는가?

사람들은 불현듯 그 어떤 불길한 예감에 온몸이 으스스함을 느꼈다.

"바람도 없는데 '커 — 텐'이 왜 움직일까?"

그런 의혹이 일시에 사람들의 가슴을 꽉 부여잡는다.

그 순간, 의자에서 벌떡 일어선 유불란 탐정이

"누구냐?"

하고 고함을 치면서 비조처럼 재빠른 솜씨로 '커 — 텐'을 헤치고 들창을 휙 하니 넘어 나갔다.

들창 밖은 지척을 분간할 수 없는 안개의 담벽이다.

오상억과 임경부도 들창 밖을 내다보았다.

"누구냐?"

정원을 헤매는 유탐정의 거치른102) 목소리가 안개를 뚫고 들어온다.

그때였다.

---

102) 거칠은

"앗!"

하고 외치는 은몽의 째지는 듯한 목소리가 오상억과 임경부의 등 뒤에서 떨려졌다.[103]

"왜 그러시우?"

오상억과 임경부가 그렇게 고함을 치면서 일시에 뒤를 돌아다보았을 때

"붉은 봉투가 —— 그 놈의 붉은 봉투가 ——"

하고 은몽은 그때까지 자기가 걸터앉았던 의자의 등을 가리켰다.

"붉은 봉투?"

오상억과 임경부는 그렇게 반문하면서 은몽이 가르치는 곳을 바라보았다.

"아, 봉투다! 빨간 봉투로구나!"

"해월이다! 해월의 것이다!"

한 장의 주홍색 봉투가 조그마한 단도와 함께 의자의 등 —— 심노색 '비로 — 드'에 박혀 있지 않는가!

해월의 경고문(警告文)! 복수귀 해월의 무서운 경고문이다!

오상억은 곧 칼과 함께 주홍색 봉투를 뽑았다.

---

103) 떨어졌다.

고슴도치처럼 몸을 오그리고 바들바들 떠는 주은몽 ──
──

"아아 무서워!…… 무언가 등 뒤에서 사람의 숨결소리가 들리기에 돌아다보니 '커 ─ 텐'이 그처럼 흐느적 흐느적……"

새파랗게 변색한 은몽의 입술이었다.

오상억은 부리나케 봉투를 떼었다.

은몽!

내가 가장 미워하고 내가 가장 귀애하는 은몽! 가장 미워하기 때문에 너를 죽이려고 결심한 나요, 가장 귀애하기 때문에 아직도 죽이지 못하고 있는 나로다. 그러나 은몽! 나는 알고 있다. 이제 방금 오상억의 품안에서 뭐라고 아양을 부렸는가? "이 품안이 나의 피난소, 피난소!" 하고 너는 중얼거렸다. 그러나 너의 남편 백영호가 죽은 지 오늘까지 몇일[104]인고?…… 요부!

요부! 은몽, 너는 어렸을 때부터 요부였다. 그러나 결국 너는 나를 두려워하지 않고는 못 견딜 것이다. 네가 그처럼 영원한 보금자리로 믿고 있는 오상억의 품안이 그 얼마나 힘없는 것인가를 알 때가 오리라.

---

104) 며칠

그러면 제 이차의 참극의 주인공은 누구냐? 누구냐?……

복수귀 해월

"음!"

오상억은 편지에서 눈을 떼었다. 무서운 얼굴이다.

"나를 죽이겠다고?……"

반항심에 타오르는 듯한 오상억의 얼굴을 은몽은 미안한 듯이 바라다본다.

두 사람의 시선과 시선이 그 어떤 굳은 맹세를 짓는 것 같았다.

그때 정원으로 해월을 따라 나갔던 유불란이 돌아왔으나 아무런 수확도 없었다. 짙은 안개 속 —— 해월이가 어느 구석에 숨었는지 알 길이 만무하다.

유불란도 편지를 읽었다. 아까 자기가 들창 밖에서 방안을 엿보고 있을 때 해월이도 어느 구석에서 자기와 같이 방안을 드려다보고 있었던가? ——

"대담한 놈이다! 무서운 일이 반드시 일어나고야 말 것이다!"

유씨의 이 한 마디가 무엇을 의미하는지?…… 그것은 유씨 자신만이 알 것이다.

# 사진 속의 처녀[105]

복수귀 해월이 —— 아아 그는 너무나 대담한 악마였다.

임경부, 오상억, 유불란 —— 이처럼 명성이 쟁쟁한 탐정들의 눈앞에서 해월은 마치 인도의 마술사와도 같이 나타났다 사라지지 않았는가.

해월은 대체 어디 숨어서 그처럼 응접실 안의 광경을 하나도 빼놓지 않고 엿보고 있었던가? 그가 던지고 간 붉은 봉투는 무참하게도 또 한 사람의 목숨을 노리고 있다!

이튿날 아침이다. 오전 열시 —— 태평동 유불란은 돌연 요란한 전화소리에 눈을 번쩍 뜨고 자리에서 벌떡 일어났다.

그는 머리맡에 놓인 수화기를 들었다.

---

105) 寫眞 속의 處女

"유불란이올시다. 누구십니까?"

긴장한 얼굴이다.

"접니다. 저예요 ——"

은몽이었다. 주은몽의 절반은 애원하는 목소리였다.

"아 은몽 씨!……"

유불란은 그 순간 말문이 꽉 막히는 것이었다. 그러나

"은몽 씨 어떻게 이런 아침에…"

하고 물었을 때 은몽은 바들바들 떠는 음성으로

"저는 무서워서, 무서워서 못 견디겠어요. 이렇게 대궐 같은 커다란 집에서 정란이와 단 둘이 어떻게…… 남수 씨는 지금 어디론가 여행을 떠난다고 서둘러대고……"

"여행? 남수 씨가 어디로 여행을 떠난답디까? 그리고 어떠한 목적으로 그처럼 갑자기?"

"모르겠어요. 가는 곳은 말리지 않고 가는 목적도 말하지 않아요. 그저 무엇엔가 대단히 흥분한 얼굴로…… 그처럼 침착하던 사람이 오늘아침 갑자기 태도가 변했어요. ……'해월을 잡는다, 해월을 잡는다!' 하고 미친 사람처럼 혼자 중얼 거리겠지요. 무엇인가 잘 알 수는 없지만은 무슨 유력한 증거를 잡은 모양 같아요. 지금 마악 떠나려는 즈음인데 그렇게 되면……"

은몽이 말을 채 맺기 전에 전화의 목소리가 바뀌었다.

"선생님! 유선생님이시죠? 저는 정란입니다. 처음 뵙는 선생님께 이처럼 전화로 실례 합니다마는, 오빠가 어디론 가 여행을 떠난다고요. 그렇게 되면 저의 집에는 남자라고 는 한 사람도 없지 않아요. 어떻게 우리들끼리…… 그래서 생각다 못해 어머님이 유선생께 전화를 거는 거랍니다. 선생님께서 어머님을 조금이라도 생각하신다면 말씀이야 요. 오빠가 여행으로부터 돌아오는 날까지 저의 집에 오셔 서 우리들을 보호해 주세요. 어머님을 한시 바삐 구해 주 세요! 이대로 그냥 두었다가는……"

은몽과 정란이가 지금 전화통에 매어 달리듯이 애원하 는 광경이 눈앞에 보는 듯이 떠오르는 유불란이었다.

"정란 씨 잘 알았읍니다. 자세한 이야기는 가서……"

유불란은 잠깐 동안 말을 끊고 정신을 가다듬으려는 듯 눈을 감았다 다시 뜨며

"그런데 정란 씨! 제가 갈 때까지 어떠한 일이 있더라도 남수 군을 꼭 붙잡아 두십시요. 제가 남수 군을 꼭 만나야 겠읍니다! 꼭 붙들어 두셔야 합니다!"

"네 네! 그러면 선생님, 지금 곧 이리로 와 주셔요!"

"십 분만 기다리십시요. 십 분 동안만 남수 군을 붙잡아 두시요!"

유불란은 전화를 끊었다. 부리나케 외출복으로 갈아입

으면서 그는 마치 열병환자처럼 중얼거린다.

"남수가 —— 저 탐정소설가 백남수가 대체 무엇 때문에 갑자기 여행을 떠나는가……?"

아침도 못 먹은 유불란이다.

삼분 후 ——

나는 듯이 밖으로 뛰어나간 유불란은 지나가는 빈 자동차를 잡아타고

"삼청동, 삼청동!"

하고 외쳤다.

"이 사건에는 탐정이 너무 많은 것 같애!"

총독부 앞을 지나 삼청동을 향하여 질풍처럼 기어 올라가는 자동차 안에서 지긋이 눈을 감고 그렇게 마음속으로 외쳐보는 유불란이었다.

"—— 임경부, 오상억, 백남수, 그리고 나 —— 모두 명탐정들뿐이다!"

이윽고 자동차가 삼청동 '풀' 옆에 솟아 있는 백영호 씨 저택 정문 앞에서 '삑' 소리와 함께 멈춰 있을 바로 그때, 커다란 여행용 가방을 들고 마악 현관을 뛰어나오는 백남수의 그림자가 나타났다.

그 뒤를 이어 은몽과 정란이가 따라나오는 것을 보니 잠깐만 기다리라는 모양이다.

유불란은 자동차에서 뛰어내려 활기 있게 현관으로 걸어 들어가며

　"남수 씨 오래간만입니다. 어디 여행을 떠나시렵니까?"

하고 먼저 인사를 하였다.

　"유 선생님……"

　정란과 은몽이 반가히 맞이한다.

　"아, 유불란 씨입니까. 안녕하십니까 ——"

　백남수의 그 흥분한 얼굴이 저윽이 당황해 한다.

　"어디 여행을 가시렵니까?"

　"네 잠깐 다녀올 데가 있어서 ——"

　"그렇습니까? 하마터면 남수 씨를 놓칠 뻔했군! 나는 나대로 또 남수 씨를 꼭 만나야 할 용건이 있어서 찾아왔는데, 여행은 어디로……"

　그러나 백남수는 거기에는 대답을 피하며

　"무슨 용건이십니까?"

　그때 옆에 서 있던 정란과 은몽이

　"아이 좀 들어오셔서 이야길 하셔요!"

　유불란도

　"과이 바쁘시지 않으시거든 ——"

하고 안으로 들어가기를 청하였다.

　백남수는 잠깐 동안 무엇을 생각하는 듯 주저하더니

"그럼 안으로 들어가십시다. 그리고 나도 유불란 씨에게 중대한 것을 한 가지 말씀 드려야겠읍니다. 자아 ——"

이리하여 그들 네 사람은 얼마 후 이층 응접실에 마주앉는 몸이 되었다.

"유불란 씨!"

남수는 마주앉아 홍차를 단숨에 꿀꺽꿀꺽 드리키며 유 씨를 쳐다보았다.

"네? ——"

"유불란 씨는 대체 이 사건을 어떻게 생각하십니까?"

"어떻게 생각하시다니요……"

유불란은 자기의 무능을 스스로 부끄러워 한다는 표정을 지으며 남수에게로 향하였던 시선을 옆에 앉은 은몽에게로 옮기었다.

"그러면 아직 아무런 단서도 잡지 못하였다는 말씀입니까?"

"남보기에 대단히 부끄러운 일입니다만 아직 아무런 단서도 ——"

유불란은 무안한 듯이 얼굴을 붉혀 보이었다.

남수는 그때 또 한 번

"유불란 씨!"

하고 힘 있게 불렀다.

"왜 그러시우?"

"이 사건은 우리가 생각하고 있는 것처럼 그렇게 단순한 것이 아닌 것 같습니다."

"무슨 유력한 증거물을 발견했읍니까?"

"그렇습니다! 실로 이상야릇한 한 가지 사실을 발견했읍니다. —— 다시 말하면 그렇게도 착잡 다단한 이 사건이 오상억 군의 글로 말미암아 —— 즉 이선배와 김수일과 유불란 씨가 동일한 인물이라는 사실이 증명된 지금에 이르러서는 사건은 무척 단순화하여졌다고 말할 수 있을 것입니다. 우리는 단지 주은몽 씨에게 복수하려는 해월만을 체포하면 되었으니까 —— 그러나 여기 이상한 사실이 하나 발견되었읍니다."

"무엇입니까?"

세 사람의 극도로 긴장한 얼굴, 얼굴, 얼굴 ——

그러나 그때 아랫층에서 초인종 소리가 들리더니 이윽고 젊은 어멈이 한 장의 명함을 들고 들어왔다.

"저, 관철동에 계시는 오선생님 하고 또 한 분 —— 이런 분이 찾아오셨읍니다."

명함에는

"혜성전문학교 교장 황세민"

이라 씌어 있었다.

이윽고 젊은 어멈에게 안내를 받아 금테 안경을 쓴 오상억 변호사와 육십이 될락 말락한 혜성전문학교 교장 황세민 씨가 들어왔다.

황세민 씨는 한 번보아 대단히 온화한 늙은이다. 머리털이 절반 이상 희었고 그 허엽스레한 머리털과 노동자처럼 햇볕에 탄 거므틱틱한 얼굴이 유달리 사람들의 시선을 빼았는다. 그 거므틱틱한 얼굴은 전문학교 교장으로서는 어딘가 어울리지 않는 그러한 인상을 사람들은 받았다.

백남수의 흥미 있는 화제가 이 두 사람의 출현으로 말미암아 중단되었으므로 사람들은 적지 않게 귀찮다는 얼굴로 오변호사와 황교장을 맞이하였다.

오상억은 일동에게 황세민 씨를 소개 하였다. 황세민 씨는 특히 주은몽과 정란을 향하여 허리를 굽히며

"백영호 씨의 무참한 봉변에 대하여서는 이 황세민, 무어라 말씀 드려야 할지 모르겠읍니다."

"일부러 이처럼 찾아 주셔서 대단히 고맙습니다. 어서 앉으시지요."

은몽이 권하는 대로 황교장은 의자에 걸터앉으며 다시 한 번 은몽의 얼굴을 빤히 쳐다보았다.

그때 오변호사가 황교장을 대신하여 입을 열었다.

"오늘 황교장께서 이처럼 찾아오신 것은 돌아가신 백선

생과 황교장 사이에 약속되었던 칠십만원 제공 문제에 관하여……"

하고 고문 변호사로서의 자격을 차렸다.

"네 실상은 ——"

하고 이번에는 황교장이 말을 받아

"실상은 이처럼 불행 중에 계시는 요즈음, 이런 문제를 가지고와서 여러분을 귀찮게 하는 것은 저의 본의가 아니옵니다만 사정이 너무 촉박하여졌으므로 한시 바삐 ——"

하고 은몽과 남수의 얼굴을 번갈아 쳐다보았다.

"네에 ——. 물론 그러한 의사를 그이가 생전에 표시한 것이니까 고인의 의사를 존중하는 의미에서도 하루 바삐 그 문제를 해결해 버리는 것이 저도 좋을 듯싶읍니다만 ——"

하고 은몽은 남수의 표정을 살피려는 듯 그리고 얼굴을 돌렸다.

"네에…… 잘 알아듣겠읍니다. 그런데 ——"

하고 남수는 한 번 기침을 한 후에

"아버지가 그런 의사를 표시한 것만은 사실인 듯싶으나, 그러나 아직 거기 대한 법적 수속 같은 것은 없었다고 저는 생각합니다. 뿐만 아니라, 저는 최초부터 칠십만원 제공 문제에 극력 반대하여 온 사람입니다. ——"

"그러면? ──"

하고 긴장한 얼굴빛으로 자기를 쳐다보는 황교장의 시선을 무시해 버리려는 듯 남수는

"돌아가신 아버지의 의사를 어디까지나 존중해야만 될 나의 처지입니다. 그러나 이 문제만은 아무리 아버지의 의사라 할지라도 저는 반대입니다. 아버지께서 어떠한 심경의 변화가 생겨서 그랬는지는 모르겠읍니다만 아직 저로서는 사재의 거의 전부를 그런 사회사업에 바칠 그러한 기특한 심경의 변화는 아직 가져본 적이 없으니까요."

"……"

"그러니까 대단히 매정스런 말씀입니다만 이 문제만은 이대로 중단된 것으로 알아주시면 고맙겠읍니다."

칼로 베는 듯 딱 잡아떼는 남수의 말에 은몽은

"그래도 고인의 의사를 그렇게 무시하면 어떻하세요?"

하는 것을

"은몽 씨는 잠자코 계십시요. 남철(南鐵) 형님이 실종선고(失踪宣告)를 받은 이상 유산상속권은 이 백남수에게 있으니까 ── 도대체 아버지가 칠십만원이라는 거액의 돈을 사회사업에 바치겠다고 한 그 심경을 나로서는 도저히 이해할 수 없는 괴사이지요. 하옇든 황선생과 아버지 사이에 어떠한 의사의 교환이 있었다 하더라도 그것이 법적화

하지않은 이상 저는 이 문제를 그냥 진행시킬 수 없다는 것을 짐작해 주시면 고맙겠읍니다. ——"

그처럼 한 점의 찬의(讚意)조차 보이지 않고 냉냉하게 잡아떼는 남수의 말에 늙은 황세민 교장은 다시 뭐라고 입을 뗄 수가 없었다.

"유감입니다."

옆에 앉았던 오상억이 은근히 황교장을 위로하였다.

"할 수 없읍니다. 혜전을 폐교할 수밖에 다른 도리가 없지요."

풀이 죽은 황교장이었다.

그때 남수는 팔뚝시계를 드려다보며

"그런데 오군, 마침 잘 왔네."

하고 말머리를 돌린다.

"왜?"

"유불란 씨와 자네에게 한 가지 보여줄 물건을 발견하였단 말이야."

"뭐?"

오상억과 함께 유불란, 정란, 은몽이, 모두 상반신을 '테이블' 위로 내밀었다.

남수가 대체 무엇을 가지고 그렇게 흥분했던가?…… 사람들은 일단 중단되었던 남수의 이야기가 다시 이어졌음을 기뻐하였다.

"대체 뭐길래 그렇게……"

은몽은 대단히 안타까운 모양이다.

"이것을 보십쇼!"

남수는 그때 '포켙'에서 수첩을 꺼내 들더니 그 수첩 사이에 끼어 있던 한 장의 사진 —— 명함판의 조그마한 사진을 꺼내어 '테이블' 위에 놓았다.

"이 사진을 자세히 드려다 보십시오!"

사람들의 시선이 일시에 사진위로 쏠린다. 그러나 황세민 교장만은 아무런 흥미도 느끼지 않는 듯 멍하니 들창밖을 내다볼 뿐이다. 폐교당할 혜전의 최후를 황교장은 슬퍼하는 것이다.

사람들은 사진을 드려다 보자마자

"이것이 웬거요?"

"어디서 났어요?"

"대체 이 사진을 어디서……"

하고 저마다 물어보는 것이다.

그것은 머리를 길게 땋아 느린 시골처녀의 상반신이었다. 얼굴이 갸름하고 눈썹이 길고 그러나 상당히 오랜 사진임에 틀림이 없는 것은 사진 빛이 부옇게 퇴색한 것을 보더라도 넉넉히 짐작할 수 있었다.

저번날 밤 —— 복수귀 해월이가 백영호 씨를 죽이던 날 밤, 이층 미술품 수집실에서 얻은 사진 —— 조그마한 '로켓트'에 들어 있던 그 사진과 똑같은 인물이 아닌가?

"음 ——"

유불란은 사진을 손에 들고

"적어도 이십 년 전, 아니 근 삼십 년 전에 찍은 사진이다. 나이는 열아홉 아니면 스물 가량. ——"

"그렇습니다. 지금 임경부가 가지고 있지만, 저번 수집실에서 얻은 사진도 이것과 똑같은 사진이었지요."

"그런데 이것을 어디서 얻으셨어요?"

은몽은 복수귀 해월의 출현을 불현듯 예기함인지 입술을 바르르 떨면서 남수의 눈동자를 매섭게 쳐다보았다.

"오빠, 대관절 이것이 어디서 났어요?"

정란도 무서운 모양이다.

그때 비로소 황세민 교장도 문제의 사진을 목을 늘여 넘겨다보았다.

그러나 그 순간 —— 다른 사람은 모르리라. 유불란만은 흘깃 넘겨다보는 늙은 황세민 교장의 얼굴에 이상한 충동의 빛이 일순간 떠올랐다 사라지는 것을 눈치 빠르게 보았던 것이다.

허나 물론 모르는 척 하는 유불란이다.

"어디서 주웠는지, 오빠 빨리 이야길 좀 해봐요! 왜 그리 잠자코만 있는 거예요?"

그러나 남수는 무엇인가 이야길 하려다가 가끔 입을 꽉 깨물어 버리곤 하는 것이었다.

"백군 이야길 해보게나! 어디서 주웠는지…… 그리고 군은 이 사진이 누구인지 알고 있다는 말인가?"

하고 캐묻는 오상억의 말에

"어디서 주웠는지 미안하지만 이 자리에서 그것을 이야기할 수는 없네. 그리고 이 사진이 누군지, 그것은 나도 모른다. 그러나 사흘 후면 이 사진이 누구인가를 알 수 있을 것이다. 사흘 후, 내가 다시 여행으로 돌아오는 날, 적어도 이 사건에 관한 비밀의 절반은 해결될 것이라 믿네."

그리고 남수는 자리에서 일어나며

"그러면 오군 특히 유불란 씨! 제가 돌아오는 날까지 은몽 씨와 정란을 잘 돌바106) 주시기 바랍니다."

남수는 황급한 걸음으로 뛰어나갔다.

어디론가 알 수 없으나 탐정소설가 백남수가 여행을 떠난다고 하면서 흥분한 얼굴로 응접실을 뛰어나간 후, 사람

---

106) 돌보아

들은 걷잡을 수 없는 공허함과 아울러 남수가 남겨 놓고 간 흥분으로 말미아마[107] 일순간 어지러운 공기 속에서 서로서로의 얼굴만 쳐다보고 있었다.

백남수의 그 미친 듯한 흥분은 사람들로 하여금 사건이 무척 촉박하여졌다는 감을 저마다 느끼게 한 것만은 감출 수 없는 사실이었다.

"그러면 저는 이만 실례하겠읍니다."

하고 그때, 늙은 황세민 교장이 의자에서 몸을 일으켰다.

은몽은 황교장을 현관까지 바래다주고 다시 들어 와서 남수가 여행으로부터 돌아오는 날까지 죄송스러운 부탁이나마 자기와 정란을 위하여 며칠 동안 자기 집에 같이 묵어 주기를 청하였다.

"정말 유선생님이 저희들과 같이 계신다면 얼마나 좋을까! 유선생님 그렇게 해 주세요!"

정란도 은몽의 말을 지지하였다.

이리하여 결국 유불란과 오상억 두 사람이 은몽과 정란의 위험을 보호하고자 그 날 밤부터 이 집에서 유숙하기로 되었던 것이다.

"그러면 저는 잠깐 집에 다녀오겠읍니다."

---

107) 말미암아

하고 유불란은 오변호사와 정란과 은몽을 응접실에 남겨 둔 채 밖으로 뛰어나왔다.

밖으로 뛰어나온 유불란은 삼청동 긴 골목을 안국동 쪽을 향하여 달름박질치는 것이다.

얼마 동안 달름박질치던 유불란은 안국동 네거리에 다다르자 발걸음을 우뚝 멈추고 네거리에서 종로 쪽으로 걸어가는 황세민 교장의 늙은 뒷모양을 물끄러미 바라보았다.

황교장은 그런 줄도 모르고 종로 네거리를 향하여 주첨주첨 걸어간다.

오정이 바로 지난 종로 네거리 ——

유불란은 약 오십 '미 — 터' 가량의 간격을 두고 황교장의 그림자를 놓치지 않고 따르는 것이다.

황교장은 그때 백화점 앞에서 발걸음을 멈추고 잠깐 동안 주저하는 모양이더니 마침내 무엇을 생각했는지 머리를 끄떡끄떡하면서 백화점 안으로 들어간다.

유불란도 따라 들어갔다.

황교장은 심각한 표정으로 머리를 기우리면서 일층, 이층, 삼층, 사층, —— 그는 마침내 식당으로 들어가서 저편 들창 옆 식탁에 자리를 잡고 '런치'를 청한다.

오정을 바로 지난 이 'M데파 — 트'의 식당은 마치 수라장처럼 어지럽고 분주하다.

유불란은 그때 요행으로 황교장의 바로 뒷 식탁이 비는 것을 보고 달려갔다. 황교장과 등을 지고 자리를 잡은 유불란이었다.

이윽고 유불란은 '커 — 피'를 마시고 황교장은 '런치'를 먹는다.

그러나 유불란에게는 이 늙은 황세민 교장의 태도가 어딘가 이상하였다.

그는 '런치'를 먹으면서 그 '런치' 그릇 앞에 놓인 무슨 물건을 유심히 들여다보고 있다.

유불란은 틈을 타서 머리를 기웃하고 황교장의 어깨위로 그가 들여다보는 물건을 넘겨다보았다.

"시계!"

커다란 회중시계였다.

그러나 유불란은 거기서 회중시계만을 본 것이 아니다. 회중시계 외에 또 한 가지 물건!

"사진이다!"

그렇다. 그 커다란 회중시계 뒷두껑 안에 붙은 한 장의 사진 —— 머리를 길게 땋아 느린 스물 안팎의 처녀 —— 얼굴이 갸름하고 속눈썹이 길고…… 그것은 두말할 것 없이 조금아까 백남수가 보여준 그 사진과 똑같은 인물이었으며 복수귀 해월이가 미술품 수집실에 떨어뜨리고 간 그 사진의 인물이 아닌가?

　아까 황교장이 남수가 '테이블' 위에 내놓은 문제의 사진을 보던 순간, 다른 사람은 몰랐으나 유불란만은 황교장의 얼굴에 나타난 이상한 충동의 빛을 보았다.

　"그러면 백남수가 주웠다는 문제의 사진은 대체 누가 가지고 있던 것인가?……"

# 제2차의 참극[108]

　황교장이 가지고 있는 커다란 회중시계 뒷뚜껑에 붙은 사진 속의 처녀와 남수가 어디선가 주웠다고 하는 문제의 사진 속의 처녀와 그리고 해월이가 미술품 수집실에 떨어뜨린 사진 속의 처녀가 모두 똑같은 인물이라는 실로 이상야릇한 사실을 안 것은 유불란이었다.

　유불란은 거기서 더 그 자리에 앉아 있을 수 없는 초조와 흥분을 한아름 품고 황세민 교장을 식당에 남겨둔 채 백화점을 뛰어나왔다.

　"이상한 일이다! 똑같은 인물의 사진을 해월이도 가지고 있고 황세민도 가지고 있고, 그리고 또 남수가 주웠다는 사진은 대체 누가 가지고 있던 것일까?……"

　초하(初夏)의 종로네거리가 유불란 탐정의 눈에는 마치

---

108) 第二次의 慘劇

황당무개한 백일몽(白日夢)의 풍경처럼 비치는 것이었다.

"해월과 황세민? 해월과 황세민?"

아무리 생각해 보아도 복수귀 해월과 황세민 사이에 있어야만할 그 어떤 관련성의 실마리를 잡을 수가 없었다.

"십년 전, '아메리카', '샌프란시스코'로부터 삼백만원이란 거액을 품고 표연히 귀국한 황세민 —— 그리고 삼백만원이란 대금을 모두 교육사업에 던진 황세민 —— 그러나 그와 같은 거액이 어디서 들어왔는지를 밝히지 않는 황세민 —— 특별히 영어와 중국어에 능통했으나 남달리 높은 교육을 받은 사람 같지도 않아 보이는 황세민 —— 얼굴이 노동자처럼 거무틱틱하니 볕에 찌들은 황세민 —— 남수의 말에 의하면 사회사업 같은 데는 꿈도 안 꾸던 백영호씨로 하여금 혜성전문학교를 위하여 칠십만원 제공문제를 승락시켰던 황세민 —— 그리고 복수귀 해월의 것과 똑같은 사진을 시계 뒷뚜껑에 붙여 가지고 다니는 황세민 ——"

깊고 깊은 의혹의 굴속으로 빠져 들어가는 자기를 가다듬으며 유탐정은 지나가는 '택시'를 잡아타고 효자동 혜성전문학교를 향하여 쏜살같이 몰아댔다.

이윽고 혜전 현관 앞에서 '택시'를 내린 유탐정은 황교장과의 면회를 수부에 청하였다.

"교장선생님은 아침에 외출하셔서 아직 돌아오시지 않았읍니다."

하는 늙은 소사에게

"그렇습니까. —— 그러나 오후 한 시에 황교장과 교장실에서 만나기로 약속이 되었었는데 — 나는 이러한 사람입니다."

하고 유탐정은 얼토달토[109] 않은 가짜 명함을 꺼내 소사에게 주면서

"한 시까지는 아직 십 분이 남았으니까, 하옇든 좀 기다려 보기로 하지요."

"네 그럼 이리로 들어오시지요."

소사는 의아스런 눈치로 유탐정을 쳐다보면서 교장실과 접한 응접실로 그를 인도하였다. 만일 교장실과 응접실이 접하여 있지 않았던들 유탐정은 어떠한 수단을 써서라도 교장실에서 황교장을 기다렸을 것이다.

그러나 응접실과 교장실이 문 하나 사이에 두고 서로 통하게 된 사실을 안 유탐정은 인도하는 대로 응접실 의장에 유유히 걸터앉아서 황교장을 기다리는 것이다.

이윽고 소사가 차를 가져다가 유불란 씨에게 권하고 다

109) 얼토당토

시 밖으로 나가자마자 그는 벌떡 의자에서 몸을 일으켜 교장실로 통하는 '도어'를 열고 옆방으로 들어갔다.

교장실로 들어가자 그는 곧 뜰에 면한 유리창의 '커 — 텐'을 내리고 '테이블' 위에 놓인 서류함(書類凾)을 뒤지기 시작했다. 그러나 거기서 목적물을 발견하지 못한 유불란은 이번에는 '테이블' 설합 속에서 조그마한 수금고(手金庫)를 끄집어내어 그 속에 들은 편지 뭉치를 조사하기 시작하였다.

그 중에서 필적이 꼭 같은 두 개의 영문(英文)편지를 골라 가지고 내용을 한 번씩 읽어 본 후에 발신인의 주소 성명을 부리나케 자기 수첩에다 적어 놓고 다시 응접실로 돌아와서 소사를 불렀다.

"황교장이 아직 안 돌아오시니 내일 다시 찾아오겠다고 여쭈시요."

혜성전문학교를 뛰어나온 지 약 삼십 분 후였다.

태평동 자기 서재 암록색 소파에 누운 유불란은 이제 방금 혜전 황교장실에서 적어 가지고 온 수첩을 물끄러미 들여다보고 있었다.

▲ 윌리엄·엔더 — 슨

▲ 샌프란시스코·해안통(海岸通) 삼백오십칠 번지.

"윌리엄·엔더 — 슨과 황세민 교장 사이에 어떠한 관계가 있는가?……"

월리엄·엔더 ─ 슨이 황세민에게 보낸 두 장의 편지의 내용을 요약해서 말하면 ─── 지금 경영난에 빠진 혜성전문학교를 구하는 의미에서 약 오십만원 가량을 돌려 달라는 황세민의 간절한 청탁을 '월리엄·엔더 ─ 슨'이 완곡하게, 그러나 극히 친절한 태도로 거절하는 편지였다. 얼마 동안 쇼파에 누워서 수첩을 들여다보고 있던 유불란은 벌떡 몸을 일으키어 '테이블'로 가서 펜을 들었다.

로스안젤스·××스트리─트·××번지
죤·피터 ─
샌프란시스코·해안통 삼백오십칠 번지의 월리엄·엔더 ─ 슨과 경성 혜성전문학교 교장 황세민과의 관계를 상세히 보고하라.

서울·코리아 유 불 란

유불란은 펜을 놓고 초인종을 눌러 젊은 서생을 불러 들였다.

"'죤·피─터' 씨에게 치는 전보다. 빨리 국으로 가서 타전하여 주게."

"네에."

"그리고 오늘부터 사흘 동안은 삼청동 주은몽 씨 댁에서 묵을 테니 내게로 배달되는 중요 서신은 하나도 빼지 말고 보내 주게."

"네 그러겠읍니다."

서생은 전문을 가지고 다시 밖으로 나갔다.

유탐정이 전보를 친 '죤·피ㅡ터' 씨로 말하면 로스안젤스에서 변호사 개업을 하는 한편 사립 탐정으로서 이름이 높은 중년 신사이다.

재작년 봄 유탐정이 여행을 하였을 때 '동양의 신비와 범죄'라는 책의 저자로서 특히 동양에 관한 범죄 사건에 유달리 흥미를 가지고 있는 이 '죤·피ㅡ터' 씨를 찾아본 후부터 두 사람 사이에는 십 년 지기와 같은 친분이 맺어졌던 것이다.

그것은 하였든 이제부터 필자는 복수귀 해월이가 연출한 제 이차 참극의 전말을 기록해야만 할 때가 왔다고 생각한다.

언제든지 그러했지만 이번에도 해월은 탐정 유불란의 바로 눈앞에서 사람을 죽였다는 실로 불가사이한 사건이 일어났던 것이다.

유불란은 백남수의 말대로 그가 여행으로부터 돌아오기까지 약 사흘 밤을 오상억 변호사와 함께 삼청동 남수의 집에서 묵었다.

그러나 아아, 그 사흘 동안이야 말로 유탐정에게 있어서는 실로 여러 가지 의미로 초조와 번민의 연쇄였다.

첫째로는 사건을 하루 바삐 해결해야 되겠다는, 말하자면 탐정으로서의 초조였고, 둘째로는 한개의 연애자(戀愛者)로서의 번민이었다.

더구나 오상억이라는 새로운 경쟁자가 주은몽의 눈 앞에 나타난 이즈음, 그리고 전과는 달라서 주은몽의 태도가 지극히 애매하여진 이 지음이 아닌가.

오상억과 어깨를 가지런히 하고 정원을 산책하는 은몽의 뒷모양을 멀리 이층 발코니에서 내려다보는 유불란의 초조한 가슴속 —— 자기와 더불어 같이 하는 시간보다도 오상억과 같이 있는 시간이 많은 주은몽이 아닌가, 조각처럼 단아한 오상억의 어여쁜 용모를 아침 저녁으로 대하지 않으면 아니 되는 유불란의 우울한 마음 —— 차라리 은몽을 눈앞에 보지 않음이 다행이라 생각하였다.

그와 같은 초조 가운데서 하루가 지나고 이틀이 지나고 마침내 사흘이 지난 날 밤 아홉 시쯤 해서 탐정소설가 백남수가 여행으로부터 돌아왔던 것이다.

이것은 나중에야 안 일이지만 그때 여행으로부터 남수가 가지고 온 보고야말로 이 세상이 가질 수 있는 가장 큰 비극의 하나인 동시에 우리들이 느낄 수 있는 가장 무서운 비밀의 하나였다.

그렇다! 제 이차의 참극이 일어난 것은 백남수가 여행으로부터 돌아온 바로 그날 밤이었다.

그날 밤도 서울장안엔 짙은 밤안개가 비 오듯이 흐르고 삼청동공원 일대는 그 깊고 깊은 무막(霧幕) 속에서 고요히 잠들고 있었다.

그즈음 —— 이층 응접실에는 여행으로부터 돌아온 남수를 중심으로 하고 오상억, 유불란, 은몽, 정란 —— 이 네 사람이 묵묵히 앉아 있는 남수의 심각한 얼굴을 쳐다보고 있었다.

"그래 오빠, 여행은 어디로 갔었어요?"
하고 정란은 물었으나 남수의 입은 통 열려지지 않는다.

"백군, 보건대 이번 여행에서 무슨 대단한 수확을 얻어 온 듯한데 —— 어떤가? 왜 그리 잠자코만 있는 거야?"
하고 이번에는 오변호사가 묻는다. 아무런 말도 묻지 않고 그저 남수의 얼굴을 무섭게 쳐다보고만 있는 것은 유불란과 은몽뿐이다.

그러나 유불란은 남수의 얼굴만을 쳐다보는 것은 아니었다. 거기 앉아 있는 사람들의 얼굴들을 하나도 빼놓지 않고 그 재빠른 눈초리로 하나씩 하나씩 엿보는 것이다.

은몽의 얼굴, 오상억의 얼굴, 정란의 얼굴들을 ──

"오빠, 그래 그 사진 속의 인물이 누군지 아셨어요?"

하고 재차 묻는 정란의 말에 남수는 비로소 입을 열었다.

"정란 너는 네 방으로 가거라 그리고 ──"

이번에는 은몽을 향하여

"은몽 씨도 자리를 잠깐 사양해 주세요."

하고 정란과 은몽이 응접실로부터 퇴장하기를 은근히 청하였다.

"왜요 오빠! 여기 있으면 어때요?"

하고 정란은 적지 않게 오빠를 나무라면서 의자에서 일어섰다.

"그런 게 아니다. 심장이 약한 여인네들이 들어서는 안될 이야기니까 그러는 게지 ── 은몽 씨 정란과 같이 잠깐만 자리를 비켜 주시요."

이리하여 은몽과 정란은 적지 않게 불쾌한 얼굴빛으로 응접실을 나왔다.

열시를 치는 괘종소리가 텅빈 복도로부터 뗑 ── 뗑 ── 울려온다.

창밖은 여전히 짙은 안개의 장막이다.

정란과 은몽이 밖으로 나간 지 일 분 후, 남수는 사방을 한 번 휘 둘러보고 나서 비로소 묵직한 입을 열었다.

"불란 씨! 오군!"

하고 부르는 남수의 굵다란 목소리는 비상하게 떨린다.

"하옇든 백군 자네가 알고 있는 모든 것을 찬찬히 이야기해보게나"

"음 —— 그러나 지금 이 자리에서 그것을 이야기해서 될런지 어쩔런지 나는 두려워하네. 아직 확실한 증거를 잡지 못했으니까 단언할 수는 없네만 우리는 이 사건을 다시 한 번 맨 처음부터 음미해 볼 필요가 있다고 생각한다. 그러나 아아, 나는 지금 그와 같은 기다란 이유를 늘어놓을 여유를 갖지 못했단 말이야. 나는 실로 무서운 사실을 발견하였네!"

"그러면 자네는 그 사진 속의 처녀가 누군지 알고 있다는 말이지?"

"음 —— 알지, 알고 말고! 의외의 인물, 꿈에도 생각 못했던 실로 의외의 인물이다!"

남수의 목소리는 극도의 흥분으로 말미암아 점점 커져 간다. 점점 더 떨리는 것이다.

그러나 바로 그때였다.

복도로 통하는 '도아'가 약 한 치가량 방싯하니 열리자 회색빛 도는 권총 뿌리가 살그머니 나타나지 않는가!

남수는 여전히 말을 계속한다.

"유불란 씨, 나는 마침내 해월의 정체를 안 것 같습니다.! 아아, 만일 나의 상상에 틀림이 없다면……"

그때, 유탐정이 입을 열었다.

"그렇습니다. 나의 상상에도 틀림이 없다면……"

"아, 그럼 유불란 씨도 역시……"

그러나 유불란은 거기 대한 대답을 피하고

"하옇든 그 사진의 처녀가 누군지를 빨리 가르쳐 주시요."

그때, 문틈으로 뾰족 나온 피스톨의 구멍이 그 어떤 목적물을 향하여 소리 없이 움직이기 시작하였다.

그 어떤 목적물을 향하여 움직이고 있던 문 틈의 권총 뿌리!

그 차디찬 권총 뿌리가 마침내 한 개의 심장을 노리면서 우뚝 멎지를 않았는가!

"뭘 그리 주저하시오? 하옇든 그 사진 속의 인물이 누군지……"

하고 유불란이 재차 물었을 때, 백남수는 그 무엇을 결심한 것 같은 비장한 얼굴을 번쩍 들며 입을 열었다.

"그것은 지금으로부터 약 삼십 년 전……"

그러나 그 한 마디가 이 세상에 남겨 놓은 백남수의 최후의 목소리였다.

“탕 ——”

하고 방안을 진동시키는 한 방의 총소리!

“앗!”

하고 외치는 유불란 ——

“악”

하고 의자에서 뛰어 일어나는 오상억 ——

머리를 약간 앞으로 숙이고 두 손으로 ‘테이블’ 귀를 잡은 남수의 몸뚱이가 짚으로 만든 허수아비처럼 힘없이 앉았던 의자와 함께 털썩하고 방바닥에 쓸어진다.

“어디냐?”

하면서 남수의 쓰러진 몸뚱이를 쓰러안는 유탐정 ——

“복도다! 복도다!”

하고 부르짖으며 쏜살같이 복도로 뛰어나가는 오상억 변호사 —— 안았던 남수의 몸뚱이를 내던지고 오상억 뒤를 따라 달음질해 나가는 유탐정 ——

“앗, 해월이다! 해월이!”

하고 외치는 오상억 변호사의 높은 목소리가 그때 복도로부터 들려왔다.

“뒤를 따라라!”

하고 고함을 치면서 ‘도어’밖으로 뛰쳐나간 유탐정 —— 그는 거기서 무엇을 보았는가? —— 해월이, 해월이, 저 무서운 살인귀 해월이 —— 머리에서부터 발뒤축까지 치렁치렁한 주홍색 '만또'로 전신을 둘러싼 살인귀 해월이가 권총을 휘저으면서 기다랗게 뻗힌 복도로 층층대를 향하여 화살같이 달리고 있지 않는가!

"유불란 씨, 빨리 빨리!"

하고 고함을 치면서 해월의 뒤를 따르는 오변호사 ——

"해월의 그림자를 놓쳐서는 안 됩니다!"

하면서 오상억의 뒤를 따르는 유탐정 ——

"앗! 해월이가 아랫층으로 내려갑니다!"

새빨간 '만또'를 범나비처럼 펄럭이며 비상한 속력으로 층층대를 뛰어내려가는 해월의 그림자 —— 앗, 절박한 위험! 아랫층 침실에는 은몽이 잠들어 있을 것이다!

"오상억 씨! 놓쳐서는 안 됩니다! 은몽 씨가 침실에서 잠자고 있으니까 ——"

하고 주의시키는 유탐정의 초조한 부르짖음 ——

오상억의 뒤를 따라 층층대를 미끌어지듯 달음박질해 내려간 유불란 탐정은 그때 왼편으로 기다랗게 뻗힌 넓은 복도를 미친 듯이 달리는 해월의 불덩어리처럼 새빨간 그림자를 보았던 것이다.

그러나 그 순간 유탐정은 가슴이 써늘해짐을 전신에 느끼고 우뚝 멈춰섰다.

왜 그러냐 하면 오상억에게 쫓기는 살인귀 해월이가 바른 편으로 빠져나가지 않고 현관을 그대로 지나 '아뜨리에'를 거쳐 그 다음 방 은몽의 침실로 들어가지 않는가!

"앗, 위험!"

"은몽 씨가 위태하다! 오상억 씨, 빨리 따라 들어가시요! 나는 이 현관으로 나가서 침실 들창문 밖으로 갈 테니 —— 빨리 빨리!"

그 순간이었다. 은몽의 찢어지는 듯한 목소리가

"악 ——"

하고 복도로 굴러나왔다. 뒤이어 한 방의 총소리가

"탕 ——"

하고 방안의 공기를 찢으며 날아온다.

은몽의 찢는 뜻한 부르짖음과 뒤이어 터져나오는 총소리 한 방 —— 아아, 그것이 무엇을 의미하는지 유불란 탐정은 너무나 잘 안다.

"해월은 마침내 은몽을 죽였구나!"

유불란은 마음속으로 그렇게 중얼거리며 걸려 있는 현관문을 꿈결처럼 열어젖히고 정원으로 뛰어나갔다.

밖은 두꺼운 안개의 담장이다. 그때 다시

"아, 앗 ——"

하고 부르짖는 공포에 찬 은몽의 목소리가 들리었다.

뒤이어 오상억의 날카로운 목소리가

"아? ——"

하고 놀라고

"은몽 씨 ——"

하고 외치는 것을 들으면서 현관 밖에 달려 있는 외등(外燈)이 보얗게 비치는 짙은 안개의 장막 속으로 유탐정은 뛰어들어갔다.

　유탐정이 침실을 향하여 '아뜨리에' 들창 밖에 있는 넓은 꽃밭을 나는 듯이 휘 돌고 있을 그때였다.

　"앗! 저 놈이 들창 밖으로…… 유불란 씨 빨리, 빨리 —— 저 놈을 붙들어 주시요!"

하는 오상억 변호사의 미친 듯이 날뛰는 목소리가 들렸다.

　"오냐!"

　유탐정은 두꺼운 안개 속을 유심히 바라보며 꽃밭을 뺑 돌아 침실을 향하여 달리면서

　"어디 어디?……"

하고 외쳤다. 그때

　"저기다, 저기 간다!"

하고 침실 들창 밖으로 상반신을 내밀고 정신없이 고함을 치는 오변호사의 그림자가 안개 속으로 희미하게 보인다.

　"어디, 어디?"

유불란은 달려가자마자 그렇게 외쳤다.

"저 편이다, 저 편으로 도망갔다!"

유불란이 달려온 반대쪽을 가리키며 들창을 뛰어넘은 오상억도 유탐정의 뒤를 따랐다.

그러나 —— 아아, 신출귀몰한 살인귀 해월의 그림자는 보이지 않는다.

안개 속을 아무리 뒤져보았으나 있을 리 만무한 해월 —— 해월은 안개라는 자연의 가장을 이용하였던 것이다.

유탐정과 오변호사가 침실로부터 부리나케 뛰어들어 왔을 때, 은몽은 분홍빛 '파쟈마'를 입은 채 침대 위에 쓸어져 있었다.

"은몽 씨!"

치밀어 오르는 격정을 억제하면서 유탐정은 은몽의 연연한 몸을 잡아 일으켰다.

"아, 은몽 씨는 아무데도 상하지 않았습니다. 총알은 이처럼 ——"

하고 옆에 있던 오변호사가 외쳤다.

은몽을 쏜 해월의 총알은 목표가 어그러져 침대 머리맡 조그만 탁자 위에 놓여 있는 화병을 깨뜨렸다. 방바닥에 흩어진 장미꽃과 가루처럼 부스러진 화병 ——

"은몽 씨, 정신을 차리시요!"

유탐정은 그러면서 은몽을 침대 위에 누이었다.

"은몽 씨, 아무런데도 상한 데가 없읍니다. ──"

오상억도 은몽을 흔들었다. 그러나

"오빠가…… 남수 오빠가 ──"

하고 외치면서 충충대를 뛰어내려오는 정란의 무서움에 어린 목소리를 들은 유불란은 은몽을 오상억에게 맡기며

"이충엘 올라가볼 테니 은몽 씨를 ──"

하고 복도로 뛰어나갔다.

"아, 유선생님! 오빠가 오빠가 ──"

하고 팔에 매어 달리는 것을 유불란은

"정란 씨 포도주가 있거든 빨리 은몽 씨에게 갖다 드리시요."

한 마디를 남겨놓고 이충으로 뛰어올라갔다.

남수의 몸뚱이를 중심으로 하고 일면 피의 호수(湖水)다. 총알은 조금도 어김없이 남수의 심장을 꾀뚫었던[110] 것이다.

유불란은 무엇보다도 먼저 쓸어진 남수의 피 묻은 '포켙'을 뒤지기 시작하였다. 그러나 이렇다 할 아무 것도 발견하지 못하였다.

---

110) 꿰뚫었던

그러나 맨 나중에 문제의 처녀사진이 끼어 있는 조그만 수첩을 펴 보았을 때 그는 불현듯 중얼거렸다.

　"부부암(夫婦岩)의 비밀?"

　"부부암(夫婦岩)의 비밀?…… 부부암의 비밀?……"

　유불란은 잠깐 동안 수첩을 뚫어질 듯 드려다 보며 그렇게 중얼거려 보았다.

　문제의 처녀사진이 끼어 있는 '페 ― 지' 일면에는 '부부암의 비밀' ―― 이란 문구가 여기저기 너저분하게 가득 씌어 있었던 것이다.

　"남수의 글씨다!"

　그러니까 남수는 이번 여행으로부터 '부부암의 비밀'과 이 사진 사이에 얽켜[111] 있는 그 어떤 무서운 비밀을 탐지해 가지고 왔던 것에 틀림없었다. 그러면 '부부암의 비밀'이 도대체 무엇을 말하는가?…… 유불란은 문제의 자신과 수첩을 자기 '포켙'에 쓸어 넣고 경찰서에 전화를 건 다음 아랫층 은몽의 침실로 내려갔다.

　기절했던 은몽은 정란이가 가져온 한 잔의 포도주를 마시고야 비로소 무서운 악몽으로부터 깨어났던 것이다.

　"아, 유선생님!"

---

111) 얽혀

하고 자리에서부터 몸을 일으키려는 은몽을 제지하면서 유불란은 은몽의 이야기에 귀를 기우렸다.

은몽의 파리한 얼굴에는 아직 공포의 빛이 사라질 줄을 몰랐고 옆에 앉은 정란은 오빠 남수의 무참한 죽음에 눈물을 흘린다.

이층 남수의 방에서 나온 은몽과 정란은 복도에서 서로 헤어졌다. 정란은 삼층 자기 방으로 올라가고 은몽은 아랫층 자기 침실로 내려왔다.

"침실로 내려와서 자려고 '파쟈마'로 바꾸어 입고 침대에 누워 있는데 어디선가 탕하고 총소리가 나겠지요. 그때 깜짝 놀라 몸을 일으키고 가만히 귀를 기우렸더니 이층으로 올라가는 층층대를 뛰어 내려오는 사람의 발자욱 소리가 가슴이 덜컥하고 내려앉아서……"

그래 은몽은 부리나케 침대에서 한 번 뛰어내렸다가 무서워서 다시 침대 위로 뛰어올라가려 했다. 그 순간 문이 벌컥 열리고 ——

"아 무서워요, 무서워요! 저 해월이가, 온몸이 불덩어리처럼 새빨간 해월이가 그렇게 벌컥 뛰어 들어오자마자 나에게 권총을 겨누고…… 그래 그만 악 하고 소리를 치면서 침대에 납작 엎디는 순간 탕하는 총소리에 침대에서 그만 방바닥으로 떨어졌어요. —— 오선생이 뛰어 들어온 것까지는 알지만 그리고는 어떻게 되었는지 모르겠어요. —— ”

하고 오들오들 떨면서 설명을 하는 은몽의 말에

　“하영든 은몽 씨는 신수가 좋습니다.”

하고 옆에 섰던 오상억이 은몽을 위로 하면서

　“내가 뛰어 들어온 것과 은몽 씨가 침대에서 떨어진 것과 그리고 해월이가 빨간 ‘만또’를 박쥐처럼 펄럭거리면서 들창 밖으로 뛰어나간 것이 말하자면 모두 똑같은 순간이었지요. 안개만 없었던들 ——”

　“그래 남수 씨는 종래⋯⋯?”

하고 묻는 은몽의 말에 유불란은 그 비장한 얼굴을 두어 번 끄떡거릴 뿐, 그의 모든 사색을 빼앗은 것은 남수의 수첩에 적혀 있는 ‘부부암의 비밀’이었다.

　“하영든 경찰서에 전화를 걸었으니까 곧 오겠지요.”

하고 침대 위에 엎드려서 느껴 우는 정란의 어깨를 유불란은 다사롭게 어루만져 주었다.

　“그 놈은⋯⋯ 그 놈은 글쎄 우리 오빨 왜 죽이는 거요?”

하는 원한에 찬 정란의 말에

　“모두 이유가 있을 것입니다. —— 기왕 돌아가신 오빠를 울어보았자 소생시킬 수도 없는 일이니 진정하세요. ——”

하는 유불란의 부드러운 음성.

　이리하여 살인마 해월이가 연출한 제 이차 참극은 또 한 개의 생명을 피로 물들였다는 가장 처참한 '에피로 — 그'와 함께 막을 내렸다.

# 의혹[112]


복수귀 해월은 마침내 또 남수를 죽였다. 세상은 해월의 대담무쌍한 담력에 혀를 차는 한편 유탐정과 오변호사의 무능을 시비하기 시작하였다.

실상 유불란 탐정으로서는 그 이상 더 불명예가 없었다. 해월을 눈앞에 빤히 바라보면서 놓쳐버리지 않았는가.

"아아, 불명예다, 불명예다! 유불란, 너는 이 사건에 있어서 너무나 무력하다."

이것은 이튿날 아침, 유불란 탐정이 삼청동 공원을 혼자 이리저리 산책하면서 자기 자신을 꾸짖은 말이었다.

사실 이번 사건처럼 유탐정의 고혈(膏血)을 짜아내는 사건은 드물었다. 처음부터 유불란이 사건에 관계하였기 때문에 다른 사건보다 훨씬 쉽게 해결을 보리라고 생각했던

---

112) 疑惑

것이 결국 잘못이였던가 보다.

"그러나, 그러나 이상한 일이다. —— 나의 상상에 틀림이 없다면 해월은 확실히 그 놈인데……"

유불란은 벌써부터 그 어떤 인물을 해월이라고 가상(假想)하고 그 가상 밑에서 모든 추리를 진행시키고 있었던 것이다. 그러던 것이 어제 밤 남수 살해사건에 접함으로써 그때까지 고이고이 길러오던 그 무서운 가상이 뿌리째 송두리째 산산이 깨여져 버리고 말았다.

"그것은 하옇든 한 인물의 사진을 세 사람이 똑같이 가지고 있지 않은가?…… 해월과 황세민과 또 한 사람…… 또 한 사람?…… 남수가 주웠다는 사진은 대체 누가 가지고 있었던 것일까?"

유불란은 그런 것을 생각하면서 문득 발부리로 조그마한 조약돌 하나를 툭 찼다. 그리고 그 조약돌이 채 '풀' 위에 떨어지기도 전에

"앗차, 백영호다!"

하고 외쳤다.

"그렇다! 또 한 사람은 백영호 씨에 틀림이 없다! 남수가 주웠다는 사진은 확실히 백영호 씨가 가지고 있던 것이다! 어째서?…… 어째서 그렇지 않은가!…… 어째서?…… 글쎄 그렇지 않은가?……"

유불란은 발걸음을 멈추고 우뚝 섰다. 자기 자신의 물음에 대하여 답변을 하려는 것이다. 담배를 붙여 물고 '스틱'으로 몸을 의지하여 이끼 낀 푸른 못을 뚫어질 듯이 노려본다.

'그렇다! 어째서?…… 그렇다! 어째서?…… 그렇지 않은가! 첫째로 남수가 그와 같은 중대한 증거품이 되는 사진을 발견하고도 그 출처(出處)를 밝히지 않은 이유는 대체 어디 있는가? 해월이가 떨어뜨린 것과 똑같은 사진을 가지고 있는 사람이 자기 아버지라면 그렇다. 그것은 남수만이 아니라 누구든지 그 출처를 밝히기를 꺼릴 것이 아닌가?…… 살인귀 해월과 자기아버지 사이에 한 장의 사진을 중심으로 비밀이 얽혀 있으리라고 믿는 그 뜻하지 않은 발견! 남수는 놀라고 의심하고 그리고 그 사진에 관한 해월과 아버지의 그 어떤 비밀을 찾아내려는 맹렬한 탐정욕에 가슴을 태웠을 것이다. —— 그러면 사진에 관한 비밀을 알려고 남수는 대관절 어디로 여행을 갔었던가?…… 사흘 만에 돌아온 남수는 그 어떤 무서운 비밀을 가지고 왔었다. 그러나 해월은 남수의 입으로부터 비밀이 탈로될 것을 방지하려고 남수를 죽였다.'

유불란의 두 눈은 불덩어리처럼 빛나기 시작한다.

"그러면 남수의 수첩에 적혀 있는 '부부암의 비밀'이란 대체 무엇을 의미하는가?"

한 장의 사진을 해월과 백영호 씨와 황세민 씨 —— 이 세 사람이 다같이 가지고 있다는 이 이상야릇한 사실!

그 순간 유불란은 채 타지 않은 담배를 툭하고 못 가운데 던지면서 외쳤다.

"남수가 부리나케 다녀온 곳 —— 그것은 남수의 고향이다. 백영호 씨의 고향일 것이다!"

"그렇다, 남수가 자기 고향에 갔다온 것만은 틀림없는 사실이다. 왜 그러냐 하면 지금부터 약 삼십년 전 —— 다시 말하면 문제의 사진 속의 처녀와 남수의 아버지 백영호 사이에 그 어떤 관계가 있다고 가정한다면 그리고 한편 문제의 사진이 약 삼십 년 전에 찍은 것이라고 추측한다면 지금으로부터 삼십 년 전의 백영호 씨가 어디 있었던가?…… 그것이 문제가 될 것이다. 지금으로부터 삼십 년 전 —— 확실하게 단언할 수는 없으나 그 즈음 백영호 씨는 아마 자기 고향에서 살고 있었을 것이다."

유불란의 상념이 거기까지 도달했을 때, 그는 황급한 걸음으로 못가를 떠나 남수네 집 정문을 향하여 걸어 들어갔다.

어제 밤 급보를 받고 돌아온 임경부 이하 여러 경찰관들이 이층 응접실을 임시 수사본부로 정하고 아직도 분주스러히113) 활동하고 있는 모양이다. 임경부의 그림자가 들창 안으로 이리저리 왔다갔다하는 것이 보인다.

유불란은 정문을 들어서면서 저편 화단 옆을 산책하는 남녀 두 사람의 그림자를 보았다.

정란과 그의 약혼자 문학수였다.

"정란 씨 잠깐?"

하고 유불란은 정란의 파리한 얼굴을 바라보았다.

"아 유선생, 아직 댁으로 돌아가시지 않으셨읍니까? 돌아가셔서 주무신다고 그러시더니 ——"

"네 집으로 가서 한잠 느러지게114) 자려고 했었는데…… 한 가지 정란 씨에게 여쭤볼 말씀이 있어서요."

"무슨 말씀?"

"저리로 가십시다."

유불란은 정란과 문학수를 저편 은행나무 밑 '벤취'로 데리고 가서 걸터앉으며

"정란 씨의 고향이 어디시지요! 평안남도 어디시란 말을 들은 것 같은데——"

하고 밤새껏 울어 새인 정란의 통통 부은 눈두덩을 쳐다보았다.

---

113) 분주하게
114) 늘어지게

"평안남도 천읍×이라는데, 저는 어렸을 때 고향을 떠나서 아직 한 번도 가본 적이 없어요."

"평안남도 ×천읍이면 저 대동강하류(大同江下流)에 있는?"

"네 거기서 진남포까지 한 이십 리밖에 안 된다나 봐요."

정란은 무엇인가 약간 불안한 눈동자로 유불란을 쳐다보았다.

"그러면 정란 씨가 ×천을 떠난 지는 언제입니까?"

"제가 두 살 때라니까 벌써 한 이십 년 된 셈이지요."

"이십 년?…… 음 —— 그럼 돌아가신 아버지께서는 그간 고향인 ×천에 여러 번 가보셨겠지요?"

"글쎄요. 그건 자세히 알 수 없지만 하여튼 고향에 가신다는 말을 한 번도 들은 적이 없이 자라난 저이니까요. 그건 왜 물으세요?"

하는 정란의 물음을

"아니 잠깐 ——"

하고 회피하면서

"정란 씨의 자친님께서도 역시 고향이 ×천이십니까?"

"네, 같은 ×천이래요. ×천은 아주 경치가 좋은 곳이라는데 아직 한 번도 가보질 못해서 고향에 대한 동경이 무척 커요."

"그렇겠습니다. 언제 한 번 고향엘 가보시지요."

그때 옆에 앉았던 문학수가

"그런데 유불란 씨, 정란 씨를 이런 위험한 장소에 그대로 내버려둘 수는 없읍니다. 어느 때 어떠한 위험이 닥칠지……"

하고 비장한 얼굴로 유불란을 바라보았다.

그러나 그 순간 정란은 돌연

"앗, 저기저거 ── 저게 뭐야?"

하고 손으로 허공을 가리키며 그렇게 외쳤다.

"뭡니까? 뭐?"

유불란과 문학수가 동시에 정란이가 가리키는 곳을 쳐다보지 않을 수 없었다.

욱어진 은행잎 사이로 범나비처럼 팔락팔락 떨어져내리는 한 장의 주홍색 종이조각

"앗 봉투다! 붉은 봉투다!"

"붉은 봉투다!"

"해월의 경고문이다!"

문학수와 유불란은 그렇게 외치면서 '벤취'에서 벌떡 몸을 일으켰다.

암록색 은행잎 사이를 눕이듯115) 팔락팔락 떨어져내리는 빨간 봉투 한 장 ── 그것은 틀림없이 살인귀 해월의

경고장이다.

삽분하고[116) 소리 없이 잔디위에 내려앉은 붉은 봉투를 향하여 뛰어가는 문학수와는 반대로 땅 위에 못 박힌 것처럼 한 곳에 우뚝 서 있는 유불란의 시선은 자기 머리 위에 욱어져[117) 있는 컴컴한 은행잎 사이를 뚫어질 듯이 쳐다보는 것이다.

그 욱어진[118) 은행나무 가지 사이로 간신이 보이는 한 개의 들창문 —— 그것은 틀림없이 은몽의 침실 바로 윗층인 미술품 수집실이 아닌가.

그 순간 현관을 향하여 달음박질치는 유탐정의 몸뚱이 —— 현관을 들어서자 그는 기다란 복도를 왼편으로 '커 — 브'하여 나는 듯이 충충대를 뛰어 올라갔다.

남수의 시체가 안치되어 있는 남수의 방을 지나고 임경부 이하 여러 경찰들이 모여 있는 응접실을 지나고 그리고 그 다음 방인 미술품 수집실을 향하여 뛰어가던 유탐정은 그때 수집실 '도어'가 방싯하니 열려 있는 것을 보고 우뚝 발걸음을 멈추었다.

---

115) 눕히듯
116) 사뿐하고
117) 우거져
118) 우거진

그러나 다음 순간 그는 다시 용기를 내어 마침내 수집실 '도어'를 열어젖히고 안으로 들어섰다.

예기하던 바와 틀림없이 수집실 안에는 아무도 보이지 않는다. 해월이가 그때까지 수집실 안에 머물러 있을 리는 만무하였던 때문이다.

그는 열어젖힌 들창문으로 상반신을 내밀고 무성한 은행나무 가지를 손으로 헤치며 아래를 내려다보았다. 해월의 경고문을 읽는 문학수와 정란의 그림자가 내려다보일 뿐이었다.

그는 다시 밖으로 뛰어나와서 해월의 편지를 읽었다. 그것은 해월이가 유불란과 오상억에게 보낸 협박장이다.

유불란, 주책없이 사건에 뛰어들었다가는 네 목숨이 위태하리라. 이 말은 오상억에게도 통용되는 말이다. 주은몽을 사모하는 너는 나의 칼날로부터 은몽을 구하고자 하는 동시에 미남 오상억의 손으로부터 은몽을 빼앗고자 하지만 그것은 모두 아무 효력 없는 노력에 지나지 못할 것이다. 왜 그러냐 하면 네가 아무리 발버둥을 쳐보았자 나의 칼날로부터 은몽을 구하지 못할 것이며 오상억의 손으로부터도 은몽을 빼앗지 못한다는 말이다. 은몽과 오상억의 사이가 요즘 어떻게나 농후해졌는가를 너는 아직 모르리라. 너와 은몽의 관계보다도 오상억과 은몽의 관계가 열

배나 스무 배나 더 깊어졌다는 사실을 아는 사람은 나 혼자밖에 없으니까. 그것은 하옇든 유불란, 나의 계획은 기계처럼 정확하게 일보일보 진행되고 있다. 나의 하고자하는 바를 방해하는 자는 누구를 막론하고 죽여 버릴 테다. 백영호 씨도 죽었다. 그리고 백남수도 죽었다. 은몽을 보호하고자 하는 자는 모두가 나의 적이다.

너도 그렇고 오상억도 그렇다. 목숨이 아깝다고 생각한다면 한시 바삐 이 사건으로부터 손을 떼어라!~ 나는 어디 있느냐? 나는 항상 너희들과 같이 있다!

해 월

"사건은 촉박했다."

편지를 읽고 난 유불란은 그렇게 중얼거렸다.

그때 현관으로부터 오상억과 주은몽이 어깨를 나란히 하고 정원으로 나온다.

무슨 이야기를 하는지 무척 정다워 보이는 두 사람이었다.

"아 여기 계셨군요."

오상억은 그러면서 유불란 앞으로 걸어왔다.

유불란은 잠자코 해월의 경고문을 그들 앞에 내놓았다.

"붉은 봉투?"

봉투를 보자마자 은몽은 그렇게 외치면서 한걸음 뒤로 물러섰다.

오상억과 은몽이 해월의 협박장을 읽고 있을 그때 안으로부터 임경부도 뛰어나왔다.

"또 협박장입니까?"

하면서 임경부도 편지를 드려다보았다.

이윽고 편지에서 눈을 뗀 오상억은

"대체 그 놈은 어디서……"

하고 대체 어디 숨어서 은몽과 자기를 감시하고 있었느냐는 말끝을 채 맺지 못하고 은몽의 얼굴을 쳐다보았다.

은몽은 아무 말도 없다. 머리를 폭 숙이고 유불란의 시선과 마주치는 것을 무척 두려워하는 태도였다.

"그런데 ——"

하고 오상억은 말머리를 돌리면서

"이 협박장을 보니 사태가 대단히 절박한 감을 느끼게 합니다. 이대로 두었다가는 제삼차의 비극 —— 아니 제사차, 제오차의 참극이 발생할지도 모를 테니까……"

"그렇습니다."

유불란도 오상억의 말을 지지하였다.

"지금까지 우리들은 저마다 개인행동을 취해 왔지만 그래가지고는 도저히 해월에게 대항해 나갈 수 없다는 것을 나는 통절히 느꼈읍니다. 개인의 공로라든가 명예라든가, 그런 것보다도 우리는 사회의 치안을 위해서 어디까지든지 서로서로 협력하여 공동전선을 펴지 않으면 안 될 것이라고 믿습니다. 당국은 당국대로 따로 행동을 취하고 또 유불란 씨는 유불란 씨대로 개인행동을 취한다는 것은 설사 임경부와 유불란 씨 사이에 어떠한 악감정이 가로 막혀 있다 하더라도 결국 그것은 한 개의 조그마한 사적 감정에 지나지 못하는 것이니까 ──"

"그렇습니다. 임경부께서 저와 타협하기를 즐기지 않더라도 이번만은 제가 머리를 숙이고 도와 주십쇼 하고 빌지 않으면 안 되게끔 사건이 절박했읍니다. 절박했을 뿐만 아니라, 사건의 범위가 대단히 넓어서 도저히 나 혼자서는 손이 미치지 않습니다. 왜 그러냐 하면 적어도 이 사건을 해결지려면 세 갈래로 파당을 나누어서 수사를 진행시키지 않으면 안 되게 되었지요."

"세 갈래로?"

"그렇지요. 첫째로 은몽 씨와 정란 씨의 신변을 항상 감시해야 되겠고 둘째로는 남수 씨가 다녀 온 것과 꼭 같은 '코 ─ 스'를 밟아서 문제의 처녀 사진이 누군가를 조사해야 하겠고 셋째로는……"

"아 유불란 씨 ──"

하고 그때 오상억이 '벤취'에서 벌떡 일어서면서

"은몽 씨와 정란 씨의 신변을 감시하는 역할은 임경부께

맡기기로 하고 문제의 처녀 사진이 누군지, 그것은 내가 조사하겠읍니다."

"그럼 오상억 씨는 남수 씨가 어디를 다녀왔는지 아신다는 말씀입니까?"

하고 묻는 임경부의 말에

"남수 군은 자기 고향인 평안남도 ×천읍엘 다녀왔을 것이라고 생각합니다."

하고 아까 유불란이 '풀' 옆에서 발견한 것과 대동소이한 이유를 설명하였다.

"그렇읍니다. 남수 씨는 분명히 자기 고향엘 다녀왔읍니다."

하고 찬의를 표하는 유불란의 말에 오상억은 어지간히[119] 힘을 얻어

"사흘 안으로 나도 남수가 탐지해 온 그 어떤 무서운 비밀을 보고하겠읍니다."

"그럼 오변호사께서는 그 방면을 담당하시기로 하고 나는 ——"

하고 혜전교장 황세민에 관한 이야기를 할까 하고 잠깐 동안 망설이다가 생각하는 바가 있어 그 말을 입 밖에 내

---

119) 어지간히

지 않고

"금강산 백도사로 가서 해월의 행방을 다시 면밀히 조사해 볼까 합니다. 해월이가 금강산을 떠나서 묘향산 방면으로 갔다는 말을 풍문에 들었는데, 하영든 해월이가 그 후 어디 있었으며 무엇을 하고 있었는가를 끝까지 더듬어 볼 필요가 있습니다. 해월이가 서울 안에 살고 있는 이상 그는 어떤 가면을 쓰고 있는 것만은 사실이니까 ——"

"그렇습니다. 그러면 우리들은 한시바삐 활동을 개시합니다."

임경부도 결국 오상억 변호사가 제출한 공동전선에 찬의를 표하였다.

이리하여 제각기 개인행동을 취해오던 오상억, 유불란, 임경부 —— 이 세 탐정 사이에는 신출귀몰하고 기상천외의 재주를 가진 살인마 해월을 체포하고자 마침내 공동전선을 펴기로 협의가 되었다.

'그런데 ——'

하고 그때 유탐정이 입을 열었다.

"아까 문학수 씨도 말씀한 바 있었지만 정란 씨와 은몽 씨가 같은 집에서 기거한다는 것은 정란 씨의 입장으로서 대단히 위험합니다. 은몽 씨의 신변에 정란 씨가 항상 가까이 있다는 것은 그것이 의식적이건 무의식적이건 해월에게 있어서는 어느 때나 방해물이 될 수밖에 없으니까요. 백영호 씨도 그렇고, 모두가 해월의 방해물이었기 때문에 무참한 죽음을 당했지요."

"그렇습니다. 나는 이 이상 더 정란 씨를 은몽 씨와 한 곳에 두는 것을 극도로 반대합니다."

문학수의 주장이었다.

"그렇게 되면 어머니가 혼자서 얼마나 무서워 ——"

하고 정란이가 은몽에게 동정하는 것을

"은몽 씨는 은몽 씨고 당신은 당신이지요. 은몽 씨 한 사람 때문에 죄 없는 두 사람이 무참한 희생을 당한 것만 해도 억울하기 짝이 없는데, 이제 당신마저……"

하고 문학수는 적의를 품은 눈으로 은몽을 힐끗 바라보며

"하옇든 그런 쓸데없는 동정은 그만두고 당신은 오늘부터라도 은몽 씨와 헤어져 있어야 합니다. 이 유령의 집에서 하루 바삐 나와야 합니다. 은몽 씨가 받는 고통, 은몽 씨가 당하는 무서움은 말하자면 자기가 부질없이 저질러 놓은 어리석은 행동에서 오는 당연한 벌일런지 모르나 당신이야 왜 거기에 끼어서 같은 고통을 받아야 합니까? 나는 당신의 약혼자로서 이 이상 더 당신을 이 무서운 집에 두어둘 수 없소. ——"

문학수의 어조는 점점 높아간다.

"하옇든 이 사건에 대해서는 은몽 씨가 전 책임을 져야지요. 아, 글쎄 그렇지 않소? 은몽 씨가 이 백씨 문중에 들어와서 남겨 놓은 공적이란 결국 나의 장인될 사람을 죽이고 나의 처남 될 사람을 죽인 것밖에 아무것도 없으니까…… 그뿐만 아니라……"

"잠깐 ——"

하고 흥분된 문학수의 말을 가로막은 것은 오상억이었다.

"말씀이 너무 과격하다고 생각지 않습니까? 그거야 물론 결과로만 따진다면 그렇게도 말할 수 없는 것은 아니지만 은몽 씨인들 그것이 고의가 아닌 이상 어느 정도까지의 책임은 있을망정 그렇게까지 너무 과격하게…… 그렇지 않더라도 은몽 씨는 지금 그 너무나 무거운 책임을 한몸에 걸머지고 ——"

"책임을 느끼는 사람이라면 남편이 죽은 지 두 달도 못 되어서 딴 사나이와——"

"아이 그만 두세요! 무슨 말을 그러게 하신담? —— 어머니, 이이는 너무 흥분하기 쉬운 성질이 있어…… 너무 성격이 괴격한 것이 결점이야요. 자아, 어머니, 안으로 들어가십시다."

정란이가 은몽의 팔목에 매어 달렸다.

"문선생, 용서하세요! 모두 제가 마음 약한 여자이기 때문에…… 아무 데도 의지할 곳 없는……"

눈물이 포옥 쏟아져내리는 것을 백어 같은 두 손으로 급히 가리우면서 핵 하고 돌아서서 머리를 숙인 채 앞도 쳐다보지 않고 현관으로 뛰어들어갔다.

"어머니, 어머니!"

정란도 따라갔다. 그 뒤를 물끄러미 바라보고 서 있던 임경부가

"좀 지나쳤읍니다. 그렇게까지야 ——"

하는 것을 문학수는 한참 동안 잠자코 있다가

"그것은 하옇든 나에게는 이 사건에 이상한 점이 수도록 합니다.120) 첫째로 저……"

하고 폭탄처럼 터져 나오려는 말을

"잠깐, 잠깐 가만 계십쇼!"

하고 손을 휘저으면서 돌연 문학수의 말을 막은 것은 그때까지 묵묵히 서 있던 유불란 탐정이었다.

문학수는 그만 유탐정이 가로막는 바람에 자기가 하고자 하던 말을 꿀꺽 삼켜버리고 말았다. 그런 말을 함부로 입 밖에 내면 안 된다는 유탐정의 표정이었다.

"그러면 ——"

---

120) 수두룩합니다.

하고 유불란은 말머리를 돌리어

"그럼 문학수 씨는 정란 씨를 맡으시오. 남수 씨의 장례식이나 끝나면 명수대 은몽 씨의 댁이 비어 있을 테니까, 은몽 씨는 당분간 그리로 가계시기로 하고 문학수 씨는 정란 씨와 함께 이 집을 지키십시오."

"아, 그게 좋겠군요."

하고 그때 임경부도 찬성하였다.

이리하여 사람들은 각각 자기가 맡은 역할을 충분히 이행하기를 굳게 약속하며 헤어졌다.

헤어질 때 유불란은 문학수를 불러 삼청공원을 산책하면서 약 한 시간 동안이나 이야기하였으나 그것이 대체 무슨 이야긴지 사람들은 모른다.

여기서 문학수와 헤어진 유불란은 무엇을 생각했는지 다시 임경부를 불러내다가 순사부장 박태일을 얼마 동안만 빌려주기를 공손히 청하였다.

"박태일 군을?"

하고 주저하는 임경부에게

"네, 얼마 동안 박군과 행동을 같이 했으면 합니다."

하는 유불란의 말에 임경부는 잠깐 동안 생각하다가 마침내

"어렵지 않은 일이죠."

하고 승낙하였다.

"고맙습니다."

유불란은 순사부장 박태일을 데리고 삼청동 은몽이네 집을 나왔다.

얼마 후 유불란과 박태일은 안국동 네거리 ××식당 이 층에 마주앉은 몸이 되었다.

"박군 수고를 좀 해줘야겠네."

유불란은 '포 ― 크'를 놓으면서 이야기를 시작하였다.

"무슨 말씀이든 명령하시는 대로 복종하겠읍니다."

박태일 부장은 비로소 스승을 만났다는 기쁨에 안색을 가다듬었다.

"다른 게 아니라 군이 내 대신 한 번 더 도승 해월의 행적을 더듬어 주게. 나는 또 나대로 할 일이 태산 같으니까. ――"

"네 유선생의 말씀이라면 무엇이든지 제 힘자라는 대로 ――"

"실상은 나도 저번에 금강산 백도사로 찾아가서 도승 해월의 자취를 조사해 보았으나 결국 박군의 조사보고와 대동소이한 결과를 얻었을 뿐 이렇다 할 아무런 발견도 못했단 말이야. ―― 그러나 한 가지 박군의 보고보다 상세한 것은 해월이가 백도사를 떠난 후, 묘향산 보성사(普

聖寺)에 가서 얼마 동안 있다가 이번에는 평양 모란봉 밑에 있는 영문사(永文寺)로 갔었다는 말을 탐지해 놓고 부랴부랴 영문사로 찾아 가보았더니 절간 주지가 하는 말이 금강산 백도사에 있을 때 폐병삼기에 있던 해월은 그때 벌써 삼기를 넘어 제사기에 들어갔다는 말을 하면서, 서해안(西海岸) 어디로 가서 생굴을 까먹겠다는 말을 남겨놓고 표연히 영문사를 떠나버렸다고 —— 그래서 나도 그의 자취를 더듬으려 했으나 군도 아다싶이[121] 그때 오변호사의 글이 △△일보에 발표되어 나는 부득이 나 자신을 변명하고자 다시 서울로 올라왔거든 ——"

"그럼 그때 벌써 폐병 삼기를 넘어선 해월이가 지금까지 살아있을 리는 만무하지 않습니까?"

"음 ——"

하고 유불란은 그때 무엇인가를 이야기하려다 말고

"그러나 우리 눈으로 직접 보지 못한 이상 그거야 단언할 수 없으니까…… 하옇든 거기까지는 확실한 사실이니까, 그 후의 해월이가 어떻게 되었는지?…… 수고로운 대로 군이 좀 맹활동을 개시해 주게."

"네, 잘 알아들었읍니다."

---

121) 알다시피

"그럼, 오늘 저녁차로 곧 평양으로 내려가야만 하겠네."

"네에!"

박태일 부장은 대답과 함께 의자에서 기운차게 몸을 일으켰다.

# 황세민 교장[122)]

이리하여 박태일 순사부장은 평양으로 해월의 행적을 더듬으러 떠나고 오상억 변호사는 백영호 씨의 고향인 평안남도 ×천읍을 항하여 출발하였다.

한편 주은몽은 남수의 장례식이 끝난 후 본래 자기가 살고 있던 한강 건너편 명수대 저택으로 옮아가고 정란은 약혼자 문학수의 다사로운 보호 밑에서 삼청동에 그냥 머물러 있기로 되었다.

삼청동을 떠나 명수대로 옮아가는 날 은몽은 자기의 외로운 신세를 한없이 눈물겨워 하였다.

일세의 아름다운 무회요 세상의 애인인 공작부인 주은몽 —— 그러나 그것은 결국 창공에 떠도는 한 점의 부운과도 같이 허무한 것임을 새삼스러이 느낀 은몽이었다.

---

122) 黃世民 校長

은몽은 정란의 손목을 부여잡고 어렸을 때 돌아가신 양친을 그리워하며 울었다.

"정란, 문선생의 말씀과 같이 모두가 나의 탓이야. 나하나 이 세상에서 없어졌으면 이렇게 무참한 비극은 생기지 않았을 것이니까. —— 그래, 그래, 그렇고 말고! 정란이가 나와 한집에 있는 것은 문선생의 말씀과 같이 역시 위험한 일이지. 무섭고 쓸쓸하지만 나 혼자 명수대에 가 있을 테야. 그러나 결국 여기 있으나 거기 가 있으나 마찬가지니까. 나는 아무리 살려고 애를 써도 소용없어. 그놈은 나를 배리배리 말려서 죽일 셈이니까 ——"

그리고 손수건으로 눈물을 씻으면서

"정란, 놀러와 응?"

그런 말을 남겨놓고 은몽은 경찰들의 보호를 받으면서 떠나갔다.

명수대로 옮아온 은몽의 생활은 글자 그대로 지옥이었다. 자기의 생명이 하루하루 졸아드는 것 같은 무서움 —— 그것은 마치 산송장의 참담한 생의 계속이었다.

"해월이, 해월이! 죽이려거든 어서 죽여줘요! 고양이가 쥐새끼를 잡아먹듯이 당신은 나를 노리기만 하고…… 대체 당신은 어디 있는 거요?…… 어디서 나를 그처럼 감시하고 있는 거요? 어서 지금이라도 발칵 달려들어 죽여요!

어서 속히 시원하도록 천갈래 만갈래로 찢어 죽여요! 아아……"

한밤중 같은 때 넓은 방안에 우두커니 앉아서 사방을 돌아다보면서 그렇게 중얼거리는 은몽의 목소리가 정원을 지키는 경찰들의 귀에까지 들려오곤 하였다.

그러던 어느 날, 혜성전문학교 교장 황세민 씨가 은몽을 방문하였다.

임경부는 응접실 문밖에서 귀를 기우리고 두 사람의 대화를 엿들었다.

"얼마나 쓸쓸하십니까?"

황세민 씨는 은몽의 창백한 얼굴을 물끄러미 쳐다보면서 진심으로 울어나오는 위로의 말을 건넨 후에 천천히 담배를 붙여 물고는 또 얼마 동안 망설이다가 마침내 용기를 얻은 듯이

"다른 게 아니라, 이 늙은이가 이처럼 부인을 뵈러 온 것은 부인께서도 이미 짐작하실 줄 믿습니다만 이것으로 최후의 교섭을 삼을 셈으로 ——"

하고 말의 줄거리를 채 끝내지 못하고 그만 시선을 무릎 위에 떨어뜨렸다.

"네 선생님의 말씀은 잘 알아듣겠습니다. 그리고 혜전을 그처럼 아끼시는 선생님의 교육자로서의 참된 성의에 머

리를 숙으렵니다.”

“그건 너무 과분의 말씀입니다만 —— 하옇든 부인의 말씀을 최후로 하여 우리 혜성전문학교의 운명이 좌우되겠끔123) 절박하였읍니다. 돌아가신 백영호 씨 뜻대로……”

“글쎄요. ——”

하고 은몽은 황세민 씨의 말을 막으며

“교장선생의 뜻이 얼마나 간절하신지 마치 제 일같이 느껴져요. 그리고 황선생의 입장을 저는 무척 동정하고 있었어요. 그러나 선생님도 아시다싶이 제게 그러한 권리가 있을 수 있읍니까? 남수 씨가 돌아가신 이때 제산에 관한 권리는 원칙적으로 정란에게 있지 않아요? 제가 아무리 선생님을 동정한다 해도 문제는 정란의 의사 여하에 달렸지요. 그렇지 않읍니까? 황선생님? ——”

사실 은몽의 말대로 백영호 씨의 백만원 재산권은 남수의 손을 거쳐 정란에게로 옮아간 이때, 황교장이 아무리 은몽에게 애걸을 해 보았자 결국은 상속권 소유자인 정란의 승낙이 없으면 안 될 것은 황교장도 모르는 바는 아니었으나, 그래도 정란은 아직 세상일을 모르는 어린애가 아닌가. 어른격인 은몽에게 한 번 애원해 보는 것이 황교

---

123) 좌우되게끔

장으로서는 당연한 일일 것이다.

"그렇지만 아무리 제산상속권은 정란 씨에게 있다 하더라도 그 분은 아직 연세가 어리시고 그래서 부인께 여쭈어 보려고요. 부인께서 후원만 해주신다면 정란 씨인들…"
하고 황교장은 일단 숙였던 머리를 들고 은몽의 얼굴을 이모저모 따지듯이 쳐다보는 것이었다.

"글쎄요. 제 힘 자라는 데까지는 정란에게 권해 보겠읍니다만, 어쩔른지요. 하옇든 교장선생의 의사만은 잘 전하겠읍니다."

은몽은 진심으로 황교장을 동정하면서도 모든 것이 자기 힘으로 모자라는 것이 유감이라는 말을 여러 번 되풀이하여 늙은이를 위로하였다.

황교장은 무엇을 생각하는지 얼마 동안 묵묵히 앉아서 담배만 푸욱푸욱 피우더니

"그런데……"
하고 말머리를 돌리며

"대체, 그 해월이란 놈은 어떠한 놈이기에 그처럼 재주가 비상합니까? 온 세상에 그런 놈이 어디 있단 말이요. 아무리 원한이 골수에 맺혔기로 사람을 죽이다니 그런 악인이 세상에 있을 수 있읍니까. —— 그래도 정정당당하게 나서서 나는 네가 이러이러한 원한이 있으니…… 하고 공

공연하게 복수를 한다면 또 모르거니와 이건 비겁하게도 암암리에 사람을 하나도 아니고 두 사람씩이나 해쳐 놓으니 원 그런 악인이 어디 있겠오!"

하고 해월의 비겁한 행동을 적지 않게 흥분한 어투로 비난하였다.

"글쎄 말이지요 죽이려면 어서 한 칼에 죽여줬으면 오죽 좋겠어요"

"그것도 원 제 애비를 죽인 원수라면 또 모르거니와 이건 어린 시절에 철없이 저질러 놓은 사소한 일을 가지고 사람을 죽인다 만다 하니, 원 될 법한 이야기요?"

하면서 황교장은 담배재를 재털이에 털어놓고 저윽이 안색을 가다듬으며

"그런데 실례되는 말씀입니다만 한 말씀 묻겠읍니다. ―― 부인은 어디 태생이십니까! 보아 하니 평안도 태생이신 듯 하온데 ――"

하고 젊은 미망인 은몽의 비록 우수를 띄었을망정 화려한 얼굴을 물끄러미 쳐다보았다.

"네, 저어 평, 평안도예요…… 그런데 그건 어떻게……?"

하고 반문하는 은몽이 입술이 바르르하고 떨렸다.

"아니에요. 말씨에 어딘가 평안도 티가 있는 것 같아서…… 그럼 평안도 어디십니까?"

"저어, 신의주예요."

"신의주!"

황교장은 그리고

"신의주! 음… 신의주면——"

하고 서너 번 되풀이하면서

"양친께서는 두 분 다 안계셨습니까?"

"어렸을 때 돌아가셨어요."

"돌아가셨다! 음 —— 그러면 엄친의 존함은 누구십니까?"

"아버지는 주택서(朱澤書)라고 부르셨어요. 선생님, 그건 왜 물으세요?"

"아아니요. —— 늙은이라니 그저 젊은 사람들을 대하면 화제가 빈곤해서, 허, 허, 허…… 그런데 이런 것까지 물어서 황송하기 짝이 없습니다만 자친님의 성함은 무엇이지요?"

황교장은 그러면서 은몽의 입술을 가장 긴장한 낯으로 쳐다보았다. 은몽은 그 순간, 이 늙은이가 별소리를 다 묻는다는 듯이 새침한 낯으로 상대방을 묵묵히 바라보다가 대답하였다.

"김옥녀(金玉女)라고 부르셨어요."

"김옥녀!"

황교장은 그 순간 자기의 기대와는 그 무엇이 어그러진다는 듯이

"아 그렇습니까, 가뜩이나 외로우신 몸이 요즈음 얼마나 더 쓸쓸하십니까. 하옇든 위험에 빠지시지 않도록 몸조심 잘 하셔야 겠읍니다. 하긴 이처럼 경찰대의 수비가 든든하니까 뭐 염려될 것은 없겠읍니다마는…… 그럼 ——"

하고 몸을 일으키며

"저는 이만 실례하겠읍니다. 이처럼 불행 중에 계신 분을 괴롭혀서 —— 염치없는 이 늙은이를 과히 욕하지나 마십시요."

"아이 선생님도…… 모두 제 힘이 모자라는 것을 한탄할 뿐이예요. 정란께는 선생님의 의사를 잘 전달하겠읍니다."

"과분의 말씀, 황송합니다."

하고 황교장은 밖으로 나왔다.

칠월 초순 —— 무더운 날이었다. 황교장은 한강 기슭 어떤 조그마한 정자나무 그늘로 찾아가서 맥고모를 벗어들고 이마에 땀을 씻었다.

발밑으로 멀리 내려다보이는 '보오트'떼, 백사장에서 날뛰는 벌거숭이들 —— 칠월의 한강은 젊은이들의 호화로운 청춘을 싣고 어제도 흐르고 오늘도 또 내일도 흐르건만 ——

"일생이 길다면 긴 것이야. 젊은 시절에 꾸던 꿈이 바로 어젯밤 같건만 ——"

그렇게 중얼거리면서 황교장은 꿈꾸는 것처럼 물끄러미 한강을 내려다보는 것이었다.

얼마 동안을 그러고 서서 달콤한 회상에 잠기어 있던 황교장은

"흐음 ——"

하고 코소리를 내면서 커다란 회중시계를 꺼내어 잠깐 드려다보고는 다시 집어넣으려 다가 문득 생각난 듯이 시계 뒷뚜껑을 손톱으로 열었다.

머리를 길게 땋아 느린 처녀의 사진 ——

그즈음 유불란 탐정은 햇볕이 뜨겁게 내려쪼이는 태평동 거리를 활기 있게 걷고 있었다.

그는 지금 마악 부청 호적과로부터 뛰어나오는 길이었다. 그는 황교장의 신분을 조사하기 위해서 부청을 찾았던 것이다.

그리고 호적과에서 그가 발견한 사실 —— 그것은 황세민 씨의 국적(國籍)이 조선에 있지 않고 '아메리카' '샌프란시스코'에 있다는 의외의 사실이었다.

'아메리카'에 귀화(歸化)한 황세민!

유불란은 새하얀 '파나마' 모를 벗어서 부채질하며 '스

틱'으로 구두코를 툭툭 치면서 걸어가는 것이었다.

황세민 씨는 지금으로부터 약 십 년 전 '아메리카'로부터 돌아온 사람이다. 그러나 그가 '아메리카' 귀화인 —— 다시 말하면 '아메리카' 국민인 줄을 세상사람들은 통 모르고 있었던 것이다. 그는 다만 서울 시민으로서의 거주계를 부청에 제출했을 따름이었다.

그 어떤 희망을 품고 호적과를 찾아갔던 유탐정은 이 실로 뜻하지 않은 황교장의 신분에 접함으로써 기대는 엄청나게 어그러지고 말았던 것이다.

"그럴 리가 있나? 그럴 리가 있나?"
하고 열병 환자처럼 수없이 되풀이하면서, 하옇든 직접 황교장을 만나보는 것밖에 없다고 생각하였다.

부민관 앞에서 효자동 가는 전차를 잡아 탄 유탐정이 효자동 종점에서 그리 멀리 않은 혜성전문학교 정문을 들어선 것은 약 이십 분 가량 후의 일이었다.

면회를 청하니 저번 유불란에게 속아 넘어 간 늙은 소사가 수상한 놈이라는 눈치로 아래 위를 훑어보고 나서 오늘은 아침부터 학교에 나오지 않았다는 말을 전한 후에 긴급한 용건이 있으면 자택으로 찾아가라고 하면서 주소를 가르쳐 주었다.

황교장의 자택은 학교에서 얼마 멀지 않은 청운동 ××

번지 조그마한 양옥이었다.

유탐정은 안으로 들어가기 전에 주위를 한 번 유심히
살펴보았다. 좁으나마 정원에는 화단이 있고 화단 옆에
조그만 연못 같은 것도 보이고 새 조롱도 달리고 —— 늙
은 독신자의 취미를 엿볼 수 있었다.

유불란은 마침내 현관으로 가서 초인종을 눌렀다.

초인종 소리가 안에서 찌르릉 찌르릉 울리더니 이윽고
늙은 어멈이 나오면서 유불란을 마지하였다.

"황선생 댁에 계신가요?"

"지금 계시지 않는뎁쇼."

"언제 쯤 돌아오실런지 모르시지요?"

"글쎄올시다. 아침에 나가셔서 아직 안돌아오셨는뎁쇼.
아마 곧 돌아오실 겁니다. 어디서 오셨읍니까?"

하고 묻는 말에 유불란은 잠시 망설이다가

"그럼 다시 찾아뵙겠읍니다."

하고 현관을 나섰다.

그때 유불란은 정문에서 한 장의 엽서를 들고 현관을
향하여 들어오는 우편배달부와 바로 뜰 한복판에서 마주
쳤다.

"황세민 씨 ——"

하고 배달부는 유불란을 이집 주인으로 착각했는지 손에

들었던 엽서를 내주고는 자기의 직무를 다했다는 듯 바쁜 걸음으로 돌아서서 밖으로 나가버린다.

　유불란은 엽서를 받아들고 이집 어멈에게 전달할 셈으로 다시 발걸음을 돌이키면서 무심중 엽서를 드려다보았다. 서면에는 지극히 간단한 문구가 다음과 같이 적혀 있었다.

　'오늘밤 열 시 정각에 귀하를 방문할 예정이오니 준비는 착실히 해 두었을 것으로 믿습니다.'

　서명도 없고 주소도 없다. 보통 때 같았으면 별로 주의도 안했을 것이나 때가 때인지라 유불란은 무엇인가 지적할 수 없는 그 어떤 예감에 사로잡히기 시작하였다.

　그는 엽서를 현관 문틈으로 던져 놓고 정문을 나섰다.

　효자동 정류장까지 나온 유불란이 행길 옆 가게로 들어가서 담배를 사고 있는 바로 그때, 명수대 은몽을 찾아갔던 황세민 교장이 전차에서 내렸다.

　그래 공교롭게도 유탐정과 황교장은 불과 몇 발자욱 안 되는 가까운 지역에 있으면서도 서로 만나지 못한 채 하나는 왼편으로 하나는 바른편으로 사라져버리고 말았던 것이다.

　유불란이 담배를 사가지고 전차에 올라탔을 즈음에는 황교장은 벌써 효자동 종점에서 왼편으로 꺾어져 한참 동안 걸었을 때였다.

황교장은 자기집 현관을 들어서면서 발부리 앞에 떨어져 있는 한 장의 엽서를 발견하고 허리를 굽혔다.

황교장은 허리를 펴면서 누가 보지나 않나 하고…… 두려워하는 눈동자로 주위를 한 번 살펴 본 후에 구두를 벗었다.

그때 늙은 어멈이 마주 나오면서 인사를 하였다.

"인제 방금 손님이 찾아오셨는뎁쇼."

"누가?"

"누구신지 성함은 말하지 않고…… 저어 검은 안경을 쓴 키가 후리후리한 ——"

"검은 안경?"

음 —— 유불란 탐정이로구나 하였다. 저번에도 검은 안경을 쓴 사나이가 학교로 찾아와서 자기의 설합124)을 뒤지고 가지 않았는가.

"다시 찾아오시겠다고요."

하는 어멈의 말을 들은 체 만 체 하고 무거운 표정을 이마에 그리면서 서재로 들어갔다.

서재에 들어가자 그는 뜰에 면한 '커 — 텐'을 열어젖히

---

124) 서랍

고 피곤한 몸을 털썩 의자 위에 올려놓았다. 그리고는 양
손으로 턱을 고인 다음 추녀에 걸린 새초롱을 물끄러미
바라보다가

"밤 열 시에 온다고"

하고 중얼거리면서 '포켙'에서 문제의 엽서를 꺼내어 '테
이블' 위에 놓았다.

황교장의 얼굴은 점점 어두워진다.

언제까지나 언제까지나 '테이블' 위에 놓인 엽서를 드려
다보는 황교장의 얼굴에는 점점 심각한 오뇌의 빛이 떠돌
기 시작하였다.

네시, 다섯시, 일곱시 —— 시간은 쉬임없이 지나간다.

여덟 시에 저녁을 먹고 난 황교장은 어멈을 불려 들였다.

"오늘밤은 특별히 여가를 줄 테니까, 어디든지 가고 싶
은 곳에 가서 놀다오시요. 늦어지면 내일 돌아와도 괜찮고
——"

하는 주인의 말에 늙은 어멈은 기뻐하며

"그럼 저 동대문 밖 딸애네 집에나 갔다오죠. 아유 고마
워라!"

하고 변덕을 부리면서 나가버렸다.

어멈이 밖으로 나가자 황교장은 우뚝 의자에서 일어나
며 벽에 걸린 시계를 쳐다보았다.

"여덟 시 삼십 분 ——"

열 시에 오겠다고 했으니 한 시간 반밖에 남지 않았다.

팔짱을 끼고 방바닥을 드려다보며 우리에 갇힌 짐승처럼 이리왔다 저리갔다 하는 황세민 교장 —— 그러다가는 시계를 또 쳐다보고 시계를 쳐다보고는 또 방안을 돌아다니고…….

마침내 그는 무엇을 결심했는지 아홉 시를 치는 괘종소리를 듣는 순간,

"음 ——"

하고 길게, 그리고 깊게 한 번 신음한 후에 저편 구석에 놓인 책상 앞으로 천천히 걸어갔다.

그는 '포켙'에서 조그마한 열쇠 한 개를 꺼내어 책상 맨 밑 설합을 열고 설합 속에서 손수건에 싼 무슨 뭉치 하나를 끄집어냈다.

황교장은 그것을 '테이블' 위에 올려놓고 이번에는 들창에 '커 — 텐'을 깊이 내리웠다. 정원에는 아직 황혼이 남아 있고 무더운 여름밤은 어둡기 시작했다. 황교장은 손수건에 싼 조그마한 뭉치를 끌렀다. 그것은 한 자루의 권총이었다.

그는 감개무량한 듯이 '피스톨'을 어루만져 보았다. 그리고 그는 권총을 들고 벽에 걸린 시계를 겨누었다.

"챀칵 ——"

하고 자물쇠를 당기는 소리 ——.

황교장은 다시 책상 설합에서 탄환을 꺼내어 권총에 재운 후에 '포켙'에 쓰러넣고 또 시간을 보았다.

열시가 거의 가까워 온다. 모든 것을 결심한 듯한 황교장의 얼굴에는 벌써 초조도 보이지 않고 오뇌도 보이지 않는다. 침착할 대로 침착해진 황세민 교장이었다.

집안은 죽은 듯이 고요하다.

정각 열 시 —— 그래도 현관에는 아무 소식도 없다. 황교장은 '포켙' 위로 '피스톨'을 어루만져 보면서 손님을 기다린다.

열 시 십 분 —— 찌르릉 하는 초인종 소리가 돌연 텅 빈 집안을 울린다. 현관에 누가 온 모양이다.

그래도 교장은 의자에 앉은 채 일어설 줄을 모른다. 깊은 심호흡을 한 번 하고 나서 마음을 가라앉히려는 것처럼 두 눈을 스르르 감았다.

초인종 소리가 또 찌르릉 —— 하고 이번에는 길게, 그리고 세차게 울리었다. 어멈이 외출했으니 황교장 밖에 마중 나갈 사람이 없건만 그는 도무지 움직일 줄을 모른다.

또 째르랑 —— 초인종은 마침내 세 번째 울리었다. 그래도 돌부처와 같은 황교장이다.

머얼리서 전차소리가 우웅 하고 들려온다. 여름밤은 점점 깊어가고 황교장은 여전히 의자에 파묻혀 있고 —— 그러나 초인종 소리는 다시 울려오지 않았다.

　현관문 여는 소리가 드르륵하고 들린다. 거센 발자욱 소리가 복도를 울린다.

　그리고 한참 있다 슬그머니 '도어'가 열리면서 한 사람의 사나이가 그림자처럼 쑤욱 황교장 앞에 나타났다.

# 황치인[125]

'노크'도 하지 않고 황교장 앞에 쑤욱 나타난 사나이 ──
── 왼편 볼 위에 굵다란 지렁이가 기어가는 것 같은 보기
흉한 칼자리를 가진, 나이가 오십쯤 되어 보이는 키가 극
히 적은[126] 사나이다.

사나이는 '캡'을 벗지도 않고 양복 웃저고리에 양손을
꽂은 채 등으로 '도어'를 떠밀어 닫고는 그 자리에 우뚝
서서 들창을 등지고 묵묵히 앉아 있는 황교장을 역시 묵묵
히 노려보았다.

얼굴빛이 유달리 깜한 것은 항상 뜨거운 태양 밑에서
살고 있다는 것을 말한다.

부수수하니 자란 수염도 깎지 않고 입에는 '마드로스·파
이프'를 물고 ── '마드로스·파이프'를 물어서 그렇게 보

---

125) 黃齒人
126) 작은

이는지는 몰라도 어딘가 해상생활(海上生活)을 하는 선부 같기도 하다.

"준비는 착실히 해두었을 줄 아는데 ——"

수상한 사나이는 비로소 입을 열었다. 그것은 벌써 하나의 권력을 표시하는 엄연한 목소리였다.

그러나 황세민 씨는 아무런 대답도 없이 사나이를 묵묵히 쳐다볼 뿐이다.

"준비는 착실할 테지?"

사나이의 목소리는 조금 높아졌다.

"약속대로 삼만원을 ——"

"…………"

"삼만원은……"

"…………"

"삼만원!"

"…………"

점점 찌그러져가는 사나이의 얼굴이었다.

"대답이 없는 것을 보니 나의 요구를 무시한다는 말이지? 히히히 ——"

사나이의 비굴한 웃음소리가 이빨 사이로 "히히히, 히히히" 하고 굴러나왔다.

아아 그 무서운 이빨! 짐승의 치아(齒牙)처럼 커다랗고 싯누런 이빨!

"삼만원이 아깝다는 말이지? 히히히, 히히히……"

사나이는 그 구리처럼 싯누런 이를 보이면서 짐승처럼 "히히히, 히히히" 하는 웃음을 연발하는 것이었다. 그것은 실로 보는 사람으로 하여금 소름이 오싹 끼치는 무서운 웃음이었다.

"할 수 없지!"

하고 뱉듯이

"삼만원이 아깝다면 할 수 없거든! 그러나 그 순간부터 혜성전문학교 교장 황세민 씨가… 히히히, 히히히……"

사나이는 그러고 황세민 씨의 앞을 이리저리 걸어 다니면서

"황세민 씨가 조선 교육계의 은인인 황세민 교장이…… 히히히 —— 그런 것을 생각하면 삼만원 아니라 삼십만원도 아깝지 않을 텐데 —— 아무리 생각해도 교육자 황세민 씨는 계산에 좀 어두워. 이해타산이 밝지 못하거든——"

하고 그는 말을 끊었다가

"아니, 내가 지나친 생각을 했군! 하옇든 나는 오늘밤 약속대로 삼만원을 받아 가면 그만이니까. 이렇다 저렇다 여러 말을 벌려 놓았자 결국 내 입만 닳아빠지고 ——"

그리고 팔뚝시계를 한 번 드려다보고 나서 이번에는 좀

강경한 태도로

"황세민! 시간이 바쁘니까 빨리 대답 하게! 대체 어떻게 할 셈이야? 그렇게 잠자코만 앉았으니 그럼 그대는 나의 요구에 응하지 않겠다는 말인가?"

그때까지 잠자코 있던 황세민 씨가 돌연

"악마!"

하고 외치면서 자리에서 벌떡 일어났다.

"그만큼 이편의 사정을 이야기하고 그만큼 네 사정을 보아주었는 데도 불구하고 이제 삼만원은 또 무슨 삼만원 이란 말인가?"

하고 전신을 부들두들 떨면서

"악인은 악인대로의 의리와 우정이 있어야 하는 법이다! 너같이 뱃대기 속까지 썩어져 버린 놈이 대체 어디 있단 말이냐? 어서 나가! 어서 이방으로부터 못 나갈 테냐?"

그러나 사나이는 조금도 두렵지 않은 모양으로 어깨를 한 번 들썩거리며

"흥! 날보고 도리어 악인이라고?…… 백영호를 죽인 게 그게 누구였던가?…… 히히히…… 그만했으면 삼만원쯤 은 아깝지 않을 텐데, 흐, 흐, 훗……, 히, 히, 힛 ——"

하고 싯누런 이빨을 내보이었다.

"뭐가 어때?"

그 순간 황교장은 마치 눈에서 불덩어리가 솟아나는 것 같이 외쳤다.

"백영호 씨를 죽인 게 대체 누구였던가 물었을 따름이야. 뭘 그리 놀랄 게 있나, 응?"

싯누런 이빨을 가진 수상한 사나이는 상대방에 관한 모든 비밀을 자기 혼자만이 알고 있다는 데서부터 울어나오는 힘과 권력을 보이기 위하여 한층 더 침착한 태도로 방안을 왔다갔다하면서, 말하자면 일종의 시위운동을 개시하는 것이었다.

"백영호 씨를 죽였다?"

"그리고 백남수도 죽이고 ──"

"백남수를?⋯⋯"

황교장은 모든 것이 꿈같다는 듯 얼마 동안 어리벙벙하니 서 있다가

"대체 군은 ──"

하고 어지간히 침착한 음성으로 상대방을 쳐다보았다.

"군은 대체 정신이 있는가 없는가?⋯⋯ 군의 이야기를 들으니 백영호 씨와 백남수 군을 해한 범인이 이 황세민이란 뜻인데, 그게 대체 어떠한 근거에서부터 나온 이야긴지, 좀 자세히 설명하면 어떤가? 자네가 아무리 악당이기로 그러한 근거 없는 이야기를 어떻게 함부로 입에 담는단

말인가?"

"근거 없는 이야기라고?…… 흥!"

하고 입을 한 번 삐죽한 다음에

"그거야 나보다 자네가 더 잘 알고 있는 사실이 아닌가 그러니까 그걸 다시 내 입으로 새삼스럽게 이야기하는 것도 우스운 일이고…… 하옇든 자네와 백영호 씨와의 관계를 아예 입 밖에 내지 않는다는 조건으로 삼만원이면 그리 큰돈도 아니겠고 ——"

그때 황교장은 화를 벌컥 내면서

"돈이 많다 적다 하는 것이 아니라, 네가 혹시 나의 과거의 약점을 잡아 가지고 나에게서 삼만원이란 돈을 취해 가겠다면 또 모르거니와 비굴하게도 그 삼만원을 조건에 엉터리없는 백영호 씨 살해사건까지 끄집어 넣는 이유가 대체 어디 있느냐 말이야? 그야 물론 백영호 씨와 남수군이 살해를 당한 그 시간에 내가 어디서 무엇을 하고 있었는가를 충분히 설명하면 그만이거니와 그것과는 별문제로 네가 만일 끝끝내 나의 생활을 협박하고 괴롭힌다면 나는 도저히 너 같은 놈을 용서할 수 없어!"

그처럼 유화한 황교장의 얼굴에는 어느새 점점 독기가 떠오르기 시작하였다. 그는 이 이상 더 참을 수가 없다는 데서 나오는 그 어떤 장엄한 결심이 그의 전신을 지배하기 시작하였다는 것이다.

"용서할 수 없다는 말은 결국 나의 요구를 용감하게 물리치겠다는 의민가? 히, 히 힛 —— 그럼 허는 수 없지. 할 수 있나!……"

사나이는 그때 또 한 번 어깨를 추켜올리면서

"그러나 너무 조급하게 생각할 건 아니야. 돈을 채 마련하지 못했다면 지금으로부터 꼭 하루만 더 참아주지. 꼭 하루 —— 하루가 몇 시간인지 아나? 이십사 시간! 이십사 시간만 더 여유를 줄 테니까 이십사 시간이면 적어도 사회적 명망이 높은 황세민 교장쯤이면 돈 삼만원 쯤이야 뭐…… 더구나 백영호 씨의 백만원 재산이 남수의 손을 거쳐 정란의 손으로 굴러들은 이즈음! 공작부인 주은몽 아씨를 잘 삶아 놓으면 대금 칠십만원이란 돈이 자네 수중으로 굴러들겠다! 그 칠십만원의 이십 분지 일쯤으로 이 불쌍한 친구를 구제하는 것이 그리 어려운 일은 아닐 테니까 —— 히히히, 그럼 오늘은 이만하고 가네. 꼭 이십사 시간이라네! 히히히히 ——"

그리고 사나이가 그 추악한 얼굴에 싯누런 이를 내보이면서 히, 히, 힛 하고 두서너 번 웃어댄 후 발걸음을 돌리어 복도로 나가려는 그 순간이었다.

'포켙'에서 '피스톨'을 꺼낸 황교장의 손이 사나이의 뒷덜미를 향하고 번쩍 들리었다.

사나이의 등골을 향하여 번쩍 들린 황세민의 권총!

뒤이어

"탕 ——"

하고 고요한 밤공기를 울리는 총소리 한 방 ——

그러나 황세민 씨의 '피스톨'은 사나이를 쓰러뜨리는 대신 바로 머리 위에 매어 달렸던 전등을 쏘았던 것이다.

캄캄한 방안 ——

황세민 씨가 '피스톨'을 번쩍 든 그 순간, 바로 등 뒤 '커 — 텐' 사이로 양복을 입은 어떤 사나이의 주먹이 쑥 나타나면서 황세민 씨의 권총을 든 손목을 탁 쳤던 것이다.

"악!"

하고 싯누런 치아를 가진 사나이의 놀라는 소리와

"이게 누구야?"

하고 황교장의 부르짖는 소리가 일시에 들리었다.

그러나 방안은 옷칠을 한 듯 캄캄하다. 황교장은 무슨 영문인지를 몰랐다.

누가 들창을 넘어 방안으로 뛰어들어오는 기척이 보인다.

"누구야? 누구야?"

하고 고함치는 황교장의 물음에는 대답이 없고 '도어'를 확 하니 열어젖히며 복도로 뛰어가는 두 사람의 발자욱

소리 —— 황교장은 얼마 동안 어리벙벙하니 서서 두 사람의 발자욱 소리가 정문 밖으로 사라지는 것을 꿈결처럼 들었다.

대체 어떻게 된 일인가? 물론 황교장은 자세한 사정은 몰랐으나 그 놈은 자기 짝패를 들창밖에 파수시켜 놓았던 것이라고 생각하였다.

"악운이 센 놈이란 할 수 없어!"

그렇게 중얼거리면서 그는 촛불을 가지러 안방으로 들어갔다.

그즈음 —— 황세민 씨의 서재로부터 뛰어나온 두 사나이의 시컴은 그림자는 효자동 종점을 향하여 어둑어둑한 골목을 쏜살같이 달음질치고 있었다.

앞선 놈은 키가 적고 뒤선 놈은 키가 크다.

그러나 아무리 보아도 두 사나이가 같은 파당 같지는 않았다. 앞서서 등뒤를 힐끗힐끗 돌아다보면서 달음질치는 키 적은 사나이는 틀림없이 저 싯누런 이빨을 가진 무서운 사나이이며 그 뒤를 역시 죽어라하고 따라가는 키 큰 사나이는 분명히 유불란 탐정이었다.

효자동 종점이 가까웠을 때 두 사람의 사이는 불과 십 '미—터'밖에 안 되었다.

그때 유불란은

"아차 ──"

하고 외쳤다. 왜 그러냐하면 자기보다 약 십 '미―터'쯤 앞선 그 사나이가 지금 마악 떠나가는 전차에 휙 하고 올라탔던 때문이다.

닭 쫓던 개 지붕마루 쳐다보듯 유불란은 멍하고 어둠 속으로 점점 적어져 가는 전차의 뒷그림자를 바라볼 뿐이었다.

그러나 요행으로 전차가 총독부 앞으로 '커―브'를 했을 바로 그때, 손님을 태워가지고 온 한 대의 자동차가 유불란 옆에서 멈췄다.

"빨리, 빨리!"

유불란은 자동차에 오르자마자 그렇게 외쳤다. 위잉! 하고 달아나는 자동차 ──

"저 ― 앞에 가는 전차를 따라가 주게!"

그러나 자동차가 총독부 앞까지 다달았을 때 전차는 벌써 거의 광화문에 정류하려 할 때였다.

"저 전차다! 속력을 내라! 속력을!"

유불란은 미친 듯이 부르짖었다.

이리하여 총독부 앞 넓은 길을 글자 그대로 비조처럼 몰아댄 유불란의 자동차가 광화문 전차 정류장에 다달았을 때

"스톱!"

하고 유불란은 고함을 쳤다.

"보수는 얼마던지[127] 줄 테니 자네는 자동차로 스름스름 내 뒤를 따라주게!"

그런 말을 남겨놓고 유불란은 광화문 네거리 한복판 '고스톱'의 '시그날'이 서 있는 곳을 향하여 달음박질친다.

과연 전차에서 내린 저 키 작은 사나이가 태평동 거리로 뛰어가지 않는가.

사나이는 광화문 네거리를 건너서자 조선일보 쪽을 향하여 나는 듯이 달름박질 친다. 한참 가다가 하나씩 섰는[128] 가로등 밑을 번개처럼 닫는 사나이와 그 뒤를 약 백 '미—터' 가량 떨어져서 따르는 유불란 탐정 —— 그렇다! 이 싯누런 이빨을 가진 괴한(怪漢)만 체포한다면 백영호 씨와 황세민 씨에 관한 비밀을 알 수 있을 것이며 한 걸음 더 나아가 사건의 주인공인 도승 해월의 정체를 청천백일하에 폭로시킬 수 있을 것이다.

유불란과 괴한의 사이가 점점 가까워진다. 조선일보사를 지나고 부민관을 지나서 괴한이 부청 앞 넓은 마당을 본정 쪽으로 향하여 횡단(橫斷)하려고 하는 바로 그때였다.

---

127) 얼마든지
128) 서 있는

남대문 쪽에서 황금정으로 질주해 오는 한대의 빈 '택시'
―― 괴한은 손을 번쩍 들어 '택시'를 멈추질 않는가.

"앗! 저 놈이 '택시'를 멈추었다! 여보 운전수! 빨리 저 '택시'를 따라가줘요."

하고 아까 효자동에서 광화문까지 타고 온 자동차가 그때까지 자기의 뒤를 스름스름 따르고 있던 것을 본 유탐정은 자동차에 올라타자마자 그렇게 외쳤다.

"네, 염려 마십쇼! 약주 값만 톡톡히 주신면야 ――"

"약주값은 염려 말고 시퍼런 영감님 한 장!"

그때는 벌써 괴한을 실은 '택시'가 우렁찬 '엔진' 소리와 함께 황금정 쪽으로 쏜살같이 날고 있을 때였다. 그 뒤를 따르는 유탐정의 자동차 ―― 과연 약주값 십원의 효과는 즉시로 나타났다. 반도 '호텔' 앞까지 왔을 때에는 두 자동차 사이가 불과 오십 '미―터', 황금정 네거리에 다달았을 때는 삼십 '미―터', 그리고 거기서 왼편으로 '커―브'해 가지고 종로 네거리까지 왔을 때 두 자동차는 마침내 어깨를 나란히 하고야 말았던 것이다.

그러나 그 순간 유불란은

"앗차!"

하고 부르짖지 않을 수 없었다. 이 어찌된 노릇인가?

"빈 '택시'가 아닌가?"

텅빈 객실 —— 운전수가 수상스럽다는 얼굴로 '택시'를 멈추면서

"대체 무슨 일이 생겼소?"

하고 도리어 유불란에게 묻는 것이다.

"무슨 일이라니? 이제 방금 부청 앞에서 태운 손님은 대체 어떻게 된 거야?"

땅으로 갔는지 하늘로 올라갔는지 연기처럼 없어진 사나이였다.

"아, 그 키 작은 손님 말씀입니까?"

"웅! 얼굴에 칼자리가 있는 손님!"

"그는 지금 쯤 본정통을 산보하고 있을 겁니다."

"뭐, 본정통?"

하고 반문하는 유탐정이었으며

"앗, 속았구나!"

하고 재차 외치는 유불란이었다.

그때야 유불란은 저 황치인(黃齒人)의 요술을 짐작하고 마음속으로 감탄하였다.

"그놈은 —— 사실 지금쯤은 본정통을 산보하고 있을 거다.——"

하고 신음하는 유불란에게 '택시' 운전수는 다음과 같이 설명하였다.

"그 손님은 왼편 문으로 자동차에 오르면서, 앗차! 내가 긴급한 용건을 잊었구나 하고 외치며, 운전수 미안합니다, 한 마디를 남겨놓고 이번에는 바른 편 문으로 내려서 우편 국 쪽으로 뛰어갔읍죠. 뛰어내리면서 일원짜리 지폐 한 장을 쥐어주길래 꼬라지[129]는 못 생겼을망정 인사성 있는 양반이라고, 난 또 기분이 좋아서 한참 몰아댔더니⋯⋯ 그런데 그가 도둑놈입니까?"

그러나 그때는 벌써 타고 온 자동차에 다시 뛰어오르며

"청운정!"

하고 부르짖은 유불란이었다.

두말할 것 없이 청운정 황세민 교장을 찾으려는 것이다.

유불란 탐정이 다시 자동차를 몰아 청운정 황교장의 집을 찾았을 즈음 ——

황교장은 서재 팔거리[130] 의자에 깊이 파묻혀 그 어떤 심각한 명상에 잠겨 있었다.

"아 그럼 그것이 유불란 씨였었읍니까! 나는 또 그 놈의 패거리인 줄만 알았지요."

유불란의 설명을 듣고 난 황교장은 단지 그것 한 마디 뿐, 그 밖엔 아무 말도 없이 묵묵히 앉아서 담배만 피우

---

129) 꼬라지: 꼴을 낮잡아 이르는 말. '꼬락서니'의 경기, 경상, 전남, 충청 방언.
130) 팔걸이

고 있다.

"그런데 황선생!"

하고 그때 유불란은 안색을 가다듬고 황교장을 쳐다보았다.

"무엇보다 먼저, 지금 황선생의 입장이 대단히 불리하다는 사실은 다른 사람들보다도 황선생 자신이 더 잘 알고 있을 것이라고 생각합니다."

그러나 황교장은 아무 대답도 없다.

"왜 그런가는 제가 새삼스러이 설명할 필요조차 없을 것입니다. —— 그러니까 제가 제 입으로 이것저것 선생께 질문을 발하는 것보다도 선생이 자진해서 제가 알고 싶어하는 모든 의혹을 풀어 주신다면 이상 더 기쁜 일은 없겠읍니다."

하고 황교장을 다시 한 번 빤히 쳐다보았으나 황교장은 그저 푹푹 담배만 피울 뿐이다.

"어떻습니까 선생님? 선생과 백영호 씨의 관계, 그리고 오늘밤 여기 나타나서 선생께 삼만원을 강청하던 그 괴한과 선생의 관계를 좀 말씀해 주실 수 없겠읍니까? 그의 입을 빌어 말하면 백영호 씨와 백남수 씨를 해친 것이 선생이라는 의미 같았었는데…… 그러나 그것은 저로서도 도저히 믿어지지 않는 이야기니만큼 어째서 그가 그런 말을 하는지…… 저는 거기 대한 만족한 대답을 선생께 기대하고 있읍니다. ──"

"네 ──"

하고 그때 비로소 황교장은 대답하였다.

"오늘밤 유불란 씨가 제게 보여준 호의는 대단히 감사하다고 생각합니다. 허나 지금의 나로서는 거기 대한 만족한 답변을 해드리지 못함을 역시 유감이라고 생각합니다."

황교장은 그리고 "에헴" 하고 한 번 기침을 한 다음에

"어째서 그 놈이 나를 일부러 백영호 씨와 백남수 군을 해친 범인이라고 인정하는지, 그 점에 대해서 나 역시 꿈같은 이야깁니다. 그러니까 나로서는 단지 그 점에 대한 변명을 해드리면 그만이겠고, 그 외에 관해서는 나는 아무것도 모르는 사람이니까, 대단히 유감된 일이나마 유불란 씨의 의혹은 하나도 만족하게 풀어 드릴 자격을 갖지 못했읍니다."

하고 잠깐 말을 끊었다가

"백영호 씨가 살해를 당한 시각에 나는 지금 앉아 있는 이 서재에 있었다는 사실을 증명할 사람은 우리 집 식모일 것이며 백남수 군이 살해를 당한 시각에는 내가 학교 사무실에 있었다는 것을 증명할 사람은 학교 소사일 것입니다. 그러니까 거기 대해서 무슨 의심이 가는 것이 있다면 유불란 자신이 한 번 면밀히 조사해 보시는 게

좋을 듯싶습니다."

하고 그 외에는 오불관연이라고 뚝 잡아떼는 황교장의 태도였다.

"아니올시다. 이제도 말씀드린 바와 같이 그 점에 대해서는 저 역시 추호도 의심하지 않는 바이니까 조사할 필요조차 느끼지 않습니다. 단지 제가 황선생께 묻고자 하는 것은 백영호 씨와 선생의 관계올시다. 아까 그 괴한의 말을 빌것조차 없이 선생과 백영호 씨 사이에는 비단 칠십만원 제공문제뿐 아니라 그 외의 어떤 '델리케이트' 한 관계가 잠재해 있다고 생각하는데……"

"글쎄올시다. 유불란 씨가 그렇게 생각하신다면 그거야 할 수 없는 일이지요. 그러나 백영호 씨와 나와의 관계는 칠십만원 제공문제 이외에는 아무 것도 없다는 것을 다시 한 번 똑똑히 말해두는 바입니다 ──"

아무것도 말하지 않겠다고 마음속으로 굳게 결심한 듯한 황교장의 태도에 유불란은 잠깐 동안 묵묵히 앉아 있다가 다시 계속하였다.

"선생이 그처럼 강경한 태도를 취하신다면 나로서 이상 더 이렇다 저렇다 물을 필요조차 없읍니다. 이처럼 극히 불리한 입장에 서 있으면서도 모든 것을 침묵으로서 일관하신다면 문제는 오직 시간이 흐름에 따라 해결되기를 기다릴 수밖에 없지요. 그러나 오늘밤에 일어난 일이 만약 임경부의 귀에 들어간다면 대단히 재미있는 일이 생기리라고 생각합니다."

"할 수 없는 일이이죠!"

"그런데, 한 가지 ──"

하고 유불란은 '포켙'에서 한 장의 사진 ── 남수가 살해를 당한 직후 남수의 '포켙'에서 수첩과 함께 빼낸 문제의 처녀 사진을 꺼내어 '테이블' 위에 내놓았다.

"선생도 이와 똑같은 사진을 가지고 계신 듯싶은데 ──"

하고 황교장의 안색을 살피는 순간

"옛?"

하고 놀라는 황세민 씨였다.

"이것은 남수 군이 어디선가 주웠다는 사진인데, 선생도 아시다싶이 이와 똑같은 것을 백영호 씨 살해사건이 일어난 직후, 이층 미술품 수집실에서도 한 장 주웠읍니다. 물론 해월이가 떨어뜨린 것에 틀림이 없는데……"

황교장의 얼굴에는 일순 걷잡을 수없는 오뇌의 빛이 뭉게뭉게 떠돌았다.

"선생은 이 사진 속의 인물을 누구보다도 잘 아실 줄 믿습니다!"

그러나 황교장은 그때 머리를 좌우로 흔들면서

　　"모릅니다. 나는 그런 인물을 조금도 모릅니다!"

하고 부르짖었다.

　　"모르신다면 그 것 역시 할 수 없는 일이고…… 그리고 선생은 저 무서운 '부부암(夫婦岩)의 비밀'도 모르실 것입니다!"

　　"부부암의 비밀? 뭐, 부부암의 비밀?"

　　그 말이 유불란의 입에서 떨어지자 황교장은 외치며 후닥딱 의자에서 뛰어 일어난 것이다.

　　"그것조차 모르신다면 전 그럼 이만 오늘밤은 실례하겠읍니다. ──"

하고 유탐정은 자리에서 일어나서

　　"모릅니다! 모릅니다!"

하고 고함치는 황교장의 목소리를 등 뒤에 들으며 창황한 발걸음으로 황세민의 집을 나섰다.

　　"그렇다. 황세민 씨의 입으로부터 그러한 비밀이 손쉽게 줄줄 터져나온다면 탐정이란 일이 뭐 어려울 것도 없는 게 아닌가!"

　　유불란은 그렇게 중얼거리며 열두 시가 가까운 밤거리를 전차도 탈 생각 없이 태평동 자기집까지 터벅터벅 걸어왔다. 현관을 들어서니 젊은 서생이 기다리고 있다가

"전보가 왔읍니다."

하고 앞서서 이층 서재로 뛰어들어갔다.

"어디서?"

"'샌프란시스코'에서요."

"'샌프란시스코'? ——"

두말할 것 없이 '로스안젤스'에 사는 사립탐정 '존·피—
터'로부터 온 전보일 것이다. 과연 전보는 '존·피—터'로
부터였다. '샌프란시스코'의 '윌리엄·엔더—슨'과 황교장
에 관한 전보인데 전문에는 다음과 같은 문구가 간단히
적혀 있었다.

'윌리엄·엔더—슨'은 당시(當時)의 명망있는 목사(牧師)
—— 二十年[이십년] 전까지 남지나해(南支那海)에서 해적
(海賊)생활을 계속하던 황(세민) —— 상세한 것은 후보로
—— 피—터

# 오상억의 귀경[131]

"황세민이 해적이었다?"

전보를 구겨쥐고 부르짖는 유불란 탐정이었다. 황교장의 과거가 결코 순탄한 생활이 아니었던 것만은 유불란도 벌써부터 짐작하고 있었으나 그러나 그와 같은 암흑의 일면을 가진 황세민인 줄은 실로 예측도 못했던 일이었다.

이제 와서 생각하니 저 싯누런 이빨을 가진 괴상한 사나이의 어딘가 해상생활자인 듯싶던 풍채와 해적이라는 무서운 과거를 가진 황세민과를 아울러 미루어 볼 때 황교장과 그 괴한과의 관계가 단언할 수는 없으나 어렴풋이 머리에 떠오르는 유불란이었다.

그것은 두말할 것 없이 황교장과 괴한은 같은 해적시대의 친구였을 것이며 한걸음 더 나아가서 괴한은 옛적 친구

---

131) 吳相相의 歸京

였던 황교장의 그 어떤 비밀, 그 어떤 중대한 약점을 잡아가지고 황교장의 손으로부터 적지 않은 금품을 번번히 갈취해 가곤 한 것만은 넉넉히 짐작할 수 있는 사실이었다.

"해적이었던 황세민 교장! 음 ——"

하고 유불란은 다시 한 번 신음하듯 중얼거리며

"그러면 그 해적이었던 황교장과 해월의 손에 무참히 죽은 백영호 씨와는 대체 어떠한 관계가 잠재해 있을까?…… 백영호 씨와 황교장과 복수귀 해월과 —— 이 세 사람이 다 같이 꼭 같은 인물의 사진을 가지고 있다! ——"

유불란은 새로 한시가 거의 가까운 경성시가를 물끄러미 내려다보았다. 광화문 네거리에 오다가다 선 가로등불이 여름밤 무더위에 피곤한 듯 졸고 있다.

그때 탁상전화의 '벨'이 고요한 밤공기를 뒤흔들며 요란하게 울리었다.

유불란은 그 어떤 예감에 가슴을 두근거리며 수화기를 들었다.

"유불란입니다. 어디십니까?"

"명수댑니다. 주은몽 씨를 경비하는 임세훈이올시다."

저윽이 흥분한 임경부의 목소리였다.

"네, 네, 그런데 이 밤에 왜 그러십니까? 무슨 변괴가?

······"

하고 묻는 유불란의 말에

"아니올시다. 아직 변괴는 없지만, 하옇든 무슨 사건이
또 일어날 것 같아서요.······ 다른 게 아니라 오상억 변호
사가 여행으로부터 돌아와서 지금 막 경성역에 내렸는
데······"

"그래서?······"

"그런데 지금 오변호사로부터 전화가 왔는데 자기 신변
이 대단히 위태롭다고요. 여행할 목적은 충분히 달했으나
여행 중 수차나 해월의 습격을 받아가면서 간신히 경성역
까지 피해왔지만 경성역에서 명수대까지 오는 도중이 대
단히 위험하다는 것입니다. 말하자면 오변호사는 지금 살
해를 당한 백남수 씨와 똑같은 처지에 서 있는 사람이니만
큼 어느 때 어디서 해월의 습격을 받을지 모르니까, 경비
대를 경성역까지 파견해 달라는 전화가 외서 나는 은몽
씨 때문에 이 자리를 떠날 수 없고 해서 본서로 전화를
걸어 십여 명의 경비대를 보냈는데···"

하는 임경부의 보고를 들은 순간 유탐정은

"나도 곧 가겠읍니다. 그런데 임경부께서는 절대로 은몽
씨의 신변으로부터 떠나서는 안 됩니다.!"

유불란은 전화를 끊으려다가 다시 말을 이어

"그리고 임경부께서 본서로 전화를 걸어 삼청동 정란 씨를 경비할 순경 약 오륙 명만 파견해 주시도록 힘써 주십시요!"

하는 말에 임경부는

"삼청동은 뭐 경비할 필요가 없지 않습니까? 그렇게 해야 된다면 그렇게 하겠지만 정란 씨야 뭐 그리 위험하지 않은데요. 그뿐만 아니라 문학수가 계시고…"

"아닙니다! 은몽 씨보다도 정란 씨의 신변이 더 위태합니다! 그러니까 곧 수비를 해 주십시요!"

유탐정은 대답을 기다릴 여유도 없이 전화를 끊고 밖으로 뛰어나갔다.

태평동 자기 집을 뛰어나온 유불란 탐정은 때마침 지나가는 빈 자동차를 잡아타고 깊어진 여름 밤거리를 곧장 명수대를 향하여 질풍처럼 달리고 있었다.

"오변호사가 여행 중 수차나 해월의 습격을 받았다!"

이 한 마디가 얼마나 놀라게 했는가는 나중에 이르러서 알리워질[132] 것이나 하옇든 그 한 마디가 지금까지 쌓아온 공상탑(空想塔)을 뿌리 채 뒤집어 엎고야 말았던 것이다.

---

132) 알리어질

"해월이가 어느새 그리고 어떻게 오상억의 뒤를 따라갔 던가?"

그것이 유불란 탐정으로서는 도저히 풀을래야 풀 수 없 는 한 개의 신비였다.

만일 유불란의 추리(推理)가 사실과 어그러짐이 없다면 해월은 도저히 오변호사의 뒤를 따라갈 여유가 없었던 때 문이었다.

"모를 일이다! 알 수 없는 일이다!"

마치 열병환자처럼 중얼거리는 유탐정은 그 순간까지 꿈에도 생각지 않았던 오상억의 보고에 눈앞이 아찔해짐 을 깨닫지 않을 수 없었다.

"그렇다! 나는 지금까지 생각하고 있던 모든 것을 잊어 버려야 한다. 그리고 새로운 출발을 해야겠다! 나의 출발 점이 너무 공상적이었고 너무 탐정소설적이었던 탓이다! 그렇지 않은가! 나는 지금 탐정소설 속의 인물이 아니고 한 개의 생생한 현실 속의 인물이다! 탐정은 모름직이[133] '리알리스트'여야 한다. '로맨티스트'여서는 아니 된다!"

그것은 인적이 끊어진 한강인도교를 건너면서 한 유불 란의 마음속의 외침이었다.

---

133) 모름지기

유불란의 머리는 혼란할 대로 혼란하였다. 여기저기서 삐쭉삐쭉 나오는 수 없이 많은 의혹의 실마리를 대체 어떻게 처리하야 할지를 몰랐다.

　"처음부터, 맨 처음부터 다시 출발해야 된다!"

　그렇게 자신에게 타일렀을 즈음, 자동차는 벌써 명수대 공작부인의 저택 현관 앞에서 머졌다.

　여기저기 정원 내를 파수하는 경찰에게 인사를 받으며 유탐정은 현관을 들어서 이층 응접실로 올라갔다.

　유불란은 층층대를 올라가면서 그 층층대의 한층 한층이 자기와 공작부인 주은몽의 지나간 '로맨스'를 이야기해 주는 것 같아서 우울하기 비할 데 없으면서도 한편 '초코렛'맛처럼 달콤한 감정이 사르르하고 가슴속으로 스며드는 것이었다.

　그러나 그것은 순간의 일에 지나지 못하였다. 해월은 지금 최후의 발악을 하려고 하지 않는가.

　응접실에는 임경부와 은몽이 마주앉아 있었다. 오변호사가 무사히 돌아오기를 기다리는 모양이었다.

　"오변호사가 돌아왔다지요."

　유불란은 임경부와 은몽을 번갈아 쳐다보면서 그렇게 물었다.

　"네, 아까 전화로도 간단히 이야기했지만 오변호사의 신변에는 항상 해월의 감시의 눈초리가 떠나지 않는다고요.
———"

임경부였다.

"이 같은 밤중에 오시라고 해서……"

하고 은몽은 적지 않게 미안하다는 표정으로 유불란을 바라보았다.

"오변호사가 여행을 떠난 지 벌써 닷새나 되었지요?"

"네, 꼭 닷새만이에요."

"그런데 ——"

하고 이번에는 임경부를 향하여 물었다.

"그 동안 은몽 씨의 신변에는 아무런 사고도 없었읍니까?"

잠깐 무엇을 생각하던 임경부는

"아까 유불란 씨 말씀대로 삼청동 정란 씨 댁에 경비대를 파견했읍니다만 은몽 씨보다도 정란 씨가 한층 더 위험하다는 이유는 대체 무엇입니까?"

"아 그것은 ——"

유불란은 순간 무척 당황한 얼굴로

"그것은 단지 나의 부질없는 추측이니까, 이 자리에서 뭐라고 단언할 수 는 없읍니다. 그러나……"

하고 뒷말을 이으려하던 바로 그때였다.

경비대의 보호를 받으면서 무사히 도착한 오상억 변호사가 종이장처럼 창백한 낯으로 응접실 안으로 들어섰다.

창백한 얼굴로 허둥지둥 들어서는 오상억 변호사를 맞이하는 임경부, 유불란, 주은몽 —— 일동은 엄숙한 표정으로 오상억을 바라보았다.

오상억은 의자에 몸을 던지듯 털썩 주저앉으며 그때서야 비로소 자기가 무사히 돌아왔다는 안도에

"후우 ——"

하고 긴 한숨을 지었다.

일동은 말이 없다. 여름밤은 깊을 대로 깊어가고 방안은 어지러운 침묵에 가득 찼다.

대리석처럼 싸늘하고 백납처럼 새파란 오상억의 얼굴, 한 일 자로 굳게 다운 입술이 도무지 열릴 줄을 모른다. 그 굳게 다문 오상억의 입술을 임경부는 호기심에 빛나는 눈동자로 쳐다보았고, 은몽은 어린애처럼 울상을 하고 바라보았고, 유불란은 가장 엄숙하고 가장 심각한 눈초리로 쏘아 보았다.

"여행하신 목적은 충분히 달하셨어요?"

하고 먼저 그 무서운 침묵을 깨뜨린 것은 은몽의 떨리는 목소리였다.

오상억은 시선을 돌려 싸늘한 눈초리로 은몽을 바라보

더니 이윽고 다시 임경부를 향하여 머리를 돌리며

"대단히 비겁한 말씀입니다만 이 집 주위의 경비는 든든하겠지요?"

하고 비로소 입을 열었다.

"아, 그것만은 염려 마시오. 정복 사복을 한 십여 명이 정원과 정문 밖에서 엄중히 경비하고 있으니까요. 개새끼한 마리라도 기어들 수 없을 만큼 수비가 되어 있습니다."

하는 임경부의 말을 그래도 믿을 수 없다는 듯이 방안을한번 휘 둘러 보며

"좀 더울지 몰라도 들창문을 전부 잠가 주시면 좋겠읍니다. 그리고 '도어'에도 자물쇠를 잠그고요."

하고 청하였다.

"그렇게 안심이 안 된다면 잠그지요. 그러나 그럴 필요는 조금도 없지요. 보시는 바와 같이 들창 밖에 정복 순경이 지켜 있지 않습니까?"

"그래도 잠그기로 했으면 좋겠읍니다. 먼저 번 남수 군이 살해를 당했을 때도 '도어'를 잠그지 않았기 때문이 아닙니까?"

그때 유불란이 일어서면서

"만사는 든든히 하는 게 좋겠읍니다. 좀 더워도 오상억씨 말씀대로 사방문을 꼭 잠급시다."

하고 손수 돌아가면서 들창과 '도어'를 꼭꼭 잠가버렸다.

"자아, 이만했으면 아무리 해월일지라도 이 방안에는 한 발자욱도 드려 놓지 못할 테니까 ——"

그렇다! 해월이가 아무리 위대한 힘과 초인적 재주를 가졌더라도 이같이 커다란 그물처럼 사민팔방을 봉해 버린 방안에야 어찌 감히 침입할 수 있을 것이랴.

"자아 안심하고 이야기하십시요 이 방은 요행이 천정에 구멍도 뚫리지 않았으니까!"
하고 도로 제자리에 돌아와 앉았다.

그제야 오상억도 어지간히 안심한 듯 '아이스·커피'를 한꺼번에 주욱 드리키고 나서 어디서부터 이야길 해야 할지 갈피를 잡지 못하는 모양으로 잠깐 동안 복잡하게 떠오르는 사념을 가다듬은 후에

"무엇보다도 먼저, 나는 이번 여행으로 말미암아 문제에 사진 속의 처녀가 누군지를 알았읍니다."
하고 일동을 바라보았다.

"누구예요, 그가?"

오상억의 말이 입술에 떨어지자마자 기다리고 있던 은몽은 재빠른 말씨로 그렇게 물었다.

"의외의 인물 —— 뜻하지 않았던 실로 의외의 인물입니다.! 그뿐만 아니라 그보다도 한층 더 무서운 비밀을 나는

알았읍니다!"

"무서운 비밀?"

임경부와 은몽이 동시에 이렇게 반문하였다.

"그렇습니다.! 살인귀 해월이가 어떠한 인물인지를 나는 알고 있읍니다!"

"해월이가 어떤 인물인 줄 알으셨다고요?"

하고 은몽은 연거퍼 물었다.

"알았읍니다. 그리고 해월이가 이 거치른[134] 세파에 탄생하기까지의 그 무서운 비밀, 그 악착한 숙명의 실마리를 발견했지요."

"그럼, 해월이도 역시 백영호 씨의 고향인 평양 ×천 사람입니까?"

하고 물은 것은 임경부였다.

"그렇습니다! 역시 ×천서 출생한 해월이었지요. 아아, 저 '부부암'에서 벌어진 무서운 죄악!"

경탄하듯 이야기하는 오상억이었다.

"부부암의 죄악?"

오상억의 이야기에 항상, 그리고 누구보다도 놀라는 것은 은몽과 임경부였다.

---

134) 거칠은

"부부암의 죄악이란 —— 뭐예요?"

"부부암의 죄악이란 —— 그렇습니다! 한 마디로 말 못할 기나긴 역사를 가지고 있지요. 그 부부암의 비밀을 탐지하기 위하여, 그리고 그것을 누구보다도 정확하게 탐지했기 때문에. 이것 좀 보십쇼. 나는 하마터면 생명을 잃어버릴 뻔했읍니다. ——"

하고 오변호사는 '싸이드·테이블' 위에 놓인 자기의 '파나마' 모를 사람들에게 보였다.

"총알구멍이 아니에요?"

은몽은 놀랐다.

"그렇습니다. 해월이가 쏜 탄환구멍이지요."

"아이 무서워! 어쩌면 ——"

은몽은 오그라질 듯이 몸을 웅크리는 것이었다.

다행이 탄환은 모자꼭대기 손잡이를 옆으로부터 꿰뚫었던 것이다. 한 치만 더 낮았더라면 탄환은 오상억의 이마를 산적처럼 옆으로 꿰뚫고 지나갔을 것이다.

"하마터면 큰일 날 뻔 했군요!"

하는 임경부의 말에

"그러나 나는 다행이 무사했지만……"

하고 다음 말을 이으려할 때

"아, 오상억 씨 ——"

하고 그의 말을 막는 것은 그때까지 잠자코 있던 유불란이 었다.

"이야기하시는 것을 중단하여서 죄송합니다만 오상억 씨가 서울을 떠나서 부부암의 비밀을 탐지하기까지의 자세한 경로를 한 번 체계 있게 이야기해 주시면 좋겠읍니다."

오상억도 유탐정의 말을 옳다 여기고 잠깐 동안 착잡한 머리 속을 더듬으려는 듯 말을 끊었다가

"내가 ×천읍에 도착한 것은 그 이튿날 아침이었습니다.____"

하고 다시 이야기를 계속하였다.

"×천읍은 여러분도 아시다싶이 대동강 하류에 접한 조그마한 읍인데, 하구(河口)에 있는 진남포와 산을 하나 사이에 두고 서로 격리됐지요. 인가가 약 삼사백 호나 될까요. 동편은 대동강에 임했는데 깎은 듯이 절벽이 솟아 있고, 남, 서, 북 삼면은 수림이 무성한 △산의 연봉이 평풍처럼 ×천읍을 빙 둘러 싸았읍니다.135) 평양서 진남포행으로 바꾸어 타고 진지동(眞池洞)까지 가서 거기서 다시 자동차로 약 한 시간 동안 산골짜기로 들어가면 ×천읍인데

___

135) 쌓았습니다.

──"

하고 오상억은 거기서 잠깐 말을 끊었다가 다시 이었다.

"×천읍에 도착한 것은 오전 열 시였읍니다. 얼마 동안 읍내를 이리저리 싸다니다가 금강 여인숙(金剛旅人宿)이란 조그마한 간판이 붙은 객주집 비슷한데 들어가서 아침 겸 점심을 먹은 후에 주인을 불렀지요. 이집 주인으로 말하면 나이가 한 삼십여 세 쯤 되어 보이는데 이십여 년 전까지 이 고을에 살고 있던 백영호라는 사람을 아느냐고 물었더니만, 그는 잠깐 동안 백영호 백영호…… 하고 중얼거리더니 '아 저 지금 서울 어디서 산다는 그 백영호 씨 말씀입니까' 하고 그때야 비로소 생각난다는 듯이 마루 끝에 걸터앉으며 의아스럽다는 얼굴로 나를 쳐다보는 것이었습니다. ──"

오상억의 이야기는 계속된다.

"그리고 주인은 나를 의아스럽다는 얼굴로 쳐다보면서 '거 이상하외다, 요 얼마 전에도 서울서 내려왔다는 젊은 신사 한 분이 우리집엘 들렸었는데 그분도 역시 백영호라는 사람에 대해서 여러 가지 묻습니다. 나는 원래 타고을에서 들어온 사람이 되어서 이십 년 전의 일은 모르는데요. ──' 하는 것을 보니 그이가 신문을 통 읽지 않는다는 사실과 얼마 전에 서울서 왔다는 사람이 남수 군이었던 것을 짐작할 수가 있었읍니다. 그래 이번에는 그 고을에서 상당히 오랫동안 살고 있는 면장을 찾아 갔지요. 면장은 연세가 사십을 훨씬 넘은 사람으로서 내가 명함을 내고 백영호 씨의 이야기를 꺼내자마자 벌써 저 편에서는 나를 신문지상으로 안 모양인지, 아 선생이 오상억 씨십니까 하고 저윽이 놀라는 얼굴로 백남수 씨가 또 살해를 당했다지요 하고 신문지상에서 읽은 지식을 나열하였읍니다. 면장의 이야기를 들은 즉 남수 군도 역시 그를 찾아갔다는 것인데 자세한 사정은 모르나 어느 정도까지 백영호 씨에 관한 지식을 가지고 있는 면장의 입장으로서는 이번 백남수 피살사건에 관한 보도에 접하여, 자기의 신변도 대단히 위험하다는 말을 하면서 그때 남수 군에게 한 것과 대동소이한 이야기를 하였읍니다. ——"

거기까지 이야기한 오상억 변호사는 잠깐 동안 말을 끊고 일동을 바라보았다. 호기심에 가득찬 임경부와 은몽의 눈동자였다. 그러나 유불란만은 아무런 감동의 빛도 보이지 않고 묵묵히, 그리고 열심히 오상억의 이야기에 귀를 기우리고 있다.

면장이 오상억에게 한 이야기를 대강 추려서 말하면 다음과 같았다.

백영호가 ×천읍을 떠난 것은 지금으로부터 약 이십여

년 전이었다. 그런데 백영호는 어려서부터 양친을 여윈 고아로서 그의 백부인 백준모(白準模)의 손에서 자란 사람이었다고 한다. 칠팔십만원 —— 아니 백만원에 가까운 재산을 가지고 있었다. 본래 백영호 씨의 아버지 백창모(白昌模)도 그만한 재산을 지니고 있었으나, 그러나 백창모는 천성이 호탕하여 계집과 도박과 술로 말미암아 재산 전부를 탕진하고 그가 죽을 즈음에는 겨우 사오만원 밖에 남지 않았다.

백창모가 죽은 것은 아들 백영호가 겨우 여섯 살 되는 해 봄이었다. 백창모의 형 백준모는 조카 아들 백영호를 가련하다하여 자기 집에 데려다가 자기 친 아들처럼 길렀던 것이다. 더구나 어렸을 때부터 천성이 총명한 영호를 삼촌 백준모는 자기 친아들 문호(文豪)보다도 더 귀여워하고 아끼었다.

백준모의 외아들 문호는 영호보다 세살 위였다. 문호와 영호는 친형제처럼 같은 집에서 자랐다.

그런데 그들이 점점 성장하여 모두 이십 고개를 훨씬 넘어선 어떤 해 여름, 백준모의 친아들 문호는 불행하게도 대동강에서 멱을 감다가 그만 다리에 쥐가 나서 영영 돌아오지 못할 물귀신이 되고 말았다고 한다.

백준모의 비탄은 두말할 것도 없거니와 친형처럼 따르

던 문호의 죽엄을 가장 슬퍼한 것은 영호였다.

"그 이듬해 가을, 백준모마저 세상을 떠난 후 삼촌의 유산을 상속한 백영호 씨는 읍내서 장가들어 남철 씨와 남수 군과 정란 씨를 낳아가지고 ×천읍을 떠나 서울로 올라왔다는 것입니다."

오상억은 이야기를 끊고 담배를 붙여 물었다.

"그럼, 그 사진 속의 인물은 누구예요?"

하고 물은 것은 은몽이었다.

"네 —— 그건 그때 나는 문제의 사진을 면장에게 내보이었더니만 면장은 아, 그것 말씀입니까? 그것은 먼저 남수 씨도 가지고 왔던 사진인데요 하고 그는 사진에 관하여 다음과 같은 의외의 이야기를 하였읍니다. ——"

# 죄악의 실마리[136]

　면장의 이야기를 요약하면 이 ×천읍에는 대대손손이 서로 원수같이 지내오는 두 가문이 있었으니 그 하나는 백준모의 조상 백씨였고 또 하나는 문제에 사진 속의 처녀 선조인 엄(嚴)씨였다.

　백씨와 엄씨가 어떠한 이유로 그렇게 사이가 나빴는지, 그것은 면장도 자세히는 알 수 없었으나 추측컨댄 옛날부터 양가는 문벌 다툼을 무척 세웠던 것만은 사실이었다고 한다.

　그러던 것이 백준모의 조부 때에 이르러서 백씨와 엄씨 사이에는 실로 입에 담아 이야기할 수 없는 그 어떤 무서운 사연(邪戀) 사건으로 말미암아 백씨가 엄씨를 죽였다던가 엄씨 편에서 백씨 문중의 한 사람을 해쳤다던가 하는

---

— 하옇든 정확한 사실은 알 수 없어도 그러한 종류의 사정으로 인하여 백씨와 엄씨는 마치 개와 원숭이처럼 서로 시기하고 미워하면서 지내었다고 하는 것이다.

가령 예를 들어 말하면 양가의 젊은이들이 혹시 산골짜기 같은데서 서로 만나는 때가 있게 되면 그들은 입술에 거품을 품어 가면서 제각기 제 조상이 훌륭하다는 것을 다투게 되어 마침내는 네가 옳으니 내가 옳으니 하다가 결국 이론으로 해결 짓지 못하는 것은 힘과 힘을 다하고 생명과 생명을 내놓아서 승부를 맺곤 하였다고—

이것은 누구의 입으로부터 나온 말인지, 그 출처는 명확치 않으나 ×천읍의 노인네들은 대개가 다 그만한 것은 알고 있다는 것이다.

그런데 백씨나 엄씨는 모두 자손이 바른 집안으로서 백씨네만 하더라도 아우인 백창모가 백영호를 낳고 죽어 버렸고 형인 백준모의 외아들 백문호가 역시 이십사오 세 때 대동강에 빠져 죽었으니까, 백씨 가문을 대표하는 사람은 백준모였고 백씨를 길이길이 후세에 이어갈 사람은 단지 백준모의 조카아들 백영호 한 사람뿐이었다.

한편 엄씨 가문에는 더 한 층 손이 귀했다.

백준모와 같은 세대의 인물로서 엄도현(嚴道玄)이란 사람이 있었는데, 이 엄도현으로 말하면 백준모와 나이가 비슷한 사람으로서 엄씨를 대표하는 유일한 인물이었다.

그러나 그에게는 엄씨를 이어갈 만한 사내자식이 없었다. 청렴한 선비로서 일생을 보낸 엄도현은 비록 자기의 대를 이을만한 손이 없다손 치더라도 소실을 두어 사내 손을 보려는 그러한 생각은 추호도 없었다.

그러나 그에게도 전혀 손이 없었던 것은 아니었다. 비록 대를 이을 사내는 아니었을망정 귀여운 딸자식 하나가 그의 쓸쓸한 여생을 위로 하였던 것이다.

그 딸자식의 이름을 여분(汝粉)이라고 불렀다.

그러나 여분이가 열여섯 살 되던 해 가을, 아버지 엄도현은 귀여운 딸과 정숙한 아내를 남겨놓고 세상을 떠나버리고 말았다.

"이 여분이야말로 문제의 사진 속 처녀 그 사람이었읍니다!"

거기까지 이야기한 오상억 변호사는

"후우—"

하고 긴 한숨을 지으며 일동의 긴장한 얼굴을 둘러보았다.

"옛?—"

하고 사람들은 이구동성으로 외치며

"사진 속의 처녀가 그 여분이라는 사람이예요?"

"그렇습니다. 엄도현의 무남독녀 엄여분이가 바로 이 사진 속의 인물입니다.”

“그러면 해월이가 어떻게 그 사진을 가지고 있었어요?”
하는 주은몽—

“그리고 백영호 씨는 또 어떻게 그 사진을……”
하고 연거퍼 묻는 임경부—

“그리고 황세민 씨는 또 어떻게 엄도현의 딸 엄여분의
사진을 가졌는가?……”

이것은 유불란 탐정이 마음속으로 자기 자신에게 묻는
물음이었다.

그러나, 그 순간 유불란의 머리에는 황세민이란 사람의
윤곽이 점점 명확하게 떠오르는 것 같았다.

엄도현의 외딸 여분이가 바로 저 문제의 사진 속 처녀라
는 오상억 변호사의 말에

“그럼, 엄여분이란 사람이 현재도 ×천 읍에서 살고 있
어요?”
하고 주은몽이 가장 심각한 표정을 지으며 오변호사를 쳐
다보았다.

“네 그것이—”
오상억은 점점 망설이는 모양이더니

“지금으로부터 근 삼십 년 전— 그가 바로 열아홉 살
때 세상을 떠났다는 것입니다.”

"그러면 백씨와 견원(犬猿)의 적이던 엄씨네 댁는 거기서 그만 끊어져 버렸다는 말씁입니까?"

하고 묻는 것은 임경부였다.

"그렇지요. 아버지 엄도현도 죽고 딸 여분이도 죽었으니까요."

"그럼 오선생, 해월이와 여분이란 사람과는 대체 무슨 관계가 있다는 말씀이에요?"

하는 은몽의 물음과

"그리고 백영호 씨와 여분이와는 또 어떤 관계가 있읍니까?"

하는 임경부의 질문은 거의 동시였다.

오상억은 거기서 다음 말 머리를 찾으려는 듯이 잠깐 동안 주저하다가

"하옇든, 제 이야기를 좀 찬찬히 들어주시요. 거기에는 실로 무서운 죄악의 실마리가 숨어 있답니다."

하고 오상억은 그때 방안을 한번 휘 둘러보면서 자기의 생명을 노리고 있는 해월의 잔인한 눈초리를 무서워하였다.

그러나 뚜껑을 덮은 모말과 같은 출입구란 출입구는 모두 잠그어 버린 방안 ─ 그가 기체(氣體)로 변하는 재주를 가졌다면 모르거니와 그렇지 못한 이상 해월은 도저히 오상억의 이야기를 조지(阻止)할 수는 통 없었다.

"면장은 대략 이상과 같은 사실을 나에게 이야기하였지요. 여분이가 어떻게 죽었으며 여분이와 백영호 씨의 관계가 어떠했는가?…… 그런 자세한 사정은 통 모르는 것이었읍니다. 그것도 그럴 법한 것이 여분이가 죽은 것은 고향인 ×천읍이 아니고 어딘가 타 곳에 나가서 죽었다는 사망계(死亡屆)를 수리한 기억이 남아있다는 것입니다. 그 당시 면장은 면서기 견습생으로 있었으니까, 더군다나 자세한 것은 모른다고요. — 그래 그때의 수리한 사망계를 한 시간 이상이나 걸려서 찾아보았더니 사망지(死亡地)는 평양 수옥리(水玉里) ××번지로 되어 있었읍니다. — 귀여운 딸 여분이가 죽자, 여분이 어머니도 고향에서 살맛이 없었던지 얼마 되지 않는 가재를 정리해 가지고 ×천읍을 떠났다는 것이었읍니다.—"

"그러면 여분이의 사망지인 평양 수옥리를 탐지해 보셨읍니까?"

하는 임경부의 말에

"네, 나도 처음에는 그럴 도리밖에 없다고 생각해 보았지요. 그러나 일은 무척 순조롭게 진행되었읍니다. 나는 그때 그 여분의 집안 사정을 가장 잘 아는 사람이 누구냐고 물었더니만 면장은 저번 백남수 씨에게도 그런 이야기를 했지만 엄씨네 집안 사정을 잘 알 사람은 당시 엄씨댁

에서 절가(머슴)살이를 하던 홍(洪)서방 내외일 것이라고
요.—"

면장의 이야기를 들으면 홍서방은 지금 오십을 조금 넘
어선 중늙은이인데 여분이 모친이 ×천읍을 떠난 후, 그도
어디론가 이리저리 방랑하다가 본처가 죽어서, 지금으로
부터 삼 년 전에 젊은 계집을 하나 데리고 ×천읍으로 돌
아와서 술장사를 차려 놓았는데, 그가 술만 한 잔 얼근하
면 항상 하는 말이, 이 세상은 악한 사람이라야 살아 나간
다고 — 그리고 그는 어디 금광을 하나 가지고 있는데 석
달에 한 번, 혹은 반 년에 한 번씩 금광엘 갔다 오면 그의
호주머니에는 시퍼런 백원 짜리가 여남은 장, 많을 때는
이삼십 장씩 들었다는 것이었다.

"그래 나는 부리나케 홍서방네 술집을 찾아갔읍니다.
—"

오상억 변호사의 이야기는 계속된다.

"그리하여 나는 삼십 년 전 엄씨 댁에서 머슴살이를 하
던 홍서방네 술집을 찾아갔읍니다. 그 즈음부터 나는 나의
신변에 누군지는 똑똑히 알 수 없으나 나를 항상 감시하고
있는, 그 어떤 눈초리를 느꼈읍니다. 나를 따르는 것 같은
인기척에 불현듯 뒤를 돌아다보곤 하였읍니다. 그러나 아
무것도 보이지 않았읍니다. 나중에 생각하니 그것이 살인

귀 해월이었지요. 그래 내가 이상하다, 이상하다, 하는 느낌을 항상 느끼면서 홍서방을 찾은 것은 그날 오후 다섯 시 경이었읍니다.—"

홍서방네 술집은 조그마한 개울을 끼고 바로 다릿목 옆에 있었다. 기와집 이층으로서 '나까이'가 다섯 명이나 되는 것을 보니 홍서방의 호주머니가 예상 외로 충실한 모양이었다.

아랫층 온돌방에는 주정뱅이 술꾼들이 '나까이'들을 가지고 희롱이 한창이다.

서울서 왔다는 말을 듣고 그의 젊은 아내는 후다닥 자리에서 일어서면서 어떻게 찾아왔느냐는 한 마디 물음조차 없이 부리나케 이층으로 뛰어 올라가는 것이었다.

얼마 후에 호잠뱅이를 무릎까지 걷어 올린 홍서방이 부채질을 연거퍼 하면서 몸이 무겁다는 듯이 좁은 층층대를 내려오는 것이었다.

"웬 여석이, 또 찾아왔느냐는 극히 귀찮아하는 표정이었읍니다.— 이윽고 나와 홍서방은 이층 개울에 면한 시원한 방에 마주앉았읍니다. 이층에는 그의 젊은 아내와 그의 전처 딸이라는, 보기에 스물대여섯 쯤 되어 보이는 여자가 앉아 있다가 홍서방의 눈짓과 함께 아래로 내려가 버렸읍니다. 듣건대 그의 전처 딸은 근 이십 년 동안이나 어떤

곡마단(曲馬團)에 따라다니다가 바로 몇 달 전에 돌아왔다
는데, 보기에 상당한 미인이었읍니다. 그러나 불행이도 벙
어리였읍니다. 그것은 하옇든—"

하고 오상억은 이제부터가 이야기의 중요한 줄거리라는
어투로 일동을 둘러보면서 다 탄 담배꽁초를 재털이[137]에
던졌다.

"홍서방과 같은 악당도 세상엔 드물 겁니다. 아무리 공
교로운 말을 써서 달래보아도 글쎄올시다, 글쎄 그런 자세
한 사정은 모른대도 그럽네다 그려 — 하는 단지 그 몇
마디를 가지고 나의 물음을 끝끝내 회피하고자 하는 능청
스러운 자였지요. 그는 단지 내가 면장한테서 들은 정도의
이야기 이외에는 아무것도 모른다고, 마치 칼로 베듯이
딱 잡아떼는 것이었읍니다. 그러한 홍서방과 약 세 시간
동안을 아느냐 모르느냐를 계속하다가 나는 마침내 그의
앞에 시퍼런 백원 짜리를 한 장 꺼내 놓았지요. 그러나
홍서방은 눈 끝에도 차지 않는다는 듯이, 원 천만의 말씀
을 다 하십니다. 백원 짜리가 제 아무리 신통한 힘을 가졌
기로 모르는 사실을 알게 하는 재주야 있겠읍니까? 원
— 하고 담배만 퍽퍽 피우지요. 그래 이번에는 두 장을

---

137) 재떨이

더 꺼냈읍니다. 그러나 역시 빙글빙글 웃기만 하길래 다시 다섯 장을 꺼내서 도합 팔백원을 그의 앞에 쪽 늘어놓았더니만 그때야 비로소 비굴한 웃음을 입가에 띄우면서, 마저 채워주시지요, 하는 것이었읍니다. —"

거기까지 이야기한 오상억은 신이 나는 듯

"이리하여 결국 천원을 받아 쥐고야 비로소 홍서방은 사실 말하자면 열 장도 눅은(싼) 셈이지요. 히히 — 하고 그 무르익은 대추처럼 시뻘건 코구멍으로 한 번 웃어댄 후에 나의 귀를 잡아당겨서 자기의 입에다 갔다대면서, 부부암의 비밀을 알고 있는 사람은 이 넓은 세상에나 나 혼자니까요 히히 — 하면서 자기 아내를 불러 술상을 차려다 놓고 다음과 같은 기나 긴, 그리고 무서운 이야기를 시작하였읍니다. —"

일동의 얼굴은 긴장할 대로 긴장해졌고 무더운 여름밤은 밀폐한 방안을 삶듯이 깊어간다.

독자제 군이여! 이제부터 백씨 가문과 엄씨 가문사이에 벌어진 아름다운 '로맨스'인 동시에 무서운 죄악의 실마리를 이야기하고자, 무대는 지금으로부터 삼십 년 전으로 기어올라가야만 한다.

그것은 물론 홍서방의 입으로부터 아무런 질서도 없이 잡연(雜然)히 흘러나온 이야기를 오상억 변호사가 자기의 풍부한 상상력으로 혹은 부언하고 혹은 생략하여 다음과 같은 하나의 질서 있는 '로맨스'를 구성하였다.

이로 말미암아 지금까지 오리무중 잠겨 있던 사건의 중요한 인물인 살인귀 해월의 기구한 과거가 한 폭의 아름다운 그림을 보듯 우리들의 눈앞에 전개되었다.

제군이여! 제군은 벌써 면장의 이야기를 통하여 백씨와 엄씨의 두 가문이 옛날부터 피치 못할 하나의 숙명적 원한을 지니고 있었다는 사실을 알 것이다.

그러나 거기 대해서는 이렇다 할 정확한 기록이 남아있지 않았으므로 자세한 사연은 알 수 없었으나, 듣건대 백씨의 조상 한사람이 엄씨의 조상 한 사람에게 실로 극악무도한 모욕을 당했다는 것이었다.

백준모의 조상 한 사람이 시집가는 날 ― 그것은 보슬비가 내리는 어떤 늦은 봄이다. ― 엄도현의 조상 한 사람이 불한당과 작패하여 시집가는 도중에서 신부를 약탈해 가지고 산골짜기로 끌고 가서 능욕하였다는 것이다.

이것으로 말미암아 양가에서는 실로 저릿저릿한 유혈의 참극이 일어났다.

신부를 능욕한 엄도현의 조상은 백씨문중의 북수의 습격을 받아 무참히 살해를 당하였을 뿐만 아니라, 원한에 찬 복수의 칼날은 그의 사지를 오리오리 찢어서 행길가 나무가지138)에 걸어놓고 오고가는 사람들의 조소와 증오를 받게 하고 시체는 굶주린 까마귀들의 양식이 되어 버렸다.

이러한 피의 역사를 가진 백씨와 엄씨가 대대손손이 서로서로를 견원지적으로 삼아온 것을 생각하면 당연한 일이라고 할 수 있다.

백준모는 아들 문호와 조카아들 영호를 사람 없는 방에 불러다 놓고 그러한 과거를 가진 자기네 조상의 피와 능욕의 역사를 이야기한 후에

"엄도현은 우리의 적이다! 원수다!"

하고 부르짖곤 하였다.

"엄도현을 학자니 뭐니 하면서 사람들은 가장 청렴한 선비로 떠받고 있지만, 사실 알고 보면 그의 피에는 그와 같은 더러운 수성(獸性)이 섞여 있다는 것을 잊어서는 안 된다. 엄도현이가 젠 척하고 잘난 척하고 나를 가르쳐 인색한 고리대금업자의 아들이라고 멸시하지만 아무리 고리대금업이라도 내 아버지 너의 할아버지 — 몸에는 그러한 더러운 핏줄기는 섞여 있지 않아! 엄도현이 제깐 놈이 뭐가 잘났다고?……"

---

138) 나뭇가지

그럴 때 백준모의 이야기를 옳다 여기고 조상이 받은 모욕을 자기 자신의 모욕처럼 분해하고 쓰라려하는 것은 그의 조카아들 영호였다.

"큰아버지! 큰아버지는 왜 엄가에게 복수를 안하십니까?"

타오르듯 하는 조카아들 영호의 눈동자를 귀엽다는 듯 바라보면서

"시대가 다르다. 옛날과는 달라서 힘과 힘, 몽뚱이와 몽뚱이를 가지고 싸울 수는 없을 때다. 너의 조부께서 고리대금까지 하여가면서 축재(蓄財)에 힘을 쓴 것도 청빈(淸貧)을 유일한 재산으로 뻗히는 엄씨 일가에 대한 — 말하자면 시대적 복수에서였다. 그러니까…"

"그러나 큰아버지! 그건 너무 소극적인 복수가 아니예요? 좀 더 적극적으로—"
하고 삼촌의 그 시들어가는 복수심을 항상 자극시키는 영호였다.

백준모는 이처럼 타오르기 쉬운 영호를 무척 사랑하였다. 자기와 같은 주견, 같은 감정을 가지고 엄가를 욕설하는 조카아들을 무척 귀여워하였던 것이다.

그러나 백준모의 아들 문호는 한 마디의 동의도 표하지 않고 그저 묵묵히 앉아 있을 뿐이었다.

자기 아버지 백준모와 자기의 사촌동생 영호가 그처럼 엄씨 일가를 아무리 미워하고 욕을 하여도 문호는 아직 단 한 번도 그들에 가담해본 적이 없었다.

　　문호는 언제든지 그들의 주고받는 흥분한 대화를 안색을 가다듬고 극히 엄숙한 태도로 잠자코 듣고 있을 뿐이었다.

　　아버지 백준모는 그 너무나 감동할 줄 모르는 자기 아들의 마음속을 헤아릴 바 없어서

　　"너는 그대 조상이 받은 모욕을 조금도 쓰라리다 생각하지 않느냐?"

고 물을 때가 있어도 문호의 굳게 다문 입술은 통 열릴 줄을 몰랐다.

　　"그러면 네 애비의 생각을 그르다 하느냐?"

　　아버지의 음성은 차차 노기를 품고 높아갔다. 그래도 대답이 없는 문호였다.

　　"그러면 너는 엄씨 조상의 그 짐승 같은 행동을 옳다 하느냐?"

　　그러나 아무리 준렬한 아버지의 다짐이 있을지라도 문호는 엄숙한 얼굴로 머리를 푹 숙으리고 입술을 꽉 깨물을 뿐이다.

　　아버지 백준모는 마침내 참다못해

"에익, 고약한 놈 같으니!"

하고 꿰엑 소리를 치며

"애비의 말이 아무리 그르다 해도 — 아니 설사 그르면 그르다고 자식으로서의 간언이 있을 법이지, 네 놈처럼 애비의 말을 처음부터 귓등으로도 듣지 않는 법이 세상에 어디 있단 말이냐?"

하고 담뱃대로 성급히 놋재털이를 두드리면서

"이놈! 좀 얘길 해보아라. 쓰다 달다는 말이 없이 네가 그처럼 잠자코 있는 데는 필경 이 애비의 말이 네 귀에 거슬린다는 뜻일 게다. 이놈, 그러면 그렇다고 바른대로 말을 못해? 비겁하기 짝이 없는 놈 같으니!"

노기가 중천한 삼촌을 만류하면서 그때까지 옆에 조용히 앉았던 영호가 문호를 향하여 입을 열었다.

"문호 형님, 형님의 변명을 듣고자하는 아버님의 뜻이 이같이 간절하거늘 형님은 어째서 그렇게 대답이 없으십니까? 형님도 백씨의 혈육을 받으셨다면 아버님의 그 천만 번 당연한 말씀이 형님의 귀에 거슬릴 리는 만무하지 않습니까?"

하고 이번에는 목소리를 좀 낮추어 문호의 귀에 입을 대고 속삭이듯이 — 그러나 삼촌이 알아차릴 수 있을 정도의 음성으로

"형님, 이번 기회에 그만 형님의 그 어려운 사정을 부친께 이야기해 보시시지요.—"

하는 말에 문호는 놀라며

"뭐, 그럼 자네는 벌써…"

하고 숙으렸던 머리를 번쩍 들었다.

"네에 형님의 비밀을 저는 모두—"

하고 '비밀'이란 말에 힘을 주었다. 그것은 두말할 것 없이 삼촌 백준모가 좀 들으라는 영호의 가장 자연스러운 꾀였던 것이다.

"뭐, 비밀? 문호가 무슨 비밀을 가졌어?"

하고 왈칵 달려드는 백준모에게 문호는 정중히 읍하면서

"아버지, 불초 문호를 용서하십시요!"

하는 단지 그것 한 마디를 남겨놓고 밖으로 나가버렸다.

"이놈! 나가긴 어딜 나가! 이놈!"

하고 아들을 쫓아 나가려는 삼촌을 만류한 영호는 낮으나마 엄숙한 목소리로

"큰아버지 면목 없소이다 선조에 대하여 뵈일 낯이 없소이다"

"뭐? 선조에 뵐 낯이 없다?"

"네에, 벌써부터 여쭙고자 하였으나—"

"아니, 대관절 문호가 어떻게 되었단 말이냐?"

하고 성급한 백준모는 조카아들 영호의 어깨를 잡아 흔들었다.

영호는 숨을 가라앉히려는 듯이 잠깐 동안 수심이 만면한 얼굴로 묵묵히 앉아 있다가 마침내 머리를 들었다.

"큰 아버지, 문호 형님이 엄여분과—"

하고 말끝도 채 맺기 전에

"뭐, 문호가?"

하고 외치면서 백준모는 눈앞이 아찔해짐을 깨닫고 방바닥에 펄썩 주저앉았다.

"문호가 엄여분과 대체 어찌 되었단 말이냐?"

# '로미오'와 '줄리엣'

그날 밤 ── 여분은 삼 년 전에 돌아가신 아버지의 글방에 들어앉아서 조그마한 책상에 몸을 기대고 깊어가는 여름밤을 외로히[139) 지키고 있었다.

이러한 외로운 밤은 천년이고 만년이고 같이 살다가 같이 죽자고 맹세에 맹세를 거듭한 그리운 낭군과 더불어 같이 지낼 수 있다면 여분은 얼마나 기뻤으랴. 마음대로 되지 않는 이 말썽 많은 세상을 여분은 얼마나 미워했으랴.

여분은 나이 자라 금년 열아홉 ── 삼 년 전 아버지가 세상을 떠나신 날, 여분은 처음 맛보는 그 비길 데 없는 슬픔을 원수의 후손 백문호의 품안에서 풀었던 것이다.

"여분아, 슬퍼한들 뭣하니? 사람이란 누구나 다아 한

---

139) 외로이

번씩은 죽는 거지. 너도 나도 한 번씩은 죽는단다 ——"

"싫어, 싫어! 난 안 죽을래! 너도 죽으면 안돼!"
하며 문호의 품안에서 느껴 울던 삼 년 전을 여분은 생각한다.

하필 원수의 자손을 눈여겨볼 까닭이 어디 있느냐고 제마음에 열 번 스무 번 물어본 여분이었으나 사랑이란 도리어 그러한데서 더 많이 생기기 쉬운가보다 하였다.

이윽고 여분은 몸을 일으켜 발을 반만큼 걷어들고 밖을 내다보았다. 행여나 문호의 그림자가 보이지나 않을까?

무더운 밤이건만 화단에 어린 창백한 달빛이 한결 시원해 보이기도 하였다.

"너 아직도 안자니?"

안방에 불은 벌써부터 꺼져 있건만 어머니는 아직 잠이 들지 않으신 모양이다.

"잠이 안와요 어머니 ——"

"어서 자거라. 자고 깨고 자고 깨고 하노라면 세월도 흐르고, 세월이 흐르면 마음도 흐르는 법이란다. 어서 자거라!"

"어머니 어서 주무세요."

"자래도 그래! 마음이 약하면 몸도 약해진다고, 네 아버지는 늘 말씀하셨다. —— 글쎄 너도 철이 없지, 그게 글쎄

될 법한 노릇이냐?…… 너 네 아버지가 살아 계시다면 설마 죽이기야 하겠니만 넌 벌써 집을 쫓겨났겠다. ——"

"어서 주무세요, 어머니!"

"응, 너도 어서 자거라. 홀 에미라고 깔보았단 안된다. 안돼 —— 어서 이 놈의 고장을 떠나야겠다. 음 ——"

우는 듯한 어머니의 자비스러운 목소리에 여분은 다시 발을 내리고 방바닥에 쓰러져 느껴 울기 시작하였다.

"어머니 용서하세요! 어머니, 어머니!"

눈물을 흘리면서 마음속으로 그렇게 외치는 것이었다.

"그렇게 너그러우신 어머니를 이처럼 괴롭히는 이년을 아버지, 할아버지, 하루 바삐 저승으로 잡아 가소서!"

그러나 다음 순간 여분의 귀밑에 쟁쟁하니 떠오르는 것은 며칠 전 문호와 자기가 저 부부암에 나란히 앉아서 주고받던 이야기의 한 구절이었다.

"천년만년 살고지고……"

"천년만년 살고지고……"

여분은 그만

"아아 ——"

하고 애닯게[140] 느끼면서 그 연약한 손톱으로 방바닥을

---

140) 애달프게

무섭게 긁어대는 것이었다. 벗어진 손톱 사이로 흐르는
선혈 —— 바로 그때였다. 어디선가

"애기씨, 애기씨!"

하고 여분을 부르는 목소리가 낮으막히[141] 들려왔다.

여분은 불현듯 눈물어린 얼굴을 반짝 들고 귀를 기우
렸다.

"애기씨, 주무세요? 애기씨! ——"

목소리는 분명히 들창문 밖에서 들려오는 것이었다. 사
나이의 음성이다.

여분은 사방을 한 번 휘 둘러본 후에 몸을 일으켜 들창
을 열었다. 들창 밖은 바로 담장이고 담장 박은 바로 행
길이다.

달빛을 등지고 담장 위에 엉거주춤 올라앉은 사나이의
그림자 —— 여분은 후다닥 놀라며

"거 누구세요?"

하고 가늘게 불렀다.

"애기씨 접니다. 저예요 ——"

"오, 춘길이! 난 또 누구라고?"

그것은 머슴 홍춘길(洪春吉) —— 현재 술장수하는 홍서

---

141) 나즈막하게

방이었다. 춘길네 부부는 여분네 바로 옆집 오막살이에서 살고 있었다.

술과 도박과 싸움을 유일한 취미로 여기는 머슴 춘길이 —— 그런 춘길이가 오늘밤 담장 위에 올라앉아서 주인집 애기씨 여분을 부르는 까닭은 무엇일가?

"애기씨, 백씨댁 도령이 이 편지를 애기씨에게 갖다 드리라고요."

하면서 내놓은 것은 달빛에 허엽스레하니 보이는 한 개의 흰 봉투였다.

"빨리, 저리로 내려 가!"

여분은 봉투를 받아 들며 춘길이를 그렇게 재촉하였다.

"부부암에서 기다리시겠다고요."

"알아 알아! 들키기 전에 빨리 내려가래도 그래!"

춘길은 담장 밖으로 사라지고 여분은 봉투를 뜯었다.

달은 밝고 마음은 어둡고 그대 그리는 마음 비길 데 없어서 오늘밤도 부부암에서 자정을 기다리노라. 만나면 하고 싶은 말 태산 같건만 못다 하고 헤어지는 마음 슬프고 애달퍼라. 그래도 오늘밤만은 하고 싶은 말 다 하리다.

그리던 낭군 백문호의 낯익은 글씨였다. 여분은 편지를 착착 접어서 젖가슴 밑에 쓰러넣은142) 다음에 옥색치마에 만만제 장날 사온 회신을 갈아 신고 불을 끄고 뜰아래로 내려갔다. 안방에 계신 어머니는 주무시는 모양이다.

　이리하여 대문 밖을 나선 여분은 좁은 개천을 끼고 하류로 하류로 자꾸만 내려갔다. 부부암까지는 그리 멀지는 않았으나 길이 무척 험하다.

　자정이 가까운 산골짜기 길을 여분은 모든 두려움을 잊어버리고 허둥지둥 걸었다.

　개천이 점점 넓어져 간다. 여분은 왼편 가파로운 숲 사이 길로 들어섰다.

　그 숲 사이 길을 꼭대기까지 올라가면 거기가 바로 부부암이다.

　부부암은 대동강을 멀리 발밑에 내려다보는 절벽 위에 있었다. 그리 크지 않은 두 개의 바위가 아름다운 '로맨스'를 속삭이듯 가지런히 앉아서 대동강을 내려다보고 있다.

　지금으로부터 백 년 전인가 이백 년 전인가 —— 이 ×천골에 길동이라는 열일곱 난 총각과 보배라는 역시 열일곱 살인 처녀가 살았는데 보배는 명망 높은 재상의 후손이었고 길동은 그 댁 하복의 아들이었기 때문에 이 너무도 짝이 기운 자기네들의 신분을 저주하여 오던 나머지 어떤 날 밤, 두 처녀 총각은 신을 가지런히 벗어놓고

---

142) 쓸어 넣은

이 벼랑 위에서 몸을 던져 대동강 푸른 물 속으로 뛰어들었다는 것이었다. 그런데 그들이 신을 벗어놓은 그 자리에서 두 개의 돌뿌리가 움터 나오기 시작하더니 사흘 만에는 현재 보는 바와 같은 거의 한 길이나 되는 두 개의 바위가 돋아났다고 —— 그 후부터 사람들은 그것을 부부암이라 불렀다고 하는 하나의 '로맨틱'한 전설이 서리어 있는 바위였다.

여분은 마침내 달빛이 얼룩얼룩 어린 숲새길을 더듬어서 꼭대기까지 올라갔다. 여분은 후우하고 숨을 내쉬며 주위를 돌아다보았다.

부부암 한편쪽 바위 위에 달빛을 등지고 물끄러미 벼랑 밑을 내려다보고 앉아 있는 사나이

"오오, 여분이!"

사나이는 바위 위에서 몸을 일으키며 여분을 맞이하였다.

여분은 달려가자마자 문호의 품안에 안기우며,

"보고팠어요! 안타깝게 보고팠어요!"

하며 삼단같이 길게 땋아 느린 머리를 사나이의 가슴속에 파묻었다.

"나도 나도…… 얼마나……"

그러나 문호의 굵다란 목소리는 끝을 채 맺지 못한 채 그만 중단되었다.

원수의 아들과 원수의 딸은 대대손손이 지켜오던 철석 같은 가헌(家憲)을 헌신짝같이 저버리고 그 애달픈 마음과 고달픈 영혼을 이 일순간에서나마 마음껏 하소연하려는 것이었다.

　　희미하게 비치는 여름밤 달빛 아래서 두 사람의 그림자는 언제까지나 언제까지나 떨어질 줄 모르고 흑흑 느껴우는 것이었다.

　　"우리가 이렇게 서로 만나보는 것도 이젠 한 달밖에 안 남았어……"

　　여분이의 우는 목소리였다.

　　"한 달밖에? 왜?"

　　문호의 놀라는 목소리였다.

　　"한 달밖에…… 한 달밖에!"

　　"여분이, 대관절 그게 무슨 말이야?"

　　"한 달 후엔 이 ×천골을 떠나겠다고…… 어머니가, 어머니가 그러시는 걸!"

　　"………"

　　"원수의 자식이라도 문호만은 사람이라고 —— 그러시면서 어머니는 늘 칭찬은 해도, 아무리 너그럽게 생각해도 원수는 원수라고 —— 원수의 자식에게 제 딸을 시집보내진 못하겠다고…"

"음……"

하고 깊이 신음하면서

"여분이가 이 골을 떠난다면 나도 이 골을 떠날 테야! 여분이 없으면 난 못살아! 난 죽을 테야!"

"죽으면 난 싫어! 죽지 말아요!"

"우리들의 사이를 오늘 아버지께서 아시고 날 죽이겠다고……"

"아버지께서? 건 또 어떻게?"

"영호가, 영호자식이 그만 우리들의 사이를 눈치 채고 아버지께……"

"영호가?"

하고 여분은 깜짝 놀라며

"뱀 같은 사람! 사갈 같은 사람! 난 지금까지 아무 말도 안하고 있었지만, 저번에도 개천가에서 날 붙들고 제 색씨[143]가 돼달라고, 전 얼마 안 있으면 백만장자가 된다나 뭐 —— 그래 아버지 재산은 아들이 상속하는 법이지, 조카아들이 무슨 소용 있느냐고 그랬더니, 그래도 두구보라고, 그리고 날 극진히 사랑하는 증거라고 그러면서, 어디서 났는지 저번 평양서 찍은 내 사진을 주머니에서 꺼내

_____

143) 색시

보이는 거에요."

"음 —— 그랬던가? 글쎄 책상설합에 넣어 두었던 여분이의 사진이 얼마 전부터 도무지 보이지 않았어."

두 사람의 이야기는 거기서 한동안 그쳤다.

여분은 부부암에 몸을 의지하고 댕기꼬리를 잘근잘근 깨물면서 달빛이 꿈결같이 어린 대동강을 멍하니 내려다본다.

문호는 무엇을 생각하는지 얼마 동안을 잠자코 서 있다가 이 귀찮은 사파를 일순간이라도 잊어버리자는 듯 머리를 흔들었다.

"여분아! 저 물이 어디까지 흐르는지 너 아니?"

"우리 그만 죽을까?"

"…………?"

"이 벼랑에서 길동이와 보배도 죽었는데 뭐 ——"

"…………"

"그만 죽고 싶어!"

"저 물이 어디까지 흐르는지 여분은 모를 걸?"

"저 물은 ——"

"저 물은?"

"남포까지 흐르지 뭐."

"그리군?"

"황해바다까지 흐르고 ——"

"또 그리군?"

"또 그리군, 그리군 ——"

"그리군 황해에서 인도양으로 인도양에서 대서양으로 ——"

"대서양에선?"

"태평양으로……"

"태평양에선? ——"

"또 황해바다로 흐르지!"

"그럼 뺑뺑 돌아만 다니게?"

"커다란 배를 타고, 저 물결을 따라 세계를 한 번 돌아다 녔으면 ——"

"얼마나 좋을까!"

"그럼 죽을 필요는 없지."

"누가 정말 죽겠나 뭐 ——"

이리하여 문호와 여분은 달이 거의 지도록 도저히 허락 되지 못할 애달픈 사랑을 부부암에서 속삭이었다.

문호와 여분이의 사랑이야말로 현대의 '로미오'와 '줄리 엣'의 애끓은 사랑 그것이었다.

부부암에서 내려온 문호가 동리 밖 개천가에서 여분과 헤어져 자기 집으로 돌아왔을 때 아버지 백준모는 자지 않고 기다리다가 문호를 사랑으로 불러들였다.

"거기 좀 앉아라!"

아버지 목소리는 무척 온유하였으나 그 부드러운 음성 속에는 그 어떤 엄숙한 결심이 감추어져 있었다.

문호는 아버지 앞에 꿇어 앉아서 머리를 숙으렸다.

"밤새로독 어떤 일이 있었느냐? ——"

"아버지!"

문호는 숙였던 머리를 들었다.

"지금에 이르러 무엇을 숨기리요. 아버지의 말씀을 거역하여 엄씨댁 외딸 엄여분과 같이 있었읍니다!"

"음 —— 그러나 너는 단지 이 애비의 말을 거역했을 뿐만 아니라 이 백씨 가문의 조상을 모욕하였다는 사실을 못 깨닫는단 말이냐?"

아버지의 얼굴은 점점 핏기를 잃어간다.

"열 번 스무 번 깨닫고 있읍니다!"

"그러면 그처럼 자각을 가진 네가 엄가의 후손과 정을 통하다니, 그것이 자각 있는 사람으로서 감히 취할 길인가?……"

"문호야!"

하고 아버지는 힘을 주어 아들의 이름을 불렀다.

"네? ——"

"엄가의 딸과 정을 끊어버릴 생각은 없느냐?"

문호는 대답이 없다. 아버지의 얼굴을 묵묵히 쳐다볼 뿐이었다.

"엄가의 딸과 정을 끊어버릴 생각은 없느냐?"

아버지는 다시 한 번 그렇게 다졌으나 역시 문호의 다문 입은 통 열릴 줄을 모른다.

"대답이 없는 것을 보니 정분을 끊어버릴 생각은 없다는 말이로구나!"

"아버지!"

문호는 한 발자욱 앞으로 가까이 다가앉으며

"불효 소자를 용서하십시요!"

하고 머리를 다시 숙였다.

"용서하라는 뜻은?"

"아버지!"

"어서 말을 해봐라!"

"소자는 아버지의 허락 없이 엄여분과 백년해로를 언약하였읍니다."

"그래서?"

"아버지!"

"말을 해봐!"

"소자는 엄여분과 백년해로의 언약을 하였읍니다."

"그 말뿐이냐?"

"엄여분은 소자의 아내입니다!"

"그 말뿐이냐?"

"엄여분은 소자의 아내입니다!"

"그 말뿐이냐?"

"여분은 소자의 아내입니다!"

"에익! 고약한 놈 같으니!"

거기까지 이르자 백준모의 노기는 마침내 화산처럼 폭발하고야 말았다.

"아무리 지각이 없는 짐승이라도 어버이의 은혜는 갚는다는데, 하물며 사람으로 태어나 원수의 자식과 정분을 통하다니…… 이놈! 개새끼 같은 놈 같으니……"

백준모는 치를 부들부들 떨며

"이놈, 비록 네가 백씨 성을 부른대도, 이 백준모를 애비라고 불러서는 안되리라! 너는 오늘부터 내 아들이 아니니 썩 썩 이 집을 나가! 나가!"

"아버지!"

"아니 썩 못 나갈 테냐?"

백준모는 드디어 아들의 등살을 쥐고 끌어 올리며 문밖으로 떠밀어냈다.

"아버지!"

"썩 못나갈 테야?"

"아버지 —— 그럼 아버지 안녕히……"

그날 밤, 문호는 날이 채 밝기 전에 짐을 조그맣게 꾸려 가지고 정처 없이 자기집 대문을 나섰다.

기왕 쫓겨난 몸일진대 여분을 한번 찾아보고 떠나리라 하였다. 아니 될 수만 있다면 여분과 더불어 손에 손을 잡고 먼 나라로 달아나 버리고 말리라 하였다.

그렇게 생각하면서 문호는 개울을 끼고 여분네 집을 향하여 걷기 시작하였다.

그러나 문호는 달빛이 희미하게 비치는 개울 다릿목까지 다달았을 때 돌다리 위에 엉거주춤 하니 앉아 있는 한 사나이의 그림자를 발견하였다.

"아, 백씨댁 도령이 아니십니까?"

하고 물으면서 다가오는 것은 틀림없이 여분네집 머슴 홍춘길이었다.

"아 춘길이가 아닌가?"

"아니, 도령님, 이거 웬일이십니까? 이 밤중에 어딜 행차하시길래……"

춘길은 그러면서 문호의 차림차림을 보고 놀라는 것이었다.

"애기씨를 또 좀 불러주게!"

하고 문호가 충실한 심복 홍춘길에게 대강 이야기를 전하였을 때 춘길은 한 번 더 놀라면서

"애기씨는, 애기씨는……"

하고 중얼거릴 뿐이었다.

문호가 홍춘길을 지금까지 충실한 심복이라고 믿었던 것이 불찰이었다. 춘길은 문호에게만 충실하였을 뿐 아니라, 문호의 사촌아우 영호에게도 충실하였던 것이다. 자기에게 술값과 도박대만 넉넉히 쥐어주는 사람이면 누구에게도 충실한 심복이 될 수 있는 그러한 종류의 인간이었다.

"애기씨가, 애기씨가 어떻게 되었단 말인가?"

문호는 불길한 예감을 등골에 느끼면서 홍춘길의 손목을 부여잡고 흔들어댔다.

"애기씨는, 저 애기씨는……"

춘길은 좀체로 입을 열지 않는다.

춘길의 그 비굴한 눈치를 알아차린 문호는 지갑을 꺼내어 지폐 두 장을 내어주면서

"자 스무냥이다! 애기씨가 어떻게 되었단 말인가?"

이리하여 문호가 머슴 홍춘길의 입으로부터 들은 이야기는 —— 아까 여분이가 부부암으로 문호를 만나러 집을 떠난 바로 조금 후에, 영호가 춘길을 불러 술값을 톡톡히

쥐어 주면서 여분을 꾀어내달라고 하길래, 부부암으로 가 보라고 하면서 문호와 여분이가 늘 부부암에서 만난다는 이야기를 했노라고——

"그런데 대관절 어떻게 된 노릇인지 지금껏 안돌아 오시는데요.…… 그래 너무 걱정이 돼서 이렇게 잠을 못자고 애기씨를 기다리는데요."

그러나 그때는 벌써 부부암을 향하여 쏜살같이 뛰어가는 문호였다.

춘길은 하루밤에도 여러 차례씩 자기 수중에 들어오는 술값을 머리 속으로 세어 보다가 대관절 일이 어떻게 되는가고 문호의 뒤를 따르기 시작하였다.

아까 문호와 여분이가 부부암에서 애달픈 사랑을 속삭이고 있을 때, 춘길의 말을 듣고 따라올라간 영호는 으슥한 숲속에 숨어서 그들을 감시하고 있다가, 두 사람이 헤어지는 것을 보고 여분을 어디론가 꾀어냈을 거라고 생각하면서 춘길을 한사코 문호의 그림자를 놓치지 않고 따랐다.

그러나 문호가 산비탈길로 부부암을 향하여 뛰어 올라가던 그때였다.

달빛이 희미하게 비치는 숲새길을 아래로 뛰어내려오는 두 사람의 그림자가 보였다.

그것은 틀림없이 여분과 영호다. 쫓겨 내려오는 것은 여분이고 따라 내려오는 것은 영호였다.

　　"여분이가 아닌가? ──"

　　절반은 딩굴듯이[144] 뛰어 내려오는 여분을 왈칵 붙잡고 문호는 그렇게 부르짖었다.

　　"아악 ──"

하고 울면서 문호의 품안에 쓸어지는 여분이 ── 신발은 벗어지고 옷은 무참하게 흩어지고 ── 따라 내려오던 영호가 우뚝 멈추었다.

　　"짐승 같은 놈! 저 놈은 저 놈은 나를⋯⋯"

　　그렇게 영호를 저주하면서 문호의 품안에 쓸어졌던 여분은 흩어진 치마허리를 움켜쥐고 몸을 일으켰다.

　　골수에 찬 원한이 복받쳐오는 부끄러움을 참지 못하여 여분은 다시 산비탈길을 뒤도 돌아보지 않고 뛰어 내려가는 것이었다.

　　"영호야!"

　　문호는 한 발자욱 다가서면서 그렇게 영호를 불렀으나 영호는 무엇을 생각했는지 뒷걸음질을 하면서 다시 부부암이 있는 꼭대기로 기어 올라갔다.

---

144) 뒹굴듯이

문호는 영호의 뒤를 따라 올라갔다.

이윽고 두 사나이는 달빛어린 대동강을 멀리 내려다보는 부부암 앞에서 마주 서게 되었다.

그러나 두 사나이는 말이 없다. 성난 황소처럼 마주선 두 사나이 —— 거기에는 다만 어두운 침묵이 있을 뿐이다.

"영호야!"

얼마 후 마침내 문호가 입을 열었다.

그러나 영호는 통 대답이 없다. 영호는 영리한 사나이였다. 말을 하는 사이에 그는 생각하여야 한다.

"영호야 너도 사람이냐? ——"

하고 문호는 재차 물었다.

"흥! 원수의 자식을 아내로 삼으려는 문호만 사람인가?……우리 조상의 원수를 갚은 이 영호는 사람이 아니고? 나는 오늘밤 백씨가문을 대표하여 엄가가 우리조상에게 준 것과 똑같은 방법으로 엄가에게 복수했을 따름이다! 나는 여분이 년을……"

"이놈아! 바른대로 이야길 못해? 네 말이 참말이라면 너는 왜 원수의 자식 여분의 사진을 가지고 다니는 거야? 아무리 네가 짐승 같은 놈이라도 남의 집 처녀를 능욕한다는 법이 ——"

그러나 그 순간

"앗!"

하고 외친 문호의 몸뚱이가 짚었던 조그마한 바위와 함께 벼랑 밑으로 툭 떨어지다가 벼랑 기슭에 돋은 키 작은 나무 가지를 붙들고 매어 달렸다.

"하하하! ——"

머리 위에서 떨어지는 영호의 웃음소리 —— 문호는 죽어라하고 소나무가지를 붙잡았다. 외넝쿨에 매달리듯 달랑달랑 매어달린 문호의 몸뚱이! 캄캄하니 내려다보이는 대동강!

"하, 하, 하, 하 —— 문호 형님! 언젠가 한 번은 이제 그 빠져나간 조그마한 바위에 형님을 세워 놓으려고 벌써 한 달 전부터 벼르고 있던 것이, 오늘밤에야…… 사실은 형님과 여분이 년이 매일처럼 이 부부암 근처에서 만난다는 말을 듣고 ——"

그것은 영호가 한 달 전부터 문호를 해치려고 만들어 놓았던 무서운 함정이었다. 바위 밑을 살짝 빼놓고 간드랑 간드랑 노는 그 바위 위에다 나무가지를 덮어 놓고 ——

"너는 나를 정말 죽일 테냐?"

무서움에 떨리는 문호의 목소리였다. 붙잡은 소나무 뿌리가 한오락 한오락 빠져나온다.

"앗, 영호야! 빨리, 빨리 손을……"

극도의 공포로 말미암아 맹수처럼 부르짖는 문호 ——

그러나 영호는 엉거주춤하니 벼랑 밑을 내려다볼 뿐 ——

툭! 툭! 하고 끊어지는 나무뿌리. 문호의 무거운 몸뚱이를 싣고 소나무뿌리는 한줄기 한줄기 끊어진다. 끊어질 때마다 흙덩어리가 우루루하고 문호의 얼굴을 덮어 버리는 것이었다.

"영호야! 영호야! 아, 앗, 손을, 손을 내밀어! 아, 앗, 이 비굴한 놈! 악마 같은 놈! 아앗 ——"

다음 순간 문호의 허엽스레한 몸뚱이는 빠져나간 소나무 구루와 함께 희미한 달빛 속을 일직선으로 떨어져 내려갔다.

점점 적어지는 몸뚱이 —— 이윽고 멀리 벼랑 밑으로부터 조그마한 돌을 던진 것과 같은 물소리가 '참방'하고 들린다.

이 무서운 광경을 컴컴한 숲속에 몸을 감추고 목격한 사나이가 있었다.

그것은 엄씨댁의 머슴 홍춘길이었다.

# 제3차의 참극[145]

  이리하여 영호의 머리 속에서 고이고이 자라던 무서운
야심은 마침내 엄씨댁의 무남독녀 여분을 능욕했을 뿐만
아니라, 사촌형 문호를 부부암 절벽으로부터 영원히 대동
강 물결 속에 장사지내고 말았다.
  그러한 무서운 죄악, 저릿저릿한 비밀을 아는 자는 이
세상에 백영호 자신과 무심히 서 있는 부부암밖에 없으리
라고 그는 생각하였다.
  "삼촌의 백만원에 가까운 유산 상속권은 이영호에게
있다."
  그는 마음속으로 그렇게 부르짖었다.
  더구나 그날 밤 문호가 아버지 백준모에게 쫓겨났다는
사실을 안 영호로서는 더욱 구실이 좋았다.

_____

145) 第三次의 慘劇

"그런데, 문호 형님은 대관절 어디로 갔을까요? 노자나 착실히 주었읍니까?"

영호는 걱정이 되어 못 견디겠다는 듯이 그러한 말을 때때로 삼촌에게 하였다.

"어딜 가서 빌어먹던지, 그건 내 알 바 아니다! 문호 놈은 내 아들이 아니니까 —— 빌어먹다가 먹을 것이 없으면 굶어 죽겠지!"

그렇게 말로는 호기 있게 내뿜는 백준모도 마음속으로는 무척 쓸쓸했던 것만은 숨길 수 없는 사실이었다. 설마 나가란다고 정말 나가버리라고는 꿈에도 생각지 않았던 모양이었다.

"형님도 홀아버지를 혼자 남겨두시고, 정말 나가버리면 어떻게 하겠다고 ——"

그렇게 문호를 꾸짖은 영호였다.

"음 ——"

하고 백준모는 신음하듯

"내 자식이 원수의 딸과 정을 통하다가 쫓겨났다면 세상에 대할 면목이 없어. 그러니까, 죽었다고 그래라 죽었다고! 대동강에서 멱을 감다가 다리에 쥐가 나서 물에 빠져 죽었다고 그래!"

영호는 무심중에 한 삼촌의 말에 가슴이 뜨끔하였다.

"그렇게라도 꾸며 놓아야 내일이라도 동네 사람들을 볼 낯이 있지. 에이 집안이 망할라면 이럭저럭 망하는 거야!"

이리하여 동네 사람들은 문호가 정말 대동강에서 멱감다 죽은 줄로만 알았던 것이다.

그러나 영호는 꿈에도 모르리라. 자기가 부부암에서 범한 무서운 죄악을 여분네집 머슴 홍춘길이가 숲속에 숨어서 하나도 빼놓지 않고 목격하고 있었다는 사실을 영호는 통 모르고 있었던 것이다.

허나 춘길이는 또 춘길이로서의 흉산(胸算)이 있었다.

문호가 벼랑기슭에 돋아난 조그마한 소나무가지를 죽어라고 붙잡고 영호에게 살려달라고 외치던 그 순간, 춘길이는 금시라도 뛰어나가서 악마 백영호의 대가리를 갈라놓고 싶은 충동을 받았던 것이다.

그러나 춘길이는 다음 순간

"참아라 참아라! 참기만 하면 너는 일평생 밥걱정을 하지 않고도 살 수가 있지 않은가! 남의 집 머슴살이를 하지 않아도 될 것이다!"

하고 마음속으로 외치면서 자기 자신을 억제하였던 것이다.

그날 밤 춘길은 자기 아내에게 이런 말을 하였다.

"너 남의 집 머슴살이에 싫증이 안나니?"

"싫증이 나도 할 수 없지 뭐 ──"

"할 수 없긴 왜 할 수 없어? 일평생 놀고먹었다, 일평생 놀고먹었어!"

"또 몇 푼 땄나보다."

"흥! 투전판에서 생긴 돈으로야 일평생 먹고 사나? 가만 있자! 너 백만원의 십분의 일, 아니 십분의 일은 좀 과하지, 너 백만원의 백분의 일이 얼만지 아니?"

"미쳤나봐! 갑자기 ——"

"멍텅구리가 그런 걸 알면 멍텅구리 소리를 안 듣게. —— 만원이야 만원! 십만냥 몰라? 십만냥! 히, 히, 히, 히 ——"

십원 짜리 지폐를 모르는 홍춘길이의 눈앞에는 열냥(일원) 짜리 종이돈 일만 장이 함박눈처럼 우수수하니 자기 마당 위에 떨어지는 환상을 그리면서 뜬 눈으로 아침을 맞이하였다.

> 어머님!
> 한 계집의 몸으로서 두 사나이를 맞이한 이 불효 여분은 죽소이다.
> 죽어서 행여 아버님 곁으로 가게 되면 죄 많이 지은 이 몸을 한 번 더 죽여 줍소서 하고 아버님께 빌겠오

이다.

흩어진 치마허리를 움켜쥐고 부부암으로부터 뛰어내려
온 여분은 자기방으로 가만히 들어가서 이와 같은 간단한
유서를 써 놓고 비겁한 악마 백영호로부터 받은 치욕을
금할 바 없어 자기의 더러운 몸을 죽음으로서 청산하리라
결심하였다.

그러나 여분에게는 죽음까지 자유롭지 못하였다.

양갯물 그릇을 들이키려는 바로 그때, 안방에서 주무시
던 어머니가 왈칵 달려들었던 때문이다.

"이년아! 네 에미가 불쌍하다고 생각지 못하느냐? 죽기
까지 결심한 일이라면 살아선들 왜 못한단 말이냐? 백문
호가 그렇게도 그립다면 내 날이 밝거던 달려가서 머리를
땅에 묻고 청혼이라도 하겠다! 이년! 원수의 앞에서 머리
를 굽히겠다는 이 홀에미가 가엾지도 않느냐……"

"아니예요? 어머니 아니예요!"

여분은 어머니의 무릎에 얼굴을 묻고 흑 하고 쓸어졌다.

어머니는 그때야 옆에 놓인 여분의 유서를 들여다보았다.

"두 사나이를 보았다 아 이년아 두 사나이를 보다니
……"

여분은 얼마 동안 흑흑 느껴 울다가 마침내 오늘밤에

생긴 일을 숨김없이 어머니에게 고백하였다. 어머니는

"음 ── 영호! 그 놈은 우리, 엄씨 조상에게 복수를 했구나!"

단지 그것 한 마디뿐, 그리고는 이를 바드득하고 갈면서 입술을 꼭 깨물었다.

날이 밝자 동리 사람들이 어젯밤 영호와 더불어 멱감으러[146] 나갔던 문호가 물에 빠져 온데간데없이 죽어버리고 말았다는 소문을 듣고 떠들면서 문호의 시체를 건지러 강으로 몰려 나갔다.

"문호가 죽었다?……"

이 한 마디는 실로 여분에게는 청천벽력과도 같은 사실이었다.

"문호가 언제 어느 때에 영호와 함께 멱을 감으러 나갔던가?…… 어젯밤 자기는 자정 때부터 문호와 같이 부부암에서 약 한 시간 동안이나 이야길 하고 있었고…… 그리고는 부부암에서 내려와 문호와 헤어진 바로 그때, 영호에게 끌리어 다시 부부암에 올라갔다가 모욕을 당하고…… 다시 쫓겨 내려올 때, 문호는 어딜 가는지 봇짐을 지고 뛰어 올라가지 않았던가……"

---

146) 멱감다: 충청도 사투리로 멱감다는 '목욕을 하다'이다.

거기까지 상념이 도달했을 순간,

"영호다! 영호가 죽였다!"

하고 여분은 외쳤던 것이다.

비록 보지는 못했으나 여분은 두 눈으로 본 것처럼 그렇게 생각이 들었다.

"복수다! 복수를 해야 한다!"

여분은 자기가 죽지 않은 것을 무엇보다 다행으로 여겼다.

그러나 조금 후에 머슴 홍춘길의 이야기를 듣고 난 여분은 자기의 직감이 한조각 한조각 깨어져 나가는 것을 어찌할 수 없었다.

"── 그래서 백씨 댁 큰 도령은 아버지에게 쫓겨나던 길에 아가씨를 한 번 더 만나보시겠다고 하시면서 찾아오시다가 다릿목에서 저를 만났읍니다. 그래 저도 애기씨가 안 돌아와서 걱정이라고 그랬더니, 부리나케 부부암으로 다시 올라가시길래 저도 걱정이 되어 뒤따랐읍니다. 도중에서 저는 애기씨를 모시고 돌아오려다가, 그런 때 저 같은 놈이 나서기가 뭣해서 숲속에 숨었다가 애기씨가 내려오신 후에 부부암까지 따라 올라갔더니만, 큰 도령과 작은 도령이 뭐라고 아옹다옹 하시다가 큰도령은, 에이 너 같은 놈도 사람이냐 하고 침을 탁 뱉으시면서, 다시는 이 놈의 고향에 발을 안 들여놓겠다고요. 그러시곤 남포로 가는 앞재길로 봇짐을 지시고 떠났읍니다. —— 그런 걸 아마 백씨 댁에서는 쫓아버렸다고 해서는 동리사람 볼 낯이 없으니까, 물에 빠져 돌아가셨다고 해두는 게 나을 것 같으니까 그랬을 겁니다. 그러니까 애기씨 조금도 염려 마십시요. 다시 발길을 안 하시겠다고 그러셨지만, 애기씨를 모시러 큰도령님은 이제 또 돌아오실 것입니다. 두고 보십시요. 제 말이 맞나 안맞나”

　머슴 홍춘길의 이야기를 듣고야 여분은 비로소 모든 것을 안 듯 싶었다.

　춘길의 말이 사실이라면 문호는 죽지 않고 살아 있으니 어느 땐가 한 번은 자기를 찾아 주리라 하였다.

　그러나 그것이 홍춘길의 흉악한 거짓말인줄이야 여분은 꿈에도 몰랐다. 더구나 열 길이나 되는 높다란 벼랑 밑으로 떨어진 문호의 시체를 그 후 사흘 동안이나 찾아보았으나 물살이 센 탓이었는지, 통 건질 수가 없었던 것이 한층 더 홍춘길의 말을 여분으로 하여금 신용케 하였던 것이다.

　여분은 매일매일 문호가 돌아오기를 기다렸다. 돌아와서 자기를 거느리고 먼 나라로 떠나주기를 고대하였건만 벌써 물귀신이 되어 버린 지 오랜 문호가 여분을 찾을 리는 만무하였다.

여분의 어머니는 그날 밤, 영호가 여분이의 몸뚱이에 저질러 놓은 비밀을 꿈에라도 입 밖에 내서는 안 된다는 것을 머슴 춘길에게 다진 다음에 그의 입을 봉하는 의미로 적지 않은 금액을 춘길이에게 쥐어주었다.

"원 천만에 —— 이런 대금을…… 조금도 걱정 마십시요. 제 입이 찢어지는 한이 있더라도 애기씨의 비밀을 누설할 리야 있겠읍니까? 원, ……"

춘길은 이처럼 뭉텅이 돈이 자기 주머니에 슬슬 들어오게 된 자기의 팔자를 늘어지게 행복하게 여겼다.

한 개의 비밀을 지켜 줌으로서[147] 엄씨와 백씨 사이를 공교롭게 헤엄쳐다니는 홍춘길의 계획은 예상보다도 더 정확히 들어맞았던 것이다.

그가 백영호를 붙잡고 그날 밤 부부암에서 일어난 무서운 비밀 —— 사촌형 백문호를 벼랑 밑으로 떠밀어 죽인 백영호의 죄악을 마치 눈앞에 보는 듯이 설명했을 때 영호의 놀람이 어떠했으랴. 홍서방이 근 삼십 년 동안 백영호로부터 받은 금액은 실로 거액에 달하였다. 현재도 그는 광산엘 갔다옵네 하고 어디론가 나갔다 오면 그의 수중에는 일이천원은 반듯이[148] 있었다. 물론 백영호로부터 갈

---

147) 지켜 줌으로써
148) 반드시

취한 돈이었다.

"모두가 참을성 있는 탓이지! 그때 —— 문호가 벼랑 밑으로 떨어질 때, 젊은 혈기에 못 견디어 벌컥 뛰쳐나갔던들 내 팔자는 이렇게 늘어지진 못했을 걸!"

그는 늘 이렇게 생각하였다. 그것은 하옇든 부부암 사건이 있은 지 보름 후에, 여분네 일가는 얼마 되지 않는 가재를 정리해 가지고 대대손손이 살아오던 고향을 떠나버리고 말았다.

어머니가 딸 여분일 데리고 부랴부랴 고향을 떠난 것은 여분이의 뱃속에 벌써 삼 개월이나 넘은 문호의 피가 고이고이 자라고 있었던 때문이다.

처녀의 몸으로서 —— 더구나 원수의 자식 문호의 피를 받은 여분의 신세를 어머니는 무척 미워하고 무척 가엾이 여겼다.

아무리 원수의 피라한들 피 그 자체에야 무슨 죄가 있으랴. 너그러우신 어머니는 여분이의 배가 더 커지기 전에 산설고 물설은 타향에 나가서 해산시키리라고 생각하였던 것이다.

×천골을 떠나기 전날 밤, 여분은 어머니 몰래 부부암에 올라가서 자기의 배를 쓸어 보고 떠나간 낭군 문호의 옛 자취를 더듬으면서 하룻밤을 눈물로 세웠다.

언제 돌아올런지 알 수 없는 문호를 그리워하면서 여분이가 다시 집으로 내려오던 도중에 그는 홍춘길이의 처를 만났다.

그때 춘길이의 처는 내일 아침엔 영원히 ×천읍을 떠나 버릴 주인 애기씨 여분의 귀에 무엇을 속삭이었던가!

남편 춘길이가 절대 입 밖에 내서는 안된다고 열번 스무번 다진 무서운 비밀 —— 영호의 간계로 말미암아 그렇게도 그리던 문호가 억울한 죽음을 당했다는 무서운 사실을 알았다.

"역시 그랬던가?……"

여분은 놀라는 대신, 파리한 입술을 피가 흐르도록 꼭 깨물었다.

"영호야! 두고 보아라!"

여분이가 뱉은 이 한 마디 —— 이 한 마디야말로 이 기나긴 이야기의 근원이 되는 말이었으며 사랑의 처녀 여분으로 하여금 복수의 권화(權化)를 만든 무서운 서언(誓言)이었다.

고향 ×천읍을 떠난 여분이 모녀는 평양 옥리(玉里)에서 셋방살이를 하면서 여분이의 해임기(解妊期)를 기다렸다.

한달 두달 점점 커가는 자기의 배를 드려다 볼 때마다 여분은 이를 악물고 악마 백영호에게 복수하기를 수 없이 부르짖었다.

억울한 죽음을 당한 남편 문호를 위하여, 한걸음 더 나아가서는 백가에 모욕을 당한 엄씨 조상을 위하여 여분은 어떠한 일이 있더라도 복수를 해야만 되겠다고 신명에게 서약하였다.

날이 가고 달이 옴에 따라 여분의 배는 커질 대로 커져서 그 해 겨울 함박눈이 창밖에 소리 없이 내리는 날밤 여분은 마침내 아기를 낳았다.

그것은 옥과 같은 사내였다.

"애비 없는 자식!"

얼마 후 정신을 차린 여분은 어린애를 물끄러미 드려다보면서 눈물을 흘렸다.

"보기 싫다! 울지 마라!"

그렇게 딸을 꾸짖은 어머니 자신도 얼굴을 가리고 코를 풀었다.

그러나 아아 어찌 그리도 무심한 하늘인가!

여분은 해산한 지 사흘 만에 산후가 순조롭지 못하여 그만 열아홉 살을 일기로 세상을 떠나고 말았다.

여분은 세상을 떠나면서 비로소 저 부부암에서 일어난 백영호의 악착한 범죄를 어머니에게 이야기하였다.

"어머니, 저는 비록 가슴속에 사무친 원한을 풀지 못하

고 죽더라도 어머니만은 오래 오래 살아계시다가 얘가,
…… 얘가 자라거든 이 어미를 대신하여…… 그 놈 백영호
게…… 백영호에게 이 어미의 원수를……"

"알았다. 알았어! 어서 편안이 죽기나 해라! 네 원수
는…… 얘가…… 얘가 갚아 주리라!"

이리하여 어머니와 딸은 골수에 사무친 원한에 피눈물
을 흘리면서 유명의 세계로 영원히 작별하였던 것이다.

한편 백영호는 어떻게 되었는가.

여분이 모녀가 ×천읍을 떠난 지 일 년 후에 삼촌 백준모
가 세상을 떠났으므로 영호는 백만원에 가까운 재산을 상
속하였다.

홍서방 춘길이의 말에 의하면 그처럼 건장하던 백준모
가 그와 같이 갑자기 세상을 떠난 것도 제 눈으로 보지
못했으니까 단언할 수는 없으나 필경 백영호의 잔인한 작
위(作爲)가 숨어 있으리라는 것이었다.

백영호는 그 후 읍내 어떤 관리의 딸과 결혼하여 남철(南
鐵)(실종선고를 받은 남수의 형) 남수와 정란일 낳아 가지
고 서울로 이사하여 갔는데, 그는 어렸을 때부터 조각(彫
刻)에 남달리 우수한 재주를 가졌으므로 중앙으로 가서
그 방면에 대한 연구를 하겠다는 것이 고향을 떠난 유일한
동기였었다고 한다.

백영호가 ×천골에 살고 있을 때는 두말 할 것도 없이 그가 서울로 이사하여 간 후에도 홍서방은 어느 때나 생각나면 찾아 올라가서 물질적 보조를 적지 않게 받았다고 ——

이상이 홍서방의 이야기를 오상억 변호사가 생략하고 부언하여 가면서 꾸며놓은 '로맨스'였다. —— 백씨와 엄씨 사이에 서리어 있는 무서운 '로맨스'의 대강 줄거리.

홍서방은 그때 술잔을 꿀꺽 드리키면서

"그때 여분 애기씨가 낳은 사내자식 —— 그가 바로 해월이라는 승명(僧名)을 가지고 나타나서 백영호 씨를 죽이고 남수 씨를 죽인 그 사람이지요?"

하고 얼굴을 들었다.

"그때 여분이가 낳은 사내아이가 해월이었다?"

홍서방의 기나긴 이야기를 듣고 난 오상억은 그때야 비로소 엄씨와 백씨 사이에 얽히어 있던 모든 비밀을 알았다.

오상억은 시계를 꺼내 드려다보았다. 길기 쉬운 여름밤은 벌써 자정이 훨씬 넘었던 것이다.

아침 여섯 시 차로 상경할 예정이었던 오상억은 ×천읍을 떠나기 전에 문제의 부부암이란 곳을 한 번 보고 올 셈으로 홍서방에게 그 뜻을 말했더니

"아, 그러시지요. 다행이 달도 밝고 한데 ―― "
하고 자리에서 몸을 일으켰다.

이리하여 오상억과 홍서방은 읍내로 흐르는 개울을 끼고 동편 쪽 대동강을 향하여 걷기 시작하였다.

"그런데 홍서방은 그때 여분이가 평양서 해산한 사실을 대체 어떻게 알았소?"
하고 묻는 오상억의 물음에 홍서방은 다음과 같이 대답하였다.

여분이가 그처럼 어린애를 낳고 덜컥 죽고 보니 여분이 어머니는 생각다 못해 이왕 모든 비밀을 알고 있는 머슴 홍춘길의 아내를 몰래 데려다가 약 일 년 동안이나 어린애에게 젖을 먹여 길렀다고 한다.

그때 홍춘길의 처도 바로 해산한 뒤라, 일은 무척 순조롭게 진행되었다.

"그 후 여분이 어머니가 어린아일 데리고 어디로 갔는지 그건 도무지 알 수 없읍니다. 지금까지 종무소식입니다. ――"

"그러면 그때 여분이가 낳은 어린애가 해월인줄은 어떻게 알았소?"

"그거야 확실한 증거가 없으니까 ―― 그렇다고 꼭 잡아뗄 수는 없지만 ―― 그 후 이런 일이 있었지요. ―― 백영호 씨가 이사하여 서울로 올라간 지 사오 년 후에, 해월이라고 부르는 열대여섯 살 되어 보이는 애기중 한 사람이 이 ×천골에 나타나서 백영호 씨에 관한 이야기를 자세히 묻고 간 적이 있읍니다. 그때 나는 무슨 볼일이 있어서 몇일[149] 동안 평양엘 들어갔었는데, 나중에 가만히 생각해보니 아무래도 그것이 여분씨의 아들 같애요"

그런 이야길 하면서 두 사람은 숲새길을 더듬어 부부암으로 올라갔다.

"그러면 여분의 호적은 아직도 이×천읍에 있는가요?"

"예 있고 말고요."

"그럼 그때 여분이가 낳은 아들의 이름은 호적상 무엇이라고 적혀 있소?"

"그것이 말입니다. 호적에는 도무지 오르지 않았답니다. 그것도 생각하면 그럴 듯하지요. 애비어미 없는 애를 —— 더구나 원수의 피를 받아 난 애를 왜 호적에까지 올리겠읍니까? 그러니까 호적상으로야 여분 아기씨는 깨끗한 처녀로 죽었지요."

바로 그때였다.

홍서방과 오상억이 부부암 앞에서 캄캄한 대동강을 물

---

149) 며칠

끄러미 내려다보고 있던 바로 그 순간 —— 등 뒤로부터

"탕 —— "

하는 한방의 권총 소리가 고막을 찢는 듯 울리었다.

　오상억은

　"앗!"

하고 외치면서 땅위에 납작 엎디었다. 오상억의 '파나마'
모가 휙 하고 땅위에 나부끼면서 떨어졌다. 하마트면 총알
은 오상억의 이마를 깰 뻔하였다.

　"탕!"

하고 또 한 방의 총소리가 울리는 것과 거의 동시에 벼랑
기슭에 섰던 홍서방의 몸뚱이가 짚으로 만든 인형처럼 휫
뚝 하고 허리를 꺾으면서 희미한 달빛을 등지고 벼랑 밑으
로 툭 떨어져 내려갔다.

　"해월이다! 복수귀 해월이다!"

　그렇게 마음속으로 부르짖으면서 아무런 무기도 갖지
못한 오상억은 땅위를 벌벌 기어서 반대편 쪽 숲속으로
몸을 감추었다.

　"탕! 탕! —— "

　해월의 총소리가 저릿저릿하게 오상억의 등 뒤를 따라
오는 것이었다.

# 유탐정의 오뇌[150]

이상으로 오상억 변호사의 기나긴 이야기는 끝났다.

사면 문을 꼭 잠근 방안에서 사람들은 후우 하고 긴 한숨을 지으면서 훤하니 밝아오는 한강 일대를 들창 밖으로 바라다보았다.

"그래 나는 해월의 총소리를 등 뒤에 들으면서 부부암을 뛰어 내려왔지요. 면장의 사택과 주재소에 들려서 홍서방의 최후를 보고하고 오늘 오후 차로 거기를 떠났읍니다. 차중에서도 나는 항상 해월의 무서운 감시 가운데 있는 것만 같아서 ──"

오상억은 그러면서 방안을 한 번 휘 둘러보았다.

다행이 해월은 그 경비가 심한 저택 안으로 침입하지 못한 모양이었다.

---

150) 劉探偵의 懊惱

"그러면 대체 어떻게 되나요? 해월은 그러면 나를 죽이려는 것이 아니고……"

하고 은몽이 의아스럽다는 얼굴을 지었다.

그러나 그때 오상억이 대답하기 전에 임경부가 먼저 입을 열었다.

"그렇지요. 해월이가 부인을 해치겠다는 것은 말하자면 제이의 목적이고 제일의 목적은 백영호 씨 일가에 대한 복수입니다."

"그렇습니다!"

하고 오상억은 임경부의 말을 지지하며

"이것은 물론 나의 공상에 지나지 못하는 추측이지만 —— 홍서방에 의하면 해월이가 열대여섯 살 적에 ×천읍을 방문하여 백영호 씨의 소식을 캐물었다는 것으로 보아서 다음과 같이 생각할 수 있을 것입니다. —— 즉 여분의 아들은 그 후 점점 자람에 따라 할머니의 입으로부터 자기 아버지 백문호를 죽이고 자기 어머니 여분을 능욕했다는 백영호의 무서운 죄악을 알자 아버지의 원수 어머니의 원수 한 걸음 더 나아가서는 백씨 일가에 대한 엄씨 일가의 복수 —— 이처럼 골수에 사무치는 원을 품고 그는 해월이라는 중이 되어 조선 십삼도를 편답하면서 원수 백영호를 찾아 다녔읍니다. 그러다가 그가 열여덟 살 되는 해 여름,

금강산 백도사에 있던 해월은 거기서 은몽 씨와 알게 된 것입니다. 은몽 씨에 대한 열렬한 짝사랑 은몽 씨가 철없이 던진 한 마디 동정의 말을 사랑의 표현이라고 착각한 해월, 그는 그 후 타오르는 연정을 품고 십여 년 동안이나 은몽을 찾아다니다가 찾아 놓고 보니 그것은 해월에게 있어서 너무나 놀라운 일이었으며, 너무나 우연한 일이었읍니다. 원수 백영호의 약혼자인 공작부인(孔雀夫人) 주은몽! 무척 놀랐고 무척 기뻐했을 해월은 거기서 무엇을 생각했는가…… 오냐! 너희들을 전멸시키고야 말리라, 그러나 해월은 영리한 사나이였지요. 백영호 씨 일가에 복수한다는 뜻은 추호도 밝히지 않고 단지 하나의 실연자로써[151] 자기의 순정을 유린한 은몽 씨에 대한 복수라는 것을 표면 이유로 내세웠읍니다. 그렇게 함으로써 자기의 신분을 영원히 감추려는 것이었지요. 그리하여 해월은 은몽 씨에게 복수한다는 말을 내걸고 그 실은 백영호 씨를 죽이고 남수 군을 죽였읍니다. ──"

오상억 변호사의 이야기는 반박의 여지가 없을 만큼 질서 정연하였다.

"그러면 정란이도? ──"

---

151) 실연자로서

해월의 목적물의 하나인가를 은몽이 물었을 때

"물론!"

하고 오상억은 심각한 표정을 지었다.

"저번 결혼식에서 정란 씨가 장송곡을 치라는 해월의 명령을 거역했을 때, 해월은 뭐라고 말했읍니까?…… 나는 너를 위해서 장송곡을 치리라고 선언하였읍니다."

임경부는 그때야 비로소 아까 유불란 탐정이 취한 태도의 의미를 알았던 것이다.

아까 오변호사가 경성역에 도착했다는 소식을 유불란에게 전달했을 때, 유불란은 임경부에게 뭐라고 말했는가?…… 삼청동 정란의 신변을 보호하기 위하여 경비대를 파견하라고 그러지 않았던가! 그리고 은몽보다도 정란이가 한층 더 위험한 처지에 놓여 있다고 말하지 않았던가!

"오상억 씨!"

하고 그때 비로소 유불란은 그 묵직한 입을 열었다.

"그때 엄여분이가 낳은 아이가 확실히 사내였읍니까?"

여분의 아이가 확실히 사내였던가고 묻는 유불란의 말에 오상억은 놀라며

"물론 내 눈으로 보지 못했으니까 단언 할 수는 없읍니다. 그런데 왜 그런 말을 묻읍니까?"

"아니 ——"

하고 유불란은 잠깐 동안 무엇인가를 주저하는 모양이더니

"그때 여분이가 낳은 아이는 호적에 오르지 않았다니까, 그것이 계집앤지 사낸지 누가 그것을 증명합니까? 홍서방도 자기의 눈으로 직접 보지 못했으며……"

"아, 그것은 그때 약 일 년 동안이나 어린애에게 젖을 먹여준 홍서방의 처가 증명할 수 있을 겁니다."

"그러면 홍서방의 처가 지금도 ×천읍에 살고 있읍니까?"

"아니올시다. 홍서방은 그 후 상처하고 지금은 젊은 후처를 얻어 살지요."

"그러니까, 아아 ——"
하고 유불란은 무의식중에 긴 한숨을 지으면서 혼자 중얼거렸다.

"여분이도 죽고, 여분의 어머니도 지금쯤은 죽었을 게고, 홍서방의 처도 죽고, 또 홍서방마저 죽어버린 지금에 이르러서…… 그리고 어린애는 호적에도 오르지 않고……"

"그러면 유불란 씨는 해월이가 혹시 여자……?"
하고 옆에 앉은 임경부가 무심 중 물었을 때, 유불란은 황급히 머리를 흔들며

"아닙니다. 단지 나는 호적에도 없는 하나의 인물을 의

심할 따름이지요. 여분이가 그때 아들을 낳았는지 딸을 낳았는지…… 아니 한 걸음 더 나아가서 여분이가 과연 임신을 했었는지 이 모든 점을 지금에 이르러서는 증명할 사람이 한 사람도 없다는 말입니다."

유불란의 말을 듣고 나니 임경부는 어떻다고 꼭 지적할 수는 없으나 지금까지 뚜렷하게 눈앞에 떠오르던 살인귀 해월의 존재가 갑자기 몽롱해지는 것 같았다.

해월이란 인물이 과연 실재의 인물일까? 자기가 모르는 것을 벌써부터 알고 있는 듯한 유불란이 아닌가. 은몽이보다도 정란이가 더 위험하다는 유불란, 오상억이 멀리 ×천읍까지 찾아가서야 비로소 알고 온 사실을 유불란은 서울 안에 가만히 앉아서도 알고 있지 않는가. 더구나 은몽의 말을 들으면 어렸을 때 백도사에서 만났던 애기중 해월은 그야말로 계집애처럼 어여쁜 얼굴을 가졌다고 하였다. 그러면 유불란이 의심하고 있는 것과 같이 해월은 여자였던가 임경부는 유불란이 밉기도 하고 부럽기도 하였다.

"유불란 *씨*가 이 사건에 관해서 우리들 보다 좀 더 알고 있는 점이 있다면 여기서 한 번 이야기해 보는 것이 어떻소?"

하고 유불란을 쳐다보았다.

"정말 유선생은 무엇인가 우리들보다 좀 더 깊이 알고

계신 것 같애요."

하고 은몽은 그것을 무척 듣고 싶어 하였다.

"네 이야기해 보세요! 해월은 그럼 제게는 복수를 안 할까요? 저를 해치진 않을까요?"

은몽은 사지를 부들부들 떨면서 애원하는 듯 유불란을 쳐다보았다.

그래도 유불란은 얼마 동안 대답이 없다가

"다른 것은 모르겠습니다만 지금 물으신 은몽 씨의 물음에는 대답하여 드리지요. 해월은 ──"

하고 또 한 번 말을 끊었다가

"해월은 절대로 은몽 씨를 해치지 않을 것입니다!"

하는 유탐정의 말에는 힘이 있었다.

"그러세요? 정말 그렇게 생각하세요?"

절망의 밑바닥에서 희망의 꼭대기로 기어 올라가는 듯한 은몽의 얼굴 ── 그러나 다음 순간 은몽의 두 눈동자는 점점 어두워진다. 더구나 오상억 변호사가

"아니올시다! 저는 ──"

하고 유불란의 말에 자신 있는 어조로 반대했을 때, 은몽의 얼굴은 더욱 침울해졌다.

"그럼 오상억 씨는 어떻게 생각하십니까?"

유불란의 물음이었다.

"해월은 반드시 은몽 씨도 해치리라고 저는 믿습니다!"

"이유는?"

"해월이가 그것을 은몽 씨에게 선언했기 때문에!"

"………"

해월이가 주은몽을 해하느냐? 안하느냐?……

이것은 실로 중대한 문제가 아닐 수 없다. 이 중대한 문제에 관하여 유불란 탐정과 오상억 변호사의 의견은 정반대로 대립하였던 것이다.

"해월은 절대로 은몽 씨를 해하지 않을 것이라고 나는 지금까지 생각해 왔읍니다. 그리고 그리고……"

유탐정의 얼굴에는 일종 헤아릴 수 없는 심각한 오뇌의 빛이 뭉게뭉게 떠오르기 시작하였다.

그것은 마치 고무방망이로 뒤통수를 한번 얻어맞은 것과 같은 무참한 얼굴이었다.

"참패(慘敗)!"

이와 같은 두 글자가 유탐정의 얼굴에 알알이 떠올랐다.

"유불란 씨가 그렇게 생각하시는 데는 물론 상당한 근거가 있을 겁니다. 나는 해월의 잔인한 성격으로 미루어 보아서 제일의 복수 —— 즉 백영호 씨 일가에 대한 복수는 마치고 제이의 복수 —— 은몽 씨에게 복수의 칼날을 던지리라고 나는 생각하지요. 지금껏 해월은 자기의 선언한 바를 한 번도 실행에 옮기지 않은 적은 없으니까요. ——"

"대단히 흥미 있는 문제입니다."

하고 그때 임경부가 유불란에게 얼굴을 돌리며

"해월이가 은몽 씨를 절대로 해치지 않으리라는 유불란 씨의 지론을 좀 더 자세히 보시면 어떻겠읍니까?"

하는 임경부의 말을 받아 은몽은 애걸하듯

"네, 그걸 좀 똑똑히 말씀해 주세요. 정말 그렇다면 얼마나 좋을까!…… 정말 저는 목숨이 한치 한치 줄어드는 것 같아서 견딜 수 없어요!"

하고 유불란을 쳐다보았다.

은몽은 언제든지 자기의 몸을 해월의 손으로부터 구제해 주는 사람에게 자기가 가지고 있는 모든 것을 바쳐도 한이 없다는 —— 말하자면 생명을 유지하겠다는 일종의 본능으로 말미암아 자기의 모든 지각을 상실한 그러한 태도였다.

미남 오상억의 출현으로 말미암아 유불란에게 쓰디 쓴 실연의 고배를 맛보게 한 주은몽이었으나 그러나 사랑보다도 목숨이 아까웠던 것이다.

유불란은 물끄러미 은몽의 얼굴을 바라보았다. 아니 그는 은몽의 흑진주처럼 까만 두 눈동자를 쏘는 듯이 드려다보다가 마침내 무슨 위대한 결심을 한 듯

"해월은 절대로 은몽 씨를 해하지 않으리다! 그러나……"

이 한 마디의 결론은 유불란 탐정에게 있어서는 너무도 무서운 단언이었다. 그가 지금까지 지니고 온 모든 명예를 이 한 마디에 걸어 놓았다는 것을 독자제 군은 멀지 않아서 깨달을 날이올 것이다.

"그 이유는?……"

오변호사의 신랄한[152] 질문이다.

"그 이유를 나는 이 자리에서 설명할 수 없읍니다. 그 이유가 여러분 앞에 공개되는 날 사건은 무사히 해결될 것입니다. —— 임경부, 저로 하여금 사흘 동안만 여유를 갖게 하여 주십시요. 사흘 후에는 ——"

"사흘 후에는?"

"사흘 후에는 살인귀 해월을 체포하여 드리겠읍니다!"

"해월을?"

하고 놀라는 임경부를 무시하고 이번에는 시선을 옮겨

"은몽 씨!"

하고 힘 있게 불렀다.

"네에?"

그 어떤 격정(激情)으로 말미암아 은몽의 입술이 파르르

---

152) 신랄한

떨리었다.

"전 일에 있어서 은몽 씨는 나의 하나 밖에 없는 애인이 었읍니다!"

유불란은 무슨 이유로 사람들 앞에서 돌연 이러한 말을 꺼내는가. 은몽의 시선이 총에 맞은 참새처럼 툭하고 무릎 위에 떨어진다.

"그리고 지금도 은몽 씨는 나의 하나밖에 없는 애인일 것입니다."

"…………"

"그리고 미래에 있어서도 은몽 씨는 나의 하나밖에 없는 애인일 것입니다!"

"왜 그런 말씀을 갑자기……?"

은몽은 불현듯 머리를 들었다. 오상억을 무시하고 눈물은 은몽의 종이장처럼 흰 얼굴을 주루루 흘러내렸다.

"나는 그 하나밖에 없는 나의 애인을 위하여 해월을 체포하겠읍니다!"

그리고 의자에서 몸을 일으켜 창황한 걸음으로 밖으로 나가려는 유불란을 은몽은

"수일 씨!"

하고 불렀다.

아아 수일(秀一) 씨! 수일 씨! 유불란은 지나간 그 옛날

공작부인(孔雀夫人) 주은몽의 입으로부터 이 말을 얼마나 들었던가! 유불란은 '핸들'을 잡은 채 발걸음을 멈추었다.

그러나 멎었던 발걸음은 도리킬 줄 모르고 그냥 '도어' 밖으로 살아졌다.

그 길로 태평동 자기집으로 돌아온 유불란은 무서운 번민 속에서 하루를 보냈다.

"사흘 후엔 살인귀 해월을 체포 하겠노라고 나는 사람들 앞에서 단언하지 않았는가. —— 나는 과연 해월을 체포할 수 있을까?"

하룻밤을 뜬 눈으로 새운 유불란은 피곤한 몸을 침대 위에 던졌으나 통 잠을 이룰 수가 없었다.

머리는 착잡할 대로 착잡해지고 두 눈은 무섭게 충혈되었다. 그는 마치 미친 사람처럼 물끄러미 천정을 바라다보면서 혼잣말로 중얼거렸다.

"그러나…… 그러나 수상한 일이다! 서울 안에서 한 발자욱도 떠나지 못했을 해월이가 어떻게, 그리고 어느새 오상억을 ×천읍까지 따라가서 홍서방을 죽였을까?……"

그것은 실로 유탐정으로서는 가장 해석하기 어려운 난문제 중의 난문제였던 것이다.

이 문제만 해결될 수 있다면 유불란은 금시라도 해월을 체포할 수가 있는 것이다.

"아니다! 아니다! 어떠한 일이 있더라도 해월은 분명코 그이다! 그이다! 그러나 아아 ——"

유불란은 손으로 두 눈을 가리우며 모든 것을 잊어버리겠다는 듯이 이불을 푹 뒤집어썼다.

이불을 뒤집어쓰자 캄캄한 망막에 나타나는 여러 인물 —— 임경부의 그 노둔한 얼굴, 오상억 변호사의 차디찬 이지적인 얼굴, 정란의 가련한 얼굴, 문학수의 유순한 얼굴, 그리고 은몽의 창백한 얼굴이 무섭게 '크로즈·엎'되어 유불란을 향하여 점점 다가온다.

"은몽이! 은몽이!"

그는 망막에 떠오른 은몽의 확대한 얼굴을 잡으려는 듯 두 손을 내저었다.

은몽의 그 매섭고도 꿈꾸는 듯한 눈동자를 볼 때마다 유불란은 무엇보다도 먼저 하나의 실연자로서의 고배(苦盃), 부끄러움, 그리고 마침내는 '그리샤' 형의 표정 없는 미남 오상억에 대한 질투심이 어린애처럼 북153)바쳐오르는 것이었다.

"그렇다! 탐정이란 결코 연애를 해서는 아니 된다! 연애는 모든 사물을 정확히 내다보는 시력(視力)을 빼앗는 것

___

153) 복

이다. 아아 그러나 ——"

그러나 유불란은 은몽의 그 매혹적인 눈동자를 아무리 잊고자 하여도 잊을 수가 없었다.

"은몽은 과연 나를 —— 아니, 청년화가 김수일을 참말로 사랑하였던가? 은몽은 오상억을 진정으로 사랑하고 있는 걸까? 은몽은 나를 통 잊어버리고 말았을까? 은몽은 은몽은……"

유불란은 그때 손을 머리맡으로 내밀어 초인종을 눌렀다.

이윽고 젊은 서생이 들어오면서 허리를 굽힌다.

"저를 부르셨읍니까?"

"응 —— 나는 이제부터 한 잠 늘어지게 잘 테니까, 어떤 손님이 찾아오더라도 없다고 그래."

"네 ——"

"그러나 ——"

"네?"

"그러나 단 한 사람 —— 이 세상에서 제일 어여쁜 부인이 찾아올지도 알 수 없으니까, 그때는 군이 가진 모든 성의를 다해서 부인을 모셔드려야 하네! 이 세상에서 제일 어여쁜 부인일세! 알겠나?"

젊은 서생은 빙그레 웃으면서 점잖게 대답하였다.

"공작과 같이 어여쁜 부인 말씀입니까?"

유불란은 아무런 대답도 없이 다시 이불을 뒤집어썼다.

그 후 얼마나 지났는지 유불란은 모른다.

"선생님, 선생님!"

하는 소리에 눈을 번쩍 떠 보니 방안은 어둑어둑한 황혼으로 가득 찼다.

"선생님 이 세상에서 제일 어여쁜 부인이 찾아오셨읍니다."

선생은 그리고 벽을 더듬어 '스윗취'를 눌렀다.

유불란은 침대에서 벌떡 일어났다.

"모셔 들여!"

그것이 이 세상에서 제일 어여쁜 부인인가 아닌가는 여기서 갑자기 단정할 수는 없으나 과연 유탐정의 추측은 들어맞았다.

서생이 손님을 모시러 다시 밖으로 물러간 후, 유탐정은 거울 앞으로 가서 '넥타이'와 흩으러진[154] 머리를 고친 다음 무섭게 긴장된 자기의 얼굴을 물끄러미 드려다보면서

"유불란, 아니 —— 탐정 유불란! 네게 있어서 가장 귀중한, 그리고 가장 의의 있는 시간은 왔다!"

---

154) 흐트러진

장엄한 어조로 그렇게 중얼거리며 두 눈을 감고 서너 번 심호흡을 한 유탐정은 마침내 침실을 나와 응접실을 향하여 천천히 걸어갔다.

　"유불란 탐정! 너는 언제든지 너 자신을, 그리고 너 자신만을 믿어야 한다!"

　그것은 그가 응접실 '도어'를 열면서 자기 자신에게 들려준 가장 의미 깊은 충고의 말이었다.

　응접실 안에는 한 흑장(黑裝)의 여인이 주인을 기다리며 저편 쪽을 향하고 의자에 걸터앉아 있었다. 깊은 명상에나 감겨 있던 듯 여인은 발자욱소리에 놀라 의자에서 몸을 일으키며 이쪽을 향하여 머리를 돌렸다.

　"아, ……"

　그때야 비로소 여인은 썼던 모자와 얼굴을 가리웠던 그물 '베일'을 벗었다.

　"은몽 씨, 찾아주셔서 고맙습니다. 어서 앉으십시요."

　그리고 유탐정은 들창을 활짝 열어젖힌 후에 은몽과 마주 앉았다.

　유불란의 집을 방문한 것은 오늘이 처음인 은몽은 잠깐 동안 방안을 돌아다보고 모든 것이 꿈과 같다는 표정이었다.

　주인도 말이 없고 손님도 말이 없다. 그러나 그처럼 묵묵히 마주 앉아 있는 것이 도리어 그러한 때에 있어서는 어울리는 풍경이었다.

은몽은 무엇을 생각하고 유불란은 또 무엇을 생각하는가?……

"두 사람의 시선이 '테이블' 위에서 얽히고 또 얽히고 —— 그러나 시선을 먼저 무릎 위에 떨어뜨린 편은 은몽이었다.

"저는 언젠가 한 번은 은몽 씨께서 저를 꼭 찾아주실 줄 믿었읍다."

은몽은 다시 시선을 들어 유불란의 얼굴을 뚫어질 듯이 바라보았다.

"저도 언젠가 한 번은 수일 씨를 꼭 찾아 뵈오려고 했었어요. ——"

"나는 유불란입니다."

"아녜요, 수일 씨예요!"

두 사람은 거기서 또 말이 끊겼다. 서로서로의 표정을 더듬어 보면서 터져나오려는 감정의 불꽃을 눌러 보려는 듯싶었다.

"나를 유불란이라고 불러주세요."

얼마 후 유탐정은 한 번 더 그렇게 다짐을 했다.

"수일 씨라고 부르겠어요!"

"은몽 씨!"

하고 유불란은 힘 있게 불렀다.

"은몽 씨는 아마 오늘밤 나를 괴롭히러 오셨나 봅니다. 지금 와서 새삼스럽게 나를 수일이라고 부르겠다는 은몽 씨의 마음을 통 헤아릴 수가 없읍니다."

독자제 군이여! 유불란이 뱉은 이 한 마디를 기억해 두라!

"은몽 씨도 가만히 생각해 보시면 아실 것입니다. 백만 장자 백영호 씨와 결혼함으로서[155], 숨진 한 청년 김수일을 절망의 밑바닥으로 밀어 넣은 은몽 씨 자신을 생각치 못하십니까?"

"…………"

"그리고 미남 오상억 변호사와 사랑을 속삭임으로서 은몽 씨가 지금 그의 이름을 부르고 싶어하는 김수일 —— 절망의 밑바닥에서 간신히 기어 올라오려는 김수일을, 은몽 씨는 무정하게도 그 진흙 묻은 구두발로 짓밟아버리지 않았읍니까?"

저도 모르는 사이에 자기의 말이 점점 열을 띠어 오는 것을 유불란은 무척 두려워하였다.

---

155) 결혼함으로써

은몽은 머리를 포옥 숙으린 채 인형처럼 꼼짝도 안한다.

눈물이 한 방울 톡 —— 하고 무릎 위에 은선을 그으면서 떨어지는 것을 유불란은 보았다.

그러나 은몽의 눈물은 단 한 방울, 그것뿐이었다.

이윽고 은몽은 머리를 들었다. 은몽의 그 새침하니 쳐다보는 얼굴을 유불란은 마음의 손으로 가만히 애무하여 보았다.

"아아, 저 어여쁜 눈동자! 저 매혹적인 입술!"

긴 눈썹 밑에서 요성(妖星)처럼 반짝이는 두 개의 눈동자가 언제까지나 유불란의 얼굴에서 떠날 줄을 모르는 것이다.

오늘밤은 유달리 짙은 화장을 한 듯 싶은 은몽의 앵도알처럼 빨간 입술, 타오르는 정열 속에서 영원히 꿈꾸려는 저 입술!

유불란은 오늘처럼 자기의 직업을 미워해 본 적은 없었다. 아니, 그는 은몽과 단 둘이 있을 때면 반듯이 자기의 직업을 경멸하는 습관을 배웠다.

지나간 시절 —— 김수일과 은몽이 사랑을 속삭이던 그 어떤 날, 두 사람의 대화가 우연히 탐정소설에 미쳤을 때, 은몽은 무엇이라고 말하였던가……

"저는 탐정이란 직업을 이 세상에서 제일 경멸해요."

그때부터 유불란은 은몽을 볼 때마다, 은몽을 생각할 때마다 자기 자신을 얼마나 경멸하였던가.

은몽이 경멸하기 때문에 자기도 무조건 경멸하지 않을 수 없었던 자기의 그 소박한 생각을 그 후 여러 번 비웃어 본 유불란이 아니었던가.

그러한 유불란이 은몽의 그 꿈꾸는 듯한 입술을 눈앞에 보자, 한때는 비웃어까지 보았던 자기의 그 소박한 감정을 오늘밤 다시 되풀이하지 않을 수 없으리만큼 은몽의 존재는 연애인 유불란에게 있어서는 너무나 위대하였던 것이다.

그러나 오늘밤 유불란은 전날처럼 무조건 자기의 직업을 경멸하지는 않았다. 유불란은 지금 자기의 직업을 한없이 미워할 뿐이었다.

"저 눈! 저 입술!"

유불란은 다시 한 번 마음속으로 외쳐 보았다.

그러나 다음 순간 유불란은

"크라이시스(機危[기위])!"

하고 절규하였다.

그때, 은몽은 유불란의 얼굴로부터 딴 곳으로 시선을 돌리며

"그럼 저는 이 순간부터 김수일이란 이름을 영원히 잊으

려고 노력하겠읍니다. 그러나…… 그럼 유선생은 어째서 아까 아침에 과거에도, 현재에도 그리고 미래에도 저를 하나밖에 없는 애인이라는 말을 하셨어요?"

하고 일단 옮겼던 시선을 다시 상대편으로 돌리었다.

"별다른 이유라고는 없읍니다. 단지 나의 마음을 솔직하게 표현하였을 따름이지요!"

하고 이번에는 좀 더 힘 있는 어조로 말하였다.

"그리고 그것은 나의 마음을 —— 나의 가장 심각한 오뇌(懊惱)를 은몽 씨에게 피력하는 동시에, 아니 그보다도 좀 더 깊은 의미에 있어서 특히 임경부와 오상억 씨에게 피력할 필요를 느꼈기 때문이지요."

"무슨 의미의 말씀인지, 저는 잘 알아듣질 못하겠어요. ——"

하고 의아스러운 표정을 짓는 은몽에게

"알기 쉽게 말하자면, 탐정 유불란은 해월의 칼날 아래서 부들부들 떨고 있는 은몽이란 한 사람의 여인을 자기의 생명보다도 더 귀중하게 여겨왔다는 사실을 임경부와 오상억 변호사에게, 아니 한 걸음 더 나아가서 일반사회에 선언하였을 따름입니다. ——"

이 한 마디를 조금도 주저함이 없이 뱉어버린 자기 자신을 유불란은 무척 신뢰하였다. 그는 점점 침착해지는 자신

을 깨닫고

　"위기(危機)는 넘어섰다!"

하고 마음속으로 고함쳤다.

　"무슨 말씀인지…… 그것을 사회일반에게 선언할 필요는 어디 있어요?"

　"있읍니다!"

　"무슨 이유로?"

　"유불란은 탐정이기 때문입니다!"

　"탐정이기 때문에……"

　"그리고 탐정은 절대로 사건중의 이성과 연애를 해서는 안되기 때문에!"

　"……?"

# 무서운 상상[156)

　은몽은 잠자코 잠깐 동안 유불란을 비둘기처럼 말똥말똥 쳐다보다가

　"그것이 무슨 말씀인지 저는 잘 모르겠어요. ──" 하고 정색을 하였다.

　"탐정독본 제삼과 쯤에 이런 과목이 한 대목 있어도 무방하지요. 즉 ── 탐정은 절대로 사건 중의 인물과 연애를 하지 말것 ──"

　그리고 유불란은 앞에 놓인 '아이스·커피'를 한숨에 쭈욱 하고 드리켰다.

　"그것은 또……"

　무슨 의미냐고 물으려는 은몽의 말을 그는 의자에서 몸을 일으킴으로서 무시하고 들창 곁으로 걸어가서 캄캄한

---

156) 무서운 想像

바깥을 내다보았다.

광화문 네거리는 그리 화려하지는 못했으나 이 무더운 밤, 이 답답한 방안에 은몽과 단 둘이 마주앉아 있는 것보다는 무척 시원해 보였다.

야간비행이 있나보다. '푸로펠라' 소리가 가까이서 들려온다.

은몽도 자리를 떠나 유불란 곁으로 걸어와 어깨를 나란히 하였다.

"후우 ——"

하고 유불란은 한숨을 지으며 중얼거렸다.

"아아, 저 '푸로펠라'가 그립다! '로빈손·크로소오'는 연애를 하였던가?"

그리고 두 사람은 한참 동안 묵묵히 서서 창밖을 바라볼 뿐이었다. 얼마동안 그리고 서 있다가 은몽은

"비행기를 타고 '로빈손·크로소오'처럼 무인도로 가고 싶지는 않으세요?"

하고 역시 긴 한숨을 지었다.

"누가?"

"유선생 말씀이예요. ——"

"혼자서요?"

"아아니 ——"

"누구하고 말입니까?"

"유선생이 이 세상에서 제일 사랑하시는 사람과 ——"

"오상억 변호사가 들으면 ——"

"유선생!⋯⋯"

은몽은 돌연 그렇게 부르면서 유불란의 품안에 얼굴을 파묻었다.

"저를 데리고⋯⋯저를 데리고 먼 곳으로⋯⋯"

정열의 불덩어리처럼 돌변한 은몽이었다.

"남양도 좋고 북양도 좋고⋯⋯ 먼 데로⋯⋯ 먼 데로 저를 데리고 가 주세요!"

그러나 아무런 반응도 보이지 않는 유불란이었다.

"오상억은⋯⋯ 오변호사는 제게 있어서는 아무것도 아니예요! 정말 아무것도 아니예요!"

"약혼을 하신다면서 그런 말씀을 함부로 하시면 못 쓴답니다."

"유선생이⋯⋯지금 유선생이 저를 건져주시지 않는다면, 정말 그이와 약혼할 것 같애요. 그러니까 지금, 오늘밤이라도 저를 어디로든지 데리고 가세요!"

은몽은 운다. 울면서 유불란의 팔을 미친 듯이 잡아 흔드는 것이다.

그러나 돌부처처럼 서 있는 유불란이었다.

"먼 곳으로…… 해월이가 따라오지 못할 먼 곳으로……"

"아, 그러면 은몽 씨는 해월이가 무서워서?"

"아니, 그것도 있지만…… 유선생은 저의……"

그때 유불란은 은몽의 어깨를 슬그머니 떠밀며

"은몽 씨!"

하고 가장 엄숙한 목소리로 불렀다.

"…………"

"아까도 말했지만, 해월은 은몽 씨를 절대로 해하지 않으니까……그 때문이라면 남양도 필요 없고 북극도 소용없습니다."

"아녜요! 그것도 있지만…… 아아 수일 씨!"

은몽의 안타까운 부르짖음이었다.

"수일 씨, 저를…… 은몽을 버리지 마세요! 네? ──"

그러면서 은몽은 '테이블' 위에 쓰러져 흐느껴 울기 시작하였다.

유불란은 어찌할 바를 모르는 듯 얼마동안 멍하니 은몽을 바라보고 서 있다가 마침내 은몽의 들먹거리는 어깨를 부드럽게 흔들었다.

"은몽 씨! 사랑도 물론 귀중하지만, 그러나 우리는 지금 한가로이 '러브·씬'을 연출할 때가 아니라고 생각합니다. ── 자아 은몽 씨! 울지 말고 나의 말을 들어주시오. 이제

부터 살인귀 해월이가 절대로 은몽 씨를 해치지 않는다는 중대한 이야기를 들려 드릴 테니까 ——"

그러나 은몽은 애닯게 흐느껴 울 뿐, 통 얼굴을 들지 않는다.

"자아 — 은몽 씨, 제 말을 자세히 들어 보시요!"

하고 유불란은 '테이블' 위에 엎드린 은몽을 그대로 내버려두고 '시가렛·케이스'에서 담배를 한 꼬치 꺼내 붙여 물었다.

한 목음 깊이 빨아 드리키고[157] 그것을 다시 후하고 기운차게 내뿜으면서 혼잣말처럼 중얼거렸다.

"해월! 그렇습니다! 해월은 너무도 잔인한 복수귑니다. 그런데 은몽 씨!"

하고 또 한 번 은몽을 불렀다. 그때야 비로소 은몽은 눈물 어린 얼굴을 가만히 들었다.

"은몽 씨도 언제가 그런 말을 하셨지만, 해월은 실로 나 같은 자의 적이 아니지요. 해월은 나보다도 곱절이나 영리한 인간입니다. 해월은 내가 생각할 바를 미리 생각했고 내가 취할 행동을 미리부터 짐작하고 있었던 때문입니다."

---

157) 들이키고

"그러면 유선생은 해월이가 어디 있는지, 그곳을 알고 계셔요?"

애욕에 타오르던 은몽의 눈동자가 이번에는 그 어떤 호기심으로 말미암아 빛나기 시작하였다.

"아니, 이것은 공상을 즐겨하는, 나의 하나의 빛나는 공상 —— 너무도 무서운 공상일 따름이지요. 나의 이 무서운 공상이 과연 어느 정도까지 들어맞을런지 그것은 물론 단언할 바는 못 되지만 하옇든 ——"

하고 점점 해월에게 관심을 가지기 시작하는 은몽을 기뻐하며

"하옇든 우리는 다시 한 번 사건 전체를 천천히 재음미하여 보기로 합시다. 그리고 사건의 주인공인 은몽 씨의 의견도 들을 겸 ——"

그리고 유불란은 자리에서 일어나 방안을 뚜벅뚜벅 한 발자욱 한 발자욱 힘을 주어가면서 걷기 시작하였다.

"자아 은몽 씨! 우리는 무엇보다도 먼저 사건이 돌발한 맨 처음 장면부터 검토해 볼 필요가 있는 것 같읍니다. 맨 처음 장면 —— 그것은 두말할 것 없이 은몽 씨의 생일날 밤 —— 그것은 틀림없이 지나간 사월 보름날 밤이었지요. 그날 밤 백영호 씨는 약혼자인 은몽 씨의 탄생을 호화롭게 기념하려고 조선서는 처음 보는 가장무도회를 열었

읍니다."

은몽은 묵묵히 앉았을 뿐 ——

"은몽 씨! 나는 이제부터 그날 밤에 일어난 사건의 전말을 은몽 씨와 함께 좀 자세히 연상해 보고자 합니다. 만일 나의 말에 그릇됨이 있거든 염려 마시고 정정해 주시기 바랍니다. 그날 밤 ——"

그리고 유탐정은 자기의 착잡한 머리를 정돈하려는 듯이 한 번

"에헴."

하고 기침을 하였다.

"그날 밤 나는 화가 이선배라는 가명으로 무도회에 나타났읍니다. 내가 그런 가명과 가장으로 나타난 데 대한 이유는 저 명석한 두뇌의 소유자인 오상억 변호사의 물샐 틈없이 치밀한 논리로 말미암아 충분히 설명되었으니까, 여기서 다시 그것을 설명할 필요는 없을 것입니다. 그러나 여기서 한 가지 간단히 이야기해둘 것은 그때 내가 —— 아니 공작부인 주은몽의 애인이었던 청년화가 김수일이 최후의 다짐을 다지고자 가장 무도회를 기화로 여기고 화가 이선배라는 이름으로 은몽 씨를 찾았다는 것입니다."

유불란은 그리고 어쩐지 몹시 창백하여 보이는 은몽의 얼굴을 일순간 쏘아 보고 다시 이야기를 계속하였다.

"나는 안내인을 따라 '홀'에 들어서서 이구석 저구석 은몽 씨를 찾아보았읍니다. 그러나 어쩐 셈인지 무도회의 주인공인 은몽 씨의 그림자를 도무지 발견할 수가 없었지요. 그래서 저편 파초나무 밑 '소파'에 걸터앉아 혼자 차를 마시고 있던 남수 군에게 물었더니 그의 대답이 은몽 씨는 한 차례 춤을 추고 다시 안으로 들어갔다는 것이었읍니다. 그래 나는 하는 수 없이 은몽 씨가 다시 '홀'에 나타나기 기다리면서 남수 군과 농담을 하고 있었읍니다. 그때 남수 군은 나에게 이상한 이야기를 속삭이었지요."

"무슨 이야기예요?"

은몽은 시선을 들었다.

"가장 무도회에 참석한 인물들을 대개는 다 알아 보겠으나, 그 중 두 사람만은 도무지 그 정체를 알아보지 못하겠다고요."

"아, 저……"

"그렇습니다! 하나는 두말할 것 없이 이선배로 가장한 나였고, 또 하나는……"

"저 — 도화역자……"

"그렇습니다!"

거기서 유탐정은 잠깐 말을 끊었다가

"그렇습니다. 저편 '뺀드' 바로 옆에 서서 사람들의 춤추

는 양을 히죽 히죽 웃으면서 바라보고 있던 그 도화역자
── 타오르는 듯한 주홍색 도화복에다 역시 주홍색 수건
으로 머리를 동여매고 흰떡 같은 얼굴에는 간판처럼 색칠
을 하고 ── 그 인물이 대체 누군지를 알아보는 사람은
하나도 없었지요.”

“해월!⋯⋯”

하고 은몽은 몸을 웅크리었다.

“그렇습니다! 그것이 저 잔인무도한 복수귀 해월이었던
사실을 사람들은 몰랐읍니다. 그러는 사이에 그 도화역자
는 나와 백남수 군이 서 있는 이쪽을 힐끔 힐끔 바라보면
서 복도로 빠져나가고 말았지요. 그러니까, 그 후 조금
지나서야 ‘홀’에 나타난 은몽 씨가 물론 그 도화역자를
보지 못했을 것은 사실입니다.”

“그래요! 저는 그런 인물을 ‘홀’ 안에서는 통 보지 못했
으니까요. ──”

“물론 그랬을 겁니다! 나는 그때 은몽 씨와 초면의 인사
를 교환한 후, 은몽 씨를 ‘발코니’로 데리고 나가서 친우
수일 군을 위하여 백영호 씨와의 결혼을 중지하기를 여러
번 권했읍니다마는 마이동풍, 은몽 씨는 통 나의 말을 듣
지 않고 그때 삼청동 댁에서 온 백영호 씨와 정란 씨를
맞이하러 다시 ‘홀’ 안으로 들어가 버렸읍니다.”

"용서하세요! 저는 그런 줄도 모르고…… 그러나 그것이 수일 씐 줄 알았다고 하더라고 역시 저는……"

하고 은몽은 머리를 또 숙으렸다.

"아닙니다! 나는 지금 그런 것을 문제삼고자 하는 것은 아닙니다. 나는 지금 해월의 이야기를, 해월이가 은몽 씨를 절대로 해치지 않으리라는 이야기를 은몽 씨에게 들려드리려는 사람이니까 —— 그때 백영호 씨와 춤을 몇 차례 추고 난 은몽 씨는 화장을 고치겠다는 말을 남겨놓고 백영호 씨의 곁을 떠나 다시 안으로 들어갔읍니다. 화장실로부터 은몽 씨의 찢어지는 듯한 부르짖음이 들려온 것은 은몽 씨가 안으로 들어간 지 약 오 분 후, 그때 누구보다도 화장실로 뛰어들어간 사람은 나였지요. 삼면경 앞에 쓸어진 은몽 씨의 어깨에 박힌 날카로운 단검 —— 은몽 씨는 그때 방싯하게 열린 들창 밖을 가리키면서 도화역자, 도화역자…… 하고 외쳤읍니다. 남수 군이 곧 들창을 넘어 정원으로 뛰어나갔지요. 그러나 아무리 정원을 뒤져보아도 도화역자는 온데간데없이 없어지고 말았읍니다. 두 길이나 되는 '콩크리트' 담장을 넘을 리는 만무하고 또 그즈음 가장무도회를 감시하던 순경 한 사람이 정문 앞을 순시하고 있었더니 만큼 도화역자가 정문으로 나갔다면 순경이 보지 못했을 리는 만무한 일이지요."

"그러면 해월은 어디로 갔을까요?"

"아무데도 가지 못했을 것은 매일아침 해를 보듯 정확한 사실입니다!"

"그러면……?"

하고 재차 질문하는 은몽의 말을 무시하고 유탐정은 그냥 계속하였다.

"해월은 정녕코 왼손을 쓰는 사람이었읍니다. 어째 그러냐하면 삼면경 앞에서 화장을 고치고 섰던 은몽 씨의 왼편 어깨를 그 놈은 은몽 씨의 바로 등뒤에서 찔렀던 때문이지요. 이것은 그때 은몽 씨가 우리들에게 하신 말씀입니다."

"해월은 왼손잡이!"

은몽은 자기 입으로 한 번 그렇게 되풀이해 보았다.

"그런데 불행 중 다행으로 은몽 씨가 받은 어깨의 상처는 예상 외로 경상이었읍니다. 해월이가 만일 은몽 씨를 정말 죽이고자 하였다면 사나이인 그가 그렇게 가벼운 상처만을 남겨 놓고 도망할 리는 만무하지 않읍니까?"

"그때…… 그때 제가 고함을 쳤으니까요"

"아무리 은몽 씨가 고함을 쳤다 하더라도 지금까지 취해 온 살인귀 해월의 대담무쌍한 성격으로 미루어 보아 —— 그뿐만 아니라 우리들이 '홀'에서 화장실까지 뛰어오는 동안이면 은몽 씨 하나를 죽일 만한 시간은 넉넉하였다는 말씀이지요.”

“그럼 그 놈은 단지 나를 놀라게 할 셈으로……”

“놀라게 할 셈이라고요? 그렇지요, 물론 그것도 있을 겁니다. 그러나 거기에는 그것보다도 좀 더 의미 깊은, 좀 더 무서운 의미가 포함되어 있을 겁니다!”

“무서운 의미!”

은몽의 입술이 바르르 떨리었다.

“그렇습니다. 복수귀 해월이가 은몽 씨에게 그렇게 예상외로 경상(輕傷)을 준 데는 좀 더 깊은 의미가 포함되어 있지요!”

하는 유탐정의 말은 사람의 폐부를 찌르는 것처럼 맵다.

“깊은 의미라니요? 무슨 의미가 포함되어 있다는 말씀이에요?”

의자에 앉은 은몽의 시선과 방안을 왔다갔다하는 유불란의 시선이 방 한복판에서 무섭게 부딪쳤다.

유탐정은 들창 옆에 우뚝 서서 은몽의 어쩐지 몹시도 창백한 얼굴을 글자 그대로 뚫어질[158] 듯이 쏘아보면서

“깊은 의미! 그것은 해월이가 은몽 씨를 해하겠다는 것을 표면이유로, 실은 백영호 씨 일가에 복수를 하겠다는

---

158) 뚫어질

의미입니다."

"그러면 그때 나를 찌른 그 도화역자 —— 즉 해월은 대체 어디로 갔다는 말씀이예요?"

"아무데도 가지 않았읍니다. 그는 우리들과 같이 있었읍니다!"

"옛?"

하고 은몽은 놀랐다.

"우리들과 같이 있다니요?"

"우리들과 같이 있었다는 말을 못 알아 들으시겠읍니까?"

"무슨 의미인지 통 갈피를 잡을 수 없어요."

"다시 말하자면 해월은 항상 우리들과 같이 있으면서 우리들의 행동을 일일이 감시하고 있었다는 말입니다!"

"누구예요? 그가 대체 누구란 말씀이예요?"

은몽은 호기심에 찬 두 눈을 반짝이며 불현듯 상반신을 '테이블' 위로 내밀었다.

"누구예요? 어서 말씀을 하세요. —— 우리들과 항상 함께 있던 사람이라면 오변호사?"

"아닙니다!"

"그럼, 그럼 누굴까? 정란과 문학수 씨와, 그리고 유선생 이외에는 이렇다 할 사람이 없었는데……"

"나는 물론 해월이가 아니고……"

"그리고 문학수 씨와 정란이도 물론 해월이가 아닐 테고…… 누구예요? 대체……"

"잘 생각해 보시면 아실 겁니다. ── 은몽 씨가 잘 아시는 사람이니까요!"

"제가 잘 아는 사람?"

은몽은 앵무새처럼 반문하면서 상대방의 그 어떤 위대한 마술에 휘말린 사람같이 말똥말똥 유탐정을 바라다보았다. 그러나 유불란은 말머리를 돌려

"그리고 그 다음 해월은 정란 씨에게 협박장을 보내어 은몽 씨와 백영호 씨의 결혼식을 저 '쇼팡'의 장송곡으로 축하하라고 명령했을 때, 정란 씨는 마리야를 대신 '파아니스트'로 세웠지요. 그러나 마리야는 해월의 저릿저릿한 협박장을 두려워하여 명령대로 장송행진곡을 치지않았읍니까. 그것은 하옇든 은몽 씨도 아시는 바와 같이 그때 결혼식장에서는 실로 불가사의의 현상이 일어났읍니다. 은몽 씨에게는 아직도 기억에 새로운 일이겠읍니다만 그때 은몽 씨는 한구석에서 무심중 해월을 발견하고 고함을 쳤읍니다. 그러나 그때는 벌써 임경부가 사복한 부하들로 하여금 식장의 앞뒷문을 마치 밀폐한 모말모양으로 꼭 봉해버린 때였었지요. 그러나 은몽 씨도 아시다싶이 '홀' 안

을 이 잡듯이, 그리고 한사람 한사람 엄밀이[159] 취조를 해 보았으나 복수귀 해월은 귀신같이 사라지고 말았읍니다. 이 실로 이상야릇한 사실을 은몽 씨는 대체 어떻게 생각하십니까?"

"어떻게 생각하다니요? 그것을 제가 알아 낼 수 있다면……"

이처럼 해월을 두려워할 필요가 어디 있느냐는 얼굴이었다.

"자 —— 은몽 씨!"

하고 그는 한 걸음 은몽의 앞으로 다가섰다.

"여기서 우리는 해월의 입장으로서 그가 만일 귀신이 아니고 사람이라면 이러한 때에 어떠한 행동을 취했는가를 생각해 봅시다. 물론 그는 하늘로 오르지도 못했을 것이며 땅으로 꺼지지도 못했을 것입니다. 그리고 은몽 씨의 눈을 속일 만큼 그러한 훌륭한 변장을, 그러한 긴급한 시간에 그리도 신속히 했을 리도 없을 것이 아닙니까?"

"그러면……?"

"두말할 것 없이 해월은 사람들 가운데 섞여 있었을 것이 분명하지요!"

---

159) 엄밀히

"그래, 그가 대체 누구예요?"

"아까도 말한 바와 같이 그는 항상 우리들과 같이 있었고, 그리고 은몽 씨가 잘, 너무도 잘 아시는 인물입니다!"

"누구예요? 누구예요? ——"

하면서 은몽은 의자에서 벌떡 일어서서 유불란의 팔목을 잡아 흔들었다.

"무서워요! 어서 가르쳐 주세요! 왜 그리 잠자코만 있어요."

"정말 알고 싶읍니까?"

하는 유탐정의 얼굴에는 증오의 빛이 알알이 떠돌았다.

"정말, 정말 알고 싶어요!"

"정말 그렇다면 아르켜 드리지요! 은몽 씨가 계신 곳에는 반드시 같이 있던 인물 —— 그림자가 물체를 따르듯이 —— 그것은 은몽 씨 자신이었읍니다."

그 순간 은몽은

"흑 ——"

하고 숨을 들이키며

"에, 엣……"

하고 외치면서 잡았던 유탐정의 팔목을 탁 놓았다. 그리고는 얼빠진 사람모양 멍하니 유불란의 얼굴을 바라볼 뿐이더니

"유 유선생은……"

하고 한 걸음 뒤로 물러서서 의자에 간신히 몸을 의지하였다.

"유선생은 그런 말씀을…… 그런 말씀을 농담으로……"

그러나 유불란은 거기 대해서 곧 대답을 하지는 않았다. 악몽 속에서 헤메이는 사람처럼 꿈인지 생시인지를 분간하려는 듯 멍한 표정을 가진 은몽을 언제까지나 물끄러미 바라볼 뿐이었다.

광화문 네거리를 지나는 전차의 궤도소리가 우욱하고 들려온다.

그것은 정말 조그만 과장도 없는 실로 납덩이처럼 무거운 침묵이었다.

"은몽 씨!"

이윽고 유탐정이 먼저 입을 열었다.

"농담치고는 내 얼굴의 표정이 너무 심각하다고 생각지 않습니까?"

하는 엄숙한 말에 은몽은 비로소 그것이 하나의 농담이 아니라는 것을 안 모양이었다.

"그래요! 유선생의 얼굴은 무섭게, 무섭게 긴장되었어요! 그러나…… 유선생은 아무래도 아무래도 제 정신이 아니신가 봐요!"

"은몽 씨! 그래도 은몽 씨는 내 말을 못 알아들으십니까?"

"알아요! 잘 알겠어요! 유선생의 말씀은 정신병자 ——"

그때 유탐정은

"하하……"

하고 한 번 웃고 나서

"은몽 씨의 입장으로서야 물론 나의 말을 하나의 농담, 그렇지 않으면 하나의 정신병자의 이야기로 돌려보내고 싶을 테지요. 그러나 은몽 씨! 이제부터 내가 하나의 정신병자가 아니라는 사실을 증명하는 동시에 해월이가 은몽 씨를 절대로 죽이지 않는다는 나의 결론에 대하여 좀 더 자세한 설명을 하여 드리겠읍니다. ——"

은몽은 아무 말도 없다. 대체 무엇이 어떻게 되었는지를 통 알 수 없는 모양이다.

"무엇보다 먼저 저 가장무도회날 밤 ——"

유탐정은 그리고 열어젖힌 들창을 등지고 멀찍이 서서 이야기를 시작한다.

"아니 가장무도회란 그 자체가 벌써 내 생각으로는 은몽의 그 어떤 원대한 계획 밑에서 개최되었다고 해도 과언이 아닐 것입니다. —— 왜 그러냐 하면 가장무도회는 실로 은몽 씨의 계획을 진행시키는 데 있어서 없어서는 아니

될 가장 중요한 무대였기 때문이지요. 왜냐하면 거기에는 가지각색의 가장인물(假裝人物)이 등장하는 까닭입니다. 이리하여 은몽 씨는 약혼자 백영호 씨에게 졸라서 우리 조선사람의 생활상태로서는 조금도 어울리지 않는 가장무도회라는 것을 열었읍니다. 알아들으시겠읍니까?"

"네 어서 말씀을 하시지요."

"── 무도회날 밤, 은몽 씨는 맨 처음에 '홀'에 나타나서 한차례 춤을 추고는 도로 화장실로 들어갔읍니다. 화장실로 들어간 공작부인 주은몽은 대체 거기서 무엇을 하고 있었는가. 그는 부리나케 입었던 '드레스'를 벗어버리고 미리부터 장만하여 두었던 주홍색 도화복으로 몸을 감추었읍니다. 역시 주홍색 수건으로 머리를 감추고 얼굴에는 흰떡 같은 분칠을 하고 그 위에다 또 가지각색의 색채로 간판처럼 칠을 하여 놓았으니 설마 그것이 공작부인 주은몽이었을 줄이야 누가 알았으리요. 그는 다시 '홀'에 나타나서 도화역자의 존재를 사람에게 깊이 인박아주었읍니다. 그리고 다시 복도로 빠져나가 화장실로 숨어 들어간 그는 빠른 솜씨로 도화복을 벗고 얼굴을 씻고 다시 그날 밤의 주인공 공작부인으로, 화장을 하고 '홀'에 나타났던 것입니다. 이리하여 '홀'에 나타난 그는 약혼자 백영호 씨와 춤을 몇 차례 춘 다음에, 화장을 고치겠다는 구실로 다시 화장실로 들어가서 대담하게도, 그리고 영리하게도 자기 자신의 어깨에다 단도를 찌르고 삼면경 앞에 쓰러져서 고함을 쳤읍니다.

유탐정은 그리고 어떠냐는 얼굴로 은몽을 바라보았다.

"에에!…… 내가 이 손으로 나 자신의 어깨를 찔렀다구요? 헤에!…… 이 손으로요?"

하고 은몽은 자기의 손바닥을 드려다보았다.

"그렇습니다. —— 은몽 씨의 바로 그 손이 —— 그 바른 손으로 은몽 씨 자신의 왼편 어깨를 찔렀던 것입니다."

"이 손이 말씀이지요? 분명히 이 손이 나 자신의 어깨를 찔렀단 말씀이죠?"

은몽은 그러면서 자기의 바른 손바닥을 들어서 유탐정에게 보이는 것이었다.

"그렇습니다! 틀림없이 그 바른손이 찔렀을 것입니다. 삼면경 앞에서 화장을 고치고 있던 은몽 씨의 등 뒤에 도화역자가 쑥 나타나서 찔렀다고 은몽 씨가 말하였을 때, 그것이 만일 사실이라면 범인은 틀림없이 왼손잡이라고 생각했던 것도 실은 왼손잡이가 아니고 은몽 씨 자신이 범인이었던 때문에 생긴 착각이었지요."

"그리고 제가 들창 밖을 가리키면서 도화역자가 그리로 도망갔다고 말했다단 말씀이죠?"

"물론! 해월은 실로 —— 영리하고도 대담한 사람이었읍니다. 그와 같은 자상행위(自傷行爲)로서 해월이라는 복수귀, 해월이라는 가공인물(架空人物)의 존재를 사람들의 머리 속에 뚜렷이 못 박아 주었던 것입니다. ——"

"그것은 유선생의 너무나 지나친 공상이 아니예요? 아무리 영리하고 대담한 범인이라 해도 자기의 몸을 자기의 손으로 그처럼……"

처음에는 그저 망연자약한 태도로 유불란의 그 너무나 무서운 상상을 가만히 듣고 있던 은몽의 얼굴에는 어느새 반항의 빛이 점점 떠오르기 시작하였다.

"영리한 범인이라면 그만한 것 쯤 못할 리 없지요. 더구나 그것이 생명에는 조금도 관계없는 경상인 것이라면…… 이러한 예는 '봔·다인'의 어떤 소설에서도 발견할 수 있지요. —— 이렇게 생각해 보면 그날 밤 은몽 씨가 나를 —— 아니 이선배로 변장한 김수일을 김수일이라고 간파하지 못한 은몽 씨의 이상한 행동의 수수께끼도 자연히 풀릴 것입니다."

"이상한 행동이라구요? 어째서요?"

은몽이 바싹 달려든다.

"아무리 변장을 잘했기로 자기의 애인을 눈앞에 보면서도 그것을 딴 사람으로 생각하는 것은 가능성이 없다는 것이 아니라 보통으로선 있을 수 없다는 말입니다."

"그러면 제가 그때 그가 김수일 씨란 사실을 알고도 그것을 숨기었다는 말씀이예요?"

"그렇게 생각할 수밖에 없지 않아요?"

"숨기는 이유는 뭐입니까?"

"배영호 씨 일가를 멸망시키겠다는 원대한 포부를 가진 공작부인은 그것이 자기의 애인 김수일인 줄을 빤히 알면서도 귀찮으니까 모르는 척 하고 백영호 씨와의 결혼의사를 한층 더 강조하였읍니다. —— 아니, 은몽 씨는 이선배의 정체가 김수일이란 사실만을 알고 있었을 뿐 아니라, 한 걸음 더 나아가서 김수일이가 즉 탐정 유불란이란 사실도 알고 있었읍니다! ——"

"에?"

하고 은몽은 한 번 더 놀라며

"그럼, 김수일 씨와 교제를 하면서도 그것이 유불란 씨인 줄을 알고 있었단 말씀이예요?"

"그렇습니다! 이것은 나의 건방진 추측일런지 모르나 은몽 씨가 ××개인 전람회에서 처음으로 저와 인사를 나누었을 때부터 은몽 씨는 내가 탐정 유불란이란 사실을 알고 있었지요. —— 아니 좀 더 건방진 추측을 한다면 내가 탐정이란 직업을 가졌기 때문에, 그리고 단지 그 이

유만으로 은몽 씨는 나와 교제를 하였던 것이라고 생각합니다."

"어째서요?"

긴장할 대로 긴장한 은몽의 얼굴이었다.

"은몽 씨 한 번만 더 건방진 상상을 용서하시요 — 은몽 씨의 그 원대한 계획을 방해할 사람, 해월의 그 저릿저릿한 범죄 설계도를 깨뜨릴 가능성이 있는 적(敵)이, 즉 유불란 탐정이기 때문입니다!"

유탐정의 이야기는 점점 열을 띄기 시작한다.

"처음부터 은몽 씨는 계획적으로 나와 교제하였읍니다. 그런 무서운 계획이 있는 줄도 모르고 김수일은 —— 아니 유불란 탐정은 공작부인 주은몽에게 마치 소년과 같은 순정과 정열을 바쳤지요."

"너무하세요! 그와 같은 그릇된 공상을 근거로……"

은몽은 그 어떤 격정을 이기지 못하여 '테이블'에 쓰러졌다.

"공작부인 주은몽은 본래부터 요부는 아닙니다. 단지 자기의 계획을 위하여 요부 노릇을 하였을 따름이지요!"

"너무하세요! 당신은 너무해요! 자기의 부질없는 공상만을 내세우고 저의, 저의 고독한 마음, 의지할 곳 없는 입장은 조금도 이해 못하시는 거예요! 무슨 이유로……

어떠한 근거가 있길래 저를 가리켜 해월이라고……"
그러면서 은몽은 흐느껴 우는 것이었다.

# 마호인호[160]

  유불란은 괴로운 듯 흐느껴 우는 은몽을 잠깐 동안 정신
없이 바라보다가
  "자아, 내 이야기를 좀 더 들어주시요!"
하고 은몽의 그 교태(嬌態) 있는 풍부한 몸뚱이에서부터
자기 자신을 가다듬으며 다시 준열한 어조로 계속하였다.
  "— 부민관 결혼식장에서 은몽 씨는 해월을 발견하고
기절하였읍니다. 그러나 아까도 이야기한 바와 같이 그때
는 벌써 사복한 경찰들로 말미암아 식장의 출입구란 출입
구는 전부 봉해 버렸지요. 그러나 해월은 연기처럼 사라졌
읍니다. 그것은 현대과학으로서는 절대로 불가능한 일이
지요. 은몽 씨가 해월인 줄 알면서 그를 그대로 밖으로
통과 시켰던지 그렇지 않으면 은몽 씨가 연출한 하나의

---

160) 魔乎人乎

교묘한 연극일 겁니다! 어째 그러냐하면 그때 해월을 보았다는 사람은 은몽 씨 혼자밖에 없었으니까요!"

"그럼 협박장도 제가 썼다는 말씀이죠?"

은몽은 흐느껴 울면서 그렇게 항변하였다.

"물론 은몽 씨의 위필(僞筆)이겠지요. 나는 얼마 전에 나의 이 무서운 공상을 물적 증거로서 증좌(證左)하기 위하여 은몽 씨의 필적과 해월의 필적을 대조해 보았읍니다. 대조해 본 결과 두 사람의 필적은 과연 달랐읍니다. 그러나 필적을 위조한다는 것은 해월이와 같은 영리한 범인이라면 그리 어려운 일은 아니지요. 현대의 필적감정법이란 그리 절대성이 있는 건 아니니까요. — 이리하여 은몽 씨는 두 번째 해월이라는 복수귀의 존재를 세상사람들에게 깊이깊이 인식시켰어요. —"

"네 맞았어요! 꼭 들어맞았어요! 유선생…… 유불란 선생은 정말 명탐정이시네요! 유선생의 말씀을 듣고 나니 저는 정말 웃어야 할지, 울어야 할지, 화를 내야 할지 통 갈피를 잡을 수가 없어요.…… 지금까지 하신 유선생의 그 허황한 공상을 전부 승인한다고 하더라도 유선생은…… 아아, 유선생은 금강산 백도사에서 소년승려 해월이와 제가 교제하였다는 사실을 대체…… 대체 어떻게 설명하실 테에요? 말씀 좀 해보세요! 어서 말씀 좀 해보세요!"

'테이블'에 쓸어졌던 은몽은 얼굴을 번쩍 쳐들면서 그렇게 부르짖었다.

"— 은몽 씨가 백도사에서 애기중 해월이와 교제가 있었다는 사실을 아는 사람은 이 세상에 은몽 씨 이외에는 아무도 없읍니다."

"그럼 그것 역시 제가 창작한 한 토막의 거짓 '로맨스'였다는 말씀이지요?"

"그렇습니다! 허기야 어느 정도까지의 교제가 있었는지, 그것은 이 자리에서 갑자기 추측할 수 없읍니다만 제 생각으론 해월이가 은몽 씨를 그렇게 중오하도록 — 그와 같은 깊은 교제가 있었다고는 생각지 않지요."

"그러면 유선생의 말씀이 뒤죽박죽이 되지 않아요?……저와 해월을 동일한 인물이라고 보시는 유선생의 공상은 대체 어떻게 되느냐 말씀이예요?"

은몽은 이제는 울 줄을 몰랐다. 아니, 울고만 있을 때가 아니었다. 자기자신의 그 위험한 입장을 기를 쓰고 변명하여야만 되었기 때문이다.

"그렇습니다! 여기서 나의 논리는 꽉 막혀 버렸지요. 이처럼 절벽으로 말미암아 꽉 막혀 버린 나의 논리의 방향을 어떻게 개척하여야만 될 것이냐? 그때 백도사에는 과연 해월이라는 소년승려가 있었던 것은 틀림없는 사실이었습니다. 그때 폐병 제삼기에 발을 들여 놓았던 해월은 그 후 묘향산 보성사로 가 있다가, 거기서 평양 모란봉 밑 영문사로 옮겨갔을 때는 해월의 폐병은 벌써 삼기를 넘어서 제 사기에 들어섰읍니다. 해월은 거기서 다시 서해안 어디로 생굴을 까먹겠다는 말을 남겨놓고 어느 날 표연히 영문사를 떠났읍니다. 그 후 해월이가 어떻게 되었는지…… 이 점을 자세히 조사해 보기 위하여 얼마 전에 순사부장 박태일 군을 평양으로 파견했으나 아직 아무런 소식도 없읍니다.”

“그러면 유선생의 이야기는 어떻게 돼요 유선생은 해월이란 인물의 실재(實存)를 부정하면서 한편 해월의 실재를 인정하신다는 괴상한 논리를 어떻게 해결하세요?”

“그렇지요! 그것은 틀림없이 하나의 괴상한 논리입니다. — 그러나 괴상한 논리도 아무것도 아니지요!”

패기가 만만한 유탐정의 얼굴을 은몽은 날카로운 증오의 눈초리로 쏘아 보았다.

“그것이 하나의 괴상한 논리가 아니라는 것을 어서 이야기해 보세요!”

하고 대드는 은몽의 낮으막한 목소리는 바늘처럼 예민하고 또 맵다.

“물론 내 눈으로 직접 본 것이 아니니까, 모든 것이 하나

473

의 상상에 지나지 못하지만, 그 점에 대해서도 다음과 같이 상상함으로써 꽉 막혔던 나의 논리의 방향을 개척할 수 있었읍니다. — 실인 즉 이 점에 대해서 나는 무척 번민하였습니다. 질서정연하게 세워 오던 나의 상상을 한 때는 포기하려고까지 생각하였지요. 그러나 결국 해월의 존재를 부정하면서도 한편 그의 존재를 긍정한다는, 이 모순된 형식논리의 참된 방향을 발견하였읍니다. — 즉 백도사에게서 폐병을 앓고 있던 소년승려 해월의 실재를 나는 긍정하지요. 그러나 복수귀 해월의 존재는 어디까지나 부정합니다!"

"그게 대체 어떻게 하시는 이야기예요?"

"모르시겠읍니까?"

"모르겠어요. — "

"해월은 죽었읍니다!"

"에?…… 해월이 죽었다고요?"

"아니, 죽은 것을 내 눈으로 보지 못했으니까, 죽었을 거라고 말씀 드리는 것이 마땅하지요."

"………?"

"지금으로부터 십삼 년 전, 해월이라는 승명(僧名)을 가진 어여쁜 소년 승려가 백도사에 살고 있었지요. 그 해 여름 열여섯 살인 은몽 씨는 할머니와 함께 백도사로 피서를 갔던 것도 사실일 것입니다. 그러나 은몽 씨의 말씀대로 과연 해월이가 그때 그렇게 지긋지긋하게 은몽 씨를 사랑했는가 그것은 혼자만이 알고 있는 영원한 비밀일 것입니다. 그러나 추측컨대 은몽 씨의 그 지긋지긋하게 무서운 연애사는 말하자면 은몽 씨의 아름다운 창작 — 해월을 하나의 무서운 악마로 만들고자 한 은몽 씨의 독백(獨白)이었을 것입니다. 해월은 은몽 씨를 따랐을지도 모르지요. 그러나 십삼 년이란 기나긴 세월이 흘러간 지금에 이르러서 은몽 씨에게 그처럼 무시무시한 복수를 하리만큼, 그만큼 은몽 씨를 사랑했다고는 통 생각키지 않아요. 박태일 부장이 돌아오면 알 수 있읍니다만 내 생각으로는 평양 영문사에서 폐병 제 사기를 접어들었던 해월은 그 후 어디선가 남모르게 죽어 버렸을 겁니다."

하고 유탐정은 은몽을 바라보았다.

은몽은 늙은이가 옛말을 사랑하듯 무척 흥미를 느낀다는 얼굴로

"재미있는 말씀, 오늘밤 싫건 들려주세요! 그래 이야기는 거기서 끝이예요?"

하고 은몽은 조소에 빛나는 눈동자를 들었다.

"조금 더 있읍니다. — 거기서 은몽 씨는 무엇을 생각했는가? 십삼 년 전이면 옛날입니다. 그 옛날에 금강산 백도

사에서 몇일161) 동안 같이 놀던 애기중 — 자기를 좀 따르는 듯하던 애기중 — 그리고 폐병으로 말미암아 여명이 길지 못하리라고 생각했던 애기중 — 그 애기중이 — 그 후 어디선가(이것은 은몽 씨만이 알고 있을 겁니다만) 남 모르게 죽어버렸다는 소식을 주워들은 은몽 씨는 무엇을 생각했는가. 애기중과의 무서운 연애사를 창작하여 복수귀의 악마적 성격과 아울러 복수의 동기를 이야기하였고 그의 성명을 그대로 따옴으로서162) 해월이라는 하나의 실재성(實存性)을 가진 인물을 등장시키어서 범인이 가공적(架空的) 인물이라는 것을 '캄프라치'하였읍니다. —은몽 씨! 어떻습니까?"

그러나 그것은 은몽의 싸늘한 비웃음밖에 아무 것도 사지 못하였다.

"대단히 재미있는 이야기예요. 저는 유선생을 탐정이라고 알았는데 지금에 이르러보니 탐정이 아니고 탐정소설가의 재능을 더 많이 가지셨군요!"

이 말은 확실히 유불란으로 하여금 가슴을 서늘하게 하는 한 마디임에 틀림이 없었다.

"그렇습니다! 이렇다 할 물적 증거를 아직 하나도 잡지

---

161) 며칠
162) 따옴으로써

못한 나의 이야기는 확실히 하나의 탐정소설가적 공상에 지나지 못할 것입니다."

하고 유불란은 초조한 듯 방안을 이리저리 돌아다니다가

"그러나 은몽 씨!"

하고 부르며 휙 돌아섰다.

"나의 이 탐정소설가적 공상은 멀지 않아 은몽 씨의 입으로 하여금 나를 탐정이라고 부르게 할 때가 반드시 오리라 믿습니다!"

"그러나 제 입은 그것을 말하지 못하고 죽을 것을 걱정하지요. 태양이 서쪽에서 뜨는 것을 보지 못하고 죽는 것과 마찬가지로…… 저번 날 밤, 해월이가 저에게 처음으로 기나긴 협박장을 보낸 날 밤, 임경부가 삼청동 '풀' 옆 '콩크리트' 담장 밑에서 엉거주춤하고 앉아 있는 해월의 그림자를 발견한 사실을 유선생은 대체 어떻게 설명하시렵니까?"

독자제 군은 혹시 잊었을런지 모르나 저번 폭풍우가 쏟아지던 날밤, 삼청동 백영호 씨의 저택을 방문하였던 임경부가 정문 앞까지 나왔을 때, 그는 바로 삼청동 '풀' 옆 담장 밑에서 배회하고 있는 수상한 사나이의 그림자를 발견하고 놀랐던 것이다.

"아, 그 사나이 말씀입니까?"

하고 유탐정은 한 번 빙그레 웃으면서 설명하였다.

"그때 사나이는 곧 저편 숲속으로 자취를 감추고 임경부는 곧 안으로 뛰어 들어가서 본서로 전화를 걸어 부하들을 데려 왔지요."

"그래요. 유선생의 말씀대로 제가 곧 해월이 그 사람이라고 가정한다면, 저는 그때 틀림없이 여러 사람들과 함께 침실에 있었다는 사실을 유선생은 대체 어떻게 설명하실 테야요?"

은몽의 얼굴에는 바늘같은 비웃음이 가득 찼다.

"흥 — 은몽 씨는 그걸 가지고 나의 지론을 반박하고자 하시지만, 그건 또 이렇게 설명할 수 있단 말씀입니다."

"어떻게요? 어서 설명을 해보세요!"

"그 사나이로 말하면 해월이도 아무것도 아니었지요."

"누구예요?"

"사랑하는 사람의 생명을 보호코자, 한 걸음 더 나아가서는 해월이라는 범인을 체포하고자 삼청공원 일대를 배회하던 탐정 유불란이었읍니다."

"에?…… 유선생이었어요?"

최후의 성벽(城壁)이 무너진 것처럼 절망과 놀라움이 휩쓸린 것 같은 은몽의 목소리였다.

유불란은 다시 담배를 피워 물고 은몽의 얼굴을 뚫어질

듯 바라보다가

"— 그날 밤, 정원안과 정문 밖에는 순사부장 박태일 군을 위시하여 여러 경찰들이 빈틈없이 지키고 있었읍니다. 그런데도 불구하고 은몽 씨의 신변에는 또 다시 신기한 사건이 발생하였지요. 은몽 씨와 정란 씨는 침실에서 자고 있었고 남수네 부자와 임경부는 바로 옆방 '아뜨리에'에서 은몽 씨를 지키고 있지 않았읍니까. 창밖은 무서운 폭풍우, 밤은 깊어서 열두 시가 이윽히 넘었을 때, 백영호 씨는 '아뜨리에'에서 옆방 침실로 들어가보고 놀랐읍니다. 침대 바로 위, 벽에 꽂힌 협박장, 그때 은몽 씨는 정란 씨와 함께 침대 위에서 잠들고 있었지요. 그 협박장 — 복수귀 해월의 비가(悲歌)가 적혀 있는 그 협박장을 벽에 꽂아 놓은 것은 정란 씨보다 약 반 시간 쯤 후에 잠들었다는 은몽 씨 자신이었을 겁니다."

은몽은 잠깐 동안 후추알처럼 매운 침묵으로 유탐정의 설명을 비웃고 있다가

"네에 너무 꼭꼭 들어맞아서 무섭습니다. — 그럼 이층 미술품 수집실에 출입한 것도 저였을까요?"

"물론, 은몽 씨 자신일겁니다! 백영호 씨가 가지고 있는 열쇠를 훔쳐 가지고 미술품 수집실에 들어가서 방바닥 매듭(節[절])을 빼놓고 아래층 침실이 내려다보이게 해놓은

것도 은몽 씨였고 방바닥 먼지 위에 사람이 기어다닌 자리를 남겨논[163] 것도 은몽 씨입니다. 왜냐고요? 그렇게 해놓음으로서 은몽 씨는 어디까지나 해월을 하나의 실재인물로 만들려 했던 때문이지요."

"그 누구의 탐정소설을 읽는 것 같아서, 대단히 흥미가 있습니다. 결국은 모든 것이 나 자신이 연출한 나의 연극이란 말씀이지요."

"그렇습니다. 그럼 이제부터는 은몽 씨의 연극 중에서 가장 '클라이막스'인 백영호 씨 살해 당시의 광경을 설명해 볼까요? ― "

"네, 어서 ― "

"그날 밤 ― 백영호 씨가 해월의 칼날에 죽는 날 밤, 집안에는 백영호 씨와 은몽 씨와 그리고 정란 씨가 있었습니다. 정란 씨는 삼층 자기방에서 '피아노'를 치고 있었고 은몽 씨와 백영호 씨는 아랫층 '아뜨리에'에서 이야기를 하고 있었습니다. 아니, 백영호 씨 살해에 대한 '찬스'를 엿보고 있었다고 말하는 것이, 적당할 겁니다. 왜냐하면 은몽 씨의 연극에는 반드시 적어도 한두 사람의 관중(觀衆)이 필요하기 때문이지요. 그러면 그때 은몽 씨

---

163) 남겨놓은

가 관중으로 택한 사람은 누구였던가?…… 그것은 두말할 것 없이 그즈음 삼청공원을 산책하고 있던 남수 군이었읍니다."

"남수 씨가 제 연극의 관객(觀客)이었다고요?"

"그렇지요. 남수라는 한 사람의 관객이 은몽 씨의 연극을 구경함으로써 해월이가 실재인물이라는 것을 주장하게 되는 때문입니다."

"좀 더 자세히 말씀해 주세요. 제가 알아들을 수 있게 ──"

"그럽시다!"

유불란은 그리고 점점 깊어가는 여름 밤거리를 한 번 내다보고 나서

"남수 군이 정문 밖에서 은몽 씨의 고함치는 소리를 듣고 황급히 정문 안으로 뛰어들어 왔을 때, 들창문을 활짝 열어젖힌 '아뜨리에'에는 '커─텐'이 쳐져 있었읍니다. 그 '커─텐'에 비친 두 사람의 그림자 ── 하나는 틀림없는 백영호 씨고 또 하나는 치렁치렁한 긴 '만또'로 전신을 감춘 복수귀 해월이가 백영호 씨의 가슴을 예리한 단도로 찌르는 광경이었지요. 그러나 그때 은몽 씨의 그림자는 통 보이지 않았읍니다."

"저는 그때 옆방 침실로 뛰어들어가 무서워서 침대 아래

에 숨어 있었다고 그러지 않았어요!…… 그러니까 제 그림자가 비치지 않은 것은 당연한 일이지요!"

"글쎄 그것은 은몽 씨의 이야기고…… 그때 남수 군은 사태가 너무 촉박해 짐으로 이놈 해월이! 하고 고함을 치며 현관으로 부리나케 뛰어들어가면서 보니, 해월은 놀라 복도로 뛰어나가면서 '스위치'를 껐읍니다. 현관으로 뛰어들어간 남수 군은 그때 캄캄한 복도에서 은몽 씨의 부르짖음을 듣고 해월이와 은몽 씨가 컴컴한 복도에서 서로 부딪쳤던 것으로만 생각하고 은몽 씨의 이름을 부르면서 따라갔읍니다. 그때 은몽 씨는 저편 복도의 들창으로 해월이가 도망갔다고 말했읍니다. 이리하여 남수 군은 은몽 씨의 교묘한 연극에 감쪽같이 속아 넘어갔던 것입니다."

"어째서 남수 씨가 속았다는 말씀이예요?"

"해월은 아무데도 도망하지 않고 그 자리에 있었던 때문이지요! 은몽 씨는 '스윗치'를 끈 다음에 재빠른 솜씨로 해월의 가장을 벗어서 어딘가에 감추어 두고 다시 '스윗치'를 켰던 것입니다. 이층 미술품 수집실에서 목탁소리가 났다던가, 백영호 씨와 둘이서 천정을 바라보며 무서워했다던가 ― 그것은 전부가 은몽 씨의 창작적 '세리프'지요!"

하고 은몽을 한 번 흘겨보고 나서

"은몽 씨! 그래도 은몽 씨는 나의 상상을 긍정하지 않으십니까? 해월의 그 귀신 같은 행동은 이렇게 생각하므로서[164] 모든 의문이 풀리는 것입니다. 정원 한복판에서 '커—텐'에 비친 해월의 그림자를 본 남수 군은 거기서 한 번 더 복수귀 해월의 실재를 확인하였읍니다. 그것이 은몽 씨 자신의 대담무쌍한 연극이었을 줄이야 꿈에도 몰랐을 겁니다. 이리하여 남수 군은 은몽 씨의 살인극에 있어서 가장 충실한 역할을 하였던 것이지요. 은몽 씨는 마음속으로 살인극의 성공을 무척 기뻐하면서 그때까지 채 목숨이 끊어지지 않은 백영호 씨의 앞에서 눈물을 흘리면서 무한히 슬퍼하였읍니다. — 은몽 씨! 은몽 씨가 정말 악인이 아니라면 한시바삐 나의 말을 긍정해 주십시요!"

"유선생!"

하고 은몽은 힘 있게 불렀다.

"유선생은 어떠한 일이 있더라도 저로 하여금 유선생의 그 황당무계[165]한 공상의 희생자로 만들어야만 마음이 편하겠습니까? 유선생이 정말 그것을 원하신다면 그리고 그렇게 …… 돼야만 유선생의 사회적 책임을 면할 수 있겠다면…… 저는, 저는 — "

---

164) 생각함으로써
165) 황당무계

"아닙니다. 은몽 씨, 내가 그것을 원한다는 것이 아니라 나는 다만 사건을 참되게 해결하겠다는 일념 이외에는 아무것도 없읍니다. ― 그래도 은몽 씨가 나의 말을 옳다고 여기지 않는다면 그때 은몽 씨가 백영호 씨에게 최후의 '키쓰'를 하였을 때, 백영호 씨가 은몽 씨의 입술을 깨물은 이유를 설명해 드릴까요?"

"어서 설명해 보세요."

"― 백영호 씨는 해월의 칼을 맞고 쓰러질 때, 실로 무서운 사실을 발견했을 것입니다. 무서운 사실 ― 그것은 해월이가 남자가 아니고 여자란 사실, 그리고 그 여자란 다른 사람이 아니고 자기의 사랑하는 아내였다는 놀라운 사실을 알았읍니다. 그래서 그는 죽기 전에 그 무서운 사실을 남수 군과 정란 씨에게 전하려고 팔을 은몽에게로 내밀면서 입술을 들썩거리었지요. 그러나 영리한 은몽 씨는 그 눈치를 알아차리고 입을 막을 셈으로 '키쓰'를 하였읍니다. 백영호 씨는 너무도 안타까운 김에 은몽 씨의 입술을 깨물었던 것입니다. 그러나 명배우인 은몽 씨는 그것을 남편이 자기에게 남겨 놓고 간 애정의 표적이라고 말하면서 한층 더 애닯게[166] 느껴 울었지요. ―"

---

166) 애달프게

"입을 막을 셈으로 '키쓰'를 했다고요?"

하고 은몽은 어이없다는 듯이 한번 흥 하고 코웃음을 쳤으나 유탐정은 그런 것쯤 조금도 개의(介意)하지 않고 자기의 생각하는 바를 어디까지나 솔직히 토로하였다.

"— 그러나 거기서 은몽 씨는 실로 치명적인 실수를 하나 저질러 놓았던 것입니다."

"실수는 또 무슨 실수를 제가 저질렀어요?"

"백영호 씨가 살해를 당한 직후, 이층 미술품 수집실에서 사람들은 문제의 처녀사진이 들어 있는 조그마한 '로켓트'를 주웠읍니다. 그것은 실로 은몽 씨 자신이 다년간 몸에 지니고 있던 '로켓트'였을 것입니다. 은몽 씨의 실수로 떨어뜨린 이 한 장의 사진으로 말미암아 사건의 범위가 훨씬 좁아졌지요. 더구나 남수 군이 그와 똑같은 사진을 자기 아버지의 신변에서 발견했을 순간, 그가 필연적으로 연상한 것은 해월과 자기아버지 백영호 씨와의 그 어떤 관계였을 것입니다. 그래서 남수 군은 부랴 부랴 자기 고향인 ×천읍을 다녀온 그날 밤, 해월은, 아니 은몽 씨는 대담하게도 증인 감시 중에 남수 군을 살해하므로서[167] 그 어떤 비밀을 이야기 하려고한 그의 입을 영원히 봉해버

___

167) 살해함으로써

리고 말았던 것입니다."

"그러면 유선생은 그 사진도 역시 제가 떨어뜨렸다는 말씀이예요?"

하고 톡 내쏘는 은몽의 독기를 품은 질문에 유불란은 잠깐 말을 끊었다가

"물론 그랬을 것입니다."

"그럼 대체 어떻게 되는 거에요? ×천읍에서 살던 그 여분이라는 부인이 제 어머니란 말씀입니까?"

그러나 유불란은 한참동안 잠자코 서 있다가

"그것은 나 역시 할 수 없는 일이지요. 은몽 씨의 아버지 주택서(朱澤書) 씨와 은몽 씨의 어머니 김옥녀(金玉女) 씨가 오 년 전까지 신의주에서 살다가 돌아가셨다는 사실을 알고 있는 나로서는 지금 이 자리에서 엄여분을 은몽 씨의 어머니라고 단정할 수는 없으니까요. — 그러나 엄여분과 은몽 씨 사이에 그 어떤 밀접한 관계가 있다는 것만은 숨길 수 없는 사실일 것입니다. 왜냐하면, 해월은 아니 은몽 씨는 엄여분의 사진으로 말미암아 과거의 비밀이 탈로날 것을 두려워하여 여행으로부터 돌아온 남수 군을 쏘아 죽였으니까요!"

"유선생은 처음부터 나를 해월이라고 가정하고 그 그릇된 가정 밑에서 이론을 진행시키기 때문에 그와 같은 모순

된 말씀을 하시게 되는 게 아니예요? 저와 엄여분의 사이에 대체 무슨 관계가 있길래……"

그것은 실로 유탐정에게 있어서는 치명적인 반박이었다.

"은몽 씨의 말씀대로 나는 아직 거기에 대해서 자세히 설명해 드릴 아무런 지식도 가진 것이 없읍니다. 만일 내가 거기 대한 정확한 증거를 가지고 있다면 나는 벌써 사법주임 임경부로 하여금 공작부인 주은몽의 체포장을 발행하게 했을 것입니다."

하고 유불란은 물었던 담배를 재털이에 부비면서

"― 그러나 은몽 씨! 그 점에 대해서는 멀지 않아 만족한 설명을 해드릴 때가 반드시 오리라 믿고 있읍니다!"

"네 그럼 저는 목을 느리고 그때가 오기를 기다리지요 ― 그러면 그 담에 제가 남수 씨를 살해하였다는 설명을 하여 보시지요!"

"― 그날 밤, 이층 응접실에는 여행으로부터 돌아온 남수 군을 중심으로 하여 나와 오상억 변호사가 앉아 있었읍니다. 그때 정란 씨는 삼층에 있었고 은몽 씨는 아랫층 침실에 있었을 것입니다. 침실에서 은몽 씨는 해월을 상징하는 주홍빛 긴 '만또'를 뒤집어쓰고 이층으로 올라와서 '도어'를 방긋하니 열고 남수를 '피스톨'로 쏘았읍니다. 그때 나보다도 먼저 뛰쳐나간 것은 오상억 변호사였지요.

487

해월은 무서운 속력으로 층층대를 뛰어내려 아래층 은몽의 침실로 뛰어들어갔읍니다. 뛰어들어가면서 은몽은 '악마' 하고 외치고 입었던 해월의 '만또'를 벗어버린 후 권총으로 바로 머리맡에 놓여 있는 화병을 쏘았읍니다."

"아아!"

"그리고 침대 아래 쓰러져서 뒤로 따라 들어온 오변호사를 향하여, 해월은 들창 밖으로 넘어 갔다고 외쳤읍니다. 저번에 남수 군을 속이듯이 오변호사를 은몽 씨는 또 속였던 것입니다. 그렇게 생각해야만 될 것이, 그때 현관으로 나가서 침실 들창 밖으로 뛰어온 나는 거기서 도망하는 해월의 그림자를 필연적으로 발견했어야만 될 것이 아니겠읍니까?"

"그러나 그날 밤은 안개가 유달리 짙었읍니다."

"그렇습니다. 안개가 짙어서 해월을 볼 수가 없었을 거라는 점이 은몽 씨가 만들어 놓은 유일한 피난소(避難所)일 것입니다!"

"어쩌면 유선생은 마치 사람의 마음속에 들어갔다 나온 것처럼 그리도 꼭꼭 맞히시는지 참 신통하기 짝이 없어요!"

은몽의 입술이 날카롭게 비웃는다.

# 제4차의 참극[168]

밤은 점점 깊어 간다.

은몽은 유불란의 이 무서운 공상을 어떻게 반박해야 할지 통 모르는 모양이었다. 처음에는 무척 놀랐고, 그 다음에는 유불란을 비웃었고 또 그 다음에는 상대방을 경멸까지 하여 보았으나 유탐정의 신념에는 추호도 어지러워짐이 없는 것을 본 은몽은 돌연 밀물처럼 북받쳐 오르는 비애의 감정을 억제하지 못하여 흑! 하고 '테이블' 위에 쓰러지면서

"너무 하세요! 유선생은 정말 너무 하십니다! 아무리 유선생이 저를 미워하고 저를 원망하신다 하더라도 그건 너무도 저를 모욕하는 말씀이에요. 아무리 제가 유선생을 저버리고 오상억 씨와 가까이 하였다 해서 그건 너무한

_____

168) 第四次의 慘劇

분풀이예요! 유선생이 그렇게 비겁한 사람인 줄은 전 정말 몰랐어요. 무슨 증거로…… 무슨 증거가 있길래 저에게 그렇게 무실의 원죄를 뒤집어씌우려는 거예요? 탐정의 입장으로선 그러한 공상을 논하여 한시바삐 사건을 해결하고 싶겠지만, 저로선… 저로선 너무도 억울한 누명이 아니예요?"

격할 대로 격한 은몽이었다. 슬픔은 은몽의 온 몸뚱이를 폭풍우처럼 습격하는 것이었다.

"── 오변호사가 ×천읍엘 갔었을 때, 저는 명수대 제 집에서 한 발자욱도 밖엘 나와 본 적이 없었어요.…… 그러한 처지에 있던 제가 어떻게 오변호사를 ×천읍까지 따라갔다는 말씀이예요? 부부암에서 홍서방을 대체 어떻게 죽였다는 말씀이예요? 유선생의 명예를 위해서 제가 유선생의 희생자가 된다면 그건…… 그건 정말 달갑게 받겠어요. 어디까지든지 유선생은 저를 그 무서운 함정에다 잡아 넣으려고… 너무하세요! 무슨 증거로 저를 가르쳐 해월이라고?……"

은몽은 무섭게 흐느껴 울었다. 마자(魔者)냐? 성자(聖者)냐? 그 폐부를 찌르는 듯한 은몽의 원한에 가득찬 하소연 ── 그건 마치 원죄를 짊어진 성자의 자태 같기도 하였고, 그 성자를 황야에서 시험한 '사탄' 같기도 하였다.

유탐정은 들창에 몸을 기대고 우두커니 서서 비애와 원망의 물결 속에서 흐느적거리는 은몽의 몸뚱이를 얼마동안 정신없이 바라보다가

"으음 ——"

하고 괴로운 듯 한 번 길게 신음하였다.

"은몽 씨! 절대로 나를 오해하시는 것만은 그만두어 주십시요. 실연의 분풀이로 죄 없는 인간을 죄 있게 만드는 것을 만족하게 생각할, 그러한 인간은 아니올시다. —— 아까도 은몽 씨에게 말씀드린 바와 마찬가지로 나는 과거에 있어서나 현재에 있어서나 그리고 영원 무궁히 은몽이라는 한사람의 여인을 잊지 못할 것입니다. 내가 이렇게 사랑하는 사람에게 무서운 공상을 토로하지 않으면 안되게 된 저의 고충을 살펴주십시요."

그리고 그는 은몽의 옆으로 가까이 걸어와서

"은몽 씨의 눈물을 보는 순간마다 나는 나의 공상이 얼마나 황당무게하며 얼마나 악착한가를 깨닫습니다. 그러나 다음 순간 —— 은몽 씨의 얼굴에서 눈물이 사라지는 순간, 나는 다시 나의 공상을 보다 더 굳게 믿지 않을 수 없게 되는 것입니다. —— 은몽 씨! 나의 솔직한 고백을 솔직히 받아드려169) 주십시요 —— 그러나 아아!"

유불란은 마치 경탄하듯 혼잣말로 중얼거려 본다.

"오변호사를 따라갔던 해월! 부부암에서 홍서방을 쏘아 죽인 해월! 나의 상상을 뿌리채[170] 뒤집어엎은 이 해월의 존재를 대체 어떻게 해석해야만 될 것인가?"

바로 그때였다. 옆방 서재로부터 전화'벨'이 요란스럽게 울려온다.

유불란은 '테이블'에 엎드러진 은몽을 그대로 남겨놓고 옆방으로 뛰어들어갔다.

은몽은 그때야 비로소 눈물어린 얼굴을 들고 귀를 기우렸다.

"유불란이올시다. 삼청동… 엣? 정란 씨가 살해를 당했다고……"

유불란의 굵다란 목소리가 놀라움과 흥분을 싣고 은몽의 고막을 두드렸다.

"아니, 뭐…… 정란 씨가 살해를 당했다니…… 언제? 약 십오 분 전? 어디서? 삼청동 공원에서! 그러면 문학수 씨, 내 지금 곧 갈 테니…… 그런데 임경부는 왔읍니까? 지금 막 전화를 걸었다?… 오상억 씨는?… 오상억 씨는 아직 알리지 않았다?…"

유불란은 황급히 전화를 끊었다가 다시 수화기를 들어

---

169) 받아들여
170) 뿌리째

광화문국 ××××번을 불러냈다.

"여보시요! 오변호사 댁입니까?… 아, 바로 오변호사입니까? 유불란이올시다. 다른 것이 아니라 지금 삼청동 문학수 씨한테서 전화가 왔는데, 정란 씨가 또 살해를 당하였읍니다! 은몽 씨 말씀입니까? 아 은몽 씨는 염려 마십시요. 지금 내 집에 오셨으니까……"

유불란은 거기서 전화를 끊었다가 이번에도 또 수화기를 들고 역시 광화문국 △△△△번을 불렀다.

"황선생 댁에 계십니까? 아, 황선생이십니까? 유불란이올시다. 안녕하십니까? 아직 사건은 미해결입니다.…… 다른 것이 아니라 오늘밤, 잠깐 황선생을 뵈오러 가려고 했었읍니다. 그런데, 지금 좀 긴급한 일이 생겨서 내일 아침 일찌기[171] 찾아뵙겠읍니다. 부디 외출하지 마시고 저를 기다려 주시면 대단히 고맙겠읍니다. 네네,… 그럼 내일 아침에…… 안녕히 주무십시요!"

전화를 마친 유탐정은 다시 서재로 돌아와서

"은몽 씨! 은몽 씨도 들으셨겠지만 정란 씨가 또 살해를 당했읍니다!"

그러나 은몽은 아무런 대답도 없이 유불란의 창백한 얼

---

171) 일찍이

굴을 잠깐 동안 말똥말똥 쳐다보다가

"유선생!"

하고 유불란을 불렀다.

"유선생! 저는 지금 기뻐해야 할지 슬퍼해야 할지 통 제 마음의 갈피를 잡을 수 없어요! 정란이가…… 정란이가 살해를 당했다는 사실은 저에게 슬픔과 기쁨을 동시에 맛 보게 하는군요! 정란이가 죽은 것은 한없이 슬프지만…… 그러나 한편으로 생각하면 정란의 죽음은 저를…… 저를 가르쳐 해월이라고 부르시는 유선생의 무서운 눈초리로 부터 저를 구해주었읍니다! 저는… 저는 유선생과 지금껏 이 방안에 앉아 있지 않았읍니까?"

그러면서 은몽은 또 다시 북바쳐 오르는 비탄에 무섭게 몸부림 쳤다.

"자세한 이야기는 후일로 미루고, 자아 빨리 삼청동으로 가보아야 겠읍니다!"

유불란은 그러면서 은몽을 재촉하여 허덕거리는 발걸음 으로 서재를 뛰쳐나왔다.

밤은 거의 열두 시가 가까웠다.

이리하여 유불란과 은몽은 광화문 네거리 어떤 '가레 — 지'로 가서 '택시 ——'를 타고 삼청동을 향하여 달리기 시작하였다.

유불란은 팔짱을 끼고 눈을 지긋이[172] 감은 채 고슴도치처럼 통 움직일 줄을 모른다.

정란이가 죽었다! 그것은 실로 탐정 유불란에게 있어서 글자 그대로, 아니 글자 이상으로 청천벽력과 같은 무서운 사실이었다.

"아아, 가엾은 유불란! 지금까지 내가 쌓아온 모든 추리, 모든 공상은 모래 위에 누각이 아니고 무엇인가! 정란이가 죽을 때, 은몽은 분명코 나와 같이 있었다! 나와 같이 있었다!"

유탐정은 자기의 몸뚱이가 천길만길 되는 깊은 구렁 속으로 쑥 빠져들어가는 것 같은 절망을 느끼지 않을 수 없었다.

"해월이란 대체 어떠한 놈인가."

유불란은 마음속으로 그렇게 부르짖으며 감았던 눈을 슬그머니 뜨고 묵묵히 앉아 있는 은몽의 얼굴을 곁눈질해 보았다.

사실 은몽의 얼굴은 슬퍼하는 것 같기도 하였고 기뻐하는 것 같기도 하였다.

"아아, 저 사랑스러운 얼굴! 저 어린애처럼 무심한 얼

172) 지그시

굴!"

그리고 그가 마침내 은몽의 그 백납처럼 핼쑥한 얼굴에서 발견한 것은 의지할 곳 없고 믿을 곳을 잃어버린 고아(孤兒)로서의 무서운 고독의 빛이었다.

자꾸만 자꾸만 흘러나오려는 뜨거운 눈물을 억지로 참으려는 듯 눈만 깜박거리며 외면한 채 통 얼굴을 돌리지 않는 은몽 —— 이윽고 유불란과 은몽은 삼청동 정란의 집에 도착하였다. 근방 일대는 엄중한 경비망이다.

유불란과 은몽은 경찰의 안내를 받아 아래층 침실로 들어갔다.

"아, 정란이!……"

은몽은 방안에 발을 들여 놓자마자 정란의 무참한 죽엄을 눈앞에 보고 그렇게 외치면서 피로 물들인 침대를 향하여 달려갔다.

정란의 가슴에서는 아직도 선혈이 뭉클뭉클 솟는다.

"이게 웬 일이야? 정란이!"

은몽은 그러면서 정란의 시체를 붙잡고 흐느껴 울기 시작하였다. 시체 옆에는 약혼자 문학수가 침통한 표정으로 돌부처처럼 서 있다. 한 걸음 먼저 도착한 임경부가 뒷짐을 지고 방안을 이리저리 왔다갔다한다.

뒤이어 오상억 변호사가 뛰어들어온 것은 바로 그때였다.

"이게 대체 어찌된 셈입니까?"

하고 오상억은 어리벙벙한 얼굴로 사람들을 쳐다보았다.

그러나 임경부도 말이 없고 문학수도 말이 없다.

"유불란 씨!"

하고 그때야 비로소 임경부는 걸음을 멈추고 유불란을 향하였다.

"날이 밝는 대로 나는 사직원을 제출할 작정이오!"

하는 임경부의 얼굴에는 심각한 책임감이 알알이 떠올랐다.

"나는 이 이상 더 사건을 붙잡고 있을 수가 없읍니다. 나는 나 자신을 경멸하는 동시에 이후부터는 절대로 범죄 사건에 손을 대지 않으려고 결심하였소."

하고 잠시 말을 끊었다가

"그리고 내 생각으로는 유불란 씨도 나와 함께 한시바삐 전 국민에게 사죄의 뜻을 표하는 게 좋을 듯싶읍니다."

그러나 유불란은 아무 말도 없이 정란의 시체 옆에서 흐느껴 우는 은몽의 새하얀 목덜미만을 쏘아보고 있었다.

"유불란 씨! 지금 하신 임경부의 말씀을 어떻게 생각하십니까?"

하고 그때까지 돌부처처럼 서 있던 문학수가 비로소 입을 열었다.

"지당한 말씀이라고 생각합니다."

"그 대답 밖에는 없습니까?"

"문학수 씨, 나는 오늘 아침 사람들 앞에서 사흘 동안의 여유를 달라고 선언하였습니다. 사흘 후엔 어떠한 일이 있더라도 해월을 체포하겠노라고요!"

"그렇습니다!"

하고 그때 오변호사가 한 걸음 앞으로 나서면서

"사흘만 여유를 주신다면 변변치는 못하나마 이 오상억도 해월을 체포하겠읍니다!"

하는 오변호사의 시선과 유불란의 시선이 무섭게 부딪쳤다.

그러나 유불란은 곧 시선을 돌리며

"하옇든 정란 씨가 봉변을 당하기까지의 이야기를 들려주시면 고맙겠읍니다."

하는 말에 문학수는 그런 건 알아서 무얼 하겠느냐는 듯 얼마동안 대답 없이 서 있다가 다음과 같은 이야기를 하였다. 더위가 하도 심하고 해서 정란은 좀체로 잠을 이루지 못하고 옆방에서 자는 문학수를 깨워 삼청동 공원으로 바람이나 쐬러 나가자고 청하였다는 것이었다.

"그래 나는 신변의 위험을 느끼면서도 이 며칠 동안 바깥 구경을 못한 정란을 위하여 그의 말대로 공원엘 나갔었지요. 흐리던 날이 개이면서 공원 일대에는 달빛이 어렴풋이 비치고 있었읍니다. 여기서 공원까지는 실상 없디면173) 코가 닿으리만큼 가깝지 않습니까. 그리고 집 주위에는 경찰들이 파수하고 있겠다 어지간이174) 마음을 놓고 '풀'을 지나 저편 가회동으로 올라가는 '드라이브·웨이'를 걷고 있었습니다. 그때 어떻게 그렇게 갑자기 나타났는지, 안국동 쪽으로부터 한 대의 자동차가 스름스름 기어올라오는 것이 보이겠지요. '헷드·라이트'는 무척 밝았습니다. 자동차 안은 캄캄한 어둠이었습니다. 우리들은 하는 수 없이 강렬한 '헷드·라이트' 속에서 눈을 가리우면서 자동차가 지나가기를 기다렸지요. 그 순간 획하고 옆을 지나가는 자동차 속에서 시커먼 팔목이 쑥 나타나면서 한 방의 권총소리가…… 아니 총소리를 의식했을 때는 벌써 나의 팔목에 비틀비틀 쓰러질 때였지요. 자동차는 무서운 속력으로 가회동 쪽을 향하여 쏜살같이 질주하는 것이었습니다."

문학수의 설명이 끝나자 유불란은 무슨 생각을 했는지 팔목시계를 들여다보며 당황한 발걸음으로 밖으로 뛰어나왔다. 새로 한 시다. 그는 현관에 대기하고 있는 자동차에 오르면서

"효자동까지!"

---

173) 엎어지면
174) 어지간히

하고 부르짖었다.

이리하여 정문을 나선 자동차는 컴컴한 밤거리를 질풍처럼 달리기 시작하였다.

총독부를 지나고 효자동 종점을 지난 자동차는 약 십 분 후 혜전교장 황세민 씨의 집 앞에서 욱하고 멎었다.

초인종을 눌렀으나 황교장은 곧 나오지 않았다. 집안에 불이 모두 꺼진 것을 보니 자는 모양이다.

이윽고 침실 비슷한 방안에 전등이 켜지며 복도를 걸어 나오는 발자욱 소리. —— 현관이 드르륵하고 열리며 나타난 것은 황교장 자신이었다.

"아, 유불란 씨가 아니십니까?"

잠옷을 입은 황교장이 의아스러운 눈으로 유불란을 바라보았다.

"이렇게 주무시는 데 찾아와서…… 황송하기 짝이 없습니다. 사실은 내일 아침 일찌기175) 찾아뵙고자 하였읍니다만 사정이 좀 급해서……"

"네네, 들어오십시요."

황교장은 앞장서서 유불란을 서재로 인도하였다.

"황선생 ——"

175) 일찍이

유불란은 의자에 앉으며 당황한 목소리로 그렇게 불렀다.

"사정이 급하시다니…… 또 무슨?……"

"정란 씨가 또 살해를 당했읍니다."

"옛 정란 씨가?"

하고 놀라며

"역시 범인은 해월이?"

"물론 그럴 테지요. ——"

거기서 유불란은 문학수가 한 설명을 그대로 옮겼다.

"으음 ——"

하고 긴 한숨을 짓는 황교장에게

"황선생!"

하고 유불란은 힘을 주어 불렀다.

"황선생! 아니 백문호 씨!"

"옛?"

하고 그 순간 의자에서 일어나는 황세민 교장의 놀라움을 무시하고

"—— 삼십 년 전 ×천읍 부부암에서 사촌동생 백영호가 떠밀어 대동강의 물귀신이 되었다는 백문호 ——"

"으, 으, 음 ——"

황교장은 다시 의자에 털썩 주저앉으며 두 손으로 머리를 움켜쥐고 무섭게 신음하였다.

"당신…… 당신은 대체 그것을 어떻게……"

"문호의 애인 엄여분을 능욕한 악인 영호는 그 후 백부인 문호의 아버지에게 독약을 먹여서 살해한 후에, 유산 백만원을 상속하여……"

"오오…… 당신은, 당신은……"

번개처럼 떠오르는 지나간 날의 무서운 추억이 늙은 황교장의 전신을 뒤흔드는 모양이다.

"그러나 죽은 줄로만 알았던 백문호는 요행이도 해적선의 구호를 받아, 다년간 본의 아닌 해적생활을 계속하다가 —— 그리고 황선생이 중국어에 능통하다는 것으로 보아 그 해적선이 황해와 남지나해 일대를 노리고 있는 지나인의 해적선이었을 것입니다. —— 그러다가 문호는 마침내 '쌘프란시스코'에서 해적선을 탈출하여 명망 있는 목사 '윌리암·엔더 —— 슨' 씨의 보호를 받다가, 지금으로부터 십 년 전 삼십만원이란 거액을 품고 조선으로 돌아와서 사회사업에 여생을 바치려 했습니다."

"당신은 마치 자기 눈으로 본 것처럼……"

놀라움을 넘어서 하나의 기적에 당면한 것 같은 황교장의 얼굴이었다.

"—— 아니, 그보다도 먼저 문호는 악마 영호에게 대한 복수의 일념에 불탔습니다. 그러나 천성이 선량한 문호는 모든 것을 잊어버리고 도리어 원수와 손을 마주잡고 쓰러져가는 혜선전문학교를 위하여……"

"잠깐만, 잠깐만……"

하고 황교장은 그때 이마에 흐르는 구슬땀을 손등으로 씻으면서

"그것은 내가 그에게 청한 것이 아니라, 영호가 자진하여 자기가 범한 죄값의 만분지 일이라도…… 즉 사죄의 의미로서 자기의 재산의 십분지 칠 —— 칠십만원을 제공하겠다고……"

"악마 영호에게 비하면 문호는 너무나 착한 성품의 소유자였읍니다. 그는 백영호의 죄악을 물로 씻은 듯이 잊어버리고 오로지 사회사업을 위하여 온 정신을 바쳤읍니다. —— 그는 '쌘프란시스코'에서 '아메리카'에 귀화했을 때의 이름 —— 황세민을 가지고 조선으로 돌아왔을 때 물론 백문호라는 이름은 호적상의 주선(朱線)을 맞은 지 오랬였었지요."

'테이블'을 웅켜잡은 황교장 —— 아니 백문호의 두 팔이 와들와들 경련을 했다.

"그렇습니다, 그렇습니다!"

하면서 황교장은 유불란의 이야기를 떨리는 목소리로 수긍하는 것이었다.

"그러나 문호는 엄여분이가 죽을 때……"

"그렇습니다! 나도 그 후 ×천읍을 몇 번 찾아갔지요. 사람들 중간에 내세워서 간접으로 홍서방에게 여분의 행방을 탐지시켜 보았으나 그 후 얼마 되지 않아서 평양 어디서 죽었다는 소리밖에 못 들었읍니다."

"그러면 여분의 몸에서 어린애가……"

"에? 어린애가 아니 여분이가 그때 어린애를 낳았읍니까?"

황교장의 놀라움은 극도에 달하였다.

그 황교장의 놀란 얼굴을 유불란은 잠깐 측은한 표정으로 묵묵히 바라보고 앉았다가

"그렇습니다. 여분은 그때 어린애를 낳고 산후가 불순하여 세상을 떠났던 것입니다."

"그러면 그 어린애는 누구의?"

"문호가 부부암에서 살해를 당한 지 육칠 개월만이니까, 그것은 문호의 자식임에 틀림이 없겠지요."

"오오! 당신은, 당신은 그런 비밀까지……"
하고 자기의 어지러운 마음을 가라앉히려는 듯 머리를 두서너 번 흔들고 나서

"그 애가 그 어린애가…… 지금도 살아 있읍니까? 살아 있다면 지금 어디서 무얼하고 있읍니까…… 이름은 뭐라

고 부릅니까…… 가르쳐 주세요! 어서 빨리 그것을 가르쳐 주시요!"

그러면서 황교장은 '테이블' 위로 손을 뻗혀 유불란의 팔을 부여잡고 미친 듯이 흔들었다.

"그 애가 어디 있는지, 그리고 어디서 무엇을 하는지, 그것을 이 자리에서 가르쳐 드리지 못하는 것을 용서해 주십시요. 그러나 다만 한 가지, 그 애의 이름만은 가르쳐 드릴 수가 있읍니다."

"오오! 당신은 참말 이 늙은이의 귀인이요! 그 애 이름은, 그 어린애의 이름은 뭐라고 부릅니까?"

유불란은 잠깐 말을 끊었다가

"세상 사람들은 그를 가리켜 해월이라고 부릅니다!"
하고 황교장을 쳐다보았다.

"옛?"

황교장은 불현듯 잡았던 유불란의 팔목을 털썩 놓으며

"뭣이라구요?…… 해월이? 아니, 저 살인귀 해월이라구요?"

찢어질 듯이 부릅뜬 황교장의 두 눈에는 방금이라도 불덩어리가 튀어나올 듯이 무섭게 충열[176]되었다. 황교장에

---

176) 충혈

게 있어서 그것은 실로 청천벽력과도 같은 것이었다.

"해월이가 백영호 씨의 미술품 수집실에 떨어뜨린 '로켓트'의 사진은 지금 황선생이 가지고 계시는 사진과 똑같은 엄여분의 사진입니다."

"음…… 나도, 나도 그 사실이 하도 마음에 걸려서…… 으음! 역시 나의 생각과 같았었던가……"

하고 황교장은 깊은 구덩이 속으로 빠져 들어가는 자신을 느끼면서

"해월이가 지금 어디 있읍니까? 그것을 한시바삐 이 늙은이에게 가르쳐 주시요."

"황선생! 이삼 일 동안만 기다려 주십시요. 이삼 일 후엔 제가 황선생을 해월의 곁으로 인도해 드리겠읍니다."

"이 삼일 동안을 어떻게 기다리라고 당신은…… 지금 곧 해월이 있는 데로 나를 안내해 주시오!"

"아닙니다! 이삼 일 후가 아니면 해월이가 어디 있는지 알 수가 없읍니다. —— 그런데 황선생께 한 가지 여쭙고자 하는 것은 저번 날 밤에 황선생을 찾아왔던 그 싯누런 이빨을 가진 사나이가 대체 어떤 인물인가를 가르쳐주시면 대단히 고맙겠읍니다."

"아, 그 오첨지 말이요?"

"오첨지?"

"네, 오첨지는 나와 해적생활을 같이한 놈인데, 우리들은 그를 오첨지하고 불렀고, 그의 이름은 모르지요. 그의 고향이 평안북도 어디라는 말을 들었을 뿐입니다."

해적생활 시대에는 황세민 —— 아니 백문호와 오첨지는 대단히 친한 사이였으므로 백문호는 자기의 과거를 오첨지에게 하나도 숨김없이 전부 이야기한 것이 지금에 이르러서 생각하니 크나 큰 실책이었다.

백문호가 황세민이란 이름으로 조선으로 돌아온 지 오 년 후 어떤 날, 돌연 오첨지가 황교장 앞에 나타나서 해적생활 하던 황교장의 과거의 비밀을 지켜준다는 것을 조건으로 혹은 몇 천원, 몇 만원씩 갈취해 가곤 하는, 말하자면 바다위에서의 친우가 육지에서는 하나의 적이 되었다는 것이다.

"그러던 것이 이번 백영호 살해사건이 일어난 후부터는 마치 거머리처럼 꼭 달라붙어서 떨어지질 않지요. 백영호를 살해한 범인을 나라고 협박하는 것입니다. 내가 백영호 일가에게 복수한다는 것을 협박 조건으로 나에게 삼만원을 강요하러 왔던 것이지요. 그 놈은 지나간 오 년 동안 내 생활에 있어서 흡혈귀(吸血鬼)였읍니다."

# 최후의 참극[177]


황교장 집을 뛰쳐나온 유탐정은 타고 온 자동차에 다시 올라 태평동 자기 집 앞까지 단숨에 몰아댔다.

"운전수, 가지 말고 기다리시요."

유불란은 그렇게 부탁해 놓고 안으로 뛰어들어갔다.

"가방을 준비해 주게!"

그는 마중 나온 서생에게 명령하였다.

"어디 여행을 떠나시렵니까?"

서생은 눈을 부비면서 주인을 쳐다본다.

"응 ──"

하고 서재로 들어가는 유불란에게 서생은 따라 들어오면서 한 장의 전보를 내어 주었다.

"한 시간 전에 온 전봅니다."

---

177) 最後의 慘劇

유불란은 전보를 받아들고 들여다보았다.

그것은 해월의 행방을 탐지코자 평양으로 내려갔던 박태일 부장으로부터 온 전보인데 진남포서 친 것이었다.

평양 영문사를 떠난 해월은 진남포서 약 오리 쯤 떨어져 있는 ×도라는 섬에서 일 년 동안 생굴을 까먹다가 다시 ×도를 떠나 구월산 어떤 절간으로 들어간 자취가 판명. ×도를 떠날 때엔 해월의 폐병이 거의 절망적이었다고 ── 상세한 것은 명일 다시 ──

유불란은 전보를 '포켙'에 꾸겨 넣고 탁상전화의 수화기를 들어 광화문국을 불렀다.

"삼청동입니까? 임경부를 좀 바꾸어 주시요. 아, 임경부입니까? 유불란이올시다. 그 방에 지금 여러 사람들이 있읍니까? 있어요? 그러면 임경부께서는 내 말을 듣기만 하시고, 이런가 저런가 질문을 하시지 마십시요."
하고 이번에는 목소리들 낮추어 가지고

"거기 지금 오상억 변호사가 있읍니까?…… 있다! 그리고 문학수 씨도 있읍니까?…… 있다 그리고 은몽 씨도?…… 있다! 그런데 지금 나는 어디 잠깐 여행을 떠나는

데, 내일 밤이나 모레 아침에 돌아오겠읍니다. 그러나 내가 여행 떠난다는 말은 누구에게도 해서는 안됩니다. 절대 비밀을 지켜 주실것! 아시겠읍니까?…… 사실은 지금이라도 해월을 체포하고 싶으나 물적 증거가 하나도 없읍니다. 내가 여행으로부터 돌아오는 순간, 모든 것은 해결됩니다. 그리고 임경부께서 꼭 주의해야 될 것은 해월은 항상 임경부와 같이 있다는 것입니다. 쉬이! 그렇게 큰소리를 내면 안 된대도 그러셔…… 해월은 지금 임경부와 같은 방에 있읍니다. 아시겠읍니까? 그러면 내가 돌아오도록 어떠한 일이 있더라도 은몽 씨의 신변을 잘 지켜 주십시요! 차 시간이 급박하여서 자세한 이야기는 할 수 없읍니다. 나의 주장대로 해월은 절대로 은몽 씨를 해치지 않습니다. 은몽 씨의 목숨은 절대로 안전합니다. 그러나 그것과는 또 다른 의미로써 은몽 씨를 살 지켜달라는 말씀입니다. 아시겠읍니까?"

유불란은 전화들 끊었다. 그리고 이번에는 '테이블'로 가서 열쇠로 설합을 열고 거기서 조그마한 서류함(書類凾)을 꺼내었다.

그는 서류함 속에서 커다란 '노—트'를 꺼내어 '테이블' 위에 펼쳐놓았다. '노—트' 등에는 금자로 '탐정일기(探偵日記)'란 글자가 적혀 있었다.

그는 그리고 약 이십 분 동안이나 열심히 무엇을 적어 놓고 또 다시 서류함에 넣은 후에 설합 속에 집어넣었다.

그리고 서생을 불러서 열쇠를 내어주며

"이번 여행은 대단히 위험하니, 만일 내가 죽고 다시 돌아오지 못하게 되는 때는 이 설합 속에 들어 있는 탐정 일기를 임경부께 전해 주게."

"아니 선생님……?"

서생은 낯색을 변하며 놀라 쳐다보았다.

"아니, 뭐 그렇게 염려할 건 없고, 만일 그런 경우가 있다면 말이네 ──"

하고 유불란은 놀라는 서생을 위로하였다.

"네! 말씀대로 꼭 이행하겠읍니다. 그러나 선생님!"

"글쎄, 염려할 것 없대도 그래. 그리고 내 편지를 한 장 쓸 테니, 지금 곧 삼청동 문학수 씨에게 전해 주고 오게."

하고 유불란은 원고지에 두서너 줄 무엇인가 적어서 봉투에 넣고 꼭 봉하였다.

"자아, 그러면 다녀오마."

그리고 유불란은 조고마한[178] 손가방을 하나 들고 밖으로 나갔다.

---

178) 조그마한

자동차가 경성역에 도착한 것은 새벽 두시 반 ――

그가 올라탄 기차는 봉천행 특급이었다.

날이 밝자, 정란의 시체는 곧 대학병원으로 운반되어 해부대에 오르게 되었다.

이처럼 정란의 시체를 해부해 보기를 주장한 것은 임경부였다. 정란의 사인(死因)이 과연 문학수의 말대로 해월이가 쏜 총상(銃傷)으로 인한 것인지, 혹은 그 외의 어떤 원인에서 인지 임경부는 그것을 명확히 알 필요를 느꼈기 때문이다.

어째서 임경부가 그렇게 정란의 사인에 의혹을 품기 시작했는가 하면, 그것은 어젯밤 아니, 오늘 새벽에 여행을 떠나려는 유불란으로부터 다음과 같은 전화가 걸려왔기 때문이었다.

"해월은 항상 임경부의 신변에 있읍니다!"

하는 한 마디였다. 이 한 마디는 실로 임경부로서 모든 인물을 의심하게 하였던 것이다.

정란이가 죽은 것은 문학수와 정란이 단 둘이서 삼청공원길을 산보할 즈음이었다. 그리고 문학수 이외에는 누구 한 사람 정란의 살해 광경을 본 사람도 없었고 해월이가 탄 괴상한 자동차의 존재를 본 사람도 없었다.

그러나 해부해 본 결과 정란의 사인이 틀림없는 총상이

었다.

임경부의 의혹은 아무런 수확도 남기지 못한 채 단순한 하나의 의혹에 지나지 못했던 것이다.

"그러나 문학수 자신이 '피스톨'로 정란을 죽이고 그러한 허위의 진술을 하였다고 생각해도 무방하지 않은가? 그러나 무슨 동기로…… 문학수는 정란의 약혼자가 아닌가?"

임경부가 대학병원을 나와 다시 삼청동으로 돌아온 것은 무더운 여름날도 거의 저물어가는 황혼이었다.

삼청동에는 은몽과 문학수와 오상억이 그를 기다리고 있었다.

하루밤을 뜬 눈으로 새운 은몽은 현기증이 난다고 하면서 아까부터 침대에 누워 있었다.

옆방 '아뜨리에'에는 오상억과 문학수가 마치 개와 고양이처럼 서로서로 상대방을 경계하며 묵묵히 앉아 있었다. 그것도 그럴법한 것이 오상억과 문학수는 지나간 날, 정란을 사이에 두고 싸우던 연적(戀敵)이 아니었던가.

오상억은 무엇을 생각하며 문학수는 또 무엇을 생각하고 있는가? 두 사람은 틈만 있으면 서로서로의 얼굴을 곁눈질해 보는 것이었다.

어젯밤 유탐정이 금명간 해월을 체포 하겠다고 말했을

때, 오상억 변호사도 역시 해월의 체포를 선언하였다.

그럴 성싶어서 그런지 문학수의 얼굴을 곁눈질해 보는 오상억의 얼굴에는 어딘가 자신만만한 빛이 떠돌았다.

유탐정과 오변호사의 경쟁 —— 유탐정이 먼저 해월을 체포하느냐, 오변호사가 먼저 해월을 체포하느냐? 이것은 독자제 씨와 더불어 필자 역시 대단히 궁금한 하나의 수수께끼다.

그때 침대에 누워 있던 은몽은 오상억과 임경부에게 한시바삐 여기를 떠나 명수대로 가 있기를 청하였다.

"여기는 무서워서 잠시도 있을 수가 없어요. 그리고 두통이 어떻게 심한지 어서 집으로 가서 한잠 늘어지게 자야겠어요."

"그러시지요! 참 대단히 피곤하실 텐데…… 마침 내가 타고 온 자동차가 밖에 있으니 제가 모셔다 드리지요."
하는 임경부의 말에

"고맙습니다만 그러나 전 그런 경찰용 자동차는 싫어요. 누가 보면 죄수같지 않겠어요. 흐흐……"
하고 은몽은 미안하다는 듯이 억지로 웃어 보이는 것이었다.

"아 그러면 ——"
하고 그때 오상억은 손수 전화를 걸어 '택시 —' 한 대를 불렀다.

‘택시’가 도착하자 오상억은 은몽을 부축하여 ‘택시’에 올랐다. 현관까지 걸어나가는 동안 은몽은 현기중으로 말미암아 여러 번 쓸어질 듯하였던 때문이다. 핏기라고는 한 점도 보이지 않는 은몽의 얼굴에는,

　“이젠 내가 죽을 차례로구나!……”

하는 공포와 아울러 생에 대한 단념의 빛이 보이는 것 같았다.

　문학수는 그때 무엇을 생각했는지

　“저도 같이 가보겠읍니다.”

하고 임경부의 자동차에 올라탔다.

　이윽고 두 대의 자동차가 삼청동을 출발하여 명수대를 향해 달리기 시작하였다. 오상억과 은몽이 탄 ‘택시’가 앞서고 임경부와 문학수의 경찰용 자동차가 뒤따랐다.

　그러나 이 두 대의 자동차가 명수대까지 도착하였을 때 사람들은 실로 이상한 사실을 발견하였다.

　때는 오후 여덟 시 경 ── 거리거리에는 지금 울긋불긋한 ‘네온’과 함께 밤의 서막이 내리려 한다.

　삼청동을 떠난 두 대의 자동차는 지금 종로 네거리를 왼편으로 ‘커 ─ 브’하여 일로 남대문 쪽으로 달리고 있다.

　앞선 ‘택시’는 오상억과 은몽이 탔었고 임경부와 문학수를 태운 경찰용 자동차는 그 뒤를 약 오십 ‘미 ─ 터’ 가량

떨어져서 달렸던 것이었다.

"해월은 절대로 은몽을 해치지 않는다. 그러나 은몽의 신변으로부터 한시라도 감시의 눈을 게을리해서는 아니 된다."

뒤로 달리는 창밖에 '네온·라이트'를 물끄러미 내다보면서 임경부는 어젯밤 유불란이 전화로 한 그러한 이야기를 다시금 생각하여 보는 것이었다.

그것은 실상 임경부로서는 하나의 괴상한 논리에 틀림이 없었다. —— 은몽은 절대로 안전하다. 그러나 은몽의 신변을 잘 살피라는 유불란의 말을 대체 어떻게 해석해야 될는지 그는 몰랐다.

그리고 한편 옆에 앉은 문학수로 말하면 어젯밤 유탐정이 보낸 한 장의 편지를 받은 그 순간부터, 그의 얼굴에는 무엇인가 심상치 않은 심각한 빛이 떠돌기 시작하였던 것이다.

그러면 그가 유탐정으로부터 접수한 편지에는 대체 어떠한 내용의 글이 적혀 있었던가? 그러나 그것은 차차 알려질 기회가 반듯이[179] 오리라고 믿고 여기서는 두 대의 자동차가 명수대에 도착하기까지의 경로를 그리면 그

179) 반드시

만일 것이다.

자동차는 지금 본정입구를 지나 남대문을 향하여 달리고 있다.

그러나 두 대의 자동차가 남대문 앞까지 달려왔을 때, 남대문 앞 네거리에 서 있는 '고오·스톱'의 '시그날'로 말미암아 은몽과 오상억이 탄 '택시'는 네거리를 겨우 건널 수가 있었으나 임경부의 자동차는 그만 '스톱'을 당하고 말았다.

이윽고 '스톱'의 '시그날'이 '고 —'의 '시그날'로 변하였을 때는

벌써 은몽의 자동차는 세브란스병원 앞을 스름스름 달리고 있을 때였다.

임경부의 자동차가 조금 더 속력을 내어 경성역을 지났을 즈음에 다시 두 자동차는 약 오십 '미 — 터'의 간격을 두게 되었던 것이다.

삼청동을 떠날 때부터 현기증으로 말미암아 몹시 괴로워하던 은몽이 마침내 견딜 수가 없다는 듯 오상억의 품안에 기대이고 있는 모양이 뒷 '글라스' 창으로 보인다.

임경부는 그때 운전수에게 앞 차를 따르라고 명령하였다. 앞 차도 뒷차가 따라오기를 기다리는 듯이 스름스름 달린다.

이리하여 두 대의 자동차가 어깨를 나란히 하게 되었을 때

"대단히 편찮으십니까?"

하고 임경부는 커다란 목소리로 오상억을 불렀다.

"뇌빈혈 같습니다. 아까부터 구토가 날것만 같다고 그러더니만 ——"

하면서 오상억은 은몽을 자기 무릎 위에 눕혔다.

"하옇든 좀 빨리 갑시다."

하고 오상억은 운전수에게 재촉하였다.

그러나 한강교를 지날 즈음해서는 은몽의 현기증이 좀 난 모양이었다.

이윽고 그들의 자동차는 명수대의 은몽의 집 현관 앞에서 멎었다.

사람들은 황급히 자동차에서 내렸다.

그러나 그때 만일 유탐정이 그 자리에 있었다면 그는 무척 놀랐을 것이다.

현관 전등불에 비친 '택시'의 운전수 —— 은몽과 오상억을 태워온 '택시' 운전수의 얼굴 왼편 볼 위에는 마치 지렁이가 기어가는 것 같은 무서운 칼자리가 박혀 있었던 때문이었다.

그리고 그때 무엇이 우수운지[180] 빙그레 웃는 그 운전

수의 입밖으로 마치 황소 이빨처럼 싯누런 치아(齒牙)를 발견하고 놀랐을 것이다.

황치인(黃齒人) 저번 날 밤, 황세민 교장을 협박한 황치인이 아닌가!

오상억은 은몽을 안고 아래층 침실로 들어가 그를 침대 위에 눕혔다.

은몽은 아무 말도 없이 눈을 고스란히 감고 있었다.

"하루밤을 꼬박 세웠으니 한잠 주무시고 나면 괜찮겠지요."

하고 문학수는 은몽의 머리와 맥을 잠깐 집어 보고나서 그런 말을 하여 수심에 찬 오상억을 위로하였다.

"원체 몸이 약한데다가 요즘은 침식을 거의 폐하다싶이[181] 하니까 ——"

하고 오상억도 문학수의 말에 어지간히 안심한 모양이다. 그러나 그즈음 해월의 마수가 또 다시 어둠 속에서 움직이기 시작하였던 것이다.

그날 밤은 유달리 무더웠다. 사면 들창을 모두 열어 놓아도 바람 한 점 들어오지 않는 밤이었다. 세 사람은 고요히 잠든 은몽의 침대 옆에 둘러앉아서 식모가 가져온 냉차를

---

180) 우스운지
181) 폐하다시피

마시면서 그들은 각각 자기생각에 깊이 파묻혀 있었다.

은몽을 잘 지키라는 유탐정의 말이 또 다시 임경부의 사색을 혼돈케 하는 것이었다.

임경부는 시선을 돌려 침대 위에 누은 은몽을 바라보았다. 새카만 양복과 대조된 은몽의 새하얀 얼굴은 더 한충 창백해 보였다.

지나간 날 공작부인으로서의 꽃다발처럼 화려하던 은몽의 얼굴이 이제는 공포와 고독으로부터 오는 우수(憂愁)의 암영(暗影) 이외에는 아무것도 없었다.

임경부는 저도 모르는 사이에 쓸쓸해지는 자기 마음을 뒤적거려 보면서, 문득 시선을 돌려 묵묵히 오상억과 마주앉아 있는 문학수의 얼굴을 쳐다보았다. 그때, 그는 어쩐지 가슴이 이상하게도 두근거림을 깨닫지 않을 수 없었다.

왜 그런가 하면 오상억의 얼굴을 때때로 곁눈질해 보는 문학수의 두 눈에서 그 어떤 잔인성을 임경부는 발견했기 때문이었다.

그러나 그것은 문학수의 눈에서만이 아니었다. 임경부는 오상억의 눈초리에서도 역시 그보다 못지않게 잔혹한 빛을 발견할 수가 있었던 것이다.

한 마디의 대화조차 없이 돌부처처럼 마주앉아 있는 그들 두 사람의 눈초리는 무엇인가 알 수 없으나 서로를 의

심하고 서로서로의 일거일동을 무섭게 주목하고 있는 것
만은 숨길 수 없는 사실이었다.

그러나 그때였다.

"이층 서재에 전화가 왔는뎁쇼."
하면서 식모가 들어왔다.

"누구에게?"

"저 경찰서에 계신 임경부나리를 좀 대어 주십사고요.
—— 대단히 긴급한 말씀이 계시다면서 곧 좀 ——"

그러나 임경부는 좀처럼 몸을 일으킬 줄을 몰랐다.

"긴급한 전화라니 대체 어디서 온 전화길래……"

어디서 온 전화인지는 알 수 없으나 자기도 그보다 못지
않게 긴급한 사정이 있다는 임경부의 표정이었다.

"저어, 태평동 유탐정나리 댁에서 온 건 뎁쇼."

"유탐정?"

임경부는 하는 수 없이 의자에서 일어나면서 한 번 더
오상억과 문학수의 얼굴을 쳐다보았다. 그리고 그 어떤
험악한 공기가 그들의 주위를 둘러싸고 있음을 깨닫고 좀
체로 떨어지지 않는 발걸음을 옮겨 복도로 나갔다.

"'찬스'를 놓쳤나보다? ——"

임경부는 층층대로 뛰어올라가면서 마음속으로 그렇게
부르짖었다. 그렇게 생각하니 임경부의 가슴속은 한층 더

초조하였다.

　서재로 뛰쳐들어간 임경부는 부리나케 수화기를 들자
마자

"네, 임세훈이요."

하고 거의 고함치듯 말하였다.

　"아 그렇습니까? 저는 태평동 유불란 씨댁 서생입니다."

　"그래서? 빨리 용건을 말해 봐요!"

하고 조급스레 묻는 임경부의 말에

　"다른 것이 아니라, 지금 박태일 부장으로부터 유불란
씨에게 전보가 한창 왔는데 말씀이지요. ── 유선생은
계시지 않고 해서, 그리고 내용을 보니 대단히 급한 전보
길래……"

　"빨리 전보를 읽어 봐요! 잔소리 말고!"

　"── 네에, 그러면 읽겠읍니다. ── 해월은 지금으로
부터 오 년 전 구월산 계명사(鷄鳴寺)에서 확실히 죽었다,
박태일 ──"

　그러나 바로 그 순간

　"앗!"

하고 외치는 임경부의 목소리가 방안을 찢었다. 아아 동굴
과도 같은 암흑! 뒤이어

　"악!"

하고 외치는 목소리와 함께 복도를 무섭게 달리는 사람의 발자욱 소리 —— 그것은 틀림없이 한 사람은 쫓기고 한 사람은 그 뒤를 따르는 발자욱 소리와였다.

"빨리 불을…… 불을!"

하고 고함치는 식모의 놀라운 목소리를 듣고야 비로소 임경부는 자기 '포켙'에서 회중전등을 꺼내 들고 나는 듯이 충충대를 뛰어내려왔다.

임경부는 거기서 부들부들 떨고 있는 식모의 그림자를 발견하였다.

"어찌된 일이냐?"

"전등이 갑자기 꺼지길래 뛰어나와 보니 아씨의 방으로부터 사나이 둘이 뛰어나오는 발자욱 소리가 들리겠지요. 그래 바로 여기서 그들과 제가 맞부딪쳐서 저는 넘어지고 그들은 현관 밖으로 뛰어나갔읍지요."

그때는 벌써 임경부는 회중전등을 번쩍거리며 은몽의 침실 안으로 뛰어들어간 때였다.

"오오"

하고 신음하는 임경부의 떨리는 목소리!

회중전등에 비치는 침대 위의 은몽 —— 은몽의 가슴에는 한 자루의 단도가 무참히 박혀 있었다.

임경부는 부리나케 단도를 빼고 자기 귀를 은몽의 입에

다 갖다 대어 보았다. 거의 거의 끊어져 가는 숨길이었다.

바로 그때 바깥 정문 밖에서 "탕!" 하는 한방의 총소리 —— 연거퍼 또 한 방 "탕!" 하는 총소리.

임경부는 식모에게 은몽을 간호하라는 말을 남겨놓고 들창을 넘어 정원으로 뛰어나갔다.

넓은 정원을 뛰어 정문 밖으로 달음질해 나간 임경부는 거기서 우뚝 발걸음을 멈추지 않을 수 없었다.

임경부의 회중전등이 비춰 주는 무서운 광경!

조약돌을 깐 행길 위에 주홍빛 '만또'로 전신을 감춘 하나의 괴물이 박쥐처럼 활개를 활짝 펴고 쓸어져 있지 않는가!"

간판처럼 울긋불긋한 도화역자의 가면을 쓴 괴물! 왼편 손으로 행길 위에 깔린 조약돌을 움켜쥐고 바른편 손에는 한 자루의 권총이 쥐어져 있고 —— 그러나 임경부의 회중전등이 비춰 주는 것은 그 전신 주홍색의 괴물만은 아니었다.

살인귀 해월의 시체 바로 머리맡에 한 사람의 사나이가 비장한 얼굴로 땅위에 쓸어진 괴물을 묵묵히 내려다보고 서 있는 것이었다.

"해월은 죽었읍니다."

사나이는 감개무량한 어조로 그렇게 중얼거렸다.

그 사나이, 그것은 다른 사람 아닌 오상억 변호사 그
사람이었다.

　"아 그러면?"

하고 임경부는 그 어떤 예감이 들어맞았다는 듯이 오상억
과 괴물을 번갈아 쳐다보았다. 그러나 오상억은 아무 말도
없다.

　임경부는 마침내 허리를 굽혀 엎드러진 괴물을 반듯이
제쳐놓고 얼굴을 가리운 도화역자의 탈을 슬그머니 벗겼다.

　"음 ──"

하고 임경부는 신음하였다. 그것은 틀림없는 의학박사 문
학수의 얼굴이 아닌가!

　"문학수?"

　탈을 벗기자마자 임경부는 그렇게 외쳤다.

　"대체 어떻게 된 노릇입니까?"

하는 임경부의 말에

　"자세한 이야기는 안으로 들어가서 합시다. ── 아, 은
몽 씨는 그런데 어떻게 됐어요?"

하고 고함치면서 그때야 비로소 침실에서 자고 있는 은몽
을 문득 생각한 오상억은 부리나케 안으로 뛰어들어갔다.

　그러나 그때는 벌써 은몽의 숨은 뚝 끊어져버린 뒤였다.
은몽의 시체 옆에서 식모가 촛불을 켜들고 흑흑 느껴 울고

있는 것이었다.

"은몽 씨!"

오상억은 북받쳐 오르는 슬픔을 억제할 바 없어 은몽의 차디찬 시체를 어루만지면서 일생을 외롭게, 그리고 슬프게 마친 은몽의 영혼 앞에 엄숙히 머리를 숙였다.

"은몽 씨! 은몽 씨를 그렇게 괴롭히던 악마는 죽었읍니다. 아아, 그러나 은몽 씨!"

머리를 숙인 오상억의 두 눈으로부터 뜨거운 눈물이 한 방울 떨어지기 시작한다.

"── 은몽 씨를 위한 저의 모든 노력은 수포로 돌아가고 말았읍니다. 은몽 씨를 살리려고 은몽 씨를 구하려고 그렇게 애를 썼읍니다만…… 은몽 씨가 없는 이 세상이 제게 무슨 소용이 있으리요! 은몽 씨는 바로 저요, 저 이상이었읍니다."

하고 오상억은 마치 산 사람에게 이야기하듯이 은몽의 죽음을 슬퍼하는 것이었다.

그때 해월 ── 아니 문학수의 시체를 현관까지 끌어다 놓은 임경부는 해월의 그 무시무시한 주홍색 '만또'와 도화역자의 탈을 벗겨들고 침실로 들어왔다. 침실 안의 '스윗치'를 눌러보았으나 통 전등이 켜지지 않으므로 식모에게 물어보니 현관 바로 옆담 벽에 이집 전등 전체를 끌

수 있는 '스윗치'가 붙어 있다는 것이다.

임경부는 다시 현관으로 나가 회중전등을 비춰 보았다. 식모의 말대로 계량기 옆의 '스윗치'를 눌렀다. 집안에는 다시 전등이 환 — 하게 켜졌다.

"전선을 끊은 줄 알았더니……"
하고 중얼거리며 다시 침실로 들어온 임경부는

"대체 어떻게 된 셈입니까? 내가 이층으로 전화를 받으러 올라간 사이에 이렇게 ——"
하고 묻는 말에 비로소 오상억은 머리를 들고 다음과 같은 이야기를 하였다.

임경부가 이층으로 올라가자 문학수는 무엇을 생각했는지 돌연 의자에서 몸을 일으켜 복도로 걸어나갔다는 것이다. 그리고 조금 후에 갑자기 전등이 꺼졌다.

그래 오상억은 그 어떤 무서운 예감에 잠든 은몽을 그대로 남겨놓고 불시에 문학수의 뒤를 따라 복도로 나갔다.

복도는 왼편으로 '커 — 브'하여 현관으로 나가게 되었는데 그 현관 쪽에서 잘 보이지는 않으나 시커먼 그림자가 움직이고 있질 않는가.

"그래 나도 현관으로 따라 나갔더니만 그 시커먼 그림자는 내가 따라오기를 예상한 듯이 정원으로 내려서서 침실 쪽으로 달음박질치는 것입니다. 나도 물론 따라갔습니다.

그 놈은 휙 하고 들창을 넘어 들어가지 않겠읍니까. ──
그러나 나도 그의 뒤를 따라 부리나케 침실 들창을 넘었을
때는 벌써 시커먼 그림자는 은몽 씨의 가슴에 칼을 꽂아
놓고 복도로 뛰어나가는 때였지요. 물론 나는 은몽 씨의
몸을 더듬어 볼 겨를도 없이 그림자를 따라서 다시 복도로
뛰어나갔읍니다. 그 놈은 은몽 씨의 가슴에 칼을 꽂고 달
아났으니만큼 그만큼 나와 그의 사이는 단축해져서 다시
왼편 현관 쪽으로 '커 ─ 브'할 때는 약 두서너 발자욱의
간격밖에 안되었지요. 그렇습니다. 그 놈과 식모가 어둠속
에서 마주친 것은 바로 그때 였지요. 그 놈은 현관을 나서
서 정문 밖으로 달음박질쳤읍니다. 거기서 결국 나와 그
놈의 사이는 점점 좁아져서 나는 마침내 그 놈의 펄럭거리
는 '만또'의 귀를 잡았읍니다. ──"

거기서 두 사람 사이에는 무서운 격투가 일어났으나 그
때 오상억은 해월의 손에 권총이 쥐어진 것을 알고 가슴이
선뜻하였다고 한다.

"나는 해월의 손으로부터 권총을 빼앗으려고 애를 썼읍
니다. 그러나 그순간 권총은 나의 겨드랑 밑에서 한 방
터졌지요. 그리고 다음 순간, 또 한 방 총소리가 터졌을
때, 나는 갑자기 해월의 온 몸뚱이로부터 점점 빠져나가는
기운을 느꼈읍니다. 그리고 마침내 그는 땅위에 쓸어지고

말았지요. ——"

# 황치인 체포[182]

"호외! 호외!"

"공작부인 주은몽의 살해!"

"해월의 최후의 발악!"

"폭로된 해월의 정체!"

"살인귀 의학박사 문학수!"

밤 열두 시가 가까운 서울장안의 거리에는 앞을 다투는 도하의 각 신문 호외 조각이 난무했다.

눈을 부비면서 호외를 드려다 보는 경성시민 칠십만은 세계대전이 터진 것 이상으로 놀라고 흥분하고 무서워하였다.

각 신문사에서 제일 호외, 제이 호외, 제삼 호외 — 이렇게 연겊어[183] 배포하는 호외의 벼락으로 말미암아 사람들

---

182) 黃齒人 逮捕
183) 연거푸

은 하루밤을 무서운 흥분 속에서 뜬 눈으로 밝히었다.

아아, 그것은 실로 의외에도 의외에도 저 저릿저릿한 살인귀 해월의 정체가 의학박사 문학수 그 사람이었다니…… 이게 대체 꿈인가, 생시인가?

칠십만 경성시민의 충혈된 눈동자는 이 청천벽력 같은 사실에 한결같이 엽기적, 탐정소설적 흥분에 사로잡혀 호외 활자를 한 자도 놓치지 않고 읽었다.

거기에는 해월을 체포하는 순간 오상억 변호사의 대담하고도 민첩한 행동과 아울러 그의 공적이 역력히 빛나고 있었다.

거기에는 또 죽지 않으려고 발버둥치던 공작부인 주은 몽의 눈물겨운 최후와 함께 무려 사람을 다섯 명이나 죽인 세세의 살인마 해월의 무서운 최후가 '센세이쇼날'하게 기록되어 있었다.

물론 거기에는 아직 미상한 점이 많았지만 삼청동 공원에서 정란을 죽인 것도 문학수 자신었을뿐더러 오상억을 ×천읍까지 따라가서 홍서방을 죽인 것도 그였으며 백영호 씨와 백남수를 죽인 것도 그였읍니다.

그러나 그는 마침내 오상억 변호사의 맹렬한 추격에 못견디어 격투 중에 그만 쏘느라고 쏜 것이 자기 자신이었던 것입니다.

더구나 사람들은 은몽이 이 세상에 남겨놓고 간 눈물겨운 유서를 읽으므로서 약 두 달 동안 산송장으로서의 은몽의 생활에 동정하지 않을 수 없었던 것이니, 이제 은몽의 유서를 적어 보면 다음과 같았다.

·······································

오선생(상억)!

저는 이미 모든 것을 각오하였읍니다. 오선생이 저를 위하여 아무리 노력하신다 하더라도 저는 도저히 해월의 칼날을 피할 수 없을 것입니다.

유탐정께서는 저의 생명은 절대로 안전하다고 단언하시었읍니다. 그것은 처음부터 그 어떤 허황한 공상 밑에서 흘러나온 그릇된 단언일 것입니다······ 아아 저는 죽어요! 저는 불원간 그놈의 칼날에 무참히 죽을 거예요.

오선생! 피눈물이 나도록 쓸쓸해하고 무서워하던 저의 마음을 가장 다사롭게 위로해 주신 오선생! 제가 모든 것을 바쳐서 사모하고자 하던 오선생!

저의 이 무서운 고독을 잘 이해하여 주시는 분은 이 넓은 세상에서 오로지 오선생뿐이었읍니다.

그러한 오선생께 저는 무엇을 기념물로 남겨 놓고 죽어야 할까요?

오선생! 저의 일신에 속한 모든 것은 오선생의 것이었읍니다. 언젠가 오선생은 만주 목단강 유역에 사 두신 오십만 평의 토지를 개간하기 위하여 십만원의 자금이 필요하다는 말을 하신 기억이 있지 않읍니까?

오선생! 저를 경멸하지 마십시요. 두 달 동안 저를 위하여 모든 정력을 기우려 주신 오선생께 저의 명의로 되어 있는 이 주택을 오선생의 만주개발자금의 도움이 되도록 사용해 주시면 저로서 이상 더 큰 기쁨이 없겠읍니다. 그러나 현가 오만원 밖에 안된다는 이 주택이 얼마나 오선생의 도움이 될런지…… 그러나 이것이 저에게 속한 재산의 전부이오니 어찌할 수 없소이다. 하여튼 저에게 속한 모든 권리를 오선생께 들인다는 말을 남겨 놓으므로서[184] 저에게 베풀어 주신 은혜의 만분지 일이라도 보답코자 하는 은몽의 마음을 헤아려 주십시오.

　　　　　×월 ×일　　　　　　　　　주은몽
............................................

오상억 변호사는 사실 은몽에게 있어서는 애인인 동시에 은인이었다. 사람들은 다시 은몽의 그 여자다운 고운 마음씨에 눈물을 흘렸다.

"은몽은 마침내 죽었다! 해월도 마침내 죽었다!"

---

184) 놓음으로써

이러한 흥분 가운데서 사람들은 무서운 하루밤을 해월의 이야기로 새웠다.

그즈음 — 오전 일곱 시 쯤해서 오상억과 임경부가 마주 앉아 있는 명수대 은몽의 집으로 한 장의 전보가 배달되었다.

그것은 처음엔 삼청동 정란에게로 온 전보였으나 정란은 이미 죽고 받을 사람이 없는 것을 짐작한 배달부는 곧 명수대 임경부에게로 재 전달한 것이었다.

임경부와 오상억은 곧 전보를 떼어 보았다.

| |
|---|
| 하르빈에서 우연히 아버지와 남수 군의 횡사(橫死)소식을 듣고 놀랐다. 오늘 오후 두 시 오십 분 차로 경성역 도착.　　　　　　　　　　　　　—백남철— |

"남철이라니 아 …… 팔 년 전 실종선고를 받은 남수 군의 형이 아닌가?"

하고 외치며 오상억과 임경부는 얼굴을 마주 쳐다보았다.

팔년 동안이나 소식이 두절되었던 백영호 씨의 맏아들 백남철(白南鐵)이 오후 두 시 오십 분 경성역에 도착한다는 전보가 온 지 약 사오 시간 후의 일이었다.

신경(新京)을 출발한 특급 '노조미'가 봉천, 안동현, 신의주, 평양을 거쳐 황주, 사리원을 지났을 때는 거의 정오가 가까웠을 때였다. 삼등 객실은 입추의 여유도 없는 만원이었고 이등객실도 빈자리라고는 두서넛밖에 보이지 않았다.

그런데 이 '노조미' 이등객실 맨 구석에 앉아서 아까부터 열심히 신문을 읽고 있는 한 사람의 신사가 있었다.

공작부인 주은몽의 살해와 살인귀 해월의 체포 기사로 가득찬 신문지를 손으로 활짝 펴들고 읽기 때문에 신사의 얼굴은 신문지에 가리워 통 보이지 않았다. 아까부터 열심히 해월의 기사를 읽고 있는 그 신사는 대체 누구인가? 보건데 그는 신문을 열심히 읽는다는 구실로 신문지로 자기 얼굴을 가리고자 하는 것이 아닌가?

과연 신문지 한복판에는 일 전짜리만한 구멍이 뚫어져 있었다. 그의 쏘는 듯한 눈초리는 그 구멍을 통하여 뚫어질 듯이 내다보고 있는 것이다.

그 구멍과 그의 눈초리를 맺는 일직선 위에 저편 삼등실로 통하는 '도어'가 있었다.

이리하여 그 조그마한 구멍으로 사람들의 출입하는 광경을 주의해 보고 앉아 있는 그 신사 — 그는 탐정 유불란 그 사람이었다.

그러면 그는 대체 누구를 기다리고 있는가? 누구의 행동을 살피고 있을까?

그는 아까부터 그 어떠한 인물의 출현을 이 조그마한 신문지 구멍으로 내다보면서 기다리고 있다.

과연 그의 계획은 들어맞았다.

차가 사리원을 지나고 신막을 지나 개성역에 도착하였을 때, 혼잡한 '프렛트·홈'으로부터 이 이등객실에 올라탄 한 사람의 수상한 사나이가 있었다.

'캡'을 깊이 눌러 쓰고 기다란 양복저고리에 바른손을 쓸어 넣은, 나이가 한 오십삼사 세쯤 되어 보이는 사나이 — 왼편 볼 위에 지렁이가 기어가는 것 같은 추악한 칼자리가 있는 사나이 — 그것은 틀림없이 저 싯누런 치아를 가진 사나이었다.

사나이는 '도어'를 열고 이등실로 들어왔다. 그는 마치 빈 좌석을 구한다는 얼굴로 양편의자에 앉아 있는 손님들의 얼굴을 하나씩 하나씩 점검하면서 천천히 이 편으로 걸어오는 것이었다.

그러나 그는 도중에 한둘 빈 좌석이 있는데도 불구하고 더 좋은 자리를 구한다는 얼굴로 마침내 맨끝, 맨구석에 앉아 있는 유불란 앞에까지 걸어왔다.

그는 열심히 신문을 읽고 있는 유불란의 얼굴이 무척 마음에 걸리는 모양인지 마침 비어 있는 유불란의 바로 앞좌석에 앉아버렸다.

그러나 신문지로 말미암아 유불란의 얼굴은 통 보이지 않는다.

기차가 개성을 떠나자, 사나이는 다시 한 번 객실 안을 점검하 듯 살펴본 후에 '포켙'에서 담배를 꺼내 피어 물었다. 자기가 찾고자 하는 인물을 발견할 수 없는 것이 무척 수상스럽다는 얼굴이었다.

그러나 그는 자기의 최후의 희망을 버리지 않은 모양이다. 바로 자기 앞에 앉아서 열심히 신문을 읽고 있는 유불란의 얼굴을 그는 아직 보지를 못 하였던 때문이다.

사나이는 기침도 해보고 머리도 기웃거려 본다. 그러나 유불란은 통 신문지를 내리우지 않는다.

사나이의 얼굴은 약간 초조한 표정을 띄우기 시작한다. 팔뚝시계를 드려다본다. 두 시가 거의 가까웠다. 기차는 어느새 문산역을 지난다.

그때 마침내 사나이는 입을 열었다.

"미안하지만, 이 차가 경성역에 도착하는 것은 두 시 몇 분입니까?"

그러나 유불란은 대답이 없다.

"저 신문을 읽으시는데 대단히 죄송스럽읍니다만, 이 열차가 경성역에 도착하는 것이 두 시 몇 분이지요?"

그래도 상대방이 신문을 내리우지 않는 것을 본 사나이의 눈동자가 그 어떤 위험을 느낀 듯이 번쩍 빛났다.

그 순간 — 사나이가 자기 바른편 손을 부리나케 양복저고리 '포켙'에 쓸어넣으려고 한 그 순간이었다.

"오첨지! 손을 움직여서는 안된다!"

사나이는 후다닥 머리를 들었다. '포켙'으로 들어가려던 오른손이 중도에서 기운 없이 멎어버렸다.

돈닢만큼 뚫어진 신문지 구멍으로 뾰족하니 나온 권총 부리가 자기의 심장을 노리고 있지 않는가!

"대체 당신은 누구십니까?"

싯누런 치아를 가진 사나이 — 아니 오첨지는 놀라 그렇게 물었다.

"내가 찾고 있는 백남철이다!"

유불란은 아직 신문으로 얼굴을 가리운 채 지극히 엄숙한 목소리로 대답하였다.

"옛?"

오첨지는 그 싯누런 이빨을 내보이면서 또 한 번 놀라지 않을 수 없었다.

"백남철?"

"음, 팔 년 전 실종선고를 받은 백남철이다!"

그러면서 유불란은 비로소 얼굴을 가리웠던 신문을 내

리웠으나 아직도 신문지 속에 있는 '피스톨'은 오첨지의 심장을 겨누고 있다.

"옛! 너는?"

그것이 유탐정의 얼굴인 것을 안 오첨지는 거기서 세 번째 놀랐다.

"놀랄 것 없어."

유불란이 오첨지의 '포켙'에 손을 쓸어 넣어 예리한 단도 한 개와 '모―젤' 한 자루를 꺼내어 자기 주머니에 넣는 것을 본 오첨지는

"음―"

하고 싯누런 이빨을 갈았다.

"백남철이 돌아온다는 전보를 친 것은 네 놈이었구나!"

하고 신음하면서 유불란의 함정에 손쉽게 빠져버린 자기를 무척 분해하였다.

"그래, 나를 대체 어떻게 하겠다는 말이야? 내가 무슨―"

하고 반항하려는 오첨지를 한 번 흘겨보고 난 유불란은

"잔소리 말고 잠자코 있어!"

하고 낮으나마 힘 있는 어조로 명령하였다.

사나이는 하는 수 없이 입을 다물었으나 야수와도 같이 사납게 돌변한 그의 얼굴에는 틈만 있으면 달려들고자 하는 무서운 기세가 알알이 떠올랐다.

그때 유불란은 지나가는 차장을 불러 그의 귀에다 입을 갖다 대고 무엇인가 한참 동안 속삭이었다.

이윽고 열차는 우렁찬 소리와 함께 경성역 '프랫트·홈'에 멎었다.

그러나 유불란은 자리에서 몸을 일으킬 줄을 모른다.

손님이 절반 쯤 내렸을 때, 아까 그 차장이 세 사람의 경찰을 이끌고 뛰어 들어왔다.

유불란은 자기에게 목례를 하는 경찰들에게

"수고스럽지만 이 분을 본서까지 정중히 모셔 가시오. 그러나 내가 정거장 밖에 나가기까지는 여기서 잠깐 이대로 기다려 주시기 바랍니다."

하고 유불란은 손수 '프랫트·홈'에 면한 '커—텐'을 전부 내리운 다음에 손님들의 뒤에 서서 천천히 기차에서 내렸다. 유탐정이 '프랫트·홈'에 내리자마자

"유불란 씨가 아니십니까?"

하고 절반은 외치는 목소리로 혼잡한 손님들의 사이를 헤치면서 이리로 다가오는 것은 임경부였다. 임경부의 뒤로 오상억 변호사도 따라온다.

"아, 어떻게?"

하고 유불란은 그들이 정거장에 나온 이유를 물었다.

"이차로 백남철 씨가 도착한다는 전보를 받고 마중을

나왔는데……"

하는 임경부의 말에

　"백남철?"

하고 유불란은 얼른 생각이 안난다는 얼굴을 지으며 상대방을 쳐다보았다.

　"저, 실종선고를 받은 백영호 씨의 맏아들 말입니다."

하고 옆에 있던 오상억 변호사가 말하였을 때야 유불란은 비로소 생각이 난다는 듯

　"아, 아—"

하고 크게 한 번 놀라 보이면서 물었다.

　"그 사람이 어떻게 갑자기……"

　"하르빈서 우연히 신문지상으로 집의 소식을 알고 이 '노조미'로 경성역에 도착한다는 전보가 오늘 아침 정란 씨에게 왔는데, 물론 그는 아직 정란 씨의 살해 사실을 모르고 있는 모양이지요. — 사진만 가지고는 어디 똑똑히 얼굴을 알 수가 있어야지……"

하고 중얼거리면서 그는 오상억과 함께 차에서 내리는 손님들을 일일이 점검해 보는 것이었다.

　그러나 손님들이 전부 내리도록 찾아보았으나 사진과 같은 얼굴을 가진 백남철은 통 발견할 수가 없었다.

　"마중 올 줄 알았던 정란 씨가 보이지 않으니까 혹시

혼자 삼청동으로 갔을런지도 모르지요.”

하는 유불란의 말에 옳다 여기고 세 사람은 밖으로 나와서 자동차를 탔다.

“신문을 보았지요?”

하는 임경부의 말에

“네, 자세히 보았읍니다.”

하고 유탐정은 무거운 어조로 대답 한 후

“그러나 오상억 씨는 아무런 죄도 없는 사람을 한 사람 죽였읍니다.”

하였다.

“엣?…… 그럼 해월은 다른 사람……”

하고 부르짖는 오상억 변호사의 놀라움은 실로 컸었다.

유불란은 대답이 없다.

자동차는 질풍처럼 은몽과 문학수의 시체가 안치되어 있는 명수대를 향하여 달린다.

“아니 그러면 문학수와 해월은 딴 사람이란 말씀이요?”

하고 임경부도 저윽이 놀란 얼굴을 쳐들었다.

“그렇습니다. 해월과 문학수는 전연 딴 사람입니다!”

하고 대답하는 유탐정의 얼굴은 무섭게 긴장되었다.

“그러면 대체 해월은……”

하고 재차 묻는 오상억의 물음에 유불란은 잠깐 동안 대답

이 없다가

"글쎄, 잘 생각해 보시요. 문학수를 가르쳐 해월이라고 가정하면 대체 사건 전체는 어떻게 해결이 된다는 말입니까?"

"그러나 그는 주홍빛 '만또'와 도화역자의 탈을 쓰고……"

하는 임경부에게

"물론 해월은 항상 주홍색 '만또'와 도화역자의 탈을 쓰고 나타나곤 했으나, 그렇다고 해서 주홍색 '만또'와 도화역자의 가면이 곧 해월 자체는 아니지요."

"그러면 누구……?"

그때는 벌써 한강 인도교를 지난 자동차가 명수대 은몽의 집 앞까지 다다른 때였다.

세 사람은 황급히 자동차에서 내렸다.

사복한 형사, 정복한 경찰들이 이 집을 삥 둘러싸고 있었다. 그들은 가장 긴장한 표정을 지으며 자동차에서 내리는 세 사람에게 인사를 한 후 평양으로 해월의 행적을 더듬으러 내려갔던 순사부장 박태일이 돌아왔다는 보고를 하였다.

그때 현관으로부터 뛰어나오며 세 사람을 맞이하는 박태일 부장은

"제가 어젯밤에 친 전보는 보셨을 줄 믿습니다만 —"
하고 유불란과 임경부를 쳐다보며
"해월은 오 년 전 분명히 황해도 구월산 계명사란 절에
서 죽었읍니다."
하고 해월의 죽음을 증명하는 여러 가지 사실을 이야기하
였다.
"아 수고하였네"
유불란은 그 한 마디를 남겨놓고 문학수와 은몽의 시체
가 안치되어 있는 침실로 들어갔다.
침실에는 두꺼운 '커—텐'을 내렸고 그 '커—텐'을 통하
여 들어오는 오후의 햇볕이 백포(白布)를 씨워 놓은 두
개의 시체를 부드럽게 비추고 있었다.
유불란은 은몽의 시체 앞에 우뚝 멎었다. 그리고 가장
공손한 태도로 잠깐 눈을 감고 은몽의 명복을 빈 후에 손
을 내밀어 은몽의 얼굴로부터 백포를 살그머니 벗겼다.
백납처럼 하—얀 얼굴 — 그러나 어찌된 셈인지 은몽의
얼굴에는 조금도 공포의 빛이 보이지 않았다. 고요히 잠든
천사처럼 거기에는 다만 평화스러운 안식 이외에는 아무
것도 없었다.
그는 얼마동안 모든 사색을 잃어버린 사람처럼 비장한
낯으로 은몽의 얼굴을 묵묵히 내려다본다.

"아아 사랑스러운 악마!"

하고 중얼거리면서 벗겼던 백포로 얼굴을 일단 덮었다가, 그때 문득 무엇을 생각했는지 백포를 벗기고, 고요히 감은 은몽의 눈을 손으로 빌기집어 보았다.

그리고 그 순간 유불란은

"옛?"

하고 놀라며 이번에는 이편 눈을 또 떠 보았다.

"음 — 그랬던가!"

그는 분주스러히 다시 백포로 얼굴을 가리워 놓고 흥분에 찬 얼굴로 방을 나왔다.

유불란은 대체 무엇에 놀랐으며 무엇으로 말미암아 그처럼 흥분하였는가?…… 은몽의 두 눈을 빌기집어 본 그는 거기서 대체 무엇을 발견했는가?

독자 제씨여! 조금만 더 기다려 주기 바란다.

유불란의 흥분한 얼굴은 복도로 뛰어나오자마자 다시 평시의 얼굴로 돌아갔다.

그는 저편 현관에 서서 무엇인가 이야기하고 있는 임경부와 오상억을 데리고 이층 응접실로 올라갔다.

'테이블'을 사이에 두고 세 사람은 마주 앉았다.

유불란은 '테이블' 위에 놓인 '시가렛·케이스'에서 '시끼시마'를 한 개 꺼내어 피어 물며

"사건은 이로 말미암아 완전히 해결을 지었읍니다!"

하고 임경부와 오상억을 쳐다보았다.

"아니, 그건 문학수를 해월이라고 보지 않는 입장에서 말씀입니까?"

하고 묻는 오상억에게

"물론! 절대로 문학수 씨가 해월이어서는 안됩니다!"

"그러면 유불란 씨는 대체 누구를 해월이라고……"

유불란은 이내 대답하기를 피하는 듯 들창 밖에 높다라니 솟아 있는 수양버들가지를 물끄러미 내다보다가

"해월은 죽었읍니다!"

하고 대답하였다.

"아니 저어 오 년 전 구월산에서 죽었다는 해월이 말씀입니까?"

"아니올시다! 해월은 어젯밤에 죽었읍니다."

# 새로운 환영[185]

흡사 닭 쫓던 강아지 모양이었다. 은주와 박인해가 사라진 쪽으로 영훈은 털썩털썩 걸어갔다. 옛 날 백연숙을 놓쳐 버렸을 때와 꼭 같은 허무감 속에서 영훈의 서글프고도 괴로운 영혼의 방랑은 다시금 시작되었다.

오후의 태양이 눈부시게 거리에 범람하고 있었다. 거리도 가로수도 사람도 자동차도 모두가 다 그 눈부신 가을 햇빛 속에서 움직이고 있었으나 영훈의 시각에는 은주의 환영 이외에는 아무런 것도 들어오지 않았다.

낡은 환영과 새로운 환영이 영훈의 머리 속에서 그 위치를 바꾸어 버린 것이다. 연숙에의 환영이 살아 있을 무렵에는 은주에의 환영이 색채를 띠지 못하고 있는 것과 마찬가지로 은주에의 환영이 발랄하게 살아 온 현재에 있어서

---

185) 새로운 幻影

연숙에의 환영은 차차 퇴색하여 갔다.

이것은 실로 영훈 자신은 예기치도 못했던 정신생활의 변모를 의미하고 있었다.

"나라는 인간이 불량한 탓일가?……"

영훈은 그렇게 생각해 보기도 하였다.

연숙에의 환영을 그대로 지니고 있었다는 사실을 가리켜 불량 하다고 말한다면 그것은 또한 어쩔 수 없는 일이기도 하지만 고영훈의 성실성을 가지고 이러한 환영의 고체가 야기 되었다는 것을 영훈 자신 슬퍼할 도리밖에 없었다.

연숙과의 관계가 이미 이 지경에 이른 이상 십 년 동안에 걸친 환영을 그대로 고히 고히 기르므로써[186] 은주에 대한 새로운 환영의 싹을 문질러 버리는 것이 도의적이고 또한 사건을 처리하는데 순서적이라고는 생각하면서도 은주에 대한 환영은 차츰 더 강렬해져 가는 것이었다.

광교 다릿목에 있는 판자집으로 들어가서 영훈은 꼬치 안주와 함께 벌컥 벌컥 대포 술을 연거퍼 들이켰다. 몸의 심지가 빠져 나가 자즈러들 것만 같던 기력이 차차 밑힘을 얻으면서 기분이 조금 너그러워졌다.

---

186) 기름으로써

박인해와 달려간 은주의 모습이 아까처럼 신경을 갈구라지게 긁어줘지는 차츰 않아 왔다.

그러한 갈구라진 신경을 은주도 가졌을 것이라고, 자기 몸을 한 번 뒤채어봄으로써 지나간 날의 은주의 불행했을 감정을 저울질하여 보는 마음의 여유가 점점 생겨 왔다.

"술이란 이래서 좋다."

술기운을 빌어 은주에의 환영을 영훈은 한사코 축소시키려고 노력을 하는 것이었다.

"연숙을 열심히 생각하자!"

은주를 재빨리 잊어버릴 수 있는 길만이 자기의 이 불행한 감정을 구하는 유일한 방도처럼 여겨졌다.

그러나 그것은 어디까지나 영훈의 의욕일 뿐, 감정은 아니었다.

"은주가 그처럼 재빨리 몸을 뒤챌 줄은 정말 몰랐다."

판자집을 나서서 을지로 쪽으로 휘청휘청 걸어가면서 영훈은 중얼거려 보았다.

"그처럼 재빨리 몸을 뒤챌 수 있는 한은주야말로 가장 현대적인 여성의 한 타잎일는지 모른다."

자기가 연숙에의 환영을 안고 있던 것처럼 은주도 박인해의 환영을 안고 있었던 것이 아닐가?…… 둘이가 다 딴 환영을 지닌 채 이루워졌던 결합 같이만 생각키웠다.

그러나 다음 순간, 그것은 자기의 한낱 망상일 것이라고, 영훈에 대한 은주의 애정에 허위가 섞여 있었던 것 같지는 또한 않았기에 은주는 다만 자기의 불행한 감정을 한시바삐 처리하고 있는 것인지도 몰랐다.

　　어쨌든 은주를 대할 면목은 이미 없어지고 말았다. 인제 새삼스럽게도 은주의 무릎 앞에 머리를 숙이고 참회의 눈물을 흘린댔자 모난 은주의 성격으로서 용서할 감정도 나지 않을뿐더러 그것은 또한 영훈 자신의 욕망의 제시로서 상대편의 관용을 빌려는 뻔뻔스런 행동일 수밖에 없었다.

　　"엎지른 물은 다시 담을 수 없다."

　　자기의 과오를 절실히 느끼고 깨끗한 유리그릇에서 이미 엎지러진[187] 물일진대 그 물이 시궁창으로 흘러들어 가건 뒷간으로 흘러들어 가건 흘러가는 대로 흘러갈 수밖에 별다른 도리가 있을 수 없었다.

　　"백연숙과의 금후의 관계가 아무리 불행한 결과를 맺을지언정……"

　　자기의 행동으로서 취해진 결과일진대 그곳에 안주하는 것이 당연하기도 했다.

　　"결국은 연숙의 환영을 십 년 동안 안고 살아온 것처럼

---

187) 엎질러진

한은주의 환영을 일생 동안 안고 살아 나갈 수밖에 나에게는 없다."

백연숙의 과오를 영훈은 결국에 있어서 용서할 것처럼 되어 있지만 영훈 자신의 과오를 은주에게 용서받을 생각은 좀처럼 하지 못했다. 남을 관용하는 수는 가끔 있어도 남에게 관용을 받을 생각은 도시 못하는 영훈이었다.

고영훈의 삶의 방도가 그만큼 옹졸하다면 옹졸했지만 자기 손으로 이루워진[188] 비극은 자기 자신이 감수할 줄밖에 영훈은 모르는 것이다.

"그러나 아아, 한은주는 정말로 가버린 것일가?"

은주가 자꾸만 그리워졌다. 애정의 주류(主流)가 단 하루 동안에 이처럼 급변할 줄은 꿈에도 영훈은 몰랐다.

을지로 네거리까지 영훈은 왔다.

"어디로 갈가?……"

영훈은 걸음을 멈추고 어지러운 네길어름에서 두리번거렸다.

"갈 데가 없다. 한 곳도 없다."

영훈의 마음은 완전히 주인을 잃고 있었다. 어제까지도 영훈의 마음속에는 연숙과 은주의 두 여성이 자리 잡고

---

188) 이루어진

있었던 것이다. 그 두 여성이 하루 사이에 한꺼번에 홀랑 날아 가버리고만 것이다.

연숙은 인제 다시는 만나고 싶지 않았다. 연숙을 만난다는 것은 엎지러진 물이 마치 시궁창으로 흘러들어가는 것과 같은 느낌을 자꾸만 주기 때문이다.

어지러운 십자로 한 모퉁이에 멍하니 서서 갈 바를 모르고 두리번거리는데

"고선생님!"

맞은 편 '신여신'사 이층에서 소리가 났다. 머리를 후딱 들었더니 들창 밖으로 깍아중이 머리를 내밀고 사동이 열심히 손을 내젓고 있었다.

"어이."

영훈도 손을 들어 보였다.

"사장이 부르셔요! 빨리 올라오세요!"

그러는데 사동의 등 뒤로 백연숙의 얼굴이 나타났다. 말은 없이 연숙은 사동의 뒤에서 가만히 고개를 숙여 보였다. 연숙의 그 은근한 인사가 영훈의 허둥거리던 마음 한 구석을 조금씩 조금씩 차지하기 시작했다.

네거리를 건너 영훈은 다소 취기 있는 걸음으로 층층대를 올라가면서 후딱 연숙의 육체를 생각하였다. 십 년 동안에 걸친 아름다웠던 환영은 이미 완전히 사멸(死滅)해

버리고 있었다.

환영보다도 먼저 육체를 생각한다는 것은 서글픈 일이라고, 영훈은 마지막 계단에 올라서면서 격렬히 돌이돌이를 했다.

문을 열고 편집실로 들어섰을 때는 이미 연숙의 자태는 보이지 않았다.

"아까 사장님의 심부름으로 고선생님 댁에 갔었더랬어요."

들어서기가 바쁘게 소년은 보고를 해 왔다.

"그래?"

"바쁜 일이 계시다고 사장님이…… 어서 들어가 보셔요."

영훈은 다소 무뚝뚝한 표정으로 사장실 문을 열고 들어갔다.

커다란 사무탁자 앞에 앉아 있던 연숙이가 조용히 자리에서 몸을 일으키며 아까보다도 좀 더 공손한 태도로 허리를 굽혀 인사를 했다.

영훈은 얼굴이 확근 달아 왔다. 그러나 고개를 든 연숙의 얼굴은 태연하였다.

"편히 쉬시는데 모시러 보내서 죄송합니다."

익살맞은 동글동글한 목소리를 연숙은 냈다. 표정하나

까딱없다.

닳아 올라오는 얼굴을 가까스로 지탱하며 영훈은 천천히 연숙의 앞으로 걸어갔다. 걸어가는 영훈의 표정은 완전히 굳어져 있었다.

"왜 다방에는 나오시지 않았어요?"

까딱없던 표정을 그제서야 풀면서 연숙은 반만큼 웃었다.

".................."

대답은 없이 영훈은 연숙의 꽃피는 얼굴을 정면으로 물끄럼이189) 바라보았다.

"잊었어요?"

"아니오."

영훈은 비로소 입을 열었다.

"그럼……?"

".................."

"그럼 왜 안 나오셨어요?"

"기다리게 해서 미안합니다."

"아니, 제 물음은 왜 안 나오셨냐는 말이에요."

"공연히 나오기가 싫었읍니다."

솔직한 대답을 영훈은 했다.

---

189) 물끄러미

순간, 연숙의 반만큼 웃고 있던 표정이 후딱 굳어지며, 그리고 가만히 얼마 동안 석고상처럼 서 있다가

"알아들을 것 같애요."

했다.

"무슨 뜻인가요?"

"서로가 너무 솔직한 말은 피하는 것이 좋을 것 같아서 설명은 그만 두겠어요."

무슨 뜻인지, 영훈도 알아들을 것 같아서 잠자코 서서 담배를 피워 물었다.

"나도 한 꼬치……"

연숙은 손을 뻗쳐 영훈의 담배 갑에서 캬멜을 한 꼬치 빼 물며 영훈의 코앞으로 바싹 닥아섰다.[190)]

라이타를 켜 대려는 영훈의 손을 막고 영훈이가 문 담배 불에 자기 것을 갖다대며

"빨아요, 힘껏!"

연숙도 담배를 빨아 불을 옮기며 영훈의 두 눈동자를 말끄럼이 쏘아 보고 있었다.

"빨리 붙여요."

담배를 문 연숙의 빨간 입술이 너무도 눈앞에 가깝다.

---

190) 다가섰다

아름답던 환영은 이미 없고 연숙의 입술에 먼저 관능이 왔다. 건들여도[191] 아끼지 않을 입술이기에 일부러 그런 포오즈를 취하는지도 몰랐다.

"왜 자꾸만 투정이야?"

담배를 빼 들기가 바쁘게 빨간 입술에서 영훈의 얼굴을 향하여 획 연기를 뿜어 왔다.

"담배는 또 언제부터 피웠소?"

"지금 이순간부터……"

"왜?……"

"지나치게 솔직한 표정에는 연기라도 뿜어 줘야 개원해서……"

"………………"

영훈은 또 대답을 잃었다.

"말을 안 해도 다 알아"

"뭘 알아요?"

"환영이 깨진 게지."

"………………"

"십 년 간의 아름답던 환영이 하루 밤 사이에 조각 조각이야?"

---

191) 건들어도

"……………"

자기의 마음속을 들여다보는 것 같은 연숙이가 차츰차츰 무서워졌다.

"그렇지만 그건 나 역시 마찬가지야."

"응?……"

영훈은 몰랐다.

"놀랄 것이 뭐가 있어요? 피장파장인 걸!"

영훈의 표정이 갑자기 얼어붙기 시작하였다.

"그럼 연숙은 역시 장난으로……?"

"천만의 말씀이예요."

"그럼……?"

"장난은 분명 아니지만…… 결과에 있어서 환영이 깨어진 것만은 나 역시 사실이야. 영훈 씨의 환영이 아름답던 것처럼 내 환영도 아름다웠어요. 그래서 그 사지판인 삼팔선을 넘어온 연숙이었으니까요."

"잘 됐소!"

영훈은 퉁명스런 대답을 뱉았다.

"잘 된 것도 없고 안 된 것도 없지요. 사람이란 누구든지 다 자기의 아름다운 환영을 실현시켜 보려는 노력을 하는 것뿐이니까요. 노력의 결과가 어떠하리라는 것은 해 봐야만 아는 일이구요."

"당신이야말로 진정한 요부다!"

"노오!"

연숙은 격렬하게 부정을 하며

"나는 다만 나의 아름다운 이상을 실현시켜 봤을 따름이에요. 내 행동에 단 한 가지도 거짓은 없었으니까요. 장난이라든가 누구를 일부러 유혹한다든가, 그런 허위의 감정은 추호도 없었어요. 모두가 다 다급하리만큼 진실한 감정 문제였으니까요."

"옛날의 백연숙이와 똑같다."

영훈은 그 어떤 의분을 느끼면서 배앝듯이 말했다.

"인간의 성격이라든가 취미라든가 좀처럼 변질하지 않는다는 사실을 나는 이 순간에 와서야 확실히 깨달은 것 같아요."

"당신은 역시 비극의 주인공이다"

"아냐요. 비극의 제조가(製造家)일는지 몰라요."

"불행한 성격이다."

"그렇지만 별반 불행을 느끼지도 않는 성격이기도 한가 봐요."

"연숙 씨!"

영훈은 그때, 다소 엄숙한 어조로 존칭을 써서 불렀다.

"네?"

연숙은 담배를 재떨이에 문질러 버리면서 미소 띤 얼굴을 가만히 돌렸다.

"이 순간에 있어서의 연숙 씨의 명확한 마음의 풍경을 이야기해 주어서 대단히 감사합니다. 그렇지 않았다면 나는 좀 더 마음고생을 했을는지도 모르니까요."

"과히 뇌심하지 마세요. 영훈 씨에게 대해서 취해진 내 행동이 어디까지나 순수했다는 건만 알아주면 정말 나는 행복해요."

"연숙 씨의 또 하나의 색다른 행복을 빌며 연숙 씨 옆에서 나는 영원히 떠나겠읍니다."

"그럴 필요는 조금도 없지 않아요? 왜 내 옆에서 떠나야만 한다는 말이예요? 예기했던 환영이 다소는 깨졌는지도 모르지만 나는 지금 영훈 씨의 존재를 필요로 하는 사람이예요."

"⋯⋯?"

영훈은 다시 한 번 놀람을 금지 못했다.

"너무 심각히 놀랄 필요는 없어요. 영훈 씨 역시 한은주만 없다면 나에 대한 환영이 다소 깨어졌다고 하더라도 백연숙의 존재를 전적으로 무시하거나 경멸하지는 못할 만한 가치는 있으리라고 믿으니까 하는 말이예요."

백연숙이라는 한 여성이 이처럼 자기 자신에 철저하고

또한 상대방의 심정을 이렇게도 이해하여 줄 수 있는 여성이었다는 사실을 영훈은 오늘에 와서야 분명히 깨달은 것 같았다. 십 년 전의 백연숙의 어림보다 십 년이라는 세월의 애정의 경험을 쌓은 오늘의 연숙의 성장이 인간적인 깊이를 가지고 영훈의 관념적인 상식을 문지러버리는[192] 것이었다.

그러나 고영훈의 연륜(年輪)에서 오는 어림과 남녀 관계에 대한 무경험은 백연숙의 경지를 이해는 하여도 도저히 몸소 보조를 맞추어 나갈 만한 확고한 인생관의 형성을 보지 못하고 있는 것이다.

"영훈 씨가 내 옆에서 떠나야만 할 이유는 조금도 없다고 나는 생각하지만요. 그렇지만 구태여 그래야만 되겠다면 그것 역시 하는 수 없는 일이라고 생각하지요. 내가 지금 영훈 씨를 필요로 한다는 것은 영훈 씨가 제 입술에 다소간의 유혹을 받을는지도 모르는 것처럼 나도 그런 것을 영훈 씨에게서 요망한다는 말이예요. 담배를 버려요."

백연숙에 대한 새로운 환영 하나를 그 순간, 영훈은 불현듯 발견하였다.

그냥 물고 있는 담배를 손을 뻗쳐 연숙은 빼앗아가지고

192) 문질러버리는

획 재떨이에 던졌다.

"나는 이 순간, 영훈 씨의 포옹을 원하고 있어요."

영훈은 한 걸음 닥아서며 아무런 저항 없이 연숙의 상반신을 품 안에 넣었다.

"힘껏!"

"................."

"입술!"

"................."

둘이는 그러한 자세를 오랫동안 유지하고 있었다.

# 대공의 악마[193]

"뭐요? 홍서방 살해범인으로 오상억 씨를?"

임경부는 깜짝 놀라며 그렇게 부르짖었다.

"그렇습니다! ×천읍 부부암에서 홍서방을 '피스톨'로 쏘아 벼랑 밑으로 떨어뜨려 버린 것은 해월이가 아니고 오변호사 자신입니다!"

"아니, 그러면 오상억 씨의 보고가 전부 거짓말이었단 말이요?"

뭐가 뭔지 정신을 차릴 수 없다는 임경부의 물음이었다.

"아니올시다. 오변호사의 보고는 십분지 구까지는 사실이었고 십분지 일 —— 여분의 아이가 사내라는 것과 그 후 해월이라는 소년 승려가 ×천읍으로 백영호 씨를 찾아 왔다는 것만이 거짓이었지요!"

---

193) 大空의 惡魔

"그러면 오상억 씨는 대체 무슨 이유로……"

"복수귀 해월을 어디까지나 사나이로 인정시키기 위하여 ——"

"그것은 또 왜요?"

"임경부와 아울러 세상의 신임을 독차지 해온 '아마츄어' 탐정 오상억 변호사는 한꺼풀 가면을 벗기면 악마와 제자 —— 살인귀 주은몽에게 영혼을 팔아먹은 악인입니다!"

"옛?"

하고 또 한 번 놀라는 임경부의 목소리와 거의 동시에 오상억의 입으로부터 퍼붓는 듯한 폭소가 터져나왔다.

"핫, 핫, 핫, 핫 —— 그래 유불란 씨는 대체 어떠한 증거를 가졌기에 나를 가르쳐 악마의 제자라고 ——?"

"잔소리 말아! 홍서방의 입으로부터 엄씨와 백씨의 비밀을 알고난 너는 비밀이 다시 다른 데로 누설될까 무서워서 홍서방을 부부암으로 끌고 나가서 영원히 그의 입을 봉해 버렸다. 그러나 귀신이 아닌 너는 다음과 같은 사실을 꿈에도 몰랐을 것이다. 너와 홍서방이 이층에서 여분의 비밀을 이야기하고 있을 때, 홍서방의 전처 딸 —— 다년간 곡마단에 따라 다녔던 벙어리딸이 컴컴한 층층대에 쭈그리고 앉아서 자기 아버지 홍서방의 입으로부터 흘러나

오는 기구한 이야기를 엿듣고 있었다는 사실을 너는 꿈에도 몰랐을 것이다."

그리고 그는 '포켙'에서 한 개의 원고지 쪼각을 꺼내어 '테이블' 위에 펼쳐 놓았다.

"자자, 이것이 어제 신의주에서 돌아오는 길에 ×천읍 홍서방의 집을 방문하여 얻은 증거품이다. 나와 그 벙어리 사이에 주고받은 필담(筆談)의 일부분이니 네 눈으로 똑똑히 읽어보라!"

거기에는 소학교 이삼 학년 정도의 글씨보다도 더 유치한 필적으로 다음과 같은 몇 줄이 씌어 있었다.

"예 아버지는 분명히 에미나이(계집애란말)라고 그랬어요."

"애기중이 찾아왔다는 말은 한 마디도 안했어요."

"그런데 아버지는 왜 죽었는지 몰라요. 순사가 그러는데 무서운 중놈이 죽였대요."

"예 그 양복쟁이(오상억을 가리킴)하고 둘이서 어디로 나갔다가 부부암에서 중놈한테 총에 맞아 죽었대요"

"다행이 그 벙어리는 다년 간 '써—커스'에 따라 다니면서 가장 정확한 독순술(讀脣術)을 배웠기 때문에 그때의 대화는 하나도 놓치지 않고 엿듣고 있었던 것이 너의 악운의 최후였다!"

그때 바로 옆방 서재에서 요란한 전화 소리가 방안을 울리었다.

임경부가 옆방으로 들어가서 전화를 받더니 다시 뛰어나오면서

"유불란 씨 전화 받으시요."

하였다.

"아 그러면 ——"

하고 서재로 뛰어들어가다가 다시 뒤를 돌아다보며

"임경부께서도 인젠 명탐정 오상억 변호사를 체포할 용기가 생겼을 줄 믿습니다!"

하고 오상억을 경계하라는 의미의 말을 남겨놓고 안으로 들어가서 수화기를 들었다.

그것은 서장으로부터 ××온 전환데, 아까 유탐정이 열차 안에서 체포한 오첨지를 부하들이 아무리 취조를 해도 통 함구불언이라는 말을 하면서, 어떻게 하면 좋겠는지, 유탐정의 의견을 듣고자 하는 전화였다.

그래 유탐정은 잠깐 생각하다가

"그러면 그대로 내버려두십시요!"

하고 전화를 끊었다. 그리고 다시 응접실로 들어오면서

"자아, 그러면 오상억! ××서로 가서 오래간만에 아버지를 만나보지!"

"옛? 아버지?"

새파랗게 핏기를 잃어버리는 오상억의 얼굴!

"뭘 그리 놀라는 거야? 저 싯누런 이빨을 가진 오첨지 말이야, 오첨지!"

앗! 그 순간 옆에 지키고 섰던 임경부를 단 한 주먹에 쓰러뜨리고 비조처럼 들창을 휙 하고 넘어가는 오상억의 몸뚱이!

"앗!"

그러나 몸뚱이는 창밖에 늘어진 수양버들 가지를 잡고 그네처럼 휘익 하고 이층에서 정원 잔디밭 위에 툭 떨어졌다.

"앗! 저 놈을 잡아라!"

상반신을 들창으로 내밀고 미친 듯이 외치는 임경부 ——

"어이, 제군! 저 놈을 잡아라! 오변호사를 잡아라!"

임경부는 커다란 목소리로 다시 한 번 고함을 쳤다.

그러나 공교롭게도 그때는 사복한 형사, 정복한 순경들이 모두 아래층 현관 옆 임시휴게실에 모여 앉아서 해월의 이야기에 한층 꽃을 피우고 있을 때여서 뜨거운 햇볕이 내려쪼이는 정원에는 사람의 그림자 하나 보이지 않았다.

"아, 저놈이……"

하고 임경부가 그렇게 부르짖으면서 발을 동동 구르며 부리나케 복도로 뛰어나갈 때는 오상억은 벌써 현관 옆에 멎어 있는 자동차를 향하여 질풍처럼 달려가서, 운전대에 오르자마자 우웅 하는 '엔진'소리와 함께 정문 밖으로 휘익 하고 빠져나가고 있었다.

"뭣들을 하고 있느냐 말이야? 빨리, 오변호사를 따라라!"

미친 듯이 날뛰는 임경부의 목소리가 아래층 현관에서 들려온다.

그 소리와 함께 박태일 부장을 선봉으로 하고 사복, 정복의 경찰들이 대경질색하여 정원으로 뛰어나왔다.

"어찌된 일입니까?"

"오변호사가 무슨……"

경찰관은 무슨 일이 생겼는지 전혀 꿈결같다는 표정으로 각각 자동차와 '오―토바이'에 분승하였다.

"잔소리 말고 저 놈을 따라라! 오변호사를 잡아라!"

박부장과 함께 자동차에 올라탄 임경부의 벽력같은 호령 소리!

'오—토바이' 두 대와 자동차 한 대는 '엔진'소리와 함께 엉덩이를 들썩거리면서 정문 밖으로 기어나간다.

그러나 그때는 벌써 오상억의 자동차는 명수대 고개, 넓은 신작로로 한강 인도교를 향하여 황진을 날리면서 넘어가고 있을 때였다.

때는 무더운 여름날, 서편 하늘에 기울어진 뜨거운 햇볕이 무섭게 내려쪼이는 오후 다섯 시경 ——

유불란 탐정은 홀로 이층에 남아서 마치 재미있는 서부 활극을 눈앞에 보듯 들창에 상반신을 의지하고 쫓고 쫓기는 자의 그 흥분한 광경을 물끄러미 바라볼 뿐이다.

그때 다릿목까지 다다른 오상억의 자동차는 바른편으로 급 '커—브'를 하여 한강 다리 위를 그야말로 번개같이 달리고 있다.

그 뒤를 따르는 경찰대의 일행 —— 오상억의 자동차가 인도교를 다 건넜을 즈음에야 경찰대는 비로소 다리 한복판까지 따라왔다.

이윽고 쫓기는 오상억의 자동차도 보이지 않고 따르는 경찰들의 '오—토바이'도 보이지 않는다.

유불란은 얼마 동안 그 고요한 방안에 우두커니 서서 한강 일대를 꿈꾸는 사람처럼 머엉 하니 내려다보다가 "후우!"

하고 마침내 기나긴 한숨을 지었다.

"오상억이 만일 악인의 편이 아니고 선인을 위해서 활동을 한다면 그는 필시 만인이 우러러 볼만한 명탐정의 소질을 가졌건만! 아까운 일이다!"

그러나 그때 그는 무엇을 생각했는지 돌연 들창 옆을 떠나 옆방 서재로 뛰어들어갔다. 황급히 전화의 수화기를 들은 유불란은

"광화문 ×××××번!"

하고 불렀다.

그것은 분명히 효자동 황세민 교장의 집 전화번호였다.

"황교장이십니까?"

"네, 황세민입니다. 누구십니까?"

"유불란이올시다. 못 뵈온 동안 안녕하십니까?"

"예, 그저……"

"그런데 이렇게 전화를 건 것은 황선생을 가장 놀라게 할 소식을 한 가지 전하려고 ――"

"아 무, 무슨 소식이요?"

"지금 황선생 틈이 계십니까? 계시거든 ――"

"아 틈이야 얼마던지 있지요만…… 대체 놀라운 소식이라니……"

"황선생 정말 놀라시지 마십시오!"

"아, 글쎄 무 무슨……"

"기쁘고도 슬픈 소식! 지금으로부터 약 삼십 년 전 ×천 부부암에서 영원히 헤어진 엄여분이가 낳은 자식과 만나보고 싶으시지 않으십니까?"

"옛?……"

"황선생! 황선생! 그러기에 처음부터 놀라시면 안된다고 제가……"

"아니, 여분이가, 여분이가 자식을 낳았단 말이요? 누구요? 그 애가 대체 어디 있오? 계집애요? 사내요? 어서 이름을……"

"따님입니다!"

"딸? 그래, 그 애가 지금 어디 있오? 어디서 살고 있오?"

"자하문(紫霞門)밖에서 지금 행복된 가정을 이루고 있읍니다. 제가 이제 곧 선생을 그리로 모시고 가겠읍니다——."

하고 그는 전화를 끊었다.

황세민 —— 아니 백문호의 딸이 자하문 밖에서 행복된 살림을 하고 있다는 유탐정의 말은 대체 무엇을 의미하는가. 그것은 의외의 선언이었다.

한강 인도교를 넘어선 오상억의 자동차는 무서운 속력으로 시내를 향하여 바람처럼 달리고 있었다.

그 오상억의 자동차에서 약 삼백 미터 가량 떨어진 경찰대

"포대에 든 쥐다! 저 놈을 체포하는 것은 쉬운 일이나 살게 잡아야만 한다!"

임경부는 혼잣말로 그렇게 외쳤다.

"그런데 대체 어찌된 셈입니까 오변호사가——"
하고 묻는 박태일 부장에게

"음—— 자세한 이야기는 후에하고…… 빨리 빨리! 속력을 좀 더 내봐!"

행길 양편에는 길 가던 사람이 우뚝 멎어 이 처참한 추격전에 눈을 둥그렇게 떴다.

거리에선 '고오·스톱'의 '시그낼'을 무시하고 달리는 오상억의 자동차. 그럴 때마다 교통순경의 벽력같은 고함소리가 따라오다가 그만 사라지곤 한다.

이리하여 그들의 자동차가 거의 경성역까지 다달았을 즈음에는 그들의 간격은 삼백 미터에서 이백 미터로 단축되었던 것이다.

오상억은 대체 무엇을 생각하고 있을까. 그는 과연 이 맹렬한 경찰대의 추격으로부터 벗어날 수 있을 것인가?

더구나—— 아아, 그때 오상억으로서는 실로 불리한 광경이 하나 그의 눈앞에 나타났다.

그것은 오상억의 자동차가 남대문을 지나 조선은행 쪽으로 향하여 달리고 있을 그때, 오상억과 임경부 사이에 무서운 추격전이 일어났다는 보고를 받은 ×서에서는 무장한 경찰대 수십 명을 황금정 네거리에 수비시켜 놓았던 것이다.

　　조선은행 앞까지 질주해온 오상억의 자동차는 그만 하는 수 없이 거기서 멎어버리고 말았다.

　　황금정 네거리에서부터 수십 명의 경찰대가 총부리를 나란히 하고 오상억의 자동차를 향하여 밀물처럼 몰려온다.

　　앗! 왼편 부청 앞으로 빠지는 길목에도 경찰대의 수풀, 수풀!

　　앗! 임경부 일행의 '오—토바이'와 자동차가 백 미터 뒤에 절박하였다.

　　아아, 함정에 빠진 짐승과도 같은 운명의 오상억! 전후 좌우로 밀물처럼 다가드는 총부리 총부리!

　　앗! 오상억은 마침내 자동차에서 뛰어내렸다. 앞에도 경찰관 뒤에도 경찰!

　　그것뿐인가, 장소가 극히 번화한 본정 입구라, 순식간에 모여든 군중의 아우성 소리!

　　"앗! 저 놈이 권총을 꺼내 들었다!"

　　"으와, 으와……"

하고 떠드는 군중의 부르짖음!

앗! 위험천만! 오상억은 마침내 '피스톨'을 휘저으면서 M백화점 앞 넓은 마당을 끼고 본정 입구를 향하여 다람쥐처럼 달음박질친다.

"으와아 ——"

하고, 떠들면서 뒷걸음질을 하는 군중의 물결 ——

그러나 아아 본정 입구에도 경찰대의 총부리!

하늘로 오르거나 땅속으로 잦거나 오상억의 취할 길은 두 가지 중의 한 가지뿐 ——

때는 바로 여섯시 —— M백화점의 폐관(閉館) '싸이렌'이 울리기 바로 직전이다.

그 순간 백화점에서 밀려 나오던 손님들이

"으악!"

소리를 치면서 물결이 칼로 베이듯 양쪽으로 갈라섰다. 오상억이 권총을 휘두르면서 백화점 안으로 뛰어들어갔던 때문이다.

아아, 그것은 실로 위험하기 짝이 없는 일이었다. 미친 듯이 날뛰는 오상억의 손으로부터 한시바삐 권총을 빼앗아야만 하지 않는가!

벌떼처럼 떠들어대는 군중을 헤치며 오상억의 뒤를 따라 부리나케 쫓아들어가는 것은 분명 임경부와 박태일 부장이었다.

그러나 그들이 백화점 안으로 따라 들어갔을 때는, 벌써 오상억의 뒷모양이 지금 마악 윗층으로 올라가려는 '엘레베이터' 안으로 사라졌을 때였다.

"앗! 그 '엘레베이터' 멎어라!"

임경부의 부르짖음이 점내를 우렁차게 울리었다. 그 고함소리와 함께 일단 움직였던 '엘레베이터'가 멎지를 않겠는가!

그러나 다음 순간, '엘레베이터·걸'의 얼굴이 새파랗게 변해 버렸던 것이다.

폐관 직전이었으므로 내려오는 손님들은 많고 올라가는 손님은 하나도 없는 그 '엘레베이터'안에는 종이장처럼 새파랗게 변한 '엘레베이터·걸'의 얼굴과 그 '엘레베이터·걸'의 가슴에다 한 자루의 권총을 겨누고 서 있는 오상억의 얼굴이 있을 뿐, 손님이라고는 한 사람도 없는 것이 다행이라면 다행이었다. '엘레베이터'를 중심으로 하고 멀리 반원(半圓)을 그린 경찰대 —— 오상억과 경찰대는 지금 '엘레베이터'의 쇠창살 한 겹을 사이에 두고 그 쇠창살을 통하여 서로 흘겨보면서 마주 섰다.

"오상억! 그 소녀의 가슴으로부터 권총을 내려라!"
하고 그때 임경부는 가장 엄숙한 목소리로 명령하였다.

그러나 부처님처럼 오상억의 얼굴에는 아무런 반응도 보이지 않는다.

"오상억! 권총을 걷우라!"

임경부는 다시 한 번 명령하였다. 그러나 오상억의 '피스톨'은 여전히 소녀의 가슴을 겨누고 있더니 돌연 권총부리가 휙 돌아섰다.

쇠창살 밖으로 경찰들을 향한 총부리!

"으와 ——"

하고 떠들면서 한 발자욱씩 뒷걸음질 치는 경찰들 ——

그 순간 소녀를 옆으로 물리친 오상억의 왼편 손이 문 옆에 달린 '스윗치'를 눌렀다.

윗층으로 휙 하고 올라가는 '엘레베—터' ——

"앗! 저놈이 윗층으로!"

하고 층층대로 뛰어 올라가는 경찰들의 물결 ——

"각층에 몇 사람씩 지켜 있어야 한다!"

임경부의 고함소리 —— 이층에서 삼층, 삼층에서 사층 —— 그러나 그때는 벌써 '엘레베이터'는 옥상까지 기어 올라갔을 때였다.

이리하여 경찰들이 옥상까지 뛰어 올라왔을 때, 그들은 실로 이상한 광경을 눈앞에 보고 놀랐다.

"앗…… 저 놈이 저기를……"

하고 고함치는 박태일 부장의 말에, 그가 손가락질하는 방향을 사람들은 일제히 쳐다보았다.

이 M백화점으로 말하면 요즈음 창설 이십 주년 기념으로 할인 대매출로 손님을 끌고 있었는데, 거기 대한 선전 광고로 매일처럼 이 옥상에서 "창설 이십 주년 기념! 할인 대매출"이란 깃발이 달린 커다란 '애드바룸[廣告球(광고구)]'을 띄웠다.

그런데 지금 오상억은 그 '애드바룸'의 줄을 마치 곡마사처럼 발발 기어올라가고 있지를 않는가!

우체국 앞 넓은 마당에 모인 수천 명의 군중이 갑자기 으와 으으와 하고 떠들기 시작한 것도 결코 무리는 아니었던 것이다.

멀리 쳐다보이는 백화점 옥상에서 가는 줄을 타고 조금씩 조금씩 기어올라가고 있는 사람의 그림자!

그러나 그것이 얼마나 어리석은 노릇인 줄을 군중은 너무나 잘 알고 있었던 것이다.

어째 그러냐 하면, 사나이가 '에드바룸'까지 다다르려면 적어도 삼십 미터는 더 올라가야만 될 것이다.

그러나 그가 '에드바룸'까지 올라가기 전에 경찰들이 아래서 풍선(風船)의 줄을 감으면 그만이니까 ——

이 광고풍선은 아시다싶이194) 밑에는 외줄이나마 위에 올라가서는 풍선을 잡아맨 여러 줄이 합해졌으므로 거기까지 올라가면 그 합해진 줄과 줄 사이에 넉넉히 힘 안드리고 사람 몸뚱이 하나가 들어앉을 수 있다.

그러나 거기까지 올라가기에는 적어도 반 시간 이상의 시간이 걸릴 것이니 그 동안에 경찰들은 아래서 줄을 감을 것이 아닌가.

이것이 그렇지 않아도 흥분된 군중의 가슴을 더 한층 짜릿짜릿하게 했다.

"아아, 저것이 대체 어찌되나? 위까지 올라간들 무슨 소용이 있으랴!"

사람들은 사나이가 한시바삐 경찰들에게 붙들리는 것보다도 그 어떤 곡예사 같은 재주를 보여주기를 더 한층 기대하면서 마음을 조였다.

앗, 과연 사람들의 추측은 들어맞았다.

사나이가 풍선줄 약 절반 쯤 기어 올라갔을 즈음에 경찰들은 줄을 감기 시작한 모양이다.

그때까지도 조금씩 조금씩 기어 올라가던 사나이의 조그마한 몸뚱이가 반대로 조금씩 아래로 내려오지 않는가!

그것은 비록 예기하였던 바였으나 사람들은 손에 땀을

194) 아시다시피

쥐어가면서 대체 어떻게 될 것인가고 온 몸이 형언할 수 없는 흥분에 휩쓸려 버리는 것이었다.

일분, 이분, 오분, 십분 —— 사람들은 점점 커지는 풍선을 머리 위로 쳐다보았다. 그리고 커지는 풍선과 정비례하여 사나이와 경찰들 사이는 점점 가까워진다.

그러나 그때 군중은 이상한 것을 보았다.

그때까지 조금이라도 올라가고자 애쓰던 사나이의 몸뚱이가 이번에는 꼼짝도 하지 않고 한 곳에 잠잠히 멎어 있지 않는가. 그러나 사나이의 손은 자기 발밑의 줄을 자꾸 어루만지고 있는 것 같았다.

"앗! 저 놈의 손에 칼이……"

망원경으로 쳐다보던 한 사람의 점원이 돌연 그렇게 부르짖었다.

아아, 오상억은 자기의 몸뚱이가 땅에까지 내려오기 전에 '에드바룸'의 줄을 끊으려는 것이었다.

한자 두자 내려오는 몸뚱이! 한오리 두오리 끊기는 밧줄!

그러나 그 순간 사람들은

"으악 ——"

하고 부르짖지 않을 수 없었다.

둥실하고 하늘로 떠 올라가는 사나이의 몸뚱이!

마침내 밧줄은 끊기었다.[195]

"으와! 저놈 봐!"

"저런 대담한 놈 봐!"

"저 놈이 저러면 잡히지 않을 텐가?"

넓은 마당에 모여선 군중의 물결은 저마다 뭐라고 떠들면서 폭풍우와 같은 흥분에 사로잡히지 않을 수 없었다.

줄을 끊긴 '애드바룸'은 점점 상공을 향하여 올라가기 시작한다. 사나이는 다시 위로 한 발자욱 두 발자욱 기어 올라간다.

아아, 그것은 실로 보는 사람들로 하여금 손에 땀을 쥐게 하는 무서운 곡예(曲藝)였다. 전 생명을 내걸고 하는 너무나 무시무시한 공중 비행이었다.

상공에는 그래도 바람이 있나보다. 풍선은 오상억의 조그마한 몸뚱이를 달고 차츰차츰 서북쪽으로 이동하기 시작하였다. 풍선은 어느 듯 조선은행 상공으로 옮아왔다. 풍선을 따라 역시 그 편 쪽으로 밀려가는 사람들의 물결! 아우성 소리! 으와, 으와……

그러나 마침내 그 커다란 광고풍선이 '풋볼'만큼 적어졌을 때, 망원경을 가진 어떤 사나이가 돌연 부르짖었다.

---

195) 끊기었다.

"저 놈이 마침내 올라가 앉았다! 줄이 합해진 그 사이에 마치 그네를 타듯이…… 아 저놈이 웃는다! 양복소매로 이마의 땀을 씻는다! 저 놈 봐! 저런 대담한 놈!……"

사람들 사이에는 거기서 망원경 약탈전이 전개되었다.

이 전대미문의 대곡예사의 공중비행! 이 소문이 어느덧 서울장안의 골목 골목까지 전파되었다. 담 위에 올라간 사람, 지붕위에 올라간 사람, 나무 위에 올라간 사람……

풍선은 그 이상 더 올라갈 줄을 몰랐으나 바람이 서북쪽으로 이동하는 때문에 얼마 후에는 부청까지 옮아 왔다.

M백화점에서 부청까지는 그리 멀지않은 거리였으나 원체 바람이 없었기 때문에 적어도 삼십 분 이상의 시간이 경과 되었던 것이다.

그때였다. 어디선가 '푸로펠라'소리가 들리었다.

"앗! 비행기다! 비행기가 떴다!"

그것은 ××일보사의 비행기 —— 비행기는 '애드바룸'을 중심으로 하고 마치 맴돌듯이 원을 그리며 돌아간다.

이것은 약 한 시간 후에 배포된 ××일보사의 호외 기사의 한 줄거리지만, 그때 비행기 '떠글라스'를 타고 대공(大空)의 악마 오상억의 심경을 타진코자 나타난 것은 ××일보 사회부장과 그의 부하인 민완기자 정대호였다.

그러나 '푸로펠라'소리에 대화는 불가능이고 다만 풍선

의 주위를 돌면서 오상억의 모양을 관찰했을 뿐이었다.
—— 오상억이 앉은 자리는 비교적 편안하였다. 위에서 내려온 이십여 오 리의 줄과 밑둥의 줄이 합해진 사이에 몸을 올려놓고 그 어여쁜 부처님과도 같은 얼굴에는 때때로 미친 사람처럼 히죽히죽 웃음이 떠올랐다. 멀리 발 밑에 군중을 내려다보고, 자기 코앞을 스치면서 지나가는 무리들의 '카메라'를 바라보고…… 그러나 그때는 벌써 오후 일곱 시, 약 열 시간밖에 부유력(遊浮力)이 없다는 이 불완전한 광고 풍선으로부터 '까스'가 새어나는 모양이다. 점점 아래로 내려가는 풍선을 문득 쳐다보는 오상억의 어두운 얼굴 빛! 풍선은 어느 듯 광화문 네거리 위로 옮아 왔다. 무엇을 생각했을까? 그는 '포켙'에서 조그만 수첩을 꺼내어 거기다 만년필로 무엇인가 한 줄 쯤 기록하여 그것을 허공중에 날리는 것이다. 그것이 한장 뿐이 아니고 두 장, 석장, 열장, 스무장 —— 이상이 ××일보사의 호외기사의 한 대목이었으나, 그때 광화문에서 총독부 앞으로 밀려가는 군중의 머리위로 흰 나비처럼 팔락팔락 내려오는 종이조각을 주은 사람이 있다.

아니, 그와 같은 종이조각을 주은 사람이 한 사람뿐이 아니었다. 이 모퉁이에서도 줍고 저 모퉁이에서 줍고…… 그 종이조각을 향하여 쇄도하는 군중! 거기에는 대체 무엇이 적혀 있었을까?

　　은몽아, 잘 있거라!

　　은몽아, 잘 있거라!

아아, 오상억은 조금씩 아래로 내려오는 풍선과 함께 얼마 남지 않은 자기의 운명을 깨닫고 사랑하는 사람 주은몽에게 최후의 작별을 하는 것이 아닌가!

"그러나 은몽은 벌써 그보다 먼저 죽지 않았던가?"

이와 같은 새로운 의문이 사람들의 가슴을 사로잡았다.

그것은 실로 이상하기 짝이 없는 문구였다.

해는 서산을 넘는다. 풍선은 총독부를 지나 청운동 쪽으로 이동하면서 스름스름 아래로 내려온다.

'풋볼'만 하던 풍선이 이제는 한결 커졌다. 대바구니만 하여 보인다.

이대로 가면 오상억은 풍선과 함께 자하문 밖 근방에서 완전히 땅위에 내려앉을 것이다. 사람의 파도는 아우성 소리와 함께 효자동 쪽으로 흘러간다.

# 해월의 정체[196]

　그보다 약 한 시간 전 —

　'애드바룸'이 부정 상공을 부유하고 있을 즈음, 소연한 시내를 등지고 자하문 고개를 넘어가는 두 사람의 그림자가 있었다. 한 사람은 젊고 한 사람은 늙고 ——

　앞선 젊은 사람은 탐정 유불란이었고 뒤선 늙은이는 교장 황세민이었다.

　고개 마루턱을 넘으면서 두 사람은 발걸음을 멈추고 뒤를 돌아다보았다.

　그 주위를 배회하는 비행기도 보인다. 군중의 떠드는 소리가 들려온다.

　"글쎄, 저 놈이 어쩌자고 저런 데를 올라간담! 저러면 잡히지 않고 견디어낼 수가 있을까."

---

196) 海月의 正體

황교장의 중얼거림이다.

"말하자면 범죄자로서의 일정의 허영심이라고밖에 설명할 도리가 없지요. 아, 저 풍선이 차츰 이편으로 이동해 오는 군요."

"바람이 이쪽으로 부는 모양이지요. 그런데 ——"

하고 황교장은 —— 아니, 백문호 씨는 유불란과 같이 발걸음을 옮기면서

"아까도 여러 번 물었지만, 대체 내 딸이 어디서 살고 있단 말이요? 인제는 뭐 그렇게 감출 것 없이 탁 터놓고 얘길해도 괜찮을 텐데 ——"

하고 유불란의 옆얼굴을 쳐다보았다.

"그런 게 아닙니다. 황선생께 아니 백선생께, 일부러 감추려고 하는 것이 아니지요. 실은 나 역시 확실한 것을 모르고 있기 때문입니다. 하여든 가봐야 알지요. 내 생각 같아서는 백선생의 따님이 확실히 그 문영태(文榮泰)라는 소경네 집에 있으리라고 ——"

"뭐, 소경?"

하고 백문호 씨는 저윽이 놀랐다.

"네! 놀라지 마십시요. 그 문영태라는 소경이 백선생의 사위일 것입니다."

"아니 뭐? 그래 그 소경이 내 딸의 남편이라구요?"

하는 백문호 씨에게

"거듭 놀라지 마십시요. 백선생의 따님도 역시 소경이랍
니다!"

하고 어떤 의미 깊은 웃음을 입가에 띄웠다.

"내 딸이 소경?…음 ——"

백문호 씨는 어디까지나 기구한 자기의 일생을 암담한
마음으로 회상해 보았다.

"내 딸이 소경이라구요? 그게 참말인가요? 참말이라면
언제부터 소경이 되었읍니까? 유불란 씨, 모든 것을 속
시원히 빨리 이야기해 주십쇼! 소경…… 소경……"

허둥지둥하는 발걸음을 단장으로 잡으면서 그는 신음하
듯이 물었다.

"그는 어렸을 때부터 —— 아니 어머니의 뱃속에서 나오
면서부터 소경이었지요."

"으음 —— 기구한 팔자가…… 그래 이름은 뭐라고 부릅
니까?"

"예쁜이라고 부릅니다."

"예쁜이요?"

"네, 예쁜이!"

"예쁜이! 여분이! 예쁜이! 여분이!"

백문호 씨는 이 두개의 이름을 함께 불러봄으로써 지난

날, 자기의 온 정열을 불태워 주던 엄여분의 모습을 눈앞에 그려보는 것이었다.

"엄여분은 예쁜이를 낳고 산후가 순조롭지 못하여 세상을 떠났읍니다. 어미 없는 예쁜이는 그때 엄씨댁의 머슴이던 홍춘길이 내외의 손에서 자라났지요. 그런데 홍서방에게도 예쁜이와 동갑인 딸이 하나 있었는데, 그 애도 병신이어서 말못하는 벙어리였읍니다. 홍서방 부부는 그 후 어떤 사정으로 ×천읍을 떠나서 평양으로 들어와 살다가 예쁜이가 열 살 때에 병신인 두 어린애를 길러내던 홍서방의 처가 전염병으로 덜컥 죽고 마니까 홍서방은 젊은 후처를 얻어 드리면서, 귀찮은 이 두 병신애를 서울 어떤 맹아학원(盲啞學院)에 넣어두고 자기는 후처와 여기 저기 떠돌아다니다가, 지금으로부터 오 년 전에 다시 × 천읍으로 돌아가 살았지요. 홍서방의 주머니에는 그때 두 어린애를 맹아학원에 맡겨둘 만한 돈이 있었읍니다. 그 후부터는 통 돌아보지 않았기 때문에 홍서방의 딸은 어떤 곡마단의 줄타기로 들어가고 예쁜이는 학원에서 알선하여 지금의 남편인 문영태라는 복술가의 집에 맏며느리로 들어가게 되었던 것입니다. —— 이것은 어제 ×천읍으로 가서 홍서방의 벙어리 딸에게 들은 사실이니까 가장 확실한 것으로 믿습니다."

유불란은 거기서 말을 끊고 주첨 주첨 따라오는 늙은이의 어두운 얼굴을 엿보았다.

그러나 백문호 씨는 아무 말도 없다. 그저 머리를 숙으리고 모든 것이 꿈결같다는 표정으로 유불란의 뒤를 따라가는 것이다.

십 년 전에 엄여분이가 낳았다는 딸자식 예쁜이의 얼굴을 머리 속에 그려보면서 ——.

좁은 길가에 게딱지처럼 다닥다닥 붙어 있는 부암정을 지났을 때는 해가 서편 산기슭을 누엿 누엿 넘으려는 때였다.

"대체 그 애가 살고 있는 데가 어디 쯤 됩니까?"
하는 백문호 씨의 기운 없는 물음에 유불란은 힐끗 뒤를 돌아다보며

"홍제리 일백삼십×번지라는데요. 아, 잠깐 기다리시요. 내 저 담배가게에서 물어보고 오지요."

유불란은 행길가 조그마한 담배가게에 들려서

"아, 말씀 한 마디 여쭙겠읍니다. 홍제리 일백삼십×번지면 대개 어느 방향입니까?"
하는 온근한 물음에 호외를 읽고 있던 젊은 주인이 머리를 쳐들며

"일백삼십×번지면?… 아, 아직 멀었읍니다. 한참 더 가

587

셔서 다시 한 번 물어보십시요."

하고는 다시 호외를 읽는다. 호외는 두말할 것 없이 광고 풍선을 탄 오상억에 관한 기사였다.

유불란은 잠깐 머리를 기웃하고 호외를 들여다보았다.

"글쎄 이런 대담하고도 민첩한 놈이 어디 있겠소! 풍선의 줄을 타고 하늘로 올라갔는데, 풍선의 '까스'가 점점 빠져서 그대로 내버려 두면 두 시간 후에는 이 자하문 밖 어디서 땅위에 떨어지리라고요! 지금 총독부까지 떠왔다는군요. 글쎄! 참 사람이 사노라면 별별 괴상한 것을 다 보겠소!"

젊은 주인의 혼잣말 비슷한 중얼거림을 등 뒤에 남겨놓고 유불란은 다시 백문호 씨와 어깨를 나란히 하고 시외로 시외로 자꾸만 걸어갔다.

이리하여 자하문 고개에서 약 십 리 쯤 걸었을까, 지붕 위에 도사리고 있던 저녁연기도 이제는 사라지고 회색빛 황혼이 마을을 덮기 시작할 즈음에야 비로소 그들은 목적지 박영태의 집싸리문 앞에서 발걸음을 멈추었다.

싸리문 옆에

—— 복술가(卜術家)박영태 ——

라는 조그마한 널판자로 만든 간판이 붙어 있는 이 집은, 마을에서도 한참 떨어져 있었다.

개천을 하나 건너선 산비탈에 외따로 서 있는 초가삼간 이었다.

"이 집입니다!"

하는 유불란의 말에 백문호 씨는 그저 머리를 끄덕일 뿐이 었다.

"그런데 여기서 한 가지 백선생에게 미리 다져둘 것은 ——"

하고 이번에는 목소리를 낮추어

"어떠한 놀라운 일이 있더라도 결코 고함을 친다든가 또는 그 놀란 표정을 상대방에게 보여서는 절대로 안됩니 다! 하늘이 무너지는 것 같은 의외의 사실에 접하시더라도 백선생은 절대로 입을 열어서는 안됩니다! 내가 백선생과 따님을 소개할 때까지 백선생은 그저 돌부처처럼 잠자코 계셔주시면 됩니다! 알아들어시겠습니까?"

하고 백문호 씨를 쳐다보았다 . 늙은이는 그렇지 않아도 모든 것이 꿈같은데다가 더구나 이러한 유탐정의 다짐을 어떻게 해석해야만 될지 통 헤아릴 수가 없었다. 그저 알 아들었다는 듯이 머리를 끄덕일 따름이었다.

이윽고 유불란은 싸리문을 열었다. 그리고 주인을 부르 려고 한 발자욱 안으로 들여 놓은 그때 건너 방문에 친 발이 들리면서 이집 주인인 듯한 소경 — 나이가 한 사십이 될락 말락하여 보이는 눈먼 사나이가 소경 독특한 감각으로 얼굴을 쳐들고 마루로 나왔다.

"거 누구요!"

바로 저녁을 물리고 나온 듯한 소경은 긴 담뱃대를 툭툭 마루 끝에 털면서 그렇게 묻는다.

"이 댁이 점을 치시는 박영택 씨 댁이십니까?"

유탐정의 목소리는 대단히 낮으막하다.

"네 그렇소. 내가 박영택이란 사람이올시다."

"아, 그렇습니까? 아이 참 어찌나 먼지……"

하고 유탐정은 마루 앞으로 다가서면서

"하도 용하시다는 소문을 듣고 찾아왔읍니다."

그때야 비로소 안색을 펴며

"아, 먼 길을 찾아주셔서 황송합니다. ─ 야아 간난아, 손님들께 방석을 갖다드려라. 자아, 누추하지만 어서 이리로 올라 앉으시요. 에이 이 놈의 모기 때문에 원 ─"

반가이 맞이하는 장님의 말대로 유탐정과 백문호 씨는 마루로 올라가 앉았다.

저녁바람이 부나보다. 울파주 안의 옥수수 잎이 어둑어둑한 황혼 속에서 팔락거린다.

유불란은 마루에 올라앉자 머리를 들어 뜰 안을 한 번 내려다보았다.

답사리와 화초나무가 무성한 그리 좁지 않은 뜰안 저편으로 부엌과 안방이 건너다보였다.

황혼은 점점 짙어가고 지붕 위의 박꽃이 소복한 여인처럼 요염하고도 청초하다.

백문호 씨는 황혼에 잠긴 뜰 안과 불빛 ─ 희미하게 비치는 안방 방문을 물끄어미[197] 바라다보았다. 지금 저 문안에, 저 등불아래 자기 딸 예쁜이 ─ 사랑하는 여분이가 낳은 딸 예쁜이가 앉아 있을 것이라고 생각하니 일분 일초가 그에게는 무한의 초조를 가져오는 것이었다.

"다른 것이 아니라──"

하고 이윽고 유탐정은 주인을 쳐다보며

"실인, 즉 우리들은 점을 치고자 온 것이 아니고 선생께 한 가지 의외의 사실을 전하고자 온 사람입니다."

"의외의 사실이라고요?"

소경 박영태는 순간 안색을 가다듬으며 얼굴을 번쩍 쳐들었다.

"네, 의외의 사실이라는 것보다는 말하자면 무척 기쁜 일이지요. ── 선생의 장인되시는 분을 모시고 왔읍니다."

---

197) 물끄러미

"뭐 장인?"

장님은 깜짝 놀라며

"아니 장인이라니요? 그러면 내마누라의 부친을 모시고 오셨다는 말씀입니까?"

"그렇습니다. 예쁜이의 부친을 모시고 왔읍니다."

"아니 그럴 리가 세상에…… 예쁜이의 부친은 벌써…… 세상을 떠나셨는데……"

하고 장님은 양미간을 모았다.

"—— 네, 예쁜이가 어머니의 뱃속에 있을 때, 아버지는 세상을 떠난 것으로 되어 있지만요 그러나 ——"

하고 유탐정은 간단하게 전후사연을 설명한 후에

"여기 저와 같이 오신 분이 그때의 백문호 씨 그 사람입니다."

장님 박영태는 이 의외의 사실에 놀라

"아, 그, 그렇습니까? —— 아버님! 이거 참……"

하고 백문호 씨에게 정중한 인사를 하고나서

"여보오! 여보, 빨리 좀 이리로 나오쇼! 원 이런 경사스러운 일이 또 어디 있겠습니까? 여보오! —— 야아, 간난아! 아씨를 모시고 나오너라!"

하고 희색이 만면하여 호령을 하였다.

그러나 안방에서는 아무런 대답도 없다. 희미하게 비치

는 안방 문이 통 열리지를 않는다.

"야, 간난아! 어서 빨리 아씨를 모시고 나오래도!"

장님은 다시 한 번 범 같은 호령을 했다.

아까 방석을 가지고 나온 십오륙 세 쯤 되어 보이는 계집애가 쪼르르 뛰어나오며

"저어, 아씨께서는 지금 주시는댑쇼."

하고 마루 아래서 공손히 두 손을 읍하였다.

"응? 주무셔…… 아니, 조금 아까까지 앉아 있었는데 —— 원 그런 일이 어디 있나?"

하고 이번에는 손님들을 향하여

"잠깐만 실례하겠읍니다."

하고 스스로 몸을 일으켜 마루를 내려서서 답사리 사이로 안방을 향하여 걸어갔다.

그러나 장님은 통 안방으로부터 나오지를 않는다.

"여보 여보! 이게 웬일이요?…… 대체 이게……"

하고 부르짖는 장님의 목소리가 어둑어둑한 황혼을 뚫고 터져나왔다.

"옛?"

하고 그 순간 유탐정은 벌떡 몸을 일으켜 쏜살같이 안방으로 뛰어갔다.

백문호 씨는 통 무슨 영문인지 갈피를 잡을 수 없어 그저

멍하니 안방을 바라다 볼 뿐이다.

뒤이어 들려오는 유탐정의 목소리 ——

"아, 늦었다!"

유탐은 그리고

"백선생, 빨리 빨리 이리로 들어오시요! 빨리 빨리!"
하고 부르짖는 것이었다.

깜짝 놀란 백문호 씨! 그가 컴컴한 뜰 안을 허둥지둥 걸어서 안방으로 뛰어들어갔을 그 순간, 그는 거기서 대체 무엇을 발견하였을까?

"옛?"

문안에 들어서자 백호 씨는 그렇게 외치며 돌부처처럼 우뚝 섰다.

이 세상에 꿈과 같은 사실이 정말 있을 수 있다면 지금 백문호 씨의 눈앞에 전개된 그 광경이 바로 그것일 것이다.

유탐정과 장님이 지금 아랫목에 누워 있는 한 사람의 여인을 사이에 두고 마주앉아 있지를 않는가!

그리고 그 여인은 그 어떤 극도에 달한 육체적 괴로움을 참지 못하여 눈을 지긋이 감고 얼굴을 찌프리고[198] 양손을 허공 중에 내졌고 있다.

---

198) 찌푸리고

"오오! 은몽 씨가 아니요!"

하고 늙은 백문호는 떨리는 목소리로 고함쳤다.

아아, 세상에 이런 기적(奇蹟)이 또 어디 있으리요!

독약을 마시고 지금 무섭게 고민하는 예쁜이 —— 소경 박영태의 처 예쁜이는 비록 남루한 의복을 몸에 걸쳤을 망정 그것은 틀림없는 주은몽 그 사람이 아닌가!

"여보! 이게 대체 어찌된 일이요? 독약을…… 아니 독약을 마시다니……"

장님은 두 손으로 아내의 몸뚱이를 쓰다듬으며 목 메인 소리로 부르짖었다.

두 눈을 질끈 감고 사지를 무섭게 요동시키면서 장님의 아내 예쁜이는 지금 창자를 쑤시는 듯한 육체적 고통으로 말미암아 온 정신을 잃어버린 모양이었다.

"은몽 씨, 은몽 씨!"

거의 숨결이 끊어져가는 여인의 상반신을 잡아 흔들면서 유불란은 힘차게 불렀다.

"아니, 은몽이라니…… 당신은 대체 누구를 부르는 거요?"

하고 꽥 소리를 치는 장님의 물음을 무시한 유탐정은

"은몽 씨! 어서 눈을 뜨시요! 그리고 아버지 —— 은몽 씨가 그렇게 그리워하시던 아버지가 오셨읍니다! 백문호 씨가 오셨읍니다!"

하고 거의 고함치듯 하는 유불란의 말에 여인은 최후의 기력을 다하여 감았던 두 눈을 반짝하고 떴다.

"여기 계신 이 어른이 백문호 씨! 삼십 년 전 부부암에서 떨어져 죽었다던 백문호 씹니다!"

그 말에 여인은 전신의 힘을 다하여 간신히 입을 열었다.

"화, 황선생!"

"그렇습니다. 부부암에서 대동강에 떨어진 백문호 씨는 그 후 어떤 해적선의 구호를 받아 다년간 해적생활을 하다가 '아메리카' '쌘프란시스코'에서 해적선을 탈출하여 황세민이란 이름으로 다시 조선으로 돌아와서……"

하고 빠른 말씨로 성명을 하는 유탐정에게

"유불란 씨, 대체 이것이……"

하고 얼리벙벙해진 백문호 씨의 팔을 잡아당기면서

"백선생, 숨이 끊어지기 전에 빨리 한 마디라도 이야길 해보시요! 은몽 씨는 틀림없는 백선생의 따님입니다!"

그러나 유탐정의 이 벼락같은 설명에 아버지도 딸도 잠깐 동안 벙어리처럼 마주 쳐다볼 뿐이더니 마침내 백문호 씨가 입을 열었다.

"은몽 씨 그대의 부친 성명이 무엇이지요?"

하는 물음에 여인은 경련하는 입술을 간신히 벌려

"백⋯⋯ 백문호 씨⋯⋯"

"오오! 그러면 그대의 모친은 엄여분이랑 사람이 아닙니까?"

"네에⋯⋯ 엄여분⋯⋯"

"오오! 그대는 틀림없는 내 자식! 내 딸이로구나!"

그렇게 외치면서 감정의 폭풍우에 휩쓸린 늙은 백문호 씨는 왈칵하고 달려들어 은몽의 몸뚱이를 웅켜 안았다.

"오오! 은몽이! 내 딸! 네가⋯⋯ 네가 여분이의 자식일 줄은 꿈에도⋯ 내가 네 애비다! 백문호다!"

"아⋯⋯아, 버, 지 ──"

그 순간 은몽의 창백한 얼굴에는 창자를 끊어내는 듯한 무서운 고통도 잊어버린 듯 희색이 발가우리하니 떠올랐다.

아아, 어머니의 뱃속에서 동서로 헤어진 이 아버지와 이 딸은 그 후 삼십 년이라는 기나긴 세월을 격하여 이 뜻하지 않은 장소에서 서로 만날 줄이야 누가 알았으랴.

"은몽아!"

하고 부르는 백문호 씨에게

"아버지⋯⋯ 아버지의 워, 원수는 제가⋯⋯ 제가⋯⋯ 제 몸은 아⋯⋯ 아직 처녀(處女)⋯⋯"

"오오 ──"

하고 신음하는 백문호 씨.

그때 유불란은 은몽의 목숨이 순식간에 끊어질 것을 알아차리고

"은몽 씨!"

하고 은몽의 귀에다 입을 갖다대고 힘 있게 불렀다. 은몽의 힘없는 시선이 유불란에게로 천천히 옮아온다.

그 순간, 은몽의 눈동자가 샛별같이 반짝하고 빛나는 것을 유불란은 보았다.

"유, 선, 생!"

은몽은 두 팔을 간신히 쳐들어 유불란에게 내밀었다.

"은몽 씨!"

그는 은몽의 상반신을 자기의 품으로 옮겨 안으면서

"저를 수일이라고 불러 주시요!"

"……수……일……씨 ── 유……유서(遺書)……"

은몽은 손으로 자리 밑을 가리키며 돌연 눈을 감았다. 이 한 마디가 마지막으로 세상에 남겨놓은 은몽의 목소리였다.

"은몽 씨!"

"은몽아!"

그러나 대답이 있을 리 만무하다.

"아니, 여보! 당신네들은 대체 내 마누라를 가지고 뭐

은몽이! 아니 예쁜이가 대관절 죽긴 왜 죽었다는 말이요? 원, 이런 땅이 꺼질 노릇이 어디 있나? 아아, 간난아! 빨리 들어와서 아씨의 얼굴을 자세히 드려다 보아라!"

장님의 날뛴 듯한 부르짖음이었다. 뜰 아래서 바들바들 떨고 있던 계집애가 바르르 뛰어들어왔다.

"분명히 아씨냐?"

하는 장님의 분부에 계집애는 무서움에 찬 눈동자로 시체로 변한 여인의 얼굴을 갸웃 하니 드려다보고

"네, 아씨예요. 아씨예요!"

하고 외쳤다.

"뭐, 분명히 아씨란 말이냐?"

"아씨예요! 아씬데요. 뭐 ——"

그때 자리 밑에서 은몽의 유서가 들어 있는 봉투를 분주스러히 '포켙'에 쓰러199) 넣으면서 유탐정은 마치 놀란 사자처럼 으르렁거리는 이집 주인장님의 소매를 잡았다.

"여기에는 깊은 사연이 있읍니다. —— 그리고 지금 독약을 마시고 죽은 이 여인은 결코 당신의 부인이 아니라는 사실 만을 알아두십시요. 자세한 사정은 차츰 이야기해 드리겠읍니다. 그리고 ——"

---

199) 쓸어

바로 그때였다.

"아, 저게 뭔가…… 저거, 저거……"

뜰 아래서 컴컴한 하늘을 쳐다보며 간난이가 돌연 그렇게 부르짖었다.

"뭐냐? 간난아! 뭐가 어떻게 되었다는 말이야?"
하고 머리를 쳐들고 밖으로 말더듬을 하면서 나가는 장님의 당황한 물음에

"뭔지 모르겠어요. 뭔가, 둥그런 풍선이…… 아 비행기 비행기가 ──"

유불란과 백문호 씨도 밖으로 뛰어나갔다.

요란한 '푸로펠라'소리와 아울러 으와 으와 하고 떠드는 군중의 아우성소리가 자하문 고개로 넘어온다.

"아, '애드바룸'!"

유불란과 백문호 씨는 동시에 그렇게 부르짖었다.

그렇다. 그것은 틀림없는 오상억 변호사가 탄 광고풍선이었다. 한 시간 전까지도 총독부 상공에서 부유하던 풍선은 황혼과 함께 일어난 저녁바람에 몰리어 자하문 고개를 넘어서 부암정을 지나 어느 듯 홍제리 상공까지 떠왔던 것이다.

캄캄한 하늘에 두 줄기의 '써 ── 취·라이트'가 '애드바룸'을 중심으로 하고 교차되었다. 풍선이 움직이는 대로

탐조등(探照燈)도 옮아간다.

아아, 그러나 총독부 근방에서는 그렇게 높이 떠 있던 풍선이 지금은 '까스'가 점점 새여 군중의 머리 위에서 약 일백오십 미터 쯤 되는 데서 둥실둥실 떠 있지 않는가. 그리고 그것이 한자 한자 눈으로도 잴 수 있는 속력으로 군중의 머리를 향하여 내려오고 있었다. 강렬한 '써 — 취·라이트' 속에서 마치 거머리처럼 줄에 매달려 있는 사람의 그림자 — 그 주위를 맴도는 비행기 —— 창공을 쳐다보며 유불란은

"음 ——"

하고 신음하였다.

"저 놈이 저러면 어떻게 할 셈인가."

백문호 씨의 중얼거림이다.

그때 유불란은 뭣인가 컴컴한 하늘에서 팔락팔락 떨어지는 종이조각을 하나 주웠다.

　　은몽아 잘 있거라!

　　은몽아 잘 있거라!

종이조각의 문구를 드려다 본 유불란은 가장 심각한 얼굴로 머리를 끄덕이었다.

그것은 절박해 온 자기의 운명을 깨닫고 사랑하는 사람 주은몽에게 보내는 오상억의 최후의 인사인 것을 유탐정

은 알고 있다. 주은몽이 숨어 있는 이 자하문 밖으로 풍선을 몰아준 풍세(風勢)를 오상억은 무척 기뻐했을 것이다.

"오상억은 지금 저 창공에서 이 장님의 초가집을 물끄러미 내려다보고 있을 것이다! 그러나 이제 방금 독약을 마시고 자기보다 먼저 죽어버린 은몽을 오상억은 꿈에도 모를 것이다."

"아아 ——"

유불란은 긴 한숨을 지었다. 그러나 ——

앗! 그러나 바로 그 순간이었다.

"탕 ——"

하는 한 방의 총소리가 멀리 머리 위에서 들리었다.

다음 순간

"으와 으와 ——"

하고 돌연 높아진 군중의 부르짖음 ——

아아 보라! 총소리와 함께 터져 나간 '애드바룸'! 오상억은 자기 손으로 풍선을 터져버리지 않는가!

군중의 머리 위에 쏜살같이 떨어져 내려오는 오상억의 몸뚱이! 그 뒤를 따르는 탐조등의 불빛! 천지를 진동시키는 군중의 아우성!

돌매같이 낙하하는 오상억의 몸뚱이를 중심으로 하고 수라장처럼 흩어지는 사람의 물결!

오상억의 몸뚱이는 마침내 땅위에 떨어졌다.

그것은 실로 보는 사람으로 하여금 간장을 서늘하게 한 무서운 곡예였다.

"악인다운 최후다!"

유불란과 백문호 씨는 아직도 탐조등이 번쩍이는 컴컴한 하늘을 우러러보면서 중얼거렸다.

"모 ― 든 것은 지나갔다!"

그렇다. 몇 달 동안 서울 장안을 휩쓸던 폭풍우는 사라졌다. 은몽도 죽고 오상억도 죽었다. 문학수도 죽고 정란도 죽고 홍서방도 죽었다. 그리고 백영호도 죽고 백남수도 죽었다.

이리하여 모든 것은 끝났다. 내일부터는 다시 평화의 햇살이 빛날 것이다.

그러나 필자는 아직도 독자제 군의 가슴속에 남아 있는 몇 가지 의문을 풀어주기 위하여 다음과 같은 한 장면(場面)을 부록으로 붙여 놓고자 한다.

그것은 그때부터 약 세 시간 후의 일이다. 장소는 ××서 사법 주임실이었으며 등장인물은 유불란 탐정, 임경부, 백문호 씨 세 사람이었다.

# 탐정 폐업[200]

"유불란 씨, 대체 어떻게 된 일이요?"

"이 꿈같은 아실을 대체 어떻게 설명해야 되오?"

이것은 아까 '테이블'을 둘러싸고 마주 앉으면서부터 임경부와 백문호 씨가 연발 하는 질문이었으나 유불란은 다만 어두운 얼굴빛으로 들창 밖의 밤거리를 묵묵히 내려다보고 있을 뿐이었다. 그러나 언제까지나 그렇게 잠자코 있을 수도 없어서 비로소 얼굴을 돌리며 입을 열었다.

"사건이 이처럼 진전할 대로 진전한 지금에 이르러서 무엇을 새삼스러히 설명해 드릴 필요가 있겠읍니까만 ——"

하고 사건의 진전을 미리 조처하지 못한 자기를 깊이 뉘우치면서

"그러나, 하옇든 제가 아는 데까지는 설명해 드릴 터이

---

200) 探偵 廢業

니 모르는 것이 있으면 질문해 주십시오. ——"

하고 그는 아무런 감흥도 느끼지 않는 듯이 상대방을 쳐다 보았다.

"그러면 무엇보다도 먼저 어젯밤 명수대에서 살해를 당한 주은몽과 오늘밤 자하문 밖 장님네 집에서 자살을 한 주은몽의 관계를 설명해 주시요!"

하는 것은 임경부였다.

"네 —— 실상 사실을 모르고 보면 그것은 하나의 기적이라고밖에 말할 수 없지요. 그러나 어젯밤 명수대에서 살해를 당한 것은 사실을 알고 보면 주은몽이 아닙니다!"

"뭐요? 주은몽이 아니라고요?"

임경부와 백문호 씨의 놀라움은 형언할 수 없이 컸다.

"그렇습니다! 주은몽이 아닙니다. 장님 박영태의 아내 예쁜입니다."

"옛? 예쁜이?"

방안이 터져나갈 듯한 백문호 씨의 고함소리였다.

"아니 예쁜이라니…… 그게 대체 무슨 말씀……"

그때 유탐정은 엄숙한 목소리로 말하였다.

"백선생 거듭 놀라지 마십시오. —— 주은몽과 예쁜이는 쌍동이 입니다."

"쌍동이?"

"두 분이 다 백선생의 따님 ── 삼십 년 전 엄여분이가 낳은 따님입니다!"

"오오 ── 주여!"

늙은 백문호 씨는 칠흙 같은 얼굴빛으로 변하면서 두 손을 가슴 앞에 합장하였다.

"이 늙은이에게 무슨 죄가 있기로서니 이런 참혹한 벌을 주십니까?"

유불란은 차마 백문호 씨의 그 비참한 얼굴을 볼 수 없어 시선을 임경부께로 돌렸다.

"어제 아침 × 천읍에서 나는 홍서방의 벙어리 딸과의 필담으로서 이 사실을 알았지요. 쌍동이201)를 한 집에서 기르면 화가 미친다는 × 천읍의 미신으로 여분의 어머니는 작은딸 예쁜이는 홍서방의 처에게 맡겨서 고향을 떠나 평양에 들어와 살게 하고 자기는 큰딸 은몽을 데리고 신의주 주택서의 집에서 길렀던 것입니다. 예쁜이는 홍성방의 딸과 서울 맹아학원에 다니다가 지금의 남편 박영태에게로 시집을 오고……"

"그러면 은몽과 예쁜이를 바꾸어 논202) 것은 오상억?"

하고 묻는 임경부에게

---

201) 쌍둥이
202) 놓은

"그렇습니다. 그리고 예쁜이를 죽인 것도 오상억이지요!"

"음 —— 문학수에게 주홍빛 만또를 씌워 놓고 죽인 것도 오상억 자신이로군요!"

"물론 그렇습니다. 그때 임경부께서 이층으로 전화를 받으러 올라간 후에 일어난 일, 즉 오상억의 —— 입으로부터 나온 이야기는 전연 거짓말이지요. 아니 거짓말이라는 것보다도 오상억 자신과 문학수의 입장을 바꾸어서 한 이야깁니다 —— 왜 그러냐 하면 나는 그 전날 밤 여행을 떠나면서 임경부께 전화를 걸어 은몽을 감시하라는 말을 전하는 한편 문학수 씨에게도 오상억을 잘 감시하라는 편지를 띄웠지요. 그러니까 생각컨데 문학수 씨는 오상억의 신변으로부터 일분 일초도 감시의 눈을 게을리하지 않았을 것만은 틀림없는 사실일 것입니다. 그러면 임경부께서 이층으로 전화를 받으러 올라간 후, 아랫층 침실에서 무슨 일이 일어났는가, 그때 오상억의 입으로부터 나온 이야기를 정반대로 설명하면 그만이지요. 즉 먼저 침실을 나와 현관으로 나가서 '스위치'를 끊어 논203) 것은 문학수 씨가 아니고 오상억 자신이었읍니다. 문학수 씨는 두말도 할

---

203) 놓은

것 없이 곧 오상억의 뒤를 따랐지요. 캄캄한 암흑 ─ 그때
는 벌써 오상억의 손에는 권총이 쥐어졌었고 그의 몸에는
해월의 가장이 씌워져 있었읍니다. 오상억은 정원 들창으
로 다시 침실을 넘어들어가 은몽의 가슴에다 칼을 꽂고
다시 현관으로 빠져서 정문 밖까지 문학수를 끌고나와 거
기서 따라오는 문학수 씨를 쏘았지요. 그리고 자기의 '만
또'를 씌워 놓고 그의 손에 권총을 쥐어 주었던 것입니다.
── 그러나 그때 침대에 누워 있던 것은 벌써 은몽이가
아니고 예쁜이었지요. ──"
  "아 그렇다!"
하고 그 순간 임경부는 고함을 쳤다.
  "오상억이 은몽과 예쁜이를 바꾸어 논204) 것은 그때였
구나! 우리들은 그날 저녁, 삼청동에서 명수대로 옮아갔
는데, 앞선 '택시'에는 은몽과 오상억이 타고 뒤의 서용
자동차에는 문학수 씨와 내가 탔었지요. 은몽은 삼청동을
떠날 때부터 현기증이 난다고 '택시'에 올랐을 때에도 오
상억의 부축을 받았지요. 그런데 우리들의 자동차가 남대
문까지 다달았을 때 공교롭게도 '고오·스톱'의 '시그날'로
말미암아 그들의 '택시'는 먼저 건너가고 우리는 잠깐 동

────────────

204) 놓은

안 정지했다가 다시 따라갔을 때는 벌써 오상억의 '택시'
는 세브란스병원 앞을 스름스름 달리고 있었는데, 은몽과
예쁜이가 바꾸어진 것은 그때였군요! 글쎄 거기서부터 은
몽은 현기증이 심하다고 오상억의 어깨에 몸을 기대고 통
눈을 뜬 적이 없었지요. '택시'에서 내릴 때도 오상억이
안고 침실까지 옮겨 놓았읍니다. 음 ——"

임경부는 괘씸한 듯이 양볼을 푸르럭거렸다.

"그렇습니다. 남대문과 세브란스병원 사이에서 오상억
은 운전수에게 은몽을 청운정 자하문 고개 아래까지 모셔
드리라는 말을 남겨 놓고 자기는 '택시'를 내렸지요. 그리
고 그때 그 옆을 스름스름 지나가는 다른 '택시'에 올라탔
읍니다. 그 '택시' 속에는 은몽과 똑같은 흑장(黑裝)의 양
복을 입은 예쁜이가 마취약에 정신을 잃고 쓰러져 있었읍
니다. 이것은 은몽의 유서를 보고 알았읍니다만 그때 그
'택시'의 운전수가 싯누런 이빨을 가진 오첨지였지요."

"뭐, 오첨지?"

그때까지 정신없이 앉아 있던 백문호 씨가 외쳤다.

"네에, 혜성전문학교 교장 황세민 씨의 어두운 과거를
미끼로 거머리처럼 따라다니던 오첨지! 평안북도 S읍에
서 백정 노릇을 하던 오만복(吳…萬福)!

악마의 제자 오상억의 아버지!"

"오첨지가 오상억의 아버지라고요?"

거듭 놀라는 백문호 씨에게

"그렇습니다. 저번날 밤, 백선생에게 그의 이름이 오첨지라는 말을 듣고 혹시 오상억과 무슨 관계가 없는가 하고 곧 오상억의 고향 S읍 주재소에 조회를 하여 보았더니 과연 얼굴에 칼자리가 있고 싯누런 이빨을 가진 오상억의 아버지가 이십 년 전 고향을 떠나 어디론지 자취를 감추어 버렸다는 보고가 있었읍니다."

"음 —— 그랬던가!"

임경부와 백문호 씨는 모두가 꿈과 같은 사실에 그저 경탄의 눈을 부릅뜰 뿐이었다.

"그런데, 오상억이 은몽의 복수에 같이 참가한 이유는 대체 무엇입니까? 그는 처음부터 은몽과 행동을 같이했다는 말이요?"

하고 임경부는 가장 중요한 질문을 하였다.

유불란은 잠깐 동안 말을 끊고 들창 밖을 물끄러미 내다보다가 다시 계속하였다.

"오상억과 은몽의 공범관계(共犯關係)가 언제부터 시작되었는가? 거기 대한 나의 추측은 이러했읍니다. 즉 오상억이 ×천읍으로부터 돌아왔을 때 은몽 자신을 범인이라고 생각하고 있던 나는 눈앞이 아찔해짐을 깨달았읍니다.

왜 그러냐 하면 해월이가 ×천읍까지 오상억을 따라 가서 홍서방을 죽이고 오상억을 해하고자 했다는 오상억의 보고에 접한 때문이지요. 오상억이 ×천읍에 갔을 때는 은몽은 임경부의 엄중한 감시 밑에서 한 발자욱도 명수대를 떠난 적이 없었기 때문입니다. 그러나 다음 순간, 나는 굳은 신념을 어디까지든지 버리지 않겠다고 맹세하는 동시에 오상억의 보고를 하나의 허위 보고라고 마음속으로 단정 하였지요. 나는 은몽과 오상억의 공범관계를 그때에야 비로소 알았읍니다. 백영호 씨의 과거를 조사하러 ×천읍 행을 자청한 오상억 —— 그렇습니다. 오상억 이외의 인물이 ×천읍에 가서는 절대로 안됩니다. 오상억 자신이 가서 하나의 허위 연극, 허위 보고를 해야 은몽의 신변으로부터 나의 혐의의 눈초리를 떼어 버릴 수 있었으니까요. 그런데 그 이튿날 밤, 나를 찾아온 은몽에게 나는 나의 무서운 공상을 말했읍니다. 은몽은 물적 증거가 없다는 이유로 끝끝내 나의 공상을 부정했읍니다. 그리고 정란 씨가 삼청동 공원에서 살해를 했다는 전화가 온 것은 바로 그때였지요. 그때 은몽은 나를 비웃었읍니다만 나의 신념은 추호도 동요하지 않았읍니다. 그래 나는 곧 관철동 오상억에게 전화를 걸어 그가 집에 있는가 없는가를 알아보았지요. 그는 집에 있었읍니다. 그러나 그때는 벌써 정란이가 살해를 당한지 약 십오 분 후였으니까, 십오 분이면 넉넉히 삼청동에서 관철동까지 자동차로 돌아올 수 있었겠지요."

유탐정의 설명을 듣고 있던 임경부는

"그러면 백영호 씨와 백남수 씨를 죽인 것은 은몽의 단독행위였읍니까?"

"그렇습니다. 오상억이 은몽의 범죄에 가담한 것은 백남수가 살해를 당한 직후였지요."

"그러면 오상억이가 은몽의 범죄에 가담한 동기는 대체 무엇입니까? 그는 단지 은몽의 미모에 취하여……"
하고 임경부는 연거퍼 물었다.

"물론 그것도 있을 것입니다. 아까 그거 '애드바룸'에서 날린 종이조각에 '은몽아, 잘 있거라.'라는 문구가 적혀 있는 것을 보면 은몽에 대한 그의 정열이 얼마나 굳세었던가를 거이 짐작할 수 있을 것입니다. 그러나 —"
하고 유탐정은 그때 의미 있는 어조로 말하였다.

"그러나 그것은 말하자면 그가 은몽의 범죄에 가담한 동기에 몇 분지 일도 못될 것입니다.

그에게는 실로 웅대한 동기가 있었지요."

"웅대한 동기?"
하고 반문하는 임경부에게

"그렇습니다! 그가 다만 은몽을 위하여 그 무서운 복수에 가담했으면 거기에는 웬만큼 동정의 여지도 있을 법하지만, 그러나 그에게는 은몽의 복수 행위와는 별개의 동기가 있었던 것입니다!"

"별개의 동기라니요.…… 정란에게 실연을 당한 분풀이란 말씀이요?"

하고 임경부는 안색을 가다듬었다.

"아, 그러한 감정도 있었을런지 모르지요. 그러나 그러한 동기가 아니고 좀 더 커다란 것, 즉 좀 더 악마적인 동기가 숨어 있었읍니다. 임경부! 내가 무슨 목적으로 백남수의 형 —— 팔 년 전 실종 선고를 받은 백남철이가 '하르빈'으로 돌아온다는 허의 전보를 쳤는지 임경부께서는 아직 그 이유를 모르시겠습니까?"

하고 시선을 쳐들었다. 그때야 비로소 임경부는 모든 것을 알아차리고

"아, 그랬던가!"

하고 무릎을 치며 외쳤다.

"임경부, 나는 어젯밤 명수대에서 일어난 참극 —— 은몽(그실은 소경인 예쁜이)이가 해월 문학수에게 살해를 당했다는 호외의 기사를 오늘 아침 평양서 보았읍니다만, 나는 그 순간 오상억의 숨은 동기를 알았읍니다. —— 즉

은몽이가 오상억에게 보내는 거짓 유서 가운데는 다음과 같은 문구가 적혀 있었지요. 오상억의 은혜에 만분지 일이라도 갚을 생각으로 명수대에 있는 자기 저택을 오상억에게 주고 그 외에도 만일 자기에게 속하는 권리가 있다면 그것을 전부 오상억에게 준다는 유언이었지요."

(독자여! 다시 한 번 은몽의 유서를 읽어보라.)

"음 —— 목적은 싯가 오만원 짜리에 지나지 못하는 명수대 저택이 아니고 추상적(抽象的)의 권리양도 —— 즉 미래권양도(未來權讓渡)……"

하고 신음하는 임경부에게

"그렇습니다! 자기에게 속하는 모든 권리를 준다는 것이 중요한 대목이지요. 현재는 오만원짜리 집 한 채밖에 없으나 얼마 후엔 —— 즉 수속만 하면 백만원의 재산이 자기의 손에 들어올 터이니 그것을 양도한다는 의미지요. —"

"음 —— 백영호 씨의 백만원이 남수에게로, 남수로부터 정란에게로, 정란으로부터 은몽에게로 굴러 들어오니까 ——"

"그렇지요. 그러니까 여기서 뜻하지 않았던 백남철의 출연으로 말미암아 기득(旣得)의 이권을 손실하게 되는 것은 오상억이지요. 거기서 만일 백남철이 귀향한다는 전보를 치면 오상억이나 혹은 그와 이익을 같이하는 분자가 반드시 백남철이라는 방해물을 없애버리려고 나타날 것을 확신했읍니다. 과연 오상억의 아버지 오첨지가 도중에서 기다리고 있었지요."

그때까지 비통한 얼굴로 두 사람의 이야기를 잠자코 듣고 있던 백문호 씨가

"유불란 씨"

하고 머리를 들었다.

"유불란 씨의 설명으로 모든 의문이 풀렸소만, 단 한 가지 나의 입장으로서는 가장 중요한 질문이 하나 남아 있읍니다!"

"네, 무엇입니까?"

"다른 것이 아니라, 나는 지금 대 자식 은몽에게 대한 나의 감정을 어떻게 처리하여야 할지 모릅니다. 다시 말하면 나는 은몽의 행동을 슬퍼해야 할지 기뻐해야 할지 통 감정의 갈피를 잡을 수가 없읍니다. 아버지의 원수와 어머니의 원수를 갚은 은몽을 그의 동기에 있어서 가상타 할지는 모르겠지만, 그의 수단이 너무나 악착하지 않읍니까? 더구나 자기의 일신을 구하고자 자기의 동생 예쁜이를 희생시켰다는 것은 애비로서 도저히 용서할 수 없는, 유불란 씨, 은몽은 은몽으로서의 뜻이 있었을런지 모르거니와 저

눈 못 보는 불쌍한 예쁜이를 생각할 때……”

　백문호 씨는 말을 채 잇지 못하고 부들부들 떨리는 두 팔을 ‘테이블’ 위에 올려놓았다.

　“아, 백선생 그 점에 대해서는 은몽 씨 자신이 변명하였읍니다. 이것을 보십시요.”

하고 ‘포켙’에서 묵직한 봉투를 하나 꺼내었다.

　“이것은 아까 은몽 씨가 숨을 끊으면서 나에게 준 유서올시다. 이것을 보시면 오상억이랑 놈이 얼마나 악착한 인물이란 것을 가이[205] 짐작할 수 있을 것입니다.”

　백문호 씨는 유불란의 손으로부터 은몽의 거짓 없는 유서를 받아들었다.

　은몽의 유서는 대단히 길었다. 원고지로 약 삼십 매나 되는 것인데 거기에는 백영호 일가에 대한 자기의 복수의 동기로부터 범죄의 수단 오상억과의 관계, 그리고 유불란의 무서운 추리에 쫓겨다니던 자기의 공포심이 여자다웁게 섬세하고도 ‘센티멘탈’한 필치로 적혀 있었다.

　그러나 필자는 여기서 이 기나 긴 은몽의 유서 전부를 기록할 필요를 느끼지 않는다. 왜냐하면 유서에는 이미 독자제 군이 알고 있는 사실과 중복되는 대목이 너무 많기

---

205) 가히

때문이다. 그리고 탐정소설가는 결코 필요 이외의 것을 기록해서는 안될 뿐만 아니라 탐정소설 애독자는 결코 필요 이외의 것을 알려고도 하지 않기 때문이다.

이러한 이유로서 필자는 은몽의 기나긴 유서 중에서 가장 필요하다고 생각하는 몇 대목을 초기(抄記)하여 유탐정의 설명을 보충하는 동시에 독자 여러분의 몇 가지 의문을 만족시키고자 한다. (前略[전략])…… 그렇습니다. 저번 날밤, 유선생이 저에게 주신 말씀과 같이 저의 범죄 계획에 있어서 가장 두려워 한 것은 유선생이었읍니다. 유선생의 입으로부터 그 무서운 공상을 들은 순간, 나는 그 자리에서 모든 것을 고백하고자 하였읍니다. 그러나 그때는 아직 나의 뜻을 채 이루지 못한 때였지요. 정란이가 아직 남아 있었기 때문입니다. 그러나 유선생의 그 예리한 추리 가운데 몇 가지의 착오가 있아오니[206] 그 점을 정정해 드릴 의무가 제게 있다고 생각하옵니다. —— 오상억 변호사가 나와 공범관계를 맺은 것은 백남수 살해 직후였읍니다. 유선생의 말씀대로 나는 이층 복도에서 남수를 '피스톨'로 쏘고 아랫층 나의 침실로 쫓겨 들어와서 해월의 가장을 벗고 따라 들어오는 오상억에게 해월은 이제 방금

---

206) 있사오니

들창을 넘어 정원으로 도망쳤다고 속이었읍니다. 그러나 사실을 알고 보면 그렇지 않았지요. 그때 나를 따라 내려 온 오상억의 달음박질이 예상 외로 빨라서 침실까지는 겨우 붙잡히지 않고 쫓겨 들어왔읍니다. 그러나 해월의 가장을 채 벗어버리기 전에 오변호사가 따라 들어왔던 것입니다. 아아, 그 순간의 오변호사의 놀란 표정! 뭐라고 외치고자 하는 그의 발밑에 머리를 숙이고 나는 두 선을 합장하였읍니다.

그것은 두말할 것 없이 나의 일신에 속한 모든 것을 전부 바치겠다는 표적이었읍니다.

그때는 벌써 현관으로 돌아나간 유선생의 발자욱 소리가 들창 밖에서 들려왔을 때지요.

오상억의 두 눈동자가 번쩍 빛났읍니다. 그는 부리나케 들창으로 뛰어가 상반신을 내밀고 유선생을 맞이하면서 해월은 들창을 넘어 도망했다고 거짓말을 하였읍니다. 그러나 아아, 그 순간부터 나는 뱀 앞에 개구리 모양으로 그를 대하지 않으면 안되게 되었던 것입니다. 오상억은 나에게 있어서 절대적인 권력자였지요 ……(中略 [중략])……

이렇게 그때 저를 구해준 그의 호의를 처음에는 저에게 대한 애정이라고 생각했읍니다. 그러나 알고 보면 애정문제보다도 더 심각한 목적이 있었던 것입니다. 그는 백씨일 가의 전멸과 함께 나의 수중으로 들어올 백만원 재산을 겨누고 있었읍니다. 그리고 그는 자기의 목적을 달성하는 데 수단을 가리지 않았읍니다. 유선생이 나를 가르쳐 해월 이라고 무서운 단정을 내리던 이튿날, 악마 오상억과 나 사이에는 하나의 이상한 계약이 체결 되었읍니다 —— 즉 그가 나의 목숨을 구해주는 대신 나는 나에게 장차 굴러 들어올 백만원을 그에게 양도한다는 유언을 하라는 것이 었지요. 그것은 절대적인 명령이었습니다. 그는 아무것도 묻지 말고 자기가 하라는 대로만 하면 된다는 것입니다. …(中略[중략])…… (여기에 그날 저녁 삼청동에서 명수대 로 옮아가다가 남대문을 지나서 예쁜이와 바꾼 광경이 상 세히 적혀 있다.)……

　이리하여 나는 아무것도 모르고 오상억이가 하라는 대 로 자하문 고갯턱에서 자동차를 내려 양장을 벗어 버리고 오상억이 싯누런 이빨을 가진 무서운 사나이의 손으로부 터 받아주는 보따리에서 시골 부인네 의복 한 벌을 꺼내어 입고 홍제리 박영태라는 장님의 집으로 가서 그의 아내 예쁜이라는 소경노릇을 하면 된다고 하면서 예쁜이의 성 질과 일상생활에 대한 지식을 상세히 가르쳐 주었읍니다. ……(中略[중략])……

이리하여 저는 어젯밤에 이곳으로 왔읍니다. 그리고 백만원이 오상억의 손으로 들어간 후에 둘이서 상해로 도망하자는 것이었읍니다. 유선생! 저에게는 지금 생에 대한 애착이 손톱만큼도 없읍니다. 처음에 오상억을 유혹한 것은 사실이오나 그것은 단지 그의 탐정안(探偵眼)을 무서워하였기 때문입니다. 저에게는 지금 독약 ××가 준비되어 있읍니다. 이것을 한 방울 마시면 죄 많은 저의 일생은 순식간에 청산될 것입니다. 그러나 죽기 전에 단 한 가지 유선생께 여쭐 말씀은 청년화가 김수일 씨는 저의 영원한 애인이었었다는 한 마디입니다. 저는 탐정 유불란을 미워했으나 화가 김수일을 미워하지 않았읍니다. ……(下略[하략])

　　"그만했으면 오상억이라는 인물이 얼마나 악착한 놈이라는 것을 충분히 알았을 줄 믿습니다. ——"
하고 유불란은 임경부와 백문호 씨를 쳐다보았다.

　　"오상억은 예쁜이와 은몽이가 쌍둥이라는 사실을 끝끝내 은몽에게 알리지 않았던 것입니다. 은몽은 단지 기계처럼 그의 명령대로 움직였을 따름이지요."

　　"으흠 ——"
하고 백문호 씨는 그 참혹한 사실에 전신을 부들부들 떨 뿐이었다.

"그리고 또 한 가지 —— 언제부터 오첨지가 자기 아들 오상억의 범죄에 가담했는지, 그것은 있더라도 오첨지를 취조하면 알 것입니다. ——"

하고 유불란은 백문호 씨의 눈물어린 얼굴을 빤히 쳐다보면서

"그것은 여하간, 백선생 —— 즉 황세민 씨와 백영호 씨의 관계를 잘 알고 있는 오첨지니까 오상억도 물론 황선생이 백영호의 사촌형이란 사실을 알고 있었을 것입니다. 그런데도 불구하고 은몽에게 그런 말을 꿈에도 하지 않았지요. —— 지금까지 백영호의 손에 죽었다고만 믿고 있던 자기 아버지가 살아 있다는 사실을 알게 되면 ——"

"은몽은 복수행위를 중지한다는 말씀이지요?"

하는 임경부의 말에

"그렇지요! 그렇게 되면 백만원이 자기 수중으로 굴러 들지는 않을 테니까."

유불란은 붙여 물었던 담배를 재털이에 던지고 나서 침울한 얼굴로 잠깐 동안 잠자코 앉았다가

"임경부!"

하고 부르면서 의자에서 힘차게 몸을 일으켰다.

"이번 사건은 나에게 가장 귀중한 교훈을 가르쳐주었읍니다. 나에게는 탐정의 소질이 없는 것을 가르쳐주었읍니

다. 그리고 나는 그것을 결코 슬퍼하지 않읍니다. 이후에는 절대로 범죄사건에 손을 대지 않겠다는 것을 나는 이 자리에서 임경부께 성명합니다. 탐정의 혈관(血管)에는 피가 순환하여서는 안된다는 사실을 나는 비로소 깨달은 때문입니다. 탐정의 혈관에는 강철(鋼鐵)이 돌아야 합니다!”

〈끝〉

# 당대 최고의 신문 연재소설 작가 김내성

한국전쟁 막바지였던 1953년, 김내성은 피난지 임시 수도 부산에서 다시 서울 돈암동으로 돌아왔다. 마흔다섯의 나이에 김내성은 『청춘극장』과 『인생화보』가 대성공을 거두면서 일약 최고의 신문 연재소설 작가가 되었다. 그만큼 많은 작품들이 쏟아져 나왔고, 이미 출간된 소설들도 출판사를 옮겨 가며 판을 거듭했다.

1954년 『백조의 곡(曲)』, 『사상의 장미』, 『애인』 등 세 편의 장편소설을 거의 동시에 연재하면서 최고의 인기 소설 작가임을 증명해 보였다.

또한 식민지 시대부터 꾸준히 인기를 얻어 온 아동청소년 모험소설인 『꿈꾸는 바다』, 『검은 별』, 『황금 박쥐』 등을 연재하고 출간한 것도 1954년이었다.

특히 『검은 별』은 『쾌걸 조로(The Mark of Zorro)』로 유명한 미국의 대중 작가 존스턴 매컬리(Johnston McCulley)의 원작소설이다.

1946년 『똘똘이의 모험』이 영화화되어 개봉해 성공을 거둔 바는 있지만,

당대 인기 연재소설을 영화로 제작한다는 것은 조금은 다른 문제였다. 동시대의 대중과 함께 호흡하며 일상의 삶을 이야기하는 것이기 때문이다. 김내성의 원작소설들이 본격적으로 영화화되기 시작한 것은 1956년부터이다. 1956년 9월 홍성기 감독의 〈애인〉이 국도극장에서 개봉된 것으로 시작으로 많은 수의 영화나 드라마가 제작되었다. 그 가운데 김내성이 생전에 영화관에서 본 자신의 원작영화는 『애인』 단 한 편뿐이다.

『실낙원의 별』을 연재하고 있었던 1956년 김내성의 병세는 깊어져만 갔다. 결국 1957년 대보름날 뇌일혈로 쓰러져 꼬박 닷새 동안 의식을 잃은 채 누워 있었다.

마흔아홉의 나이, 막내아들이 학교에 입학하기 전이었으며, 결국 2월 19일 세상을 떠났다. 임종 직전에 받은 세례명은 베네딕토(Benedictus)였으며, 장례식은 명동 성당에서 거행되었다.

김내성이 타계하고 만 1년 만에 무려 네 편의 영화가 개봉되었다. 1957년 4월 한형모 감독의 〈마인〉이 중앙극장에서, 9월에는 홍성기 감독의 〈실낙원의 별〉이 국도극장에서, 12월에는 이창근 감독의 〈인생화보〉가 중앙극장에서 각각 개봉되었으며, 1958년 1월 홍성기 감독의 〈실낙원의 별〉 후편을 국도극장에서 다시 내걸었다.

1958년 2월 김내성이 『실낙원의 별』을 연재하던 경향신문사에서 김내성의 1주기 추도식과 함께 장편소설을 대상으로 제정한 '내성문학상' 시상식이 열렸으며 제1회 수장작으로 정한숙의 장편소설 『암흑의 계절』이 선정되었다. 또한 제2회 내성문학상에는 소설가이자 극작가, 대중가요 작사가인 유호, 그리고 19960년 제3회 내성문학상에서는 박경리의 장편소설『표류도』가 각각 선정되었다. 내성문학상은 아쉽게도 3회로 끝이 났다.

1990년대 김내성 추리문학상을 계간『추리문학』에서 제정하여 공모하였는데, 이 역시 아쉽게도 3회(제1회, 권경희, 1990; 제2회, 이승영, 1991; 제3회, 임사라, 1992)로 그치고 말았다.

사건구조의 치밀성과 인생문제를 대중적 관심에서 이끌어내는 탁월한 솜씨 때문에 한국문학의 대중작가로 성공한 김내성의 말에 의하면, "통속성과 대중성은 구별되어야 하는바, 통속성은 배척되어 마땅하지만 대중성은 소설적인 문학성으로서 중요시되어야 한다"는 것이었다.

이처럼 우리나라 문학의 폭넓은 전개를 위해 김내성이 시도하고 주장했던 탐정소설이나 본격적인 대중소설이라는 분야는 깊이 논의되어야 할 것임에도 불구하고, 순수문학 선호경향이 짙은 문단풍토에 의해 아직까지도 김내성의 문학은 소외된 경향이 있다.

# 김내성

## (金來成, 1909~1957)

1909년 평안남도에서 태어난 김내성은 평양공립고등보통학교를 거쳐 일본 와세다대학 독법학과를 졸업한 엘리트다. 당시에는 최고의 명문 학부를 졸업해 법관이나 변호사로 보장된 길을 갈 수 있음에도 추리소설가로서의 길을 선택한 것은 대단히 이례적이고 파격적인 일이다.

대학에 재학 중이던 1935년에 일본 탐정소설 전문잡지 『프로필』에 「타원형의 거울」을 발표했다.

이후 탐정소설 작가로서 이름을 알린 김내성은 한국 추리소설의 터전을 닦은 명실상부한 우리나라 최초의 본격 추리소설 작가이다.

한국 추리소설의 아버지라고도 불리는 김내성의 소설 때문에 종잇값이 올랐다는 말이 있을 정도로 당대 최고의 베스트셀러 작가였고, 『마인』, 『청춘극장』, 『쌍무지개 뜨는 언덕』, 『실낙원의 별』 등 어린이 모험소설과 라디오 연속극, 대중소설에까지 그 명성을 떨쳤다.

**큰글한국문학선집: 김내성 장편소설**

# 마인

ⓒ 글로벌콘텐츠, 2016

**1판 1쇄 인쇄**_2016년 08월 15일
**1판 1쇄 발행**_2016년 08월 25일

**지은이**_김내성
**엮은이**_글로벌콘텐츠 편집부
**펴낸이**_홍정표

**펴낸곳**_글로벌콘텐츠
　　　　등　록_제25100-2008-24호
　　　　이메일_edit@gcbook.co.kr

**공급처**_(주)글로벌콘텐츠출판그룹
　　　　**기획·마케팅**_노경민　　**편집**_송은주　　**디자인**_김미미　　**경영지원**_이아리
　　　　**주소**_서울특별시 강동구 천중로 196 정일빌딩 401호
　　　　**전화**_02-488-3280　　**팩스**_02-488-3281
　　　　**홈페이지**_www.gcbook.co.kr

**값 54,000원**
**ISBN** 979-11-5852-115-8 03810

※ 이 책은 본사와 저자의 허락 없이는 내용의 일부 또는 전체의 무단 전재나 복제, 광전자 매체 수록 등을 금합니다.
※ 잘못된 책은 구입처에서 바꾸어 드립니다.